鸟不起青山一哭

尾鱼 著

Xiao Qi
Qing Rang

上

四川文艺出版社

第三卷 ◇ 157

第四卷・上 ◇ 241

目录

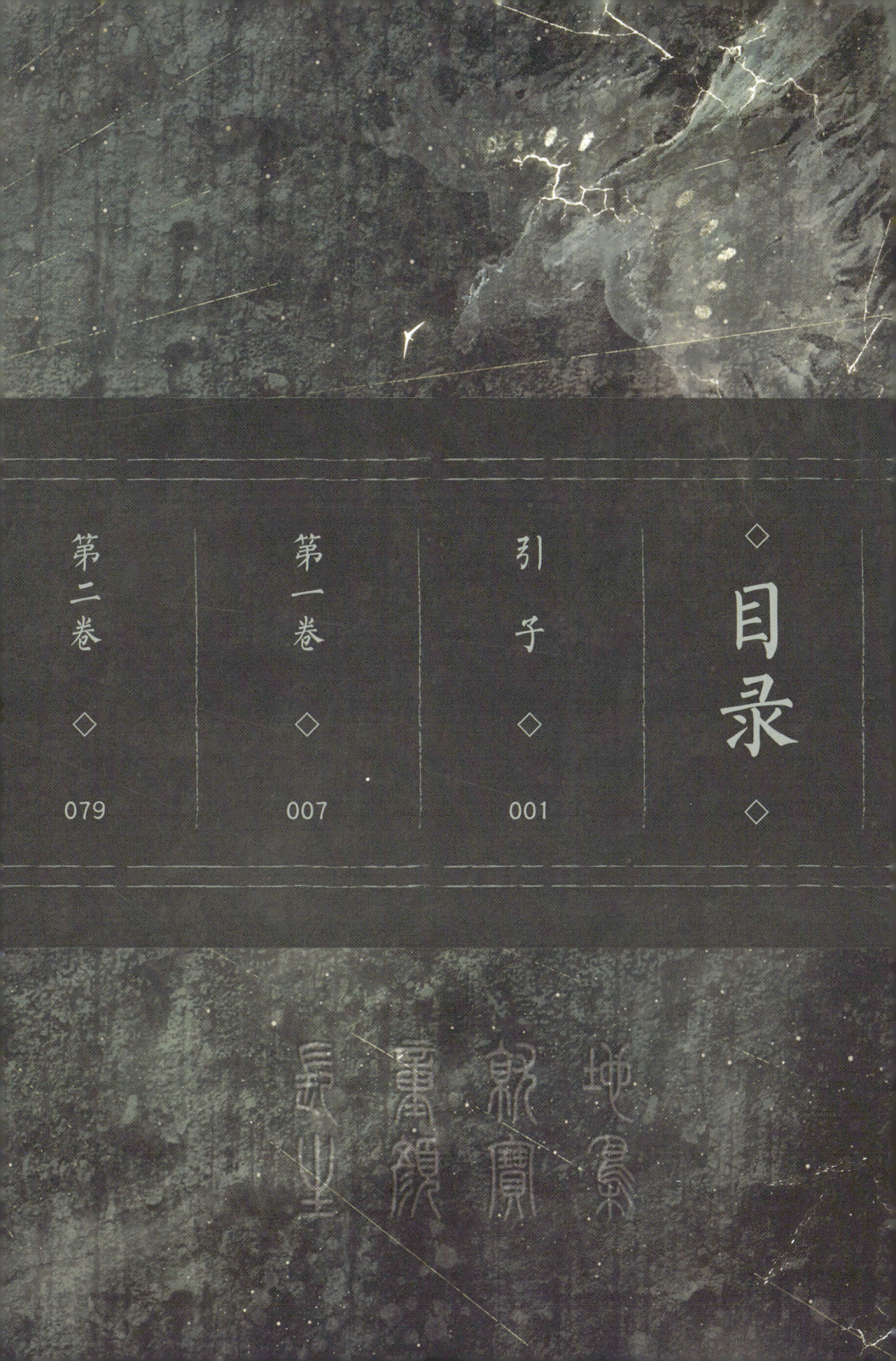

- 引子 · 001
- 第一卷 · 007
- 第二卷 · 079

炎还山盯着这眼睛看。他发现自己动不了了。那个女人爬过来了。

名不起者の異裏

引子

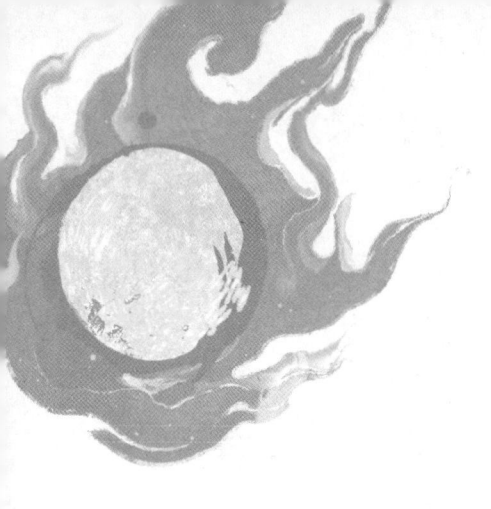

一九九二年，陕南由唐县，老牛头岗。

炎还山一大早就出了门，蹬着自行车跑了大半个县城，给七八家"有关单位"送了礼——他在岗西盘了个小煤矿场，资质不够，手续不全，不私下孝敬的话，分分钟就得关停。

不过话又说回来，这年头，国家经济才盘活，且"活"得有些迅猛，各项法规跟不上，很多人靠人情和关系走天下。

一个上午，炎还山送出去两三万元，不过他非但不心疼，还美滋滋的：关系打通了，矿上的事就好办了，媳妇林喜柔怀孕了，托人查了B超，说是个男的。

男的哎，带把儿的，老炎家有后了！

事业家庭双丰收，炎还山太满足了。回矿场的路上，他把车子蹬得歪歪扭扭，很风骚，嘴里还哼上了邓丽君的《甜蜜蜜》。

离着还远，炎还山就看见了站在矿场门口、微凸着肚子的林喜柔。

这还得了，孕妇怎么能瞎走动呢？炎还山慌得都没顾得上支车腿，随手把车子掀摺在地，大步流星迎上去："你怎么来了？"

林喜柔二十七八年纪，人如其名，面相讨喜而又温柔，她提起手里的保温饭盒："矿上的大锅饭不好吃，给你包了猪肉饺子。"

炎还山这才意识到快到饭点了，同时油然而生"媳妇在身边"的自豪感：矿下那些大小光棍儿，或者虽有女人却远在老家的，可吃不上这种热腾腾的"爱心"饭。

他小心翼翼地搀着林喜柔往矿场办公室走："来，来，小心走，慢慢地。"

林喜柔笑岔了气："我这还没到哪儿呢，你瞎紧张什么啊。"

办公室里有点乱，墙上贴着五花八门的"十佳""先进"之类的奖状，都是炎还山这两年到处活动来的。

林喜柔只扫了一眼，就把目光避开了去，她其实不大喜欢这些玩意儿，可是小姐妹们都夸，说男人这样是脑子活、精明、懂变通。

饭盒打开，韭菜味、肉鲜味混着老陈醋的酸味四下漫溢，炎还山非常满足地猛嗅了好几下，立即开动。

林喜柔在桌子对面坐下，从提袋里掏出棒针和毛线球，熟练地打上了毛衣，同时找话聊："那个李二狗，还没找着呢？"

炎还山吃得呼哧呼哧，答得含糊不清："这龟孙……偷了矿上的钱，还不远远躲开了去？上哪儿找啊？"

李二狗的事，算是这段时间以来，炎还山遇到的唯一不顺心的事了。

不过他想得很开，哪家矿上、哪家厂里没有这样的烂人呢？好吃懒做、迟到早退不说，还尽散播谣言，说矿下头有"鬼"，严重影响工人的劳动情绪，被他狠狠训斥了之后心生不满，半夜撬了财务的锁，顺走了小一万元。

小一万啊，想起来他都心疼。

林喜柔说："真不报公安啊？便宜了这种坏人了。"

炎还山答得更含糊了："报什么啊，多一事不如少一事吧。"

毕竟，他这个矿上屁股不干净的事太多了，不想把公安往家里招。

林喜柔没再吭声，低头织了几行针，偶瞥一眼，发现炎还山没再狼吞虎咽了：他咬着筷头，正瞧向窗外。

循向看去，不远处的坑道口上围了一堆工人，林喜柔看了眼墙上的挂钟：十二点半了，下矿的工人们是该上来吃午饭了。

她起了个新话头："今天矿上大荤是什么菜啊？羊肉？"

炎还山喃喃道："不对啊，出事了？"

林喜柔一愣，再次往窗外看去，这一次，瞧出异样来了：往常一到饭点，这群收工的都往食堂跑，蹿得比狼都快，但是现在，他们三五成群地堵在坑道口，激动地嚷嚷着什么。留神的话，都能看到被阳光照得贼亮的、喷溅出来的唾沫星子。

不会真是出事了吧？

开矿的最怕地底下出事了，而地底下出事，必然不是剐到蹭到这么简单。炎还山心慌慌的，碗筷一搁，三步并作两步冲出了门，隔着几米远就气势汹汹地吼上了："怎么了？！怎么了这是？！"

这是他多年混出来的经验：不管出了什么事，哪怕死了人了，都不能怯、慌、乱，要凶，要开口就能镇住场子。

这一吼果然立竿见影，嚷嚷声小了很多，小组长刘三池一张煤黑的马脸下透着煞白："老、老板，二狗子没撒谎，下头、下头有鬼咧。"

没死人啊，炎还山心里一块巨石落地，吼出一句粗话。

林喜柔过来的时候，正听到炎还山给一干人做思想教育："书里讲得明明白白的，这个世上是没鬼的。二狗子是文盲，你们也不认字？哪有鬼？把它叫出来我看看！"

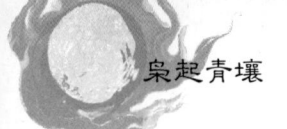

刚进矿没两天的小后生长喜小心翼翼地解释:"不能叫,大日头的,我听说,鬼晒太阳会化成水的。"

哟,这还体贴上"鬼"了?

炎还山气不打一处来:"一个个嘴咧咧的,都看到了?真新鲜,鬼长什么样啊?"

居然真有人答。

毛旺:"长得白生生的,没看真,嗖一下就闪没了。"

孙贵:"会发声,我听到哼唧声了。"

韩德福:"我带下去俩香瓜,俩香瓜都没了!"

炎还山语带讽刺:"都做鬼了,还惦记着吃瓜?"

林喜柔心中一动,她扯了扯炎还山的衣角,把他拉到一边:"会不会是李二狗啊?"

她是二十世纪六十年代生人,和炎还山一样,受过教育,对鬼神之说向来嗤之以鼻,听到矿下出幺蛾子,第一时间,只会往人身上想。

——李二狗是半夜跑的,衣物都没带,据说只穿了白汗衫、黑裤衩,"长得白生生的",莫非就是白汗衫?坑道里黑漆漆的,白汗衫的白委实显眼。

——到处都找不到李二狗,就不兴是他躲进了矿道?"俩香瓜都没了",矿下没吃的,可不得偷嘛。

炎还山一点就透,一拍大腿:"就他,没第二个了!"

他心里有了数,转过身,话更硬了:"这么着,我跟你们下去会会这鬼。"

挖矿的多是文盲大老粗,很难跟他们讲明白唯物主义,最有效的方式就是眼见为实,众目睽睽之下破了这"鬼"。

可惜的是没人愿意下,奖二十块钱也不下。

不下也好,炎还山转念一想,觉得自己单枪匹马下去把李二狗给拖出来,更加有气势,叫这帮挖矿的看看,能当矿主,手底下不是虚的——威风立起来,以后发号施令就更方便了。

他白眼送出去一圈:"都不敢,是吧?等着啊,等你炎哥把它请出来晒太阳。"

人比人得死,在一干垂头耷脑的矿工衬托下,本就长得英挺出众的炎还山显得更加高大威猛。林喜柔心里美滋滋的,觉得自家男人实在是很拿得出手,直到炎还山的身影都快消失在矿道口,才想起嘱咐一句:"手别太重啊。"

炎还山早年在街头混过一阵子,手硬脚狠,打三两条壮汉不成问题,林喜柔怕他气上心头,一个收不住,把李二狗给打残了。

大型的有实力的煤矿,上下有升降梯,坑道间进出有矿车,炎还山的矿小,一切从简,坑洞口架设了几组简易滑轮,所有人用缀吊在滑轮上的"猴袋"上下。

所谓"猴袋",就是麻袋底下挖两个口子,人坐进去之后,两条腿从破口里垂出来,再经由滑轮一路降至洞底——因为安全系数低,全程都得蜷着身子尽量不动,看着跟傻猴似的,是以明明是兜人的袋子,偏偏叫"猴袋"。

炎还山跟坑口值班的打了声招呼,坐着"猴袋"下了洞。

这矿是从上一任矿主手里接的,二手货,上一任挖成什么样,到他手里就是什么样,要说有什么特别的,那就是深,特别深。

也正是因为深,这口矿里传的玄乎话儿远比别的矿多,比如李二狗就造谣说这矿是"十八层地狱"的入口,还言之凿凿地说看到过"青面獠牙的鬼"——这不鬼扯吗?要真是地狱入口,他炎还山还开什么矿啊,卖景点门票得了,管保个个都来瞧热闹。

下到洞底,边上就是装备堆。炎还山捡了把镐头,拎上矿灯,进了蛛网般错综复杂的矿道。

他对下头的矿道不太熟,这也是没办法的事:小煤矿绘制的坑道图本就不精细,而且人工挖矿随机性太大,有时候挖着挖着觉得不妙,可能会塌,于是随意拿木棍支一下,换个方位再挖。久而久之,就挖得狗刨猪啃般,没眼看,也没脑子记了。

炎还山一路吆喝:"二狗子,自己出来吧,争取宽大处理啊。"

坑道里特别黑,矿灯的光左晃右荡,每次只能照亮小方桌大的一块地方,但炎还山一点都不害怕,一来天生胆肥,二来嘛,人有什么好怕的呢?至于"鬼",这世上又哪来的"鬼"呢?

走了约莫一刻钟,炎还山吆喝得嗓子都哑了,也没见李二狗现身认罪,他心下恼火,正想往另一条坑道去,脚下忽然踩到了什么东西。

这东西溜滑,让人定不住脚,炎还山猝不及防,"哎哟"一声,踩着那玩意儿滑出几步远,然后仰天跌了个结实,这一记摔得他眼前发黑,矿灯的玻璃罩都摔出了好几条裂缝。

炎还山足足花了五秒钟才缓过劲来,他拎着矿灯四下一照,很快锁定了罪魁祸首——是香瓜靠结蒂处的那一块,难怪溜滑溜滑的。

哪个浑蛋扔的?!

炎还山骂骂咧咧,正想起身,忽地怔了一下。

就在不远处,灯光尽头,暗淡而又模糊的黑里,有一双脚,纤瘦白皙,一看就知道不是男人的脚。

不是吧,矿底下还能有女人?

炎还山下意识拎高了矿灯。

他看到黑漆漆的一团,那真是个女人,赤裸的、蜷靠在角落里的女人,头发又浓又密,遮住了脸和大半个身子,藏在乱发下的眼睛正一瞬不瞬地盯着他。

说来也怪,这眼睛除了比一般人更亮、更美、更深邃些,倒也无甚特别,但炎

还山脑子里冒出的第一个形容词，跟亮、美、深邃都无关。

他脑子里冒出的词是"新的"。

簇簇新的眼睛，没使用过的，像婴儿一般，刚刚被造就的。

炎还山盯着这眼睛看。

他发现自己动不了了。

那个女人爬过来了。

1992 年 9 月 16 日 / 星期三 / 晴转阴转大雨

十点半了，大山还没回来，外头雨下那么大，家里就我一个人，有点怕。

中午给大山送饺子，遇到一件好笑的事：工人闹闹嚷嚷的，说矿下有鬼。

哪来的鬼啊，我猜多半是李二狗。

大山独个儿下去"抓鬼"，我还挺期待的，不过再一想，未必抓得到：李二狗做了亏心事，哪敢叫大山找着啊，听到动静，早躲起来了。

果然叫我给猜中了，大山白兜了一场，上来说，里头什么都没有。

十点四十五了。

矿上的事可真忙啊，大山太辛苦了，希望儿子早点出生，快快长大，这样大山就能多个得力的帮手了。

我最近在给儿子想名字，老爱翻词典，喜欢上一个词儿：开拓。

开拓，开拓，真好听，开辟新天地，拓展新道路，敢教日月换新天。

炎开、炎拓，听上去都不错，我真是哪个都喜欢，选不出来。

算了，让大山选吧。

外头有声响，准是大山回来了，就写到这儿吧。

——林喜柔的日记，选摘

鸟木起者の襄

第一卷

01

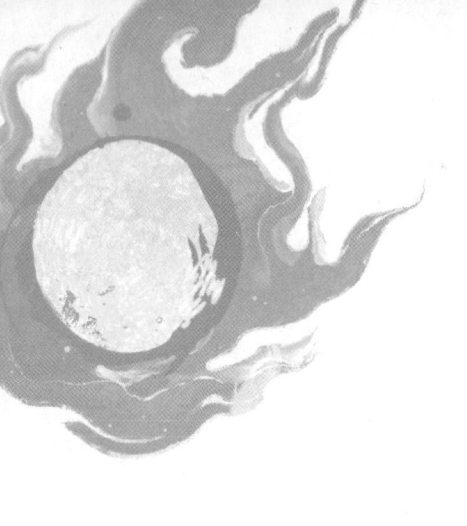

九月中旬，江南还是流火季，"秦岭—淮河"一线，已渐入秋凉。

晚十时许，安开市石河县兴坝子乡一带，差不多已是漆黑一片，只西头一隅有几点亮——周围山影憧憧，风过林噪，映衬得那亮如扑跌不定的灯苗。

兴坝子乡人惯住乡东，西头是野地，旧时修过庙，起过祭台，还请过巫师禳灾驱鬼，之后便荒废了。再后来，也不知怎么的，这儿长出了大片的玉米，可惜品种不行，掰来只能喂猪。

这季节，玉米已经掰得差不多了，地里只剩一人来高的枯黄秸秆，秆身细瘦，密密麻麻，风一过，哗啦哗啦，怪瘆人的。

那几点光亮来自玉米地中央朽颓的破庙，以及庙外的越野车。

驾驶座侧车窗半开，孙周夹了烟的左手搭在窗沿，正和女友乔亚打电话，因着聊到兴起来不及抽，只能任烟空烧，是以每隔一会儿，都要磕掉烟灰。

"乡下地方，四面一个人都没有……我跟你说，我心头真发毛。"

他瞥一眼周遭，忽然觉得左手露在车外很没安全感，于是撂了烟，把手缩回来。

乔亚对这地方有耳闻："是山区吧？我听我爷说，那一带曾经是匪区，杀过好多人呢。"

孙周胳膊上冒起一片鸡皮疙瘩，下意识左瞄右瞥：左边是一片黑魆魆秸秆地，秸秆在风里轻晃，晃出一股子阴怖森凉；右边是庙，里头的光亮像幽微萤火，缓缓飘移。

"我有什么办法，聂小姐要看泥塑，人家是艺术家。"

"也怪我，路上走错道了，到得就晚，聂小姐又看入神了，我不好意思催她……"

他是跑线司机，聂小姐是雇主，走不走、什么时候走，雇主说了算。

乔亚发牢骚："看雕塑，怎么不去龙门、敦煌啊？跑去乡下……"

孙周说："不是说了是艺术家吗，那些有名的窟，人家十来岁就全看遍了。现在就流行找这种乡野的、原生态的，触发创作灵感。"

乔亚没词了，顿了顿，问："听说她雕个像，能卖几万？"

孙周其实也没数，但他装着很懂行："艺术能那么便宜吗？至少也十几万啊。"

乔亚感叹了会儿，末了说了句："这聂小姐胆儿可真大。"

"可不，"孙周很有感触，"这黑灯瞎火的，又是秦巴山区，我跟你说，我心里都打鼓，这要是冒出几个不法分子把我们给弄死了……"

乔亚没好气："我不是说这个。我是说，她一年轻女的，敢跟你一男的，大半夜跑那么偏的地方去——她就不怕你起色心，把她给那什么了？"

"我拿钱办事，有职业道德。再说了，这都认识儿天了，等于半个熟人。"

乔亚冷笑："熟人？人家说，性犯罪一半都是熟人下的手，女人防男人，不分熟不熟。反正换了是我，绝对不敢跟一个不熟的男司机大半夜往乡下跑，男同事、男同学都不行。"

孙周涎着脸："那我呢，我行不行？"

乔亚也发了嗲："你行。"

孙周心上胯下同痒，正想说两句骚话，忽然看到车左侧的后视镜里，掠过一个黑影。

他吓得一激灵，手机都掉了："谁？"

回应他的，是风过秸秆地的哗啦声响。

孙周打开车门，四下看了一回，觉得那玉米地里似乎什么都没有，又似乎什么都有。

捡起手机，通话还没断，乔亚已经发了急："怎么了？谁啊？"

孙周后脊背上一阵泛冷："不说了，我去……催催聂小姐。"

他挂了电话，小跑着往庙里去——他虽然身高一米八，看着壮实，但那是虚壮，真出什么事，他罩不住。

更何况，还带着这个弱不禁风的聂小姐。

庙不大，穿门过院就是正殿，早些年损坏过，后来文保局着手修复，修复到一半，不知是缺少资金还是觉得意义不大，又放弃了。

正殿的供台上，挤挤挨挨的都是泥塑，那位聂小姐，聂九罗，着白衬衫、黑色紧身裤，正跨坐在一架便携式铝合金伸缩人字梯顶端，左手持手电，仔细打量一尊泥塑的眼眉，腕上晃着极细的螺纹多圈手环，泛着柔润银光。

庙内昏暗，手电的光柱里，飘着上下浮荡的尘。

孙周还记得，傍晚到的时候，这些泥塑都满覆灰土，但现在她打量的这尊，眉眼分明，色彩也凸显出来，显然是清理过了。

他叫了声:"聂小姐。"

聂九罗回过头来。

她二十五六年纪,身量苗条,一头漆黑长发,冷白皮。发色是真黑,黑到发亮,皮子也是真白,瓷白冷调,质地好到搽什么粉霜都是多余,所以她用酡红色的口红——肤色冷的人唇色偏淡,不搽口红,总会透出些疲弱的意味来。

这一回头,同时露出那泥塑的脸,这泥塑虽残却美,不过美得不端庄,形似妖魅。聂九罗的刘海低低压着眼眉,乌黑眸子,雪肤红唇,恰好在泥塑脸边。

两张脸——一个活人,一个死物;一个肉胎,一个泥质。孙周晃了神,觉得聂九罗的脸比之旁侧的那张,更多点慑人的魅气。

他想起乔亚说的见色起意,心说:就算真有机会,我也不敢把她那什么了。

"聂小姐,都十点多了,我们先回去吧,明天再来,这一带治安不是很好,路况也差……"

聂九罗一点就透:"好,我拍几张照片就走。"

拍完照片,孙周收拾好梯子等什物放进后备厢,合上车盖的时候,他回头看了看。

似乎有什么声音,呜咽幽怨,像是女人在……啜泣。

孙周被自己的联想吓得周身汗毛倒竖,飞快地钻进车子。

聂九罗坐在后排,正仔细看刚才拍的照片。

孙周清了清嗓子:"聂小姐,你有没有听见什么……怪声啊?"

聂九罗奇怪:"什么怪声?"

果然,孙周也猜到了不能指望她:这些搞艺术的人都太投入了,一旦沉迷起来,敲锣打鼓都惊动不了。

他岔开话题:"不是,你是外地人,不知道……这一带,以前叫南巴老林,土匪杀人,阴气重……"

聂九罗说:"我知道,南巴老林嘛,以前是原始森林,从东汉开始就禁革山场,'遍山皆是海,无木不成林',清朝的时候涌入大量流民,白莲教起义就是从这里起的,再后来土匪盘踞,很久以后才被肃清。"

孙周听直了眼:"这你都知道?"

聂九罗又低下头看照片:"大学的时候对区域历史感兴趣,辅修的。"

辅修,主业都这么精了,还辅修,难怪人家能赚大钱,是坐车的,而自己,只能大半夜给人开车。

孙周一边感叹,一边发动了车子。

这一带路不平,孙周爱惜车子,开得很慢,正准备绕弯时,右边的秸秆地里,忽然出现了一个女人。

当时,车灯光笼住了那一处,孙周看得清清楚楚:那个女人一张脸惨白,满脸血污，两颗眼珠子凸起，眼睛瞪到几欲眦裂，看那架势，似乎是想冲出来求救，但有根粗壮的黑褐色手臂自后箍住她的脖子，刹那间就把她拖回了秸秆地里。

这一幕转瞬即逝，但视觉震撼却极强，以至于人都没了，孙周的视网膜上，仍停着那两颗暴凸的眼珠子。

他周身的血直往脑子里涌，"啊"了一声，下意识踩了刹车。

车身猛顿，聂九罗猝不及防，险些撞上前头的椅背。

她稳住身子，抬头问孙周："怎么了？"

怎么了？

孙周大口喘气，车左车右，前前后后，都是秸秆在轻摇，哗啦声里，偶有秸秆被吹折的脆裂声。

是幻觉吗？

他觉得那不是幻觉，此时，此刻，就在车外，有可怕的事情正在发生。

怎么办？孙周手心冒了一层津津的汗：路见不平，还是当什么都没看见？

见孙周不答，聂九罗更奇怪了："车子出问题了？"

"不，不是，"孙周稳住心神，再次发动车子，"刚有什么东西，刺溜从前头蹿过去了，给我吓了一跳。"

聂九罗不疑有他："可能是兔子吧，或者老鼠。这种野地，又靠山，很多小动物的。"

车子终于驶上县道，孙周脑子里一团乱。

那个女人怎么样了？会死吗？如果死了，赖他吗？

他马上为自己辩解：这么做是对的，远离危险。不是所有人都有能力见义勇为，万一拖走那女人的是个杀人犯呢？他如果下车去救，搞不好也会挂在那儿，车上还有聂小姐，聂小姐也会被连累……

所以，这样是对的。

就这么一路恍惚着回到酒店。

石河县是个小地方，这个叫金光宾馆的准四星酒店，已经算最高档的了。聂九罗回房前，跟他定了明早九点还去兴坝子乡。

还去，还要去。

孙周心事重重地睡下，一晚上辗转反侧，做了很多零碎的梦，这梦糅合了他听过的各类怪异传说，逼真到可怕——

夜深人静，聂九罗在清理破庙的妖女像，她是活人，那泥胎感了她的阳气，渐渐活转，挤眉弄眼，她却浑然不知。

他的车子，怎么都动不了，他下车查看，看到车胎上缠满玉米秸秆，他拼命地

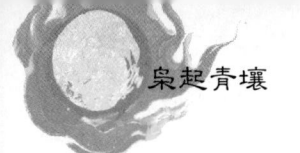

撕拽，那秸秆却像有生命般一路疯长，缠绕着他的身体，戳进他的七窍。

那个女人被拖进秸秆地，他装作没看见，车子急驶入县道，忽然间，咔嚓咔嚓的声音铺天盖地，沥青的县道上长出了成片的秸秆，秸秆丛里，影影绰绰，飘着女人时而凄苦、时而诡笑的脸。

……

早上九点，孙周顶着俩黑眼圈，载着聂九罗，再次前往兴坝子乡。

这次走对了路，十点刚过，就已经到了破庙门口。

聂九罗照例地一入庙就八风不动，孙周在外头等她，刷微博，看短视频，晒太阳，还曾爬上车顶眺望远方：整个上午，只有一个开摩托车的从不远处经过，车声突突，车上坐着俩壮汉，如一座移动的肉山。

中午时分，阳光炽烈，孙周就着饮料嚼面包，嚼着嚼着，目光不觉黏在了远近那密密的秸秆上。

那个女人，被拖进秸秆地的女人，是被弃尸附近了，还是被带走处理了？

又或许，是自己脑补太多、想得太严重了：根本没有血腥罪案，可能是夫妻打架。

孙周收回目光，继续嚼面包，嚼着嚼着，目光忍不住，又移了过去。

脑子里有个声音在说：看看，过去看看，看看，就知道了。

02

聂九罗花了一上午，清理出三尊泥塑，时代和岁月的痕迹在泥塑上展露无遗：断头少腿，多处焦黑，有些地方剥蚀严重，露出了里头的草胎骨架。

但还是美的。

现代科技发达，信息共享，人才不管地处多么偏僻，只要能有平台展示自我，就不会被埋没；但旧时不同，那时候，山坳里的天才，可能一辈子都走不出山坳，再惊才绝艳的作品，也只能罗陈于屋前舍后，被村人鄙薄为不能换钱吃饭的玩意儿。

她觉得塑这些泥像的，是个大手。

大手遇大手，难免隔空嗟怀、惺惺相惜，她拍了很多照片，又仔细研究手法、线条，直到饥肠辘辘兼内急不耐，才出了破庙。

孙周不在，也不知道去哪儿了，周围的秸秆地是天然屏障，但聂九罗犹豫了一下，还是放弃了露天方便的念头。

她匆匆往东头去，走出玉米地的时候，注意到路旁停了辆越野车。

比孙周的新，也比孙周的大，前车灯处装了防撞罩架，纯白车身，强悍素简，线条刚硬，没有任何装饰。

这种穷乡僻壤,好像不大会有外人来,聂九罗心中一动,凑到车窗处看。

车里没人,车前侧悬了个平安符,是个五帝钱的车挂。看到车挂,聂九罗就知道自己认错了,正打算走,忽然看到,副驾上坐了个鸭子。

是只黄毛绒的扁嘴鸭公仔,坐得端端正正,两只鸭蹼齐整地向前,一脸呆萌,目视前方,更绝的是,还系着安全带。

妈呀,鸭子。

聂九罗扑哧笑出声来,还及时捂住了肚子:她内急得厉害,怕自己笑尿了。

去公厕的一路上,她还时不时地发笑。

老实说,车内外的装饰都挺硬的,只有那只遵守行车安全的鸭子突兀,她估摸着开车那人,不是有孩子,就是有颗不泯的童心。

回到破庙,还是不见孙周。

兴许也方便去了,聂九罗打开车门拿东西吃,中午时分,四野僻静,偶尔传来啁啾鸟声,正天上有轮日晕,聂九罗眯着眼看,还伸出手,放进日晕的中心。

日晕三更雨,今晚上,可能是要下雨。

一顿简餐吃完,孙周还是没回来。

聂九罗有点奇怪,这一带治安不大好,孙周考虑到她的安全,从来都是守在附近,即便内急,也是快去快回。更何况这么久了,就算掉进茅坑,也该爬上来冲干洗净了。

孙周的电话扔在驾驶座上,打电话找他显然是行不通了,聂九罗双手拢在嘴边,试探着喊了句:"孙周?"

声音传散开去,没收到任何回应,她尝试着走远些去找:"孙周?"

她走进秸秆地里。

这些秸秆可真是碍事,一丛一丛,遮挡人的视线不说,还不时钩挂衣服,有不少秸秆被村民当柴火齐根割走,只露短茬,她穿的是硬底矮靴,一路踩过去,发出咔嚓的干裂声响。

走了一会儿,她停住脚步,蹲下去看地面。

那一处土壤里,有几处褐红色,像是渗进了血,拿手试了一下,已经干了。

聂九罗笑自己疑神疑鬼:如果是孙周留下的,不会干这么快,而且,这是乡下地方,村民习惯在野地里杀鸡宰鹅,这多半是鸡鹅血。

她抬眼四顾,又发现一处异常:不远的地方,秸秆往一个方向倒,像是曾有什么重物被一路拖拽。

聂九罗站起身,正要过去看个究竟,身后传来急促的脚步声。

她转身看,有人跌跌撞撞奔来,身形被密密的秸秆遮挡,看不真切,脚步声又

急又重，掺杂着秸秆的断折声，迅速逼近。

听声势，方向正朝着她，聂九罗下意识地撤开两步，几乎是与此同时，秸秆丛中冲出一个蓬头垢面、满脸血污的男人。

即便有心理准备，聂九罗还是忍不住叫出了声。

那男人猝然止步。

居然是孙周！

他头脸冒血，颈上破口处皮肉外翻，眼神满是空洞，即便站住了，身体仍止不住地发颤，这颤抖甚至带动牙关，发出"咯咯"的轻响。

聂九罗觉得不太对劲："孙周，你怎么了？"

这问话把孙周从混沌拉回现实，他眼神渐渐聚焦，嘴唇急速翕动着，蓦地迸出一句："快跑啊！"

话音未落，人已经像箭一样蹿了出去。

聂九罗怔了不到一秒，也跟着拔腿就跑。

她当然不知道孙周在躲什么，但习惯使然：大街上，人人都抬头看天的时候，她也会跟着看一眼；人人都惊惶逃窜的时候，她也绝不会逆流而上。

管他呢，跑起来总是没错的。

快到车边时，她于百忙中，还是忍不住回头看了一眼。

没有想象中的丧尸、怪兽、变态杀人狂，事实上，秸秆地里几乎称得上宁静，不过，她也不知道自己是不是眼花：某一个风压秸秆的瞬间，她觉得自己似乎看到了一个人影。

引擎声暴起，聂九罗一把拉开车门，一只脚才刚迈上车，车子已经呼啸着蹿了出去。

聂九罗措手不及，几乎被掀翻在地，刹那间天地倒置，整个身子跌滚开去，掌心因为拼命要撑住地面，被磨得火辣辣的疼，迅速挺起上身时，只觉空气灼热——车子临去时，狠狠喷出的一兜尾气还未散。

孙周这个王八蛋！

她恨得咬牙，不过没忙着骂孙周，轻重缓急她是知道的：秸秆地里还有伤人的玩意儿呢，孙周跑了，她可别稀里糊涂成了替补。

聂九罗抓了块石头在手上，盯住秸秆地，慢慢站起身子。

周围安静极了，一分一秒似乎都被拉到无止境，好在，满眼的秸秆始终安宁，只时不时与风厮磨。

看来，那东西是……走了？

不过，即便走了，她也不敢在这里久留了，聂九罗揣着小心，快步往东走——乡东是住人的，到了人群中，就可以心安了。

她越走越快，时不时观察左近，走着走着，陡然收步。

那辆白色的越野车，后备厢门大开，有个男人用力扔进去一个大帆布袋，然后重重拉下车盖。

聂九罗丝毫没有"终于遇到人了""可以求助了"的兴奋感，在事发地附近出现的人，一半是真路人，一半是关联者——也许这个人，就是伤了孙周、把他吓得屁滚尿流的那个呢。

而如果真是的话，她的表现就至关重要了：不能显出慌、怕，不能显出对这人的怀疑，但也不能全然漠视。

她把彼此的距离控制得适度，步子不紧不慢，一脸冷漠，目光淡然地扫了过去——非常路人式的、随意瞥一眼的那种。

那男人也看了她一眼，巧了，也是路人式的、随意瞥一眼的那种。

这是个年轻的男人，身材高大，宽肩窄臀，有着耐看的五官和紧实硬朗的下颌线，一定不常笑，因为爱笑的人，眉眼一定是柔和的。

聂九罗收回目光，又很"随意"地瞥了眼他的车牌号。

副驾上坐了只毛绒鸭子的男人，未必是有童心，也未必是当爹了，还有可能是个嗜血手狠的心理变态。

因此，记下他的车牌号，很有必要。

走过乡东口的小卖部，眼见得左近人多起来，聂九罗才长长舒了一口气。

很好，她安全了，可以秋后算账了，她对孙周受伤的那点关切，早就被差点碾在车轮下的愤怒给抵消了。

她走到一棵浓密的老槐树下，尽量离树下打花牌的几个老婆子远点，然后给旅行社打投诉电话。

聂九罗这趟是有事来陕南，要留半个月左右，但总体上很清闲，她不想空耗在酒店浪费时间，所以联系了旅行服务商，要求包车定制线路，看一下就近几个县乡的庙观雕塑，越古旧越好，不怕残破。

由于不是常规路线，其中某些目的地又较为荒僻，所以旅行社开出了两倍于市场的价格，聂九罗答应得很爽快，只有两个要求：一、安全；二、各个点都走到位。

还"安全"呢，她看着磨去了一层薄皮的手掌，准备吵个大的。

凡事不争不恼，别人还当她没脾气呢。

电话接通，聂九罗温温柔柔地开始叙事，她从不泼妇骂街：泼妇骂街，看似轰轰烈烈，实则气泄得太快，不利于打持久战。

事情讲完，那头已经战战兢兢，重复了无数遍"对不起"。

聂九罗："我不觉得这是说两句'对不起'就能完了的，我花钱雇的司机，遇到事,甩下我跑了,这合理吗?"

旅行社:"是,是,太不合理了。"

聂九罗:"如果不是我反应快,是不是就被卷到车底下去了?我可以理解孙周是遇到了突发变故,但这是两码事。我花了钱,我就要求和钱对等的服务,一个号称有近十年驾龄的老司机,就算再惊慌失措,可以这样置客人的生命安全于不顾吗?"

旅行社显然深谙"语气越平静,事情越大"之理,恨不得在那头给她磕头:"是,是,聂小姐,这绝对是我们的工作失误。"

聂九罗正准备来个辞藻华丽的反问第三弹,把气氛拱向高潮,耳边忽然飘来一句:"就是偷汉子去的,哦哟,脸皮都不要咯……"

什么"偷汉子"?聂九罗一个分心,华丽的辞藻飞了个干净。

"还糟怪(说谎)说去打牌,打一夜都不着家……"

"她男人学摸(找)去了,哦哟,要打死人咯……"

"聂小姐,你看这样好不好,我们马上就近安排司机去接你,孙周这边,我们尽快联系他,了解情况……"

好像暂时也只能这样了,聂九罗一心二用,此刻倒是对凭空飘过来的八卦更感兴趣。客观地说,她不是八卦的人,但八卦都到耳边了,硬要当没听见也没那必要。

她含糊地应付了两句,挂掉电话,向着那几个打花牌的婆子走近几步。

几个婆子高谈阔论,义愤填膺,丝毫不觉得聂九罗这外人出现得突兀,还积极团结她融入讨论,讲几句就问她的看法:"你说是啊,女子?"

很快,聂九罗就搞清楚了这桩乡村桃色事件的来龙去脉。

原来,就在昨儿晚上,兴坝子乡有个女人,说是出门打牌,一宿没回家,她老公猜是女人玩上了瘾,留宿在牌友家了,也就没当回事。

结果一直到今天上午,都没见女人露面,电话又关机,她老公不乐意了,找上门去,才知道女人根本就没去打牌。

这下麻烦了,不见了人,又联系不上,她老公嚷嚷着要报警,牌友怕事情闹大,说了实话:打牌只是托词,女人在邻村有个相好的,其实她昨儿晚上,是找相好的去了。

女人老公暴跳如雷,叫上俩表兄弟,开上摩托车,气势汹汹去邻村捉奸去了。

截至目前,捉奸的"战况"还没传回来,但几个婆子笃定,此去必是腥风血雨,通俗点讲就是,"要打死人咯"。

03

下午，聂九罗等来了接她的车，却没等到乡村桃色事件的落幕——这事居然又起了波折。

说是那老公带人找到了奸夫，一通拳打脚踢，奸夫被打得跪地讨饶，号出又一通曲折：那天晚上，两人是约好了私会来着，可是他左等右等，没见女人来，打电话也不接，他没细想，只当是女人家里有事，临时变卦了。

简单概括就是，桃色案有向人口失踪案过渡的趋势。

至于失踪案又将是个什么走向，聂九罗没再关注，她对人对事都是"适度好奇、适可而止"，精彩的小说、好看的电影，送到她跟前她就看，看了一半忽然没了，她也不是很惦记。

新派来的司机叫老钱，四十来岁，回去的路上，他一再代表旅行社向聂九罗道歉。

这是孙周的个人行为，聂九罗倒也无意向无关人等发难："那个孙周，联系上了吗？"

老钱尴尬："没呢，电话倒是通的，就是不接。"

他又嘀咕说："挺壮实的小伙子，怎么就能被吓成这尿样？"

所谓"丧尸""怪兽""变态杀人狂"，都是调侃性的臆测，概率毕竟不高，想来想去，仇家寻仇、赌档逼债的可能性还更大些。

聂九罗问了句："他是不是得罪了人，或者欠人家钱什么的？"

老钱答得谨慎："这个不太好说。"

也是，普通同事而已，上哪儿去知道别人的私生活呢？

原本，孙周是随着聂九罗住宾馆的，但老钱是旅行社"就近"派来的，本地人，在县里有住处，所以把聂九罗送回宾馆之后就回去了，说是晚上还联系不上孙周的话，后面的行程就由他接手。

时间还早，聂九罗回到房间，取出笔和画本，很快投入工作。

她下一个作品，准备塑"魔女"，线稿已经起过好几张了，都半途而废，废掉的原因只有一个：美则美矣，魔性不足。

这次也是一样，人物面部才刚有了个轮廓，她已经不满意了，端详再三，画笔一扔，靠在椅子里发呆。

下一刻，蓦地想起了什么，又赶紧坐起身，把这两天在兴坝子乡的那个破庙拍摄的照片导入电脑，一张张放大翻看。

她的本意，是想借他山之石以攻玉，帮助自己激发灵感，但是看着看着，不觉走了神。

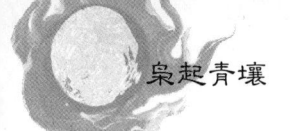

国内的庙宇殿堂，坐主位或者尊者位的塑像，一般都是宝相庄严或者慈眉善目，偶有愤怒相的，用意是借金刚怒目荡妖鬼奸邪——极少有供奉魔媚相的。

而且，供奉的人物得有来头，什么太上老君、九天玄女、吕祖、二郎神，但破庙里的这尊，以她之阅看无数，居然认不出来，难道是土生土长的地域性山精野鬼？

正沉吟间，手机响了，有消息进来。

聂九罗点进一个"阅后即焚"的App，里头有条以信封式样发过来的新信息，发信人昵称是"那头"。

双击信封，内容显现为"第七天，平安"，同一时间，行末出现了信息自毁的十秒倒计时。

十秒一到，一股烈焰蓦地腾起，瞬间吞噬了那行字，字体消除后，还有灰雾慢慢弥散。

现在的App，做得可真精巧，聂九罗正想撂下手机，又停住了，顿了会儿，她把那辆白色越野车的车牌号发了过去，附了句"看看这车主有没有什么前科，比如赌博放债什么的，资料发我邮箱就行"。

孙周要是再找不到，警方迟早介入，也必定会来找她问话，她直觉那位小黄鸭车主没有十分嫌疑，也有三分蹊跷。

放下手机，她继续忙自己的，直到肚子饿得扛不住了，才想起点外卖，这外卖也点得很险：九点二十五分下的单，再过五分钟，商家就停止营业了。

约莫十点钟，外卖送到，一大汤盒的石锅鱼，外加一份手工面，聂九罗将台面收拾出一块，行将开动，忽然觉得罪孽：面食易胖，石锅鱼又重油重辣，这么晚了，自己居然吃得这么油腻。

她倒了杯水在手边，每拈一筷子菜，都浸一下水过油，这么一来，菜的原味被破坏，自然是难享口舌之欲了，但心中不乏成就感：和好身材相比，这些都是次要的。

饭到七分饱，聂九罗停箸收筷，汤盒虽大，汤汁居多，该捞的都捞得差不多了，这一餐也不算浪费，正待收拾，面前的墙上忽然"咚"的一声。

声音怪扎实的，可见隔壁的住客这一撞实在不轻。

念头方起，聂九罗心中一动：隔壁是尾房，孙周住的，行程期间，房间都是一次性订好，房钱提前付清，酒店不可能再转售别的住客。

这是……孙周回来了？

这人就这样回来了，也不说向她招呼两句？还有旅行社，既然联系上孙周了，总得给她来个电话，做个情况说明吧。

还顾客至上呢，顾客都发过一次脾气了，还这么敷衍，看来是不知道这位顾客有不屈不挠的精神啊。

外卖的味道大，聂九罗收拾好之后，扎紧袋口放到了门外，反身进屋时，瞥到隔壁的房门，犹豫了一下，过去敲门。

孙周毕竟是受伤了，血淋淋的，于情于理，她该表示问候。

好一会儿，门才打开。

果然是孙周，他穿着酒店的浴袍、布拖鞋，头脸以及肩膀、胳膊，好几处扎着绷带，也许是因为受伤，整个人精神萎靡，眼神也呆滞，看了聂九罗好一会儿，才说："哦，聂小姐。"

那神色，仿佛刚刚记起这世上还有她这么一号人。

"聂小姐，你怎么回来的，叫的网约车？"

听这问话，应该是没跟旅行社联系过，还有，居然还关心了一下她怎么回来的，真是让人"感动"。

"你没接到旅行社的电话？"

孙周的眼珠子像死鱼眼珠那么鼓着，想了一两秒钟，才说："手机放在车上，忘拿上来了。"

"那赶紧去拿，旅行社一直在找你，可能都联系你家里人了，你这样一直失联，他们怕是都要报警了。"

孙周又想了想，像是才反应过来这事的严重性："是，我尽快去拿。"

他嘴上说着"尽快"，但是语速一点都不快，慢吞吞的，反应也滞后，有点迟钝，像电影《疯狂动物城》里那个急死个人的树懒：别人即时就能做出反应，他得停个两三秒。

孙周之前不这样啊，这是被吓出PTSD①了？

聂九罗忍不住又多问了几句："到底发生什么事了？你这伤是怎么弄的？你后来开车去哪儿了？"

孙周说："伤啊……"

他还是慢吞吞的，伸手去抚额头上的纱布，那动作之缓，缓得聂九罗恨不得伸手帮他摸：她其实不算急性子，实在是因为孙周这蜗行牛步的，太急人了。

"野狗咬的……又咬又抓……我去医院处理了一下，后来……太累，在车里……睡了一觉。"

聂九罗无语，听他说句话，真是能耗掉人所有的耐性，还有，他还"睡了一觉"，心比脸还大，这是完全忘了自己把乘客给拉丢且差点把乘客给轧了吧？

她结束这对答："那你尽快跟家里联系吧，好好休息。"

---

① 创伤后应激障碍。

回到屋里，聂九罗坐回桌边，又是好气，又是好笑。

她直觉孙周有点奇怪，不过，她并不关心这种奇怪：毕竟只是临时而又松散的雇佣关系，人回来了就好，至于发生了什么事，回来之后会引发什么连带反应，交由他身边人去探究吧。

点开屏幕，一封新邮件跳了出来。

是"那头"发的，应该是查到了白色越野车车主的资料，只是孙周既然是被野狗咬的，那个男人的嫌疑算是洗清了。

聂九罗随手点开。

脸对得上，果然是那人，名叫炎拓，西安人，一九九三年生，未婚，奉公守法，没有任何前科，名下登记了不少产业，包括闹市区临街的一整条商铺。

聂九罗心说：这要是白手起家，还是颇有点能耐的。

再往下看，原来大多是当爹的积下的资本：炎拓的父亲叫炎还山，二十世纪九十年代初就下海，开过煤矿，当过包工头，在股票刚放开的时候炒股，在房子不值钱的时候囤房，简直是人生赢家，除了死得太早——过世的时候，还不到四十岁。

炎拓的母亲叫林喜柔，九十年代后期在炎还山当包工头的建筑工地上出了意外，被凌空坠落的水泥板砸成瘫痪，脑部也受了重创，没有任何认知，一直卧床至今。

聂九罗看到后来，颇有点唏嘘，理了下时间线，炎拓等于在孩童时就"失去"了母亲，没几年又丧父，小小年纪，又守着一份遭人觊觎的家业，真不知道是怎么一路熬过来的，难怪看他眉眼，是个不常笑的——不是有句俗话吗："幸运的人一生被童年治愈，不幸的人一生在治愈童年。"

不过，路人的事情，就让它路过吧。

聂九罗关了邮箱，又一次尝试起线稿，这一回，不知是吃饱了来了精神，还是从照片中得到了灵感，进行得居然相当顺利，笔下勾抹挑画，出的图渐渐有那味儿了。

正渐入佳境，桌子倚靠着的墙上，又是一声沉重的钝响，这一次，可绝不是人撞的了：聂九罗直觉那应该是重物猛撞才能发出的声音，而且，隐约还伴有玻璃的碎裂声。

她一个分心，手上一滑，魔女那本该线条优美的脖颈曲线，滑成了一道僵直的斜线。

什么情况？孙周这是在拆屋吗？

聂九罗坐了会儿，越想越觉得不对劲，她站起身，向着门口过去，或许是心里有什么预感，脚步越走越缓，及至到了门边，手已经挨着门把了，又缩了回来，再然后，小心地凑到猫眼上，看外头的动静。

对比正常视角，猫眼的成像稍稍有些膨胀，外头挺安静的，灯光明亮。

聂九罗吁了口气，正想移回目光，有个人进入了她的视线范围。

这是个年纪在二十到三十岁之间的平头男人，个子不高，身材极粗壮，手里拎着一个沉重的帆布袋。他似乎很是警惕，一边走，一边东张西望，有一个瞬间，脸恰好正对着聂九罗这头。

　　没法具体形容他的长相，丑就对了，还不是普通的丑，属于那种先天的、病理性的、有缺陷的丑。

　　他走得很快，不到两秒钟，就走出了能从猫眼看到的范围。

　　聂九罗的心跳慢慢加速：这人是从左边过来的，左边就是尾房，对面的那一间没开过门，那就是……从孙周房里出来的？

　　想到刚刚墙上的震响和玻璃碎裂声，她觉得这人不像是孙周的朋友。

　　估摸着那人应该已经走远了，聂九罗小心地打开门。

　　走廊里空荡荡的，隔壁传来"嘀嘀"的声音，那是门没有关好的警示音。

　　聂九罗快步过去，出于礼貌，还是先敲了敲门："孙周？我进来了？"

　　无人应答。

　　聂九罗一把推开了门。

　　如她所料，屋里有些狼藉，茶几歪倒在墙边，几面上的玻璃碎裂了一地，地上横了一只酒店的布拖鞋。

　　孙周不在，卧房、浴室都没有。

　　电光石火间，她的脑海中掠过平头男人拎在手里的、沉重的帆布袋。

04

　　聂九罗来不及回房，踩过一地狼藉，冲到床头的话机旁，拨打前台电话。

　　那头刚接起来，聂九罗就劈头盖脸发问："有没有一个拎大帆布袋的男人出去？大帆布袋，一个男的？"

　　前台蒙得很："啊？"

　　"有没有？"

　　"没，没看见。"

　　那就是还没到楼下？聂九罗心安了点："如果看见，马上拦住他，我不管你用什么方法，他偷了我东西。"

　　为了引起重视，她又补一句："十几……好几十万。"

　　前台显然是被如此大额的损失震住了："好……好。"

　　聂九罗刚想撂电话，又想到了什么："除了大堂，这个宾馆还有其他出口吗？"

　　"有，还有三个后门。"

　　聂九罗心下一沉。

共计四个出口，截下那个男人的概率，只有四分之一了。

警察是近十二点的时候到的，一老一少，态度都挺客气，先查看了孙周房间，又调看了宾馆监控。

孙周房间有器物损毁，但没迹象显示发生了人身伤害。

宾馆摄像头主要分布在大厅、电梯内和电梯口，没有任何一个摄像头拍到了那个拎帆布袋的平头男，这人极有可能是通过监控缺失的消防通道和后门进出的。

就目前的情况，没犯罪事实，没危害社会的犯罪行为和后果，只靠怀疑，是不能立案的。老警察让聂九罗做个报警登记，尽量阐明情况，写清联系方式，留待后续跟进。

聂九罗也是生平头一遭报警，没什么经验，眼见就这么结束了，忍不住问了句：“你们法证……不用去收集一下指纹、证据什么的吗？”

老警察无奈地笑，小警察很热情：“你是看电视剧看的吧？我们这边不叫法证，属于刑事技术部门，是负责犯罪现场勘查的。”

聂九罗约略懂了：人家隶属"刑事"，负责的是"犯罪现场"，孙周这事，能不能算是桩"案子"还都不一定呢。

填表的当儿，小警察又跟她解释了一下目前的考量：孙周现在连"失踪"都算不上，万一他明天自己回来了呢？器物损毁不等于暴力绑架，万一他是主动配合、自愿钻进帆布袋玩"消失"呢？

可能性太多了，在更新的情况出现之前，这只会是一桩"出警记录"，他们也只能加以留心、后续跟进。

让他这么一说，聂九罗也有点不确定了：早前她猜测孙周是被赌档逼债，会不会是孙周为了躲债，联合朋友上演了这么一出？

管他呢，反正该做的她都做了。

一张表填完，老警察大致扫了一遍：“你是做雕塑的？这个属于美术专业吗？”

大类上是算的，聂九罗点头。

“那会画画吧？这个好像算基本功？摄像头什么都没拍到，你看过那个人的脸，能不能大概画一下？”

这要求不算过分，聂九罗从前台借了纸，开始速写，行将画完时，听到门口传来行李箱滚轮的声音。

这么晚了，还有人入住呢，聂九罗手上不停，眼皮微掀，向门口瞥了一眼。

居然是那个炎拓。

不过也不奇怪，这县城不大，外来的客，又有钱的，大多选这宾馆。

三更半夜，两个穿警服的守着一个在大堂画画的年轻女人，这场景不可能不引人注意。炎拓往这头看了一眼,不过,他似乎没什么好奇心,很快收回目光,径直走向前台。

聂九罗三两笔给人像收尾,递给老警察。

老警察忍不住"嚯"了一声:这人像画得可真棒,更关键的是,这人长得太有"特点"了,相当好认——职业原因,他最怵"大众脸",通缉画像发出去,如泥牛入海,再热心的群众都认不出人来。

他把画纸拿到前台,让酒店复印一份留样,叮嘱让客房、后厨以及安保各处的员工都认一下,看有没有对这张脸有印象的。

服务员正帮炎拓办理入住,但不便怠慢警察,赶紧伸手接过,和老警察一样,她第一反应也是这画画得好:"真有才,十分钟不到就画出来了。"

老警察笑笑:"人家是专业的,有功底。"

炎拓看向画幅,画得是好,这脸太有生气了,神态特点,都抓得恰到好处。

虽说警察出警是职责所在,但大半夜出警,也是挺辛苦的,聂九罗把两人送到酒店门口才转身回房,离着几米远,就看到炎拓在等电梯。

聂九罗走过去,和他一起等。

电梯来了,出于礼貌,聂九罗侧了身,让带行李的先上,及至她进了电梯,想摁楼层时,手才抬起,就放了下来。

他已经先摁了,也住四楼。

聂九罗往边上站,和他保持社交距离,然后盯住电梯门,只等门开,她好跨出去。

钢制的电梯门上,隐约映出两人的影像,看得出,炎拓对同乘者毫无兴趣,一心只想回房。

他去兴坝子乡的玉米地里做什么呢?兴许是偷玉米的。有钱人,总会有些奇奇怪怪的兴趣。还有,他那只鸭子呢?干吗不带上来,留人家孤零零一个在车里过夜?

困意上涌,聂九罗低头掩口,打了个哈欠。

就在这个时候,炎拓极快地偏过头,看了她一眼。

电梯到达楼层,聂九罗先一步跨了出去,炎拓随后跟出:他的房间和聂九罗的其实是两个方向,但他没急着回房——他站在电梯口,一直目送聂九罗,直到看清她住的是走廊靠左边的倒数第二间。

聂九罗回房之后,稍事洗漱就上了床,不过没忙着熄灯就寝,她把文具袋拿到床头,抽出笔和一张长条纸,略一沉吟,在纸上开始写字。

一共写了三条。

一、孙周白天被狗咬伤,晚上被人用帆布袋拎走了,报警。

二、兴坝子乡有个女人疑似失踪。

三、两次遇到一个叫炎拓的男人，他车子的副驾上坐了只毛绒鸭子。

末尾记下年月日，写完了，她三折两绕，把长字条折成个立体的星星，眯着眼睛瞄准不远处的行李箱，投了进去。

她写这些，可不是为了分析。她习惯把一天中发生的有印象抑或是新奇的事儿写下来，折成星星留存——别人折幸运星，大多是为了许愿，她权当记日记。

一天一个，几句话就完事，一年就是三百六十五个，比写日记容易坚持，家里头已经存了两大箱了，那么长的年月日，也只积攒了两大箱而已，岁月真是也厚重，也单薄。

无聊的时候，她会开箱，随手捞起一个，拆开过往的某一天，尝试着和往日再会——有时候，纸上的那些事儿，她还会有印象；更多的时候，早已不记得了。

来这里第七天，箱子里已经有七颗星星了。

聂九罗揿了灯，疲惫睡去。

再睁眼时，感觉已经睡了很久很久，然而屋内漆黑一片，摸过手机一看，才睡了两个小时。

她躺了会儿，听到窗外淅沥的雨声，"日晕三更雨"，古谚真是神奇，果然下雨了。

横竖也是睡不着了，聂九罗起了个夜，回来时把大床对着的那面窗的窗帘打开，然后重新躺回去。

这是她的习惯，失眠的时候喜欢"看夜窗"，屋里黑漆漆的一片，外头却总隐约有光亮，内暗外明，人会有奇异的安全感，像窝在一个隐秘的眼球里，窥视着外头的世界——很多创作上的灵感，就是她在这样"偷窥"时来的。

雨下了有一阵子了，窗上满是雨滴和纵横交错的雨痕，水渍镀满来自四面八方或远或近的招牌的彩光，像窗上挂了个梦，绚丽而又油腻。

她的心思又绕到眼下的作品上。

魔女。

魔女，应该是在夜和暗里潜行的，眉眼和肢体动作都该是妖异的，大啖人头就太表象和血腥了。文学上有所谓"不著一字，尽得风流"的意蕴，雕塑也该这样以简化繁……

正想着，窗户的下沿处，出现了一个蠕动着的黑影。

聂九罗没在意，看夜窗看多了，总会发生这种事的：有时候是鸟，有时候是野猫，还有一次，在草原附近采风，晚上住在草场，半夜时，窗户外颤巍巍立起一只旱獭。

不过，又过了会儿，她没法再忽视这个黑影了：黑影在往上爬，不是猫也不是鸟——先前蠕动着的部分是个人头，下头连着肩膀和胳膊。

那居然是个人？

聂九罗躺着不动，一颗心止不住猛跳：这是四楼啊，在窗外这种立面上爬，不管是想做贼还是行凶，这阵仗是不是太大了点？还有，目测这人身上没有牵引绳，手上好像也没吸盘之类的攀附工具，攀爬立面，怎么做到的？

难不成这宾馆里住着什么重量级人物，对家大费周章，请了行家里手来，试图夜半盗取机密？

又过了几秒，聂九罗的脑子一凉。

那黑影停在她窗边不动了，大半个身子窝在那儿，如一团怪形。

窗上传来卡扣压碾和磋磨的声音，很明显，那人正试图开窗。

夜半窗外过人虽然惊悚，但只要这人不是冲自己来的，也就是一场惊乍而已，可是，冲自己来的就不同了。

更何况，宾馆安装在高层的窗户，还是最普通易撬的卡扣窗。

冲她来的？她近期得罪过人吗？她有经年阴魂不散的仇家吗？她身上带了什么遭人觊觎的重宝吗？

没有，都没有啊，她七天前才到的这儿，在这之前，有十多年没来过陕南了。

有那么一瞬间，聂九罗想开灯，但转念一想：开灯太容易打草惊蛇了，那人在窗外，灯光一起，刹那间就会遁去，那时候，她再想搞清楚这人的来历和用意可就难了。

得让这人进屋，进了屋就好办了。

聂九罗屏住呼吸，借着室内黑暗的遮掩，尽量动作幅度很轻地摸向床头柜，想找点什么防身。

很快，指尖挑到一根铅笔，又连带摸着了卷笔刀。

她悄无声息地缩回手，眼睛死死盯住窗外那团黑影，同时，借垂在床沿的盖毯遮掩，将笔头插进卷刀口，手上慢慢捻转。

刨刀削笔，她操作过不知道多少次，即便不看，也能大致感觉出轻薄的木刨花是怎样一层一层慢慢旋下，软软落地，以及，笔尖的尖利程度。

窗开了，雨滴的声音立时清晰，冰凉的湿气很快侵进微暖且闷室的室内。

怕眼睛的微亮引起来人的警觉，聂九罗微合上眼睛，集中精力听身周的动静，后背都有些发汗了。

她觉得这人确实是冲着她来的。

没错，即便闭着眼，也能察觉到身前微妙的明暗变化——这人已经站在床头看着她了。

不是为财，这人对财物没兴趣，那是为什么，劫色？她的美色，初、高中时代确实吸引过几个男生翻墙扒窗，但那些墙，最高的也不到两米。

喉头传来粗糙的触感，那是男人骨节粗硬的大手拢了上来，几乎握住她大半个脖子。

一股不祥的预感涌上聂九罗的心头，她几乎是瞬间心眼透亮。

这人要杀她！

聂九罗愤怒极了，她这么遵纪守法的人得罪谁了？上来就杀？

你要是来偷钱，我嚷嚷起来叫人就行。

你要是想劫色，我给你全身上下戳几个窟窿放血。

但你要是想杀我……

就在那大手行将用力攥紧的时候，她猛然睁眼，迅速抬手，用尽全身的力气，将几乎已经攥得汗湿的铅笔，狠狠插进那人的左眼。

05

那人连退两步，捂住眼睛惨声长呼，聂九罗就势滚向床头，揿亮屋灯。

就在灯光亮起的瞬间，窗口传来玻璃碎裂的撞响，急回头看时，那人已经从打开的那扇窗内冲撞出去，力道太大，还连带着撞破了边窗的玻璃。

聂九罗冲到窗口，先朝下看：毕竟人跳出窗户，一般都会摔砸在地上的。

然而，除了稀拉的玻璃碎响，并没有预想中的重物落地声，她心念一转，又马上仰头向上看，隐约看到楼顶边缘处似乎有黑影一掠，就再也没动静了。

整个过程，从极度嘈杂混乱到异常死寂，也就两分钟不到，玻璃破裂的声响虽然刺耳，但因为实在太晚了，左近的客人都在沉睡，也就并没有什么人被惊起。

聂九罗站在窗口，风从窗户破洞处阵阵涌入，渐渐凉却她一身细汗，她反应过来，快步走到床头关了灯：还是裹在黑暗中有安全感，屋里灯光大亮，太容易被人窥视了，一举一动都毫发毕现。

然后，她面窗背墙倚坐在地上，打开手机上的"阅后即焚"App，给"那头"发信息。

聂九罗：我这里出事了，电联。

行末，依然是信息十秒自毁的倒计时，聂九罗盯着屏幕，看方格字一个个被烈焰浓烟吞噬，现在是半夜，她并不指望对方能秒回。

然而一分钟不到，手机就响了，电话接通，那头传来邢深温和而又沉静的声音："阿罗。"

聂九罗尽量言简意赅，把事情说了一遍："那人受了那么重的伤，不可能不去医院处理。你们常在陕南，我想让你找人帮忙打听一下哪个医院接待过这样的伤者，对方是什么人。"

邢深说了句:"电话别挂,我先去安排。"

直到这时,聂九罗才长吁了口气,视线差不多已经适应室内的暗度了,她起身走到台柜前给自己开了瓶矿泉水,咕噜喝下去半瓶。

过了会儿,听筒里再次传来邢深的声音:"阿罗?"

聂九罗把矿泉水放下:"讲。"

"冲撞出了窗户,没跌下去,还能立刻爬到楼顶,一般人……做不到吧?"

这话说得真委婉,聂九罗说:"我觉得是人都做不到。"

邢深很严谨:"那也不一定,经过特殊训练的武林高手可以。对方是谁,有怀疑的方向吗?"

"没有。"

停了会儿,她又加一句:"我是个普通人,我的职业,不可能给我招来要命的对手。"

"普通人"三个字,着重加强语气。

邢深:"你最近,是不是得罪了什么人?"

能得罪谁啊,她为人处世那么温和,对人即便热情欠缺,礼数也绝不会不周到。聂九罗耐住性子:"投诉过旅行社,不过为这点事,我觉得他们不至于。"

又或者跟她给警察画像有关?不过聂九罗懒得再去给邢深描述经过了,再说了,要是画像还没出,杀她勉强合理,画像都交出去了,还来搞她,图什么呢?

邢深也没个头绪:"你就这样放他进屋,太危险了。"

"如果这人就是要杀我,这次不成,还会有下次,早晚进屋。与其拖拖拉拉,不如一次解决。"

邢深还是觉得凭空冒出个人要杀她这事太过匪夷所思:"会不会只是随机作案,正好挑上了你?"

正好挑上……

聂九罗冷笑:"那我也太倒霉了吧。"

彩票抽奖什么的,怎么就没见她有这运气呢?

邢深笑道:"是他倒霉,瞎了眼。不过阿罗,把人眼睛给戳瞎了,你这个仇结大了,我怕你后续会有麻烦。"

聂九罗说:"正当防卫。"

她一点也不后悔那支铅笔戳对了地方:对方上来就要她的命了,她还讲什么客气?

再说了,想想都后怕,如果当时她不是恰好醒着……

邢深说:"总不会跟我们现在做的事有关吧?……不过现在猜什么都是虚的,先打听着再说。"

聂九罗"嗯"了一声,正准备挂电话,又想到了什么:"回我消息这么快,这

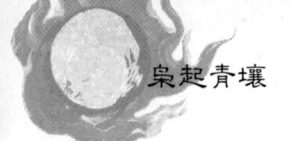

么晚了，还没睡？"

邢深："大家正聊事情呢……也是挺怪的，这次进山，连着遇到两座空帐篷。"

聂九罗倒不这么觉得："山里有空帐篷，不是正常的吗？"

有些进山徒步露营的人，拔营的时候嫌费事，是会把帐篷给留下的，除了不太环保之外，好像也没什么大不了的。往好处想，还方便了后来人，颇有点"前人栽树，后人乘凉"的意味。

邢深解释："不是，你误会我的意思了，我说的'空'，是指没有人，帐篷里的所有装备、物资，乃至换洗衣服都在，而且叠码得整整齐齐，单单人不见了。从各种迹象来看，已经不见了有些天了。"

聂九罗想了想："这要么是被野兽拖走了，要么山里有个流窜的杀人狂吧？"

话是玩笑话，但也并非全无可能，邢深说："我们也是聊各种可能性，所以夜半都还没睡。你今晚……没事吧？"

"没事。"

"好久不见了，你这几年……"

他没再往下说，听筒里是忙音。

聂九罗已经挂电话了。

出了这么诡异的事，再加上守着一扇破窗，聂九罗后半夜再也没能睡着。

天蒙蒙亮的时候，她收到"那头"的消息：截至目前，向石河县的各大医院诊所乃至临近县的都打听过了，没有被戳瞎了眼的伤者前去求医。

这么重的伤，不去正规的医院求医，简直是自取灭亡，除非这人恰好有朋友是能动这种手术的，私底下给包扎处理好了——不过，这种概率未免也太小了吧。

聂九罗给前台打了个电话，称自己不小心撞坏了窗玻璃，愿意全额赔偿，请尽快派人维修，或者帮她换间房。

……

早九点，旅行服务商打来电话，从今天开始，行程由老钱接手，人和车都已经在停车场等着了。

聂九罗很快洗漱好了下楼，上车之后，老钱没着急出发，先正式做了个自我介绍，强调自己经验丰富、责任心强，又唏嘘了两句孙周的情况，说是孙周的亲友也一直联系不上他，早上已经商量着要报警了。

报警好，双重报警，警方会更重视。

开场白结束，当日行程开启，老钱一边发动车子，一边把几张单页往后递："聂小姐，你看一下，这是今天的行程。"

也就单日的行程，居然还要制作单页。

聂九罗接过来，这是旅行社自己制作打印的，很简单的线路图，只标出公路、河流、主要的地标和目的地。

一般司机带客出行，都有一套话术，比如以当地哪个传说切入、沿路介绍哪些趣味人文，老钱已然熟记在心，清了清嗓子正要开始，前方车道有人倒车，他只好停车。

聂九罗下意识地抬头，目光却被斜前方不远处炎拓的那辆白色越野车给吸引了过去：炎拓也在，正打开车门，把她见过的那个大滚轮行李箱搬进车后座。

停车场里就这么点动静，老钱也看见了，"嚯"了一声，说："箱子里肯定是值钱东西。"

聂九罗好奇："你怎么知道？"

老钱的回答颇有道理："他那车那么大，有多少行李后备厢都塞下了——行李嘛，不是一般都放后备厢吗，哪有放车后座的？不是值钱的，也用不着这么宝贝。"

……

车开上道路，老钱继续开展工作："聂小姐，我们今天要去隔壁县，走省道，来回一百多公里，两座道观，一座和尚庙。你看那张路线图，就是有公路的那张。"

聂九罗依言找到那张。

"你有没有注意到，省道边有个村子，名字怪特别的？"

聂九罗瞥了一眼："是那个'板牙村'吧？"

在周围"七里桥""李家沟""王家营"等地名的衬托下，"板牙村"这名字，如清流一股，相当突出。

老钱兴致勃勃："你知道它为什么叫'板牙'吗？"

说实在的，老钱这一句接一句的，转场生硬，颇像背台词，聂九罗想笑，不过人家如此投入和卖力，她也不好打击对方的积极性："为什么啊？"

很好，游客发问了，怕就怕客人不配合，自己全程唱独角戏。

老钱说："这名字有来历呢，两个说法。一是村里井水不好，喝了坏牙，村里人人都长大板牙。"

聂九罗笑道："这个……太牵强附会了吧。"

坏牙的水是有的，但那是一坏坏一嘴，没听说过能精准打击大门牙的。

"另一个说法，咱这儿不是多山嘛，板牙村也背靠着山。那山竖面平，中间裂道直缝，看起来跟两颗大牙中间的牙缝似的，所以叫板牙村。"

聂九罗问他："你去过吗？"

"一般人都不会去的，也就名字好玩。小村子，没什么风景……"说到这儿，老钱心中一动，"聂小姐，你是不是想去看？有兴趣的话我就半路绕过去，也不费事。"

聂九罗摇头："没兴趣，你最好也别去，听着不吉利。"

老钱起了好奇心："为什么啊？"

"你不是说村子背靠着山，山像两颗大牙吗？牙连着嘴，村子落在嘴边，像要被吞了似的，风水不好，晦气。"

老钱"啧啧"了两声："嗯，有道理。"

心里却想：这个聂小姐，怎么信这些玩意儿？还挺迷信的。

炎拓开车上省道。

这条道不是高速公路，没收费站，他一边开，一边从车内的后视镜看车后座，那个大箱子斜在车后座上，很扎眼。

又开了会儿，后备厢里传来奇怪的声音，窸窸窣窣，偶尔撞击，没什么规律。

炎拓皱了皱眉头，凝神看前方公路：省道隔离护栏的铺设并不完善，而且路边会有通往县乡干线的岔道。

很快，他就将车子驶入了县道，又转进最近的乡道，总而言之，只要还能走车，哪里偏僻往哪里开，最后把车子停在了一片僻静的小树林边。

炎拓在车里坐了会儿，没着急下车：这季节，树叶将黄不黄，已经透出了几分萧索，远处是个靠山的村子，很平静。

确信四周"干净"之后，他下车打开后备厢，后备厢里有个帆布袋，正动得厉害，里头显然装了活物。

炎拓拉开袋子拉链。

正奋力挣扎的孙周身子一僵，抬头看向炎拓，他嘴巴贴了宽胶带，发不了声，只能拼命眨眼晃头，满眼哀求。

炎拓拎出车载药箱，取了块叠得方方正正的纱布在手，从一个没贴标签的塑料瓶里倒出些药水浸了，捂向孙周的鼻子。

孙周挣扎得更厉害了，然而砧上鱼肉，受制于人，很快，他的挣扎就弱了下去，半分钟不到，人已经彻底安静。

炎拓把药水瓶放了回去，关好后车盖，顺势掸了掸手，同时习惯性地四下扫视，目光由近及远、由低而高，又蓦地收回，压在几十米开外的埂子上。

因着阳光的关系，那里有镜片的亮光，经验判断，要么是眼镜片，要么是望远镜片。

那里有人。

真是晦气，特意挑僻静没人的地方做见不得人的事，还被人给撞见了。

06

炎拓顿了一会儿,大步向着那头走去。

离着还有十几米远时,那一处哗啦一声响,有个衣着褴褛的男人跳起来,端着"长枪"在手,大吼:"站住!举起手来!缴枪不杀!"

炎拓吓了一跳。

不过他很快镇定下来,只几秒工夫,目光已在这人身上打了好几个转。

眼前这人头发蓬乱打结,满脸污灰,光着两只脚,趾甲周围满是黑垢,端着的"长枪"是木头刻的,脖子上挂着塑料外壳破损的玩具望远镜,肩上挎了个带把手吊绳的饭盆,腰里插了个不锈钢的汤勺。

这八成是个傻子。

炎拓停下脚步,配合地高抬两手投降。

男人非常满意,腾出手来抽出汤勺,勺子那头罩住耳朵:"洞幺洞幺,我是洞拐,森林防线发现鬼子,发现鬼子!"

男人"通报"完了,又恶狠狠地盘问炎拓:"你们有多少人?多少条枪?是不是到板牙村来搞破坏的?"

炎拓觉得这是个傻子无疑了,但为求稳妥,他还得再设法求证一下。

他示意了一下远处那个安静的小村子:"你家住那儿?"

男人对他的答非所问很不满意:"老实点!休想从我嘴里套出一点情报!我们板牙已经做好了迎敌准备,你们想发动进攻,是自取灭亡!"

炎拓:"你说得对,我现在就撤退。"

他倒退着走了几步才转身离开,男人一直端"枪"防范,直到亲眼看到他上了车,才长长吁了一口气,又拿起汤勺附向耳边:"洞幺洞幺,我是洞拐,鬼子已被我逼退,鬼子已被我逼退!"

炎拓发动车子,行至路口时,方向盘一打,直奔村子而去,还不时关注后视镜:现在非但突破"防线"了,还直捣黄龙,他想看看,那傻子会是怎么个反应。

很快,车后远处出现了一个狂追的身影,那男人一边拿汤勺"锵锵"地敲盆,一边声嘶力竭地大喊:"乡亲们哪,鬼子进村啦!快跑啊!"

炎拓暗赞,觉得这人还真是傻得认真负责。

很快,车子到了最东头的平房边。

老实说,这个地区不少村子,尤其是山里的,还是挺落后的,房屋不乏土坯石垒者。但这个村子车道可达,相对现代,主要的道路都铺了水泥,入目多数是平房,二三层的小楼也不少,高处天线、电线错落,栖着不少发闲的鸟雀。

不过，基本看不到什么人，这也是大势所趋：中、青、壮外出，老、妇、幼留守，这样的小乡村都在"空心化"。

早有个女人听到动静，从屋里出来看个究竟。

这女人五十来岁年纪，齐耳短发，穿绛红裈子、条纹裤，脚蹬方口布鞋，手里攥着一把瓜子，嗑得很有风格：别人嗑剩的瓜子壳都是随手扔掉，她会把空壳拈到眼前，然后指腹上下一搓——空壳跟花一样，悠悠扬扬撒出去。

炎拓下了车，示意了一下前路："大嫂，走这条，能上大路吗？"

女人摇头："走错啦，往里没路，得往回走。"

炎拓"哦"了一声，不着痕迹地把话题引到了奔跑的男人身上："那人……是怎么了？"

"嘁，马憨子，打小就这样，脑壳坏了。"

说话间，马憨子已经奔到了近前，一开口就号："乡亲们哪，我来晚了啊。"

整得跟乡亲们都已经"壮烈"了似的。

那女人对付马憨子，显然驾轻就熟："你搞错啦，这是游击队……马队长，鬼子在西头，你那边瞧瞧去。"

马憨子腰杆一挺，两脚跟很有声势地一碰："是！"

炎拓目送着他撒丫子跑远，终于确认了这就是个傻子，他定了心，向那女人致谢告辞。

女人忙着看手机上新进来的消息，都没顾得上应声。

炎拓拉开车门，半个身子都钻进去了，那女人忽然喊他："哎，小伙子，你，你等下。"

什么情况？炎拓疑惑地回头看她。

那女人也看他，憋了半天，磕磕巴巴道："小伙子，我看你身强力壮的，有……有力气，能不能帮……帮我搬一下酱缸？村里后生都不在，我这一个人，弄不动。"

说到后来，她窘迫地挤出一个笑来。

炎拓觉得这要求有点突兀，不过，人家刚给他"指了路"，投桃报李，帮忙搭把手也没什么。

屋里还真有一口酱缸，足有小半人高，怪沉的，别说那女人一个人弄不动了，再加上炎拓都有些吃力。

两人合力把那口酱缸往门外挪移，那女人全程笨手笨脚，途中有几回不得不停下来重来。这还不算，炎拓注意到，至少有两三次，那女人在偷偷打量他——有一次，他故意大方回视过去，那女人慌慌张张，赶紧把目光移开了。

炎拓心里泛起了嘀咕：他长相、身材都不差，外出时被小姑娘行注目礼或者偷拍照片也有过，但挪酱缸也不是什么潇洒的动作，要说这女人是为他而五迷三道的，也太牵强了。

好不容易把酱缸挪到门口，女人端了水盆来让炎拓洗手，炎拓一边往手上打着肥皂，一边不动声色地四下观望，这一观望，心里头更是警钟大作了。

片刻之前，就近的路上还空无一人，现在，多出三个人来。

一个是六十多岁的瘸老头，花白头发，拄拐，离他百来米远，看架势是要往这头走，不过现在正停在路上，"咔嚓咔嚓"摁着打火机，试图点烟。

一个是三十来岁、穿蓝色工装褂的壮年男人，脑袋挺大，头发下沿紧贴着衣领，胖墩墩的，仿佛没脖子，他坐在斜对着这女人平房的一道残墙的墙根处，正"嘎吱嘎吱"地啃黄瓜，身边还放了个开了盖的酱罐，啃一口，就把黄瓜探进去蘸点酱。

最后是一个二十来岁的小伙子，剃着平头，长得倒不能算丑，就是眉眼潦草了些，五官齐齐地往脸中央攒聚，而倘若把中间那块儿抹上白粉，活脱脱京戏里的丑角形象——他已经走到了车边，正好奇地往车里头张望。

炎拓朝他的方向喝了一声。

那小伙子吓了一跳，先是脖子一缩，紧接着脑袋就往这头探，瞬间满脸堆笑："哎哟，哥，你的车啊，真好看。"

炎拓自己车上有鬼，自然把人往最坏处琢磨，他觉得，最糟糕的情况莫过于两个——

一是，那个所谓坏脑壳的马憨子，其实是在装傻。他看到了车后厢里绑着的人和发生的事，已经跟村里人通过气了。

二是，这个叫什么板牙的村子，本身就有问题。没准儿就是现代版的孙二娘黑店，专挑落单的过路人下手，劫财害命。

总之是，走为上策吧。

他也顾不上跟那女人打招呼了，双手在水里快速搅洗了之后起身，边甩着手，边往车边走。

身后，女人想叫住他，一时间又没合适的借口。

那小伙子见他过来，赶紧退后两步让道，边让边殷勤地跟他搭讪："哥，你是来找人的？"

"不找人，路过，问路的。"

小伙子的笑里多了几分狡黠的意味："我们这村子在尽里头，来的都是奔着来的，哪有路过的？"

神经病，管天管地，还管上人是不是路过了？炎拓没搭理他，一只手拉开车

门,正待抬腿上车,那小伙子一把把车门给攥住了。

炎拓心里咯噔一声:这是真有问题了,这村子、这人,真有问题了。

他看向那小伙子,不动声色:"怎么着?"

那小伙子让他这么一看,心头止不住犯贱,讷讷地松开手,又是脸上堆笑嘴里跑车:"不是,哥,我要去大路口,方便捎我一段吗?"

炎拓一句"不方便"正待出口,斜里传来懒洋洋的一句:"山强,甭做梦了,有点出息,别看人家车好就想往上蹭。"

是那个大头男人。

山强立时垮了脸,转头向那男人骂道:"关你屁事啊!"

那男人把剩下的一截黄瓜屁股塞进嘴里慢嚼,没搭理山强,却拿眼睛乜斜着炎拓:"这就走啊?问完了路,不得给点咨询费啊?"

果然,是遇到地痞村霸了。

炎拓懒得惹事:"多少钱?"

那男人拍拍手起身,慢吞吞走到炎拓面前,比画了个"三"的手势:"三百块,不过要现金啊。"

这年头,虽然电子支付已经大行其道,但炎拓出门时,还是会在身上放个千儿八百的现金,以防万一。再说了,三百块,在讹诈界,也不算狮子大张口。

他低头去掏钱包。

就在这个时候,那男人忽然一头向着炎拓怀里撞过来,同时嘴里大吼:"还装什么啊?干他啊!"

炎拓其实觑到这男人来势了,下意识后退,但几乎就在同一时间,身后的那个山强也扑了上来,两手死死搂住了炎拓的腰。

两个人,一个前撞,一个后搂,炎拓被叠在中间,颇似三明治的夹心馅,再加上他是在后退的,三个人,全都没稳住重心,一起跌滚在地。

炎拓心叫不好,身未落地就是一记勾拳,把那男人的大头打得歪向一边,正待翻身起来,腰间一紧,又被抱翻开去——那个山强也不跟他缠斗,就是自后拼命抱住他,死也不松手。

这一百几十斤的分量坠在背上,着实要命,炎拓暗暗叫苦,下一秒,眼前一暗,是那个大头男人又扑了上来。

三个人,立时陷入一场厮打混战。

老话说得好,双拳难敌四手,炎拓虽然仗着身手敏捷,总能让两人吃到苦头,但如被藤缠蔓绕,总也脱不了身,正心急如焚,一瞥眼,看到又有人加入战团。

是那个挂拐老头,一脸凶悍,一瘸一拐地大踏步过来,拐身高高扬起,向下便砸。

说时迟那时快,炎拓脑子里灵光一闪,用尽浑身的力气猛一翻身,这一翻把死搂住他的山强硬翻到了上头，而老头的那一拐，恰恰砸在了山强头颈之上。

山强惨呼一声松开手臂，蜷缩着翻滚到一边，炎拓趁势掀翻大头男人起身，向着车门半开的驾驶座急蹿而入，身子还未坐定，只觉颈后刺痛，是那老头扑赶上来，将注射针头直插进他后颈。

炎拓顾不上细看，抓住车门狠狠一拉，老头伸进车内的手臂被夹得险些折断，痛号一声，托着手臂跌跌撞撞退了开去。

机不可失，炎拓发动车子，车头原本是向着村子里的，此刻只能先朝前猛冲，十几米后一个大旋尾，终于掉过头来，向外疾驰。

山强和那老头都受了伤，还没缓过来，大头男人是爬起来了，似乎想上来拦车，但畏惧车子来势，又急往边上退，倒是那个女人，人不可貌相，抱着一条长凳，大叫着往车前冲。

怎么着，这是想用长凳把车子给阻停吗？

螳臂当车莫过于此了，炎拓眸底发沉，油门一踩到底，直冲了过去。

那女人原以为能逼得炎拓停车，但眼见车到身前两三米都没停的意思，刹那间毛骨悚然，又忙不迭往回退。车身狂啸着掀过她身侧，她头皮发麻，双腿发软，连人带凳摔滚了开去。

……

车子一路风驰，车尾腾起黄土，马憨子正倒扛着枪在这头"巡逻"，远远看见车子驶离，大感不解，停下脚步张望，还遥遥跟他打招呼："游击队，不吃了饭再走啊？"

07

聂九罗这一日的行程很是乏味。

三座庙观，大而堂皇，其中两座还得买票，但雕塑都簇新，手法流俗，说白了，流水线产品，毫无特色可言。

下午四点多，她就看完了最后一座，出来找车。

老钱正坐在一处小摊旁吃烧烤，跟各个群里的人聊八卦聊到热火朝天，忽地瞥见她，赶紧起身结账，然后一溜小跑，赶在她之前奔到车边，热情地帮她开了车门。

聂九罗坐进后座，说了句："回去吧。"

她觉得挺累的：如果一天忙下来收获满满，反没这么累，最怕就是白忙，忙了个寂寞，累心。

车开上公路，老钱有些惴惴：旅行社有个群，前两天孙周还在群里抱怨，说这聂小姐看起雕塑来没完没了——怎么换了自己，结束得这么早，脸这么臭呢？是对自己的服务不满意?

不行,得找补点什么,提升客户满意度,所谓"景点不行,人文来凑;人文不行,传说来凑;传说不行,胡侃胡凑"。

好在他刚在群里听了一圈八卦,多的是侃资,老钱清了清嗓子:"聂小姐,你们前天,是不是去了兴坝子乡啊?"

聂九罗"嗯"了一声:"前天,还有昨天,都去了。"

"那你晓不晓得,就前天,在兴坝子乡,有个女人失踪了?"

聂九罗愣了一下,立刻想起了在兴坝子乡东那棵大槐树下几个打花牌的婆子聊的八卦。

没想到这事还能接上后续,小地方就是这点好,城东城西唠叨的,都是同一件事。

"失踪那女人找到了?"

老钱摇头:"没,没呢,不过据说,据说啊,是遭了狼了。"

原来,那个失踪女人的老公捉奸未果之后,于昨日晚间报了警。

警方的办案程序走到了哪一步,老钱不得而知,但他有个姨婆,就住在兴坝子乡,对于乡里的动向那是一清二楚。

说是女人失踪的消息传开,乡里乡亲的都很关心,今儿早饭之后就自发组织起来,老头、老太、小孩儿都参加了,在附近进行了地毯式的搜寻,连一向不去的乡西头都去了。

聂九罗敏锐地抓住了老钱话里的关键词:"为什么都不去乡西头?"

现在回想,在破庙里看雕塑那两天,确实特别清静——乡东乡西,离得其实不算太远,但从未见到乡东的人往西头来。

老钱说:"嗐,习惯了,乡下人迷信,觉得乡西不干净……说正题啊,到了乡西头,找到了不对劲的。"

一是零星的、干涸的血迹,二是断折的、一路歪塌的秸秆,顺着这些痕迹,最后找到一个临近山边的地洞。

说到这儿,老钱单手掌方向盘,另一只手拿起手机不断滑屏:"群里还传了照片呢,哎哟,这帮人聊这么多,翻不到了都。"

聂九罗提醒他:"不用给我看,讲就行,你注意开车。"

老钱忙放下手机,尽己所能地描述了一下那个地洞:洞口是被刨开的,整个洞斜探进地下,进深有两三米,又腥又臭,熏人鼻子。

聂九罗听得有些乱:"不是说遭了狼吗?洞里有狼?"

老钱的回答让她哭笑不得:"没找着人,也没找着狼。但那个洞像狼打的,狼喜欢掏窝洞,狼爪子有劲,会刨。"

人没了,附近有个洞像狼打的……

合着"遭了狼了"是这么推测而来的。

聂九罗实在无语,但她还是给了自己的意见:"我觉得,是狼的可能性不大,就算真是狼吃了人,总得留下骨头吧。"

老钱猛点头:"我姨婆也说不是狼,她说是……嗐,奔九十的老婆子了,尽胡咧咧。"

聂九罗来了兴致:"你姨婆说是什么?"

她觉得,近九十的人了,即便说的是瞎话,也值得听上一听。

老钱本来不想说,一转念,想起这个聂小姐有点迷信,没准儿爱听这个。

他颇为自得:"聂小姐,这也就是我姨婆年纪大,还知道这些事,你去问别人,哪怕是从小住在那儿的,都未必听过呢。我姨婆说啊,是庙坏了,地观音不高兴,要出来作乱了。"

"什么庙坏了?"

"就那座破庙啊,玉米地里那座。"

"庙坏了,'地观音'为什么不高兴?"

"她的庙嘛,她的家呗。"

这简直是意外之喜,聂九罗来了精神:"那是个观音庙?完全不像啊,我在庙里,也没见到观音像。"

老钱嘿嘿笑:"聂小姐,你以为是真观音啊?那就是个妖精,起了个好听的名罢了。"

老钱给聂九罗讲了个山乡恐怖故事。

说是很多年以前,得追溯到清末了,兴坝子乡还只是个无名小山村,那时候不分什么乡东、乡西,离着村子十来里的地方,有个大沼泽,如季节性的皮肤癣:冬天冻硬板结,夏天则泥泞不堪,不知道吞噬了多少失足的鸡、鸭、猪,甚至是人,温度稍稍一高就臭气熏天。

村里有户人家,住着个老婆子和两兄弟,有一年秋凉的时候,差不多也是现在这个时候,老大背了山货,去城里赶集。

去城里得经过那片大沼泽,平时大家都是绕着走的,但是老大图方便,觉得九月了,大沼泽不那么软了,可以过人。

这一过,就再也没回来。

人不能就这么没了,老二安慰了母亲之后,循着大哥走过的路去找。

他在大沼泽里找了三天三夜,没找着老大,却遇着一个破衣烂衫、蓬头赤脚的年轻姑娘,姑娘自称是随家人投亲,半路遇到土匪,被冲散了,一直在山里瞎摸乱走,已经好几天没吃东西了。

老二见姑娘可怜，就把她带回了家。

乡下人好客，老婆子虽然还在为大儿子的失踪而伤心，还是强撑着给姑娘烧了洗澡水，又把她换下来的脏衣服抱去洗，洗着洗着，忽然发觉不太对。

这姑娘的衣裳，有的偏大，有的偏小，大多是破旧的，唯一一件看着像样点的，是条黑土布裤子，而这条裤子，是男式的。

老婆子记得，大儿子出门的时候，就穿着这么一条裤子。

那年月，乡下人的衣着都简单，黑土布裤子属于烂大街的款式，老婆子怕自己看错了，又去查裤边的针脚：儿子的衣服都是自己缝的，自己的针脚，自己当然认识。

这确确就是老大的裤子，往水里一浸，水中浮上一层泛着腥味的血红色。

听到这儿，聂九罗忍不住夸了句："讲得可真细致，可以去写书了。"

她原以为老钱这样的大老粗，讲故事属于粗枝大叶型的，没想到娓娓道来，画面感这么强。

老钱回答："因为记得牢啊。我小时候在兴坝子乡过的，我姨婆拿这个当睡前故事……我的天，那时候乡下老停电，黑咕隆咚，你想，点着根蜡烛，讲这种故事，我成宿成宿地睡不着觉。"

聂九罗笑道："你姨婆心可真大，怎么给小孩儿讲这种故事？"

老钱也有同感："那时候小孩儿糙养呗，一时讲鬼，一时讲狼的，现在都不讲咯，现在孩子金贵，怕讲了有啥……童年阴影。"

老婆子去问那姑娘，姑娘说，裤子是在山里捡的，离着裤子不远的地方，还有只散了架的草鞋呢，草鞋上稀稀拉拉的也都是血，因为没找到另一只，凑不了对，她也就没捡来穿。

但具体是在山里什么地方，她不认路，说不上来。

这铁定是遭了虎狼了，老婆子大哭一场。

也只能大哭一场了，山里人嘛，靠山吃山，吃久了山，偶尔也被山吃，不算稀奇。

家里少了口人，好在很快添补上：姑娘无处可去，留下来给老二当了媳妇。

不过，老婆子并没有很高兴：她家老二长得蠢笨，这姑娘却太水灵漂亮了——她有经验，这样的结合长久不了，这女的八成是个"潘金莲"。

村里人也说，这小媳妇看着就不安分，说不定哪天就偷了男人了。

然而，出乎所有人的意料，小媳妇和老二过起了和和美美的小日子，试图调戏她的下流坯子全在她面前吃了闭门羹。非但如此，那些得罪了他们家的人，隔不了三五天，家里必有倒霉事发生：不是鸡被拧断了脖子，就是烧饭的锅被打掉了底。

于是又有传言说，这小媳妇是山精木魅，身上有着诡异的本事呢。

老婆子初时也有点怕，后来想开了：管她是精是怪呢，只要是护着自家人，不害自家人，其他的，就随便吧。

就这么过了一两年，除了小媳妇肚子始终没动静、略有遗憾之外，倒也太平无事。

然而，天有不测风云，有一天村里遭了大灾，还一连遭了两次：先是地震塌屋，然后是天雷劈着了山林，林里起了大火，火借风势，如一张流动的火毯，把整个村子都给裹盖上了。

也合该小媳妇倒霉，那天老婆子和老二下地干活儿，就她一人在家做饭，先是被房梁砸瘫在地动弹不得，然后又眼睁睁看着大火将自己吞噬。

等被人救出来的时候，她差不多已经被烧成了喘着残气的一截木炭，全身焦黑，只眼睛里亮晶晶的，那是还会流眼泪呢。

老婆子和老二哭得呼天抢地，小媳妇倒还镇定，气若游丝地说，自己死也就死了，就是没给这家留个后，不甘心，她要看着老二续弦生子，才能闭得了眼。

一时间，远近十里八村，都交口称赞这小媳妇的"德行"，还有人张罗着要上报县里，给她立个牌坊——这些都是题外话，总之是，老二很快重建了屋舍家院，也很快又娶了一个。

新媳妇不漂亮，但身子壮实，忙里忙外，家务、农活儿都是一把好手，不到一年就怀了胎。这期间，一截木炭般的小媳妇，就躺在偏屋里，不吭气，吃得也少，静静等着闭眼。

一朝分娩，得了个大胖小子，一家人欢天喜地，老婆子忙着照顾新媳妇，老二去给小媳妇报喜。

老二这一去，跟老大似的，没见回来。

老婆子等得心焦，自己去偏屋找，这一找才发现屋里空空如也，木窗子支棱着，黑漆漆的窗外卷风卷雪，窗框上还滴着血。

说到这儿，老钱问了句："聂小姐，你猜是怎么回事？"

聂九罗想了想，大晚上的，卷风卷雪，又是靠山的小村子，一般冬天的时候，狼在山里找不着食，就会冒险往村里进——鲁迅的名篇中，祥林嫂的小儿子阿毛就是这么被狼给叼走的。

她说："我猜一定不是狼。"

老钱惊讶："为什么？当初姨婆让我猜，我们小孩子都猜是狼。"

聂九罗笑道："就因为大家都会猜是狼，这么好猜，让人猜还有什么意思呢？"

这话有点拗口，老钱一时没回过味儿来。

不过，这聂小姐是说对了，姨婆当时也说："我就知道你们要猜是狼，你们这小脑子哦……这世上比狼可怕的东西，多得多哩。"

老婆子也猜是狼。

她着急忙慌地抓起镰刀，又从灶膛下抽了根烧得正旺的火把，向屋后寻摸了过去。

地上的积雪还不成规模，虽然只薄薄的一层，也能依稀辨出痕迹，这痕迹通往屋不远处的一棵老槐树——老槐树去年也被烧成了枯焦黑炭，但几个月前开始发新枝，这会儿，枝上还挂着花穗。

槐树很少在冬天开花，村人说这是祥瑞，老婆子也信了，可现在，她觉得是妖邪之兆。

树后正传来"嘎吱嘎吱"的啃啮声。

08

老婆子战战兢兢地探头去看，这一看如被电击，手中的镰刀咣啷一声落了地。

她看到，那焦炭一样的小媳妇，正抱着老二的尸体在啃。

听到声响，小媳妇回过头来，咧嘴向着老婆子一笑。

小媳妇的面孔是黑的，露着白森森的牙，一双眼睛放光，脑后垂着枯草一样的乱发——大火过后，她的头发已经被烧没了，老婆子久不注意她，也不知道她是什么时候像老树发新枝一样又开始长头发的。

老婆子哪经得住这个？哼都没哼一声，直挺挺摔倒在地，昏死了过去。合眼前，她依稀看到，小媳妇挟着老二的尸身，蹿进了墨黑的暗夜之中。

老钱就在这里停下话头。

天快黑了，道路上车少，已经入秋，远近的植被都开始萧疏，显得天地四野都冷冷清清。

有十来秒钟，两人都没说话，聂九罗是在消化这个故事，老钱是在酝酿话题。

"聂小姐，我小时候听这个故事，只顾着害怕了，长大了再回顾，觉得这个事吧，逻辑上说不通。"

聂九罗也有这感觉："你说。"

老钱竹筒里倒豆子一样将疑虑和盘托出："你说这妖精，真耐得住气，跟老二过了一两年才吃他，早干吗去了？"

聂九罗想了想："可能跟她受伤有关系，她伤了元气，需要补一补吧。"

老钱大摇其头："No，No，No。"

这个故事他打小就听，几十年下来，闲时揣摩过上百遍不止了："首先，她受伤要补元气，一年前刚受伤的时候为什么不补，养了一年多才补，还非得惦记着要给这家留个后？这也太良心了吧。其次，一日夫妻百日恩，人相处久了会有感情的嘛，一个村子的人都搁在那儿，她随便拣一个补呗，要童男有童男，要童女有童女,何必非得拿自家人下手?"

这还真情实感上了,聂九罗失笑:"故事嘛,很多民间传说都这样,经不起推敲的。"

老钱叹了口气:"我姨婆也这么说,我跟她探讨吧,她就发急,越老性子越急,跟我嚷嚷说,她就是这么听来的,她哪知道妖精怎么想的。"

本来嘛,人心隔肚皮,人都不知道另一个人是怎么想的,上哪儿去知道妖精怎么想呢?

聂九罗问了句:"后来呢?"

后来的事就简单了。

老婆子醒了之后,小媳妇、老二都不见了,只有老槐树下头一摊冻成了冰的血,提醒着她一切并非幻觉。

号哭引来了左近邻里,一干人拎上锄头柴刀,打着火把,循血迹一路去找,找进了大沼泽。天寒地冻,狂风怒号直如鬼哭,没人再敢往里去,只得打道回府。

而第二天,大雪如被,四野银白,什么痕迹都没了。

大沼泽,又是大沼泽,老大去赶集,取道大沼泽,再也没有回来;老二去找大哥,在大沼泽里遇到了小媳妇;小媳妇从大沼泽来,穿着老大的黑土布裤子,又挟着老二的残尸,消失在大沼泽。

大沼泽,老婆子真是怕了大沼泽了。

不独是她,整个村子的人都开始谈大沼泽色变,这恐惧继续蔓延到十里八乡——秦巴山脉绵延甚广,你怎么知道那东西不会找上自家呢?

各种各样的谣传如汤如沸:李庄的李大也在村口看到小媳妇了,她力气好大,一只手拖走了一头猪;王村的王七上山砍柴,看见一头狼被开膛剖肚,而那一截焦炭般的小媳妇,正捧着狼心、狼肺大快朵颐,头发长得更长了,都快垂到腰了,走动的时候,像根老木桩子上披下厚重的蛛丝……

一时间人心惶惶,很多人甚至怕得卷起铺盖背井离乡。事情惊动了县令,但事涉怪力乱神,不敢上报——清中期源于江南的"叫魂案"曾引发过席卷多地的妖术恐慌,当权者对此极为震怒,砍过不少当官的脑袋。

县令只得会同师爷,多方设法,寻找能"降妖"的高人。

又过了一年,正值隆冬腊月,有个游方的道士经过此处,多方掐算,几番起卦排盘之后,断言说妖孽的根子在大沼泽,想要端掉这祸害,必须先治理大沼泽。

……

听到这儿,聂九罗忍俊不禁,扑哧一声笑了出来。

这故事的走向真是跌宕起伏,起初,她以为是乡野异闻;后来,是以身报恩的行善故事;再后来,风云突变血腥恐怖;而今,画风一转,成了宣扬环境保护。

老钱被她笑得莫名其妙，聂九罗忍住笑，让他继续。

"我姨婆说，这道士作法，阵仗可大了，远近有数千人跑来看热闹——那年头，人少啊，数千人，赶上大集市的规模了。"

聂九罗脑补了一下，清末那种人口密度，又是山村，数千人到场，确实是一次"盛会"了。

"道士嘛，很多玄乎的操作，一条条一道道的，我姨婆也描述不来，只说到最后，有上百号人，在空地上起冶炉，鼓风箱，现场烧起了铁水。"

聂九罗没绕过弯儿："烧铁水干什么？打铁？"

老钱说："冬天了啊，大沼泽已经板结冻上了，非但冻上了，这热胀冷缩的，还裂出了成百上千道缝——道士不是算出那妖精就在大沼泽下头吗？用铁水往里灌，这是把她家门给焊死，让她再也出不来了。"

聂九罗恍然，这法子虽然粗暴，但是听上去挺爽，而且，确实实用。

老钱啧啧有声："这可是个大工程，非得人多才行，不过咱们自古人就多啊，说是这烧灌铁水，连着干了三天三夜，到了晚上，铁水打花，可好看了。哎，聂小姐，你见过铁水打花吗？是我们陕西米脂那块儿的绝活儿，值得一看啊。"

真不愧是做旅游的，讲个恐怖故事都能绕回老本行，聂九罗说回正题："灌完铁水之后呢？"

"就完事了啊，那道士就走了。十里八乡的，又正常过日子了呗。这大沼泽啊，不知道是不是被铁水烘烤的，再到夏天的时候，就没那么烂了。再后来，村民觉得那块地裸着难看，看了也害怕，就从别处担了黄土石块来，把那一大片地给厚铺上了。"

有了土，有年年降下的雨水，有风吹来或是各类飞禽走兽带来的种子，这块地渐渐地长满了各类野草作物，成了乡下常见的那种无主荒地。

说到这儿，他忽然想起了什么："小时候，我和小伙伴听了这个故事，还带着铁锹、铲子去挖过呢，想看看能不能挖到铁壳——挖到一米多深也没挖到，累了个臭死。"

这倒不稀奇，因为岩石圈的循环作用和人类活动的影响，地层本来就是在逐渐增厚的。

聂九罗问了句："那庙呢，庙是怎么回事？"

"这不是道士走了嘛，说是已经把那妖精给镇住了，但村里人心里不踏实啊，又迷信，觉得还是得起个庙，供奉供奉。"

怪不得呢，聂九罗想起那尊魔媚相的雕塑。

人们造庙，大多供奉两种：一种是普度众生、能给自己带来各种好处的神佛金仙，比如佛祖、菩萨、财神爷；另一种就是各路妖鬼，供它是因为怕，祈求它别来祸害自己，祸害别处嘛，随意。

"起了个庙,又不好说是供妖精,传出去了不像话,就含糊说是供了'观音',但明明是妖精,说她是观音又怕真的观音发怒降灾,所以叫'地观音',地里出来的嘛。"

话到这儿,聂九罗差不多全明白了:"后来建市划乡,兴坝子乡分了乡东、乡西,乡西恰好就是那座庙的所在,乡下人忌讳,所以不大去乡西,说那儿不干净?"

是这个理儿,但也不全是,老钱想了想,又做了补充:"这个是叫那什么……恶性循环,因为大家不大去乡西,所以那里发生谋财害命或者伤人案的概率就比较高,而又因为那里出过很多事,大家就越发不大去了,所以这日积月累的,已经成了一种习惯,跟庙的关系倒不大。再说了,现在知道'地观音'这故事的,能有几个啊?"

聂九罗"嗯"了一声倚回靠背,刚听得入神,她自己都没察觉自己是什么时候坐直身子的。

顿了顿,仍觉得余味未了:"这故事挺有意思,比看庙有意思多了。"

今晚上写记录,她得把这条记进去,这一天本来过得有点寡淡苍白,因着这故事,瞬间添了彩。

得了客户夸奖,老钱心里美滋滋的。

聂九罗忽然又想到一点:"那庙坏了,'地观音不高兴,要出来害人',这话有什么根据吗?"

老钱"嗐"了一声:"那就是纯迷信了,清末,咱们老百姓不是日子不好过嘛,什么闹长毛、白莲教、土匪、兵变,每闹一次,村子不都得遭殃吗?村子遭殃了,庙能不坏吗?你现在看到的庙,虽然是老早之前修的,但已经不是最早那一版了。我姨婆就是牵强附会,觉得庙坏了就会有灾,硬把锅扣到妖精头上,其实那都是人祸,有灾了庙才坏……哎,哎,哎呀……"

说到末了,老钱忽地倒吸凉气,车速也慢下来。

前方路面空空荡荡,无车无人,也没猫狗过路,聂九罗有点奇怪:"怎么了?"

老钱指着斜前方让她看:"聂小姐,你看,那护栏!"

经他提醒,聂九罗才注意到,斜前方有一段护栏被撞断,残段颤巍巍地歪斜着,有点惨烈。

不过她经常外出采风,对这种护栏被撞断或者车子四轮朝天倒翻路边的场景见惯不惊:"应该是出过车祸。"

她又往路墩下扫了一眼,没车子,看来是已经清过场了:护栏外是向下的坡地,再远是大片的野麻,这是高秆作物,最高能蹿到两三米。早些年,农村种这个的人还挺多,后来逐步让位于其他经济作物,能见到的大多是野生的了。

老钱唏嘘:"是今天出的车祸,早上我们打这段路走的时候,护栏还完好着呢。"

身为司机，老钱对同行出事故分外关注，他把车子贴边缓行，频频朝外看，看着看着，一脚踩下刹车："不对，不对，聂小姐，你看，你看那车胎印子。"

此时，车子已近断栏，借着车灯打光，看得分明：斜坡上只有下去的两道车辙——如果清过场，应该车辙混乱，而且，现场会留下救援者的脚印。

再顺着车辙的方向看，印子一路延伸至野麻地，相接处有不少野麻断折，应该是车子开进去时轧的，但麻茎多少有点韧度，只要不断，或多或少总会还原，所以，再往里去，就看不见了。

司机分两种：一种是对车祸漠不关心的，因为看多见惯；另一种是特别热心的，因为换位思考，希望改天自己有难时也能得到别人的热心帮助。

老钱属于后者。

他赶紧去解安全带："哎哟，这人是不是没刹住车，一气开进去了？人和车不会还在地里吧，我得去看看，兴许还能救两个。"

聂九罗看向野麻地。

高秆作物，又是高秆作物，她想起兴坝子乡的那片玉米地。

她现在有点硌硬这样的地方了：秆身瘦高，又浓又密，把视线遮得严严实实，谁也不知道地里究竟有什么玩意儿。

她想提醒老钱小心点，或者随身带根棒子什么的，然而老钱跑得飞快，只这片刻工夫，已经去得远了。

09

车子虽然是靠边停的，这条路也几乎没车，但天已经快黑了，为了安全起见，聂九罗翻出车上的荧光布三角警示牌，在来车方向架设好了之后，才拎着手持照明灯往这头走。

路上，她还弯腰捡了块石头。

刚走到野麻地边，就听到深处传来老钱的叫唤声："哎哟，小兄弟，这……这怎么了？"

聂九罗循着声音紧走几步，入目是一辆白色越野车，很眼熟，再看车头，有防撞罩架。

是那个炎拓？

驾驶室的门开着，老钱站在门口，搓着手，不知如何是好："我没学过急救，是不是不能随便挪动伤者啊？这得打120吧？"

聂九罗走到门边，抬高照明灯往里看：车里的安全气囊已经打开了，炎拓抱着气囊趴在方向盘上，昏迷不醒，或者说是"昏睡"更贴切些。

听上去他的呼吸挺顺畅的，不像是受了伤那样气息滞重，聂九罗下意识看向副驾——公仔鸭就没这么好运气了，很显然，它那身板，跟安全带两不相合，撞击发生的时候，它掉到车座下头去了，还是倒栽葱、屁股朝天的那种。

而在公仔鸭的边上，有什么东西泛着金属的冷光。

聂九罗扔了石头，拨开安全气囊，探身把那东西捡起来。

是枚手推式注射针筒，但跟医用的一次性的那种不一样，针头偏粗，不锈钢嵌玻璃刻度管的筒身。刻度管里还剩了大半的针剂，呈淡褐色，一漾一漾的。

再拈转筒身，聂九罗看到背面靠上的位置打着钢印，一般不锈钢制品打钢印，要么是品牌 logo，要么是"304"字样以示材质，但这个钢印，打的是个小篆体的"火"字——不认识小篆也没关系，因为"火"的篆体和现代字体差别不大。

老钱倒吸一口凉气："这……吸毒啊？"

他没见过毒品，也没见过是怎么吸的，只从新闻报道中知道有"注射"这种方式——见炎拓昏迷不醒，聂九罗又拈着针筒一再端详，不自觉地就开始往不好的方向设想了。

聂九罗有点好笑，她示意了一下针头："内径都超过一毫米了，这么粗，明显不是给人用的。"

说着，目光落在了炎拓后颈之上，他是趴着的，后颈的针孔并不难找。

听她说得有模有样，似乎还挺专业，老钱不觉松了口气，正待说些什么，就听炎拓闷哼了一声，艰难地抬起了头。

老钱又是惊喜又是紧张："小、小兄弟，你没事吧？哎，哎，你别乱动啊……"

炎拓只觉得耳边嗡嗡的，说话声很吵，头痛欲裂，眼前一片明暗不定，身体发飘，地也好像不是平的了。左右倾来歪去，他摸索着解开安全带，一个跨步下了车，踉跄着险些摔倒，勉强站定之后，胃里一阵恶心上涌，俯身撑住膝干呕了两声，含糊着问了句："这哪儿啊？……"

老钱是真热心，作势虚张着手，跟随时要护犊的大鹅似的，生怕他摔了："小兄弟，你撞车了，别猛走，最好别走动，来来，先坐下，慢慢缓缓。"

横竖已经有老钱做专人看护了，聂九罗也懒得再上去凑热闹，她移转照明灯照向车子后座，灯光笼住斜歪着的行李箱。

老钱的话犹在耳边，"箱子里肯定有值钱的东西"。

能多值钱呢？满箱子钻石吗？

她乜斜了一眼炎拓，他正背对着这边疲惫地席地而坐，低垂的头埋在耸起的肩胛之间。

老钱向她喊话："聂小姐，车上有水吗？他这……迷迷瞪瞪的，神志不清了都，喝点水可能会好点。"

聂九罗欠身蹬进车子，四下扫了一眼："没有……"

话未说完，心头猛然一凛。

车子是一体连厢式的，刚才她站在车外，看不到车后厢，而今身子拔高，又有照明灯，看得一清二楚：车后厢里有个帆布袋，轮廓形状有些不正常。

帆布袋？

她脑子里仿佛闪过快速剪切的镜头：帆布袋，在兴坝子乡，炎拓用力扔进车后厢的那个；前一晚，貌丑男从孙周房里出来，手里拎的那个。

是同一个吗？越看越像。

她心头打鼓，又快速回头看了一眼炎拓，还好，他抬手撑住额头，还没完全清醒。

聂九罗迅速跨进后座，后座的靠背很高，人想翻过去有些困难，她扶住椅背，身子尽量前探，同时伸长手臂，努力去够帆布袋的拉链。

一次，两次，她腰腹的肌肉都有点拉扯得生疼——再一次努力时，终于"咪啦"一声，将拉链拉开了约莫十厘米。

孙周那惨白而了无生气的脸仿佛是忽然跳出来的，就嵌在拉链的开口处，被灯光一照，白得浮肿而又透明。

聂九罗头皮一炸，好在人还警醒，听到外头有动静，立刻回身。

是炎拓，他扶着头，脚步虚浮地正朝这边来，边上没见老钱，也不知道哪儿去了。

现在再去拉合拉链已经来不及了，聂九罗装着若无其事，同时不自觉地挪移了一下身体，试图挡住炎拓的视线。

炎拓到了车边才看到里面有人，不由皱眉："你……谁啊？在我车上干什么？"

聂九罗强笑："我找水，我……朋友呢？"

"拿水去了，我车上没水……"

说话间，他一只脚已经蹬上了车，就在身子欠起、钻进车子的半途，周身骤然一紧。

这种"紧"的状态，连聂九罗都感知到了。

这种状态不难理解，就好比一个睡过了头的上班族，前一秒还愣怔迷糊，下一秒，忽然意识到"迟到了，要扣钱了"，整个人就会瞬间清醒，乃至汗毛直竖。

炎拓就是这样，就在刹那之间，他一下子清醒，甚至于警觉，之前的变故、处境的危险、车里的秘密，什么都想起来了，整个人弓紧弦绷。

他抬起头，看向聂九罗。

车外很安静，风过时，野麻哗啦轻响，已经不是夏季了，却仍有"蝉噪林逾静"的感觉，再远处，隐隐传来后备厢开合的碰响，老钱一定在找水。

炎拓的眼神，让聂九罗想起曾经见过的一种鹰隼，锐利、危险、深不可测，但又平静。

她钩在提柄上的手指微松,让灯光下倾,试图让车内的亮度低下去,低到炎拓注意不到帆布袋被拉开的口——尽管心里也知道,这么做多半没用。

炎拓说:"找水……车后厢也找过了?"

聂九罗笑得有点僵,含糊地应了一声。

炎拓意识到自己的视线被挡住了,他下半身不动,膝盖跪压在座位上,只上半身向边上侧,目光绕开她,在车后厢内停了两秒,又收回来。

聂九罗也不说破:"你既然没事,那不打扰了。"

她伸手去开后座的车门,炎拓在手套箱上拍了一下,箱盖咔嗒弹开,露出一把斜放着的手枪。

他拿出手枪,倒没指着她,只是斜垂在身侧,又问她:"你怎么称呼?我姓炎,炎拓。"

"姓聂,聂九罗。"

炎拓点了点头,示意了一下副驾的椅背:"聂小姐,来了就聊聊,别急着走。"

说话时,他看到倒翻的公仔鸭,于是弯腰捡起,还掸了掸,放到挡风玻璃边。

话都说到这份儿上了,也没必要再打马虎眼,聂九罗索性全盘摊开:"炎先生,我可不是一个人,我的包车司机还在外头呢。"

炎拓向外看去,隔着野麻间错的缝隙,能隐约看到远处有个人影,正小心地走下土坡,往这头来。

"一个包车司机,辛苦开一天车也赚不到几个钱,你要想让他跟孙周似的,也犯我手里,尽管把他也拉进来。"

聂九罗沉默了一下:"你想怎么样?"

炎拓再次示意副驾:"不是说了吗,聊聊,聊好了什么事都没有;聊不好,再看着办。"

聊就聊吧,与其等炎拓动粗"请"她,还不如配合一下,保持体面。

聂九罗双手扶住前车座,跨坐到前头,在副驾上坐下。

炎拓俯探下身:"左手,斜往下点。"

坐姿还有讲究?聂九罗没多想,手依言下探,炎拓伸手从车座底下摸出串什么,"咔嚓"一声,就把她手腕给套上了。

聂九罗一怔,这才看清是个单腕的手铐,铐端连着钢链,一直没入座底,她挣了一下,没挣动,那一端显然是焊死了。

这还没完,炎拓继续弯腰,从车载脚垫下头又拉出来一个:"脚过来点。"

聂九罗没吭声,把脚移了过去。

她穿的是短靴,裤脚没入靴端一指左右,再往下是细白脚踝,炎拓觉得这样下

铐不太方便，有心让她把鞋脱掉，犹豫了一下又算了，咔嚓上了铐。

做完这些，他直起身子，朝她摊开掌心："手机。"

聂九罗很配合地交手机。

炎拓把手机收过来，又指了指正往这头走的老钱："把你的司机打发走，要合情合理，别引人怀疑。"

这不是开玩笑吗？聂九罗没好气："那是我的包车司机，专门负责我的接送，他要送我回酒店的，我怎么把他打发走？"

炎拓冷冷回了句："那是你的问题，你做不到，那就请他上车。我车坐得下，装人的袋子也还够。"

聂九罗心里骂了句。

什么玩意儿！

老钱过来了，跑得呼哧呼哧的，手里还拿了瓶矿泉水，近前时有点发蒙："小兄弟，你没事啦？聂小姐，你……你怎么坐他车上了？"

聂九罗说："你回去吧，我跟他的车走。"

老钱更蒙了："不是，聂小姐，我得负责送你回酒店啊。你跟他走，你们认识啊？"

这俩不像认识的啊，聂九罗看到驾驶室里的人时，表现得很平常——这要是你认识的朋友，你能不关切，能不嚷嚷？

聂九罗笑笑，伸手探出车窗，把水接过来，又示意了一下炎拓："你看他怎么样？"

什么怎么样？老钱一头雾水："应该……没大碍，不过为了保险起见，还是去医院查查好。"

聂九罗打断他的话："我说长相。"

老钱张口结舌："啊？"

长得那当然是，没挑的，脸和身架子在那儿摆着呢，但是好端端的，干吗问长相呢？

老钱实话实说："长得挺好的啊。"

聂九罗泰然自若："我也觉得不错，刚问了价钱，挺便宜的，我准备包几天。你就先回去吧，车钱我照付，要用车的时候，我再找你。"

老钱那神色，跟刚遭了雷劈似的。

他是听说现在的年轻人私生活比较开放，酒吧里看对眼了连名字都不知道就能去开房，但那也就是听说，周边所见，还都是相对保守的，忽然间活生生给他展示了一个，一时有点接受不了。

再说了，他对这个聂小姐，印象一直都挺好，年轻漂亮，有气质，有才，性格也好，说话和和气气的……

没想到哇，人不可貌相，搞艺术的人太可怕了，他这忙着救人呢，她这就勾搭上了,这种见不得光的事,还拿到台面上说,说得还这么理所当然!当然了,男的也不是什么好货,刚撞完车,路都走不稳就接活儿,忙着赚修车费吗?

世风日下,下到没边了!

一码归一码,老钱努力不把个人情绪带到工作中来,还是把客户的人身安全放到第一位:"那……聂小姐,这样是不是不安全啊?"

聂九罗说:"没什么,我看了一下评价,好评还挺多的。"

还有评价?

老钱三观哗啦啦碎了一地,这事还能上网开店?还有好评?法律怎么能允许呢?

临走前,他用意味深长的眼神看了炎拓一眼,恰看到他那头的挡风玻璃边,有只公仔鸭。

他有点明白了。

他想,就像电视剧里红花会一亮红花,对方就知道这是什么人了——这聂小姐看来是玩惯了的,不是业内人或者玩咖,还真看不出来呢。

10

天已经全黑了。

车内开了前侧的阅读灯,昏暗的冷光调,微微泛着荧蓝。高处路道连过路车都少有,细长身条的野麻丛丛纵纵,把车子裹在中央,带出深重的隔世感。

炎拓拈着那个手推式注射针筒,翻来覆去,看了有一会儿了。那个叫板牙的村子让他捉摸不透:真是自己倒霉,碰巧进了一个贼村吗?可要说是冲着他来的……

真是荒唐,他从来没去过那个村子,连这个市,都是生平头一遭来。

聂九罗坐在一边,不作声也不动,只偶尔伸手捻拨左腕上的螺纹手环,环身相擦相碰,发出极细碎的轻响。

这声响引起了炎拓的注意,他看了一眼聂九罗:"你是干什么的?"

炎拓的运气还算不错,那老头虽然将注射针筒插进了他的后颈,却没来得及推入太多针剂,他得以争取到片刻的清醒:最要紧的是妥善隐藏自己和这辆车,被这村子的人追上、晕在半路或是被警察发现,后果都不堪设想。

所以车子上路之后,他尽量选择没有摄像头的偏僻道路,然后相中了这片野麻地——野麻是高秆作物,秆身足以没过并遮蔽车子——开进野麻地之后,他还特意拐了几个弯,停在最深处。

一般的司机都要赶路,来去匆匆,八成都不会注意到这里"撞过车",即便注意到了,也少有那个闲情过来查看,而过来查看的,要么是真热心,要么是包藏祸心。

起初,他以为自己遇上热心人了,留下聂九罗,是因为她看到了不该看到的,

但再一想，这路人出现的次数，有点太多了。

尤其是在他被攻击之后，第一个找过来的，居然是她，而且，她的临危表现也出人意料——老钱固然是被她用借口支走的，但如果不是她表现得那么自然，老钱也不会走得那么痛快。

知人知面不知心，谁知道她是不是那个板牙村放出来追咬他的"狗"呢？

聂九罗说："我手机上有微博，实名认证，也有微信，都在上头了。"

她觉得这个炎拓，并不穷凶极恶：真正凶残的人，早一枪一个，把人撂倒在野麻地里了。他肯让老钱走，其实释放出了一个相对温和的信号。

炎拓拿出手机，用她的脸解了锁，先点进微博看。

看不出来，她是做雕塑的，还小有名气，微博上有几十万的粉丝。这微博是工作号，展示的都是作品，炎拓即便是外行，也看得出她的作品很有个人风格，细腻处带妖冶，温情处渗凉薄，剑走偏锋得恰到好处。

他一张张点进了看，不时放大："都是你塑的？"

聂九罗"嗯"了一声。

炎拓沉吟了一下，蓦地去拿聂九罗的手。

聂九罗一怔，下意识缩手，不过慢了一步，炎拓的指腹从她掌心一路摩挲，拖过指腹，力道很轻，若有若无的触碰，却激得她小臂微微发麻。

"你手不粗啊，做泥塑是手工活儿，手指一般都粗糙。"

聂九罗微蜷了手，笼住掌心："注意保养，肯花钱，手粗不到哪儿去。"

这倒也是，手是女人的第二张脸，现在的年轻姑娘，但凡经济允许，在保养上都不会吝啬。

炎拓继续翻看微博，雕塑是个功夫活儿，她的作品并不多，只翻了十多页，就已经翻到了两年前。

有认证，有作品，基本作不了假。

他说了句："塑得还挺好看。"

然后退出来，又点进微信，聂九罗微拧了下眉，觉得隐私被触犯到，再一转念，反正也没什么隐私。

聂九罗的微信好友不少，以工作伙伴为主，也有家政、快递、护肤美甲，炎拓大略看了看，知道了不少事。比如，她有个住家阿姨叫卢姐，上一条消息是上周的，问她白米虾是盐水煮还是爆炒；比如，她院子里种了不少花和树，花匠两周去一次，处理普通人应付不了的虫害叶病；再比如，她有尊作品，三年了都没完成，对接的那个老蔡发牢骚说"三年了，你好意思再拖吗？这生孩子生快点，三年都三四个了"。

炎拓觉得这个老蔡说话还挺严谨，三年三四个，充分考虑到了生双胞胎的可能性。

他正要说话，机身微微一振，有新的消息进来。

不是短信，也不是微信消息，炎拓退回主界面去看，才看到她居然有个"阅后即焚"的 App，点进去一看，发信人叫"那头"，消息以信封的形式折着，不显示。

聂九罗也看见了，没吭声。

炎拓点开消息。

——第八天，拜第三尊小金人，平安。

十秒一到，消息自动焚毁，屏幕上赤焰腾腾，逼真得仿佛人的鼻端都能嗅到烟火气。

"这又是谁？"

聂九罗说："一个朋友。"

"什么朋友，不能正常联系，要用这种'阅后即焚'的方式？"

聂九罗没好气，忍了又忍，转向炎拓，粲然一笑："我男朋友，有老婆，所以大家日常沟通都很谨慎，尽量不留下记录。他这两天进山拜神，被大师领着去拜保佑人发财的小金人。山里状况多，我要他每天给我报平安——炎先生，你留我聊聊，大家聊重点，这种个人隐私，是不是能尊重一下？"

炎拓淡淡回了句："你说一句'当人小三'我就懂了，不用解释这么详细。"

这不是你让解释的吗？聂九罗问得直接："你要聊聊，该聊的都聊了，你聊得满意吗？我能走了吗？"

炎拓不动声色："聂小姐，大家无冤无仇，我不想拿你怎么样。但你看到了不该看到的，放你走，我也不放心。"

聂九罗答得很快："我就一普通人，不想惹事。我什么都没看到，不会对外乱讲的。"

"你拿什么保证？"

"我可以立字据。"

炎拓说："立字据，你违约了，我还能拿着去法院告你？"

看来立字据是行不通了，发毒誓什么的多半也白搭，聂九罗把球抛回给他："那你想怎么样？"

炎拓答非所问："聂小姐，雕塑得费不少时间功夫吧？"

聂九罗摸不准他的用意，无可无不可地"嗯"了一声。

"出一个得小半年？"

"看情况吧，可长可短。"

"很挣钱？"

怎么着，难不成他还想入行？

"聂小姐，我也没想好要拿你怎么样。要不这么着，先去我那儿住一阵子，不耽误你工作，反正都是塑东西，在哪儿不是塑啊？"

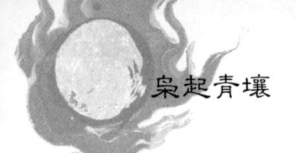

聂九罗好一会儿才开口:"软禁啊?"

"话别说得这么难听,塑好了我买下,你接了单,挣到钱——我包吃包住,还付你酬劳,是你衣食父母,怎么能叫软禁呢?"

聂九罗语带讽刺:"不能和外界联系?"

"你们搞创作的,为了工作专注,不是经常要闭关吗?用不着联系,省得分心。"

聂九罗差点气笑了,这姓炎的可真是能说会道啊,舌头吧啦吧啦往外冒莲花,绑架软禁叫他说得这么清新脱俗。

"炎先生,我这个人,好请不好送啊。"

"没关系,我送人有一手,你喜欢的话,送到西也没问题。"

"送到西"这话都出来了,她再叽歪就显得不识趣了,再说了,本来也不是地位对等的谈判。聂九罗倚回靠背,无所谓地看向前方:"枪在你手里,你说了算。"

炎拓看了她一眼,她侧着脸,连面部的轮廓线都写着无所谓,睫毛很长,承着车顶灯洒下的微光,睫尖泛亮。

带着她是个累赘,杀了她也不可能。

但她这表现,放她走,他还真不敢冒险。

炎拓开车出野麻地,就近兜了一圈,选定了一户家庭旅馆。

看中这家,是因为它位置偏,生意淡,说生意淡都是抬举它了,压根儿就没客人:车子开进去的时候,只有院门处拴着的狗汪汪叫了几声。

旅馆本身也简陋,自搭的大场院,正面铁门,另三面平房合围,中间的院子停车。

炎拓要了最角落的那间。

聂九罗全程配合:这儿不具备求救的条件,她唯一瞥见的人是开旅馆的老头,六十多岁了,佝偻着腰,不住咳嗽——这还不够挨炎拓一拳的。

炎拓先把聂九罗带进屋,反剪了手,铐在洗手间墙角一根竖向的废弃水管上,又爬高关死了高处的透气窗,这才折回车上拿行李。

普通的行李都放在房里,但有两件送进了洗手间,一件是装孙周的帆布袋,另一件是那个一直搁在车后座的行李箱。

帆布袋好理解,毕竟里头装着人,但行李箱怎么也会搬进来呢?

……

炎拓再进洗手间的时候,已经换了一身衣服,沙色防水中帮靴,黑色的帆布作训裤,裤子后兜塞了双全指护掌手套,上身套了件圆领中袖的速干面料黑T恤,聂九罗坐在地上,因为是仰视角,看着他分外有压迫感。

这不像是准备"洗洗睡了"的装束,聂九罗问了句:"要出去啊?"

炎拓"嗯"了一声,拧开水龙头捧水洗脸,台盆很浅,水花不断溅出落地,地上的瓷砖本就脏污，经了水，更显狼藉。

聂九罗脑子里飞快地转着念。

这人要出去，当然是好事，绑匪不在，肉票自救的概率会更大，怕就怕他给她来一针让她昏迷……要么，待会儿他给她用药时，她就说自己从小就对医用麻醉剂过敏，搞不好会有生命危险？

他未必信，但也不敢不信吧？毕竟一条人命呢。

水声停了。

炎拓扯过毛巾擦手，边擦边走到行李箱边，靴头磕了磕行李箱的箱侧："醒着吗？"

这是个硬壳框架箱，非拉链，铝框卡扣设计，靴头硬挺，磕上去砰砰响。

聂九罗头皮一麻。

什么意思？他对行李箱说话，还问"醒着吗"，行李箱里，装的居然是个人？

这从小缺爱的变态男人也真是绝了，帆布袋里装一个，箱子里也装了一个。

静了会儿，箱子里传来轻微的"哧啦"声，那是指甲在抠磨箱身。

炎拓蹲下身子，转动密码锁，然后一把掀开箱盖。

这一回，聂九罗的头皮不只是麻，简直是在疼跳了。

箱子里居然盘卧了个男人，箱子虽是大尺寸，但相对于一个大块头的成年男人来说，还是逼仄了些——聂九罗都说不清他是怎么把自己的身子拗进去的——他的皮肉死死抵住箱子四壁，硬把一个人拗成长方体，以至于像个融化的皮冻，头不在头的位置，脚也不在脚的位置。

他后脑朝上、脸朝下埋着，含糊地应了一声。

炎拓说："我有事出去一趟，孙周，还有这个女人，你要看好了，别出岔子。"

聂九罗心内凉了一截：还以为炎拓一拖三，箱子里又是个肉票，现在看来，竟然是他同伙。

真会玩，把同伙塞箱子里。

她想起前一晚自己在酒店大堂速写时，炎拓拖着滚轮箱进来时的场景。

原来当时那口箱子里，蜷着一个人啊，难怪要放后车座，确实是"金贵东西"。

那人又"嗯"了一声，还是没动。

炎拓皱眉，伸手去拨他肩膀："你是长箱子里，不准备出来了？"

不拨还好，这一拨，那人身子一阵发颤，头拼命往箱子角落里钻。

炎拓心下生疑："狗牙，你出来说话。"

狗牙含混地回了句："一路颠，又撞车……我难受，歇会儿再起来。"

炎拓没吭声，他盯着狗牙的后脑勺看，经过一天的闷盖，箱子里有点腥，还有点臭。

顿了会儿，他伸出手去，一把揪住狗牙的后颈肉，硬生生地把狗牙的脑袋拎了

起来。

聂九罗脑子里嗡的一声，险些叫出声来。

这个狗牙，就是她从猫眼里看到过的那个丑男，不过，他现在跟之前长得不太一样了——他的左眼窝，已经成了个发黑的血窟窿。

11

炎拓的震惊，倒也不比聂九罗来得少。

他盯着狗牙看了好一会儿，才问："你眼睛怎么回事？"

狗牙支吾："我昨晚上不小心，戳到了。你这样，我头……头晕……"

这么重的伤，脸上的痛楚之色不可能是装的，炎拓松了手："怎么戳的？"

狗牙像个虚弱的病人，又慢慢窝回行李箱里，口齿不清："就是一不小心，我头疼……"

炎拓说："你放屁。"

这话一出口，屋里静了几秒，狗牙不哼唧了，水龙头慢吞吞地滴着水。

炎拓终于开口了："酒店房间里没有危险设施，你若真是在屋里弄伤的，早嚷嚷开了，会一声不吭？你昨晚上，是不是出去过？"

狗牙慌里慌张："没、没有，我就是不小心，是牙刷、牙刷戳到了……"

话还没说完，狗牙就觉得天旋地转，再然后，耳边砰的一声响，整个人砸落在地上，眼前都冒起了金星——是炎拓一手掀翻了行李箱。

聂九罗还没反应过来，炎拓已经一脚踏上狗牙的后背，整个身子的重量都往这条腿上倾，压得狗牙一口气险些没喘上来，这还没完，他从后腰拔出枪，枪口往下抵住狗牙的后脑，力道很大，狗牙的一张丑脸几乎在地上挤成了平板。

"不说实话，当我蠢是吗？林姨说了，你老实，我是来接人；不老实，我就是来运尸。"

狗牙吓成了尿蛋，声音又尖又细，就差鼻涕眼泪齐飞了："我说、我说，昨晚你骂我废物，说我被住孙周边上那女的看到了，还画成画儿给警察了，我来了气，想……想找她算账来着……"

炎拓一怔，手上劲力微松，不经意地瞥了聂九罗一眼。

聂九罗一脸纯良，心里骂娘。

"我爬窗出去的，不知道是在哪儿，脚下一滑，窗上有根铁丝，一下子就戳进我眼窝里……我，我就回屋了，怕你知道，我才没说。"

聂九罗心头狂跳，好在还能迅速下判断。

——这俩，的确是一伙的。

——炎拓是能管着狗牙的，但狗牙显然另怀机心，有事瞒骗炎拓。

——这俩之上，还有个叫"林姨"的。

屋里又静了几秒，炎拓收回踏在狗牙背上的脚，狗牙喉咙里挤出一声得释似的长叹，手忙脚乱地往行李箱里爬，箱子被他扒拉得颠簸不定，像被浪推拱着的小船。

过了会儿，他终于把自己塞回去了，还伸手拉合了箱盖，不过没盖严，箱盖被顶起了一指多。

他的独眼就从这缝隙中警惕地往外看，看到炎拓的靴子，靴身上的铆钉泛着冷硬的古铜色，还看见角落的水管底下，坐着个反剪了手的女人，也穿着靴子，靴底的防滑纹道道清晰。

他不认识聂九罗，因为从头到尾都没在光亮处见过她，只在黑暗中迎头撞上她插过来的铅笔，笔头尖锐无比，以至于那一瞬间，都未感觉到疼痛。

"我刚才交代的，都清楚了吗？"

刚才交代的？狗牙愣了一下，才反应过来："清楚，你说要出去一趟，让我看好孙周和这个女人。"

"看好就行，别动人家。"

狗牙赶紧应声。

这场景太诡异了，聂九罗头皮发麻：怎么不管是炎拓还是狗牙，都不提包扎伤口的事呢？这是戳瞎了眼啊！

该交代的都交代了，但炎拓总觉得还有些不放心，他在洗手间里巡视了一会儿，试图找寻出疏漏或者隐患。

末了，他的目光落在了聂九罗身上。

她就是了，最大的隐患。

他拿了卷宽胶带过来，走到聂九罗身前时，"哧啦"一声撕开一长截，然后蹲下身子。

聂九罗下意识地侧头避开："我不会叫的，这旅馆没客人，你又留了人在这儿看着，我没那么蠢。"

炎拓不吃她这套："聂小姐，你很会说话。狗牙这段数，经不住你花言巧语，还是封上的好。"

聂九罗心里骂他眼瞎：他还当狗牙是好人，怕她忽悠狗牙？他自己都被狗牙忽悠瘸了。

不过想想忍了：恶人自有恶人磨，她乐得装聋作哑，看他们狗咬狗。

她转而做另外的争取："那能不能先让我吃点东西？"

中午看庙，没顾得上吃，晚上被绑，没机会吃，已经饿两顿了——换了是别人身陷囹圄，或许会茶饭不思，她不，总得吃饱了，才有精力跟这些恶人磨吧。

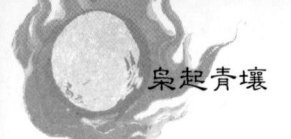

炎拓跟没听见一样，径直用封箱带贴住她的嘴，为防松脱，还用手掌往两边用力压按了一回。

聂九罗皮肤薄，被他这么用力一按一松，脸上回血，透粉绯红。

走之前，炎拓回答了她的话。

他说："我看你长得挺耐饿的，少吃几顿死不了人。"

车开出旅馆，炎拓打开导航，直奔板牙村。

人不能不明不白被阴，总得知道个子丑寅卯。

……

他没敢把车子开进村，停在距离很远的地方，然后步行过去，每一步都谨慎，唯恐露了行迹。

行经白天的小树林，借着月色，远远看到对面来了条人影，炎拓一闪身就避进了林子。

那人毫无察觉，不紧不慢地继续朝这头走，人没到，声音晃晃悠悠先到。

"八国联军已经打到村口了，猪都被他们牵走了，我感觉，真不能指望老佛爷了。"

是马憨子，手持汤勺，正在"打电话"，向臆想中的上级汇报工作："师长，我们已经加派人手，日夜巡逻，绝对、绝对，不能让洋鬼子打进板牙。"

炎拓无语。

经过白天那一闹，他基本可以肯定这马憨子确实是个傻子，傻得还挺繁忙，白天打鬼子，晚上斗西洋。

马憨子继续说着话，忧心忡忡从炎拓身边经过："是的、是的，我尽快联系……"

炎拓觑着他走远了，从树林里出来，一路快步进村。

晚上，有灯光坐标，看得更分明：整个村子，只有一处亮灯。

亮灯的地方不陌生，就是村东的平房，里外两间都雪亮，窗户半开，炎拓还没到近前，就听到了"哗啦啦"的搓麻将声。

他猫着腰，先凑近里头那间，透过窗户往里看。

是那个白天诓他搬腌菜缸的女人，正拿打火机点手里的线香，外屋传来嚷嚷声："华嫂子，快点，等你开局啦。"

那女人显然就是华嫂子，她搁下打火机，吹燃了香头："就来，就来，等我给雨大爷上炷香。"

边说边转向一侧的神龛。

炎拓也看向神龛，老实说，供的神有关二爷，有观音菩萨，他还从来没听过什么雨大爷、风大爷——待看真切了，更是一头雾水。

神龛里供着的是个青铜鼎，只有烧水壶大小，看成色，显然不会是真的，八成来自小商品市场。

华嫂子拈香三拜,嘴里喃喃有声:"雨大爷,您保佑,内场外场太平无事,青壤结穗,开花见果。"

拜完了,显然是心急打麻将,草草插上线香,三步并作两步向外屋赶。

炎拓轻手轻脚,又转向外屋的窗边,一眼看去,心中猛跳:这屋子里,绝大多数都是"熟人"。

入目是一张牌桌,三缺一,单等华嫂子入座,牌桌后是一张板床,凉席都还没撤。

床上坐着山强,盘腿倚墙,脑袋上包着绷带,盘得跟缠头巾似的,面无表情,不作声,也不动,若不是那双小眼睛还会不时溜溜地往牌桌上转上那么一转,炎拓真会以为,他已经被瘸腿老头那一杖子给砸傻了。

牌桌上的三个,有两个是见过的,一个是挂拐的瘸腿老头,拐杖还斜搭在腿上,被车门夹伤的那条胳膊用绷带吊着,只用一只手哗哗洗牌;另一个是大头男人,他是真爱黄瓜蘸酱——手边一碟切成块的黄瓜,碟口挤了一大坨辣酱。

第三个……

炎拓盯着剩下的那个女人看,这个,是屋里唯一一个,他从未打过照面的。

这是个三十来岁的女人,一头大波浪长发,丰腴而又美艳,或者说,接近香艳了:她穿着带怀旧感的杏黄色哑光真丝深V领长裙,领口处肤光胜雪,简直惹人遐思无限,眉眼精致如画,眼波微荡,似乎随时都能泻到人心上,伸出手来挠你的痒痒。

她一边码牌,一边头也不抬地招呼华嫂子:"快点,就等你了。"

华嫂子小跑着入座,两只手习惯性地在身侧的衣服上抹了抹,正待摸牌,又停下了:"我们……就这么打啊?"

那女人乜了她一眼:"不这么打,还想怎么打?给你请个伴奏的?"

"不是,我是说啊……"华嫂子不安地向半开的窗外瞅了一眼,"万一那人……回来报复怎么办啊?"

炎拓心里一紧,华嫂子嘴里的"那人"九成是指他了。

那女人漫不经心:"来了最好,我还怕他不来呢。今天回来迟了,没赶上。"

顿了顿,她又补一句:"你们也真是废物,四个人,拦不下一个。"

大头斜了眼:"说谁呢?"

他边说,边拈起一截黄瓜,蘸了酱之后送到嘴里,泄愤式地"咔嚓"一声咬。

瘸腿老头单手把牌码成墩墙,看出来心里有气,牌身磕得碰响:"雀茶,别吃灯草灰,放轻巧屁,你在,你也拦不下。"

雀茶哼了一声,唇角不屑地弯起。

山强有气无力地打圆场:"行了,别窝里斗了。我越想越觉得这事不简单,茶姐,要么你跟蒋叔说一声?"

"老蒋在外头忙正事呢。屁大点事,犯得着吗?"

"屁大点事?"山强激动,以至于忘了自己现在本该虚弱,声音都高了八度,"茶姐,你仔细琢磨,这是屁大点事?蒋叔这趟是为了什么去的?"

让他这么一说,雀茶也有点举棋不定,她骰子攥在手里,先不忙着开牌,过了会儿转向大头男人:"大头,你确定,真是那味儿?"

华嫂子也在边上帮腔:"你是不是酱味儿冲鼻子,闻岔了?"

大头冷笑:"那一车臊味儿,我能闻岔了?"

说着,拿手指点了点自己油晃晃的鼻子:"你就算不信我,也该信这狗鼻子啊。"

一车臊味?

炎拓如堕云里雾里,他有很好的卫生习惯,车里很干净,绝无异味。

雀茶掷骰子,点数了之后抓墩:"那是挺奇怪的。这人车牌号记下了吗?"

山强有气无力道:"我本来记下了的,叫瘸爹一打,顺序……记不真了。"

大头怪里怪气:"记下了有什么用?我们就这几个人,看家都嫌不够,还能追他去?"

雀茶瞥了他一眼:"着什么急啊,查车牌,查他全家,人又不会飞了。等老蒋回来,再堵上门去,跟他算总账不迟啊。"

华嫂子还是定不下心来:"那……那要是还没等老蒋出来,那人这两天就杀回来报复可怎么办啊?"

雀茶鄙夷地看了她一眼:"那就跟他聊聊呗,这世上,有什么事是聊不定的吗?他带着货来的,指不定是想入伙呢。"

从各人说话的语气态度,炎拓猜测,这个叫雀茶的女人,应该算个小管事的。

或许是因为大家心里都不踏实,麻将也打得不尽兴,十点刚过就散了,除了华嫂子,几人各回各家。

板牙村没路灯,走夜路要么靠手电筒,要么靠手机电筒,四个人,四个方向,电筒那点光像细瘦的游鱼,游进大得找不着边的黑暗。

炎拓如一抹幽魂,跟在雀茶的后面。

半夜的山乡静得有点瘆人,雀茶穿杏皮色的高跟鞋,走得摇曳生姿,鞋跟磕得地面噔噔作响。

不过,女人终究是敏感的,走着走着,她突然停下,警惕地把手电筒打向身后,同时喝了一声:"谁?"

炎拓早已抢先一步避进了黑暗的角落,目不转睛地盯着她。

顿了几秒,见周围没动静,雀茶只当自己多疑,长长松了口气,又嘟囔了句:"这鬼地方,下次我再也不来了。"

12

雀茶住的是幢二层小楼房。

房子的外立面镶着瓷砖,大门上贴着业已褪色的春联,各方各面都透着土气,不过在农村,这算得上是"豪宅"了。

她一路直上二楼,心情不错,还哼上了歌,进屋之后利落地拉链一解长裙落地,再甩脱高跟鞋,扯了条浴巾就进了洗手间。

很快,洗手间里响起了哗哗的水声。

就着水声,炎拓把屋子内外查看了一遍。

这房子应该平时没人住,因为毫无生活痕迹,但打扫得很干净,极有可能是近期打扫的,窗户上擦拭的渍印都还清晰可见。卧室的角落处有两个行李箱:一个26寸,黑色,男式,靠墙立着;一个22寸,花色,大刺刺摊开,里头都是些女用衣物,乱糟糟团着扔着。

床上的被褥也是一团乱,原本是两个枕头,一个跌落床下,另一个摆在床头正中。

这雀茶应该不是本村住户,近期才来这儿的,她有个亲密男伴,但这两天,男伴不在这儿住。

屋里的女性气息很重,香里透着绵软的糯,炎拓打开了一扇窗散味,又从摊开的行李箱里拣了件外套,这才拔枪在手,坐到床边。

水声停了,隐约又有哼曲声传来,再然后,门被拉开,雀茶赤着脚,一边理着包头的干发帽一边往外走,才刚走了两步,尖叫一声,僵在了当地。

她身上裹了条大浴巾,结扣塞在胸前的沟壑间,干发帽还没理好,有几缕头发垂落下来,梢尖挂着水。九月的夜晚,温度很低,凉气从开着的那扇窗里侵进来,直扑她裸着的地方,扑出了一身的鸡皮疙瘩。

她声音打战:"你谁?"

但渐渐地,她就冷静下来,身子也从紧绷转成了舒展:眼前是个男人,对付男人,她太有资本了。

她笑起来,很快猜出了炎拓的身份:"你就是那个白天来过的男人吧?"

炎拓把外套扔向她:"穿上衣服说话。"

她没接,看着衣服到了跟前,然后落地,说:"我不冷。"

一边说,一边动作优雅地松开了干发帽,任带水的长发散落肩上,同时向着梳妆台走去。

炎拓冷冷说了句:"你就给我站在那儿,哪儿都别挨,哪儿都别靠,也别想着自己漂亮就能给我来荤的,我不吃这套。"

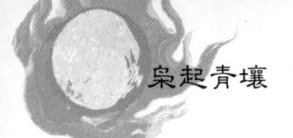

雀茶一时面上发窘，顿了顿，觉得扯破了脸皮也好，她就不用装了。

她伸手抓住浴巾结扣，防止掉落，然后温柔一笑："那你想怎么着？你们爷们儿间有误会，被扎了针，拿我一个女人出气，不地道吧？还专拣人洗澡的时候。"

说到后来，语气里带出些许娇嗔。

炎拓冷笑："我好端端地开车从这里经过，没偷没抢，上来就给我一针是什么意思？"

雀茶笑里多了些莫名的意味："行了，帅哥，大家都坦诚点，'开车从这儿经过'，谁信哪？摊开了说吧，你是来入伙的，还是来谈生意的？"

炎拓没听懂，但这不妨碍他接话："入伙怎么说？谈生意又怎么说？"

"入伙呢，我们说了不算，得由能做主的定。谈生意，那当然也得跟他谈。"

"能做主的，就是那个姓蒋的？他干什么去了？什么时候回来？"

雀茶心说果然，哪会是什么"开车经过"，连当家的姓什么都一清二楚，这分明就是目的明确、直奔板牙来的。

"忙要紧事去了，几时回来，要看事情顺不顺利……少说也得七八天吧。你不嫌弃，就在这里住下来等，反正村里空房多。或者，过几天再来也行。"

说到后来，她嫌脚底下凉，抬起一只脚往另一条腿的小腿肚上蹭暖，脚指甲被水洗过，亮晶晶的。

或许是已经聊上了，她话也多起来："帅哥，你现在是单干呢，还是跟人合伙？"

"合伙。"

雀茶"哦"了一声，多少有点失望：单干多好，现在就能端他了，端一个就是端全家，便利。合伙嘛，那就不能轻举妄动了。

"那个姓蒋的，现在能联系上吗？"

"帅哥，你这就是不懂了，只有他找我们，我们哪能联系得上他啊？你放心，等他电话打来，我会跟他说。"

炎拓不置可否，过了会儿，话锋一转："我车上什么味？我怎么闻不到？"

雀茶咯咯一笑："你当然闻不到，我也闻不到，挺好奇到底是什么味儿的。"

"大头能闻到？"

雀茶意识到自己说漏嘴了，没接话，把话题又岔开了："帅哥，我打听一下，你手上多少货啊？"

"那得看你们要多少。"

雀茶明显愣怔了一下，她喉口微微滚动，声音都有些变了："价钱呢，开多少？"

再这么一问一答下去，怕是要露馅，炎拓就在这里收口："具体的，我只跟姓蒋的谈。"

板牙村是个惊喜，他有两个选择：一是从雀茶嘴里掏话，但她只是个小角色，所知有限；二就是虚与委蛇放长线，冒更大的险，会会那个老蒋。

他愿意冒这险。

他站起身："我过几天再来。"

雀茶有些意外，不过她也明白欲速则不达："也好，帅哥怎么称呼啊？老蒋回来之后，我好向他通个名姓。还有，方便的话，留个手机号吧。"

这些信息迟早查得到，隐瞒也没意思，炎拓实话实说："炎拓，双火炎，开拓的拓。"

他把手机号报给雀茶，屋里没笔，手机也不知道扔哪儿去了，情急之下，雀茶开了根眉笔，把号码记在了梳妆镜上，写得很快，手有点发颤。

这细节让炎拓明白，他为自己立的这个人设，于对方来说，相当重要。

看来用不了几天，他就能见到那个姓蒋的了。

他都走到门口了，又转回头："再问一句，我车上那玩意儿，你们把它叫什么？"

雀茶说："叫招财猫啊。"

炎拓觉得这回答挺假，但她神色又不似作伪。

他离开了小楼，走出十多米远时，听到身后传来一声呼哨，回头时，看到雀茶倚靠在二楼窗口，笑得甜蜜而又柔媚，她本身皮肤就很白，被灯光一照，整个人简直亮到发光。

她的手里握了一把豹折叠式的三用手弩，弩上已经装好了不锈钢箭，箭头泛着森然冷光，正对着他。

炎拓说："你穿上衣服吧，省得感冒。"

说完了，转身继续往前走，把整个背部大方地亮给了她。

雀茶的头微微侧着看向弩身的瞄准镜，看到炎拓的后背整个儿框在了镜头的十字里。

她的食指钩向扳机，在上头搭了一会儿，又松开了。

回到车上，炎拓只觉得周身火热，额上发烫，两个手心拢得全是汗。

他把额头抵靠在方向盘上，慢慢平缓心情。

过了会儿，他直起身子，拿起手机，翻开最近的通话记录。

密密麻麻的记录，来自同一个人，林喜柔。

炎拓盯着这名字看了好一会儿，才深吸一口气，然后拨打。

那头很快就接听了，声音不疾不徐，绵细柔和："小拓啊。"

炎拓的颈后有一圈汗毛立起，这么多年了，已经成了一种条件反射。

他定了定神："林姨。"

林喜柔笑道："到哪儿了啊？明后天就能到家了吧？"

"不是，林姨，想跟你说一声，我得晚点才能回去。"他力图让自己的语气听上去随意，"在这边遇到一个朋友，很多年没见了，聚一聚。"

"那挺好啊，难得你有处得来的朋友，"说到这儿，她声音低下去，"不过带着狗牙，得注意啊。"

炎拓看向车内的中央后视镜，镜面里，他的表情铁一样冷漠："我明白。"

"一路都还顺畅吧？"

"顺畅。"

"如果被人看见了不该看见的，你知道该怎么办吧？"

"知道。"

林喜柔"嗯"了一声："林姨知道你是个心软的孩子，下不去手的话，让狗牙做就行。"

"懂。"

挂了电话，炎拓在车里默坐了会儿，然后发动车子，掉头回旅馆。

也说不清是为什么，让聂九罗和狗牙同处一室，他总觉得不放心。

再说聂九罗这头。

炎拓刚走，狗牙就改了先前卑懦的神气，连着往箱子外头吐了两口唾沫，嘴里骂骂咧咧，聂九罗隐约听到什么"便宜儿子""小白脸"，具体也不明白是什么意思。

再然后，狗牙把灯给关了——他爬出行李箱的时候，聂九罗还吓了一大跳，以为他认出她来了，要报伤眼之仇。

没想到，他只是走到门后，关掉了灯，又摸黑走回去，爬进了行李箱。

为什么呢？聂九罗脑子里冒出一个念头：难道他不喜欢光？

她的双手虽然被反铐，手指还是可以活动自如的，右手食指灵活地一挑，就钩住了左腕上的手环。

这个手环，外人看只是"极细、多圈、螺纹"，亮闪闪的，又时尚又好看，其实得拆解才能知道玄机：这手环并不是多圈，只是一根绕了数圈而已，韧性很强，即便强行拉直，一松手，仍会回到多圈的状态。

她拈了会儿手环，想想又放弃了，过了会儿，双手带动铐身，在水管上磋磨起来。

金属摩擦金属，那声音要多难听有多难听，很快，狗牙就耐不住了，在黑暗中瓮声瓮气朝她吼："别出声！"

聂九罗权当没听见，她笃定狗牙不敢动她，毕竟炎拓曾经嘱咐过。

狗牙暴跳如雷，噌一下蹿跳出箱，一拳把灯开关砸开，又冲着她吼："听不懂人话啊？"

聂九罗脸一仰，示意他自己有话说。

狗牙怒气冲冲，抬手就待撕开胶带，行将碰到她脸时，忽然顿住，再然后，小心翼翼地，慢慢拈起胶带边缘。

这人怎么突然间怜香惜玉起来？聂九罗大为惊讶，然而下一秒，就听"哧啦"一声，胶带被狠狠撕扯下来。

聂九罗疼得倒吸凉气，一张脸火辣辣的，真怀疑是不是面皮都被扯掉了一块。

果然物以类聚，人以群分，这狗牙跟炎拓一样，都是变态。

她咬牙缓了一缓，抬起头，满脸关切："你的伤口，要不要包扎一下？"

狗牙："？？"

"就是你的眼睛，这么重的伤，完全不加处理，会感染的。"

狗牙这才反应过来，恶声恶气地回了句："不用。"

"你可能不明白事情的严重性。"聂九罗毫不气馁，"我看你伤口挺深的，那根铁丝有多长？会不会伤及脑子？可能一时半会儿你还能撑，但是细菌万一进到脑子里，整个人也就废了，这周围环境这么脏……"

狗牙不胜其烦，暴躁地打断她："不用不用！你闭嘴！"

还有这么油盐不进的，聂九罗头一次见到瞎了眼还不当一回事、任眼窝里血流脓淌的："你是人吗？"

这话其实纯属无心，她的想法是："是人都知道要包吧，这都不处理，你是不是人啊？"

没想到的是，这么随意的一句话，居然让狗牙大为震动，他身子一僵，面色都黄了，然后气急败坏："谁不是人了？"

聂九罗心中一动，狗牙这句话，初听没什么，细品不对味：一般人对骂，大多是"你不是人""你才不是人""你全家都不是人"，继而上升到八辈祖宗、远亲九族都被开除"人籍"，但很少有人会反驳"谁不是人了"。

虽然狗牙有些举动，尤其是深夜扒窗那一出，曾让她对邢深说出"我觉得是人都做不到"这种话，但那也只是说说而已，毕竟大千世界，出个能飞梁蹿屋的奇才，也不是什么稀罕事。

她盯着狗牙看，他胸膛剧烈地起伏着，那只独眼里，被她盯出了几分惶恐，而那只瞎眼，血脓中已经结上了黑痂。

聂九罗一字一顿，语气和缓，说："你不是人啊？"

13

狗牙暴喝："你再不闭嘴，我就杀了你！"

手铐是铐在废水管上的，聂九罗虽然离不开水管，但起立坐下没问题，她手指

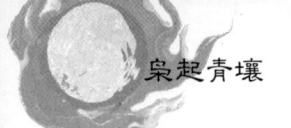

虚握住水管，慢慢站起身子："炎拓吩咐过你，不能动我。"

狗牙笑得狰狞："那是之前，现在，我即便杀了你，炎拓也不会反对的。"

哦，之前，现在，差在哪儿呢？

聂九罗第三次重复："你真不是人啊？"

"不是人"这概念，起初还让她有点毛骨悚然，后来一想，铅笔插进眼窝时他照样痛得逃跑，再有能耐，也就是肉骨凡胎——"不是人"其实不可怕，鸡、鸭、鹅不也不是人？还被宰来吃呢，可怕的是"到底是什么东西"。

狗牙眸内杀意大盛，他本身长得就丑，又瞎了一只眼，表情一扭曲，恶鬼也不遑多让，聂九罗在他要有进一步动作时喝住他："兴坝子乡有个女人失踪了，跟你有关系吗？"

她想明白了，事情就是从那片秸秆地里开始的：孙周满头是血、如见鬼魅地驾车狂奔，炎拓扔了个沉重的帆布袋进车后厢，干涸的血迹、塌倒的秸秆，一个斜向进深两三米、腥臭的地洞……

而就在这前一天，有个女人失踪了，要说只是巧合，三岁小孩都不信吧。

狗牙语意阴毒："这可是你自己不想活的。"

话音未落，他就直扑了上来。

聂九罗觑准他来的方位，十指骤然握紧水管，手上借力，身子腾空，再在边墙上用劲一蹬，两条腿狠狠绞上狗牙的脖颈，紧接着一个扭身，手上一松，整个身体的重量都压在狗牙脖颈上，跟着他粗笨的身子一道重重落地。

落地时，狗牙尚有知觉，还想抬头，聂九罗膝盖加力，从侧方位压制他颈侧大动脉，狗牙只觉得眼前一黑，脑压速降，哼都没哼一声，就被绞晕了过去。

聂九罗没敢立刻松腿，又过了几秒，才收腿坐起。

整个过程，也就十秒不到。

因为双手被铐，整套动作下来，难免伤及自身，别的不说，光那一腾一扭，手腕上已经被磨下了一层皮。

聂九罗舒了口气，手指迅速挑起手环。

手环的两个端头，都嵌了米粒大小的珍珠，她把一边端头的珍珠抹到掌心，两指拈住快速转动，很快，珍珠被卸了下来，露出尖利的环尖。

下一秒，环尖探进手铐的锁眼，随着她手上的动作，极其细微的卡扣移转声不断传来，终于"咔嗒"一声，铐子开了。

聂九罗立马站起身子，甩了甩手腕之后，先把狗牙给铐在了水管上，又拿起炎拓留下的那卷宽胶带，不管三七二十一，把狗牙的双腿缚了个结实。

炎拓当时，怎么就没想到要把她的腿也给绑上呢？不过，得谢谢他轻看她，不然，她还真没这么容易"作妖"呢。

搞定了狗牙，聂九罗绷紧的一口气才真的完全松懈，她抹了把额上的汗，走到帆布袋面前，俯身拉开拉链。

孙周还在昏睡，苍白的脸了无生气，不过鼻息还是有的。

睡这么久，一定不是自然酣睡，个中少不了药物作用，聂九罗也没准备叫醒他，反正袋子敞着口，让他先顺畅地呼吸，缓一缓吧。

她立起身，正想去外屋翻看炎拓的行李，孙周忽然抽搐了一下，喉咙里长叹一声，陡然睁开了眼。

不睁眼还好，一睁眼，翻的全是眼白，像眼眶里塞了个死鱼鱼肚，鼓胀得要冒出来，聂九罗吓得抽了个冷子，待要仔细看时，他眼皮一耷，那口气咽下去，又安静了。

什么情况？

反正孙周也是被绑着的，用不着怕他暴起伤人，聂九罗弯下腰，小心地打量着他的头脸——头脸处的绷带因为没有及时更换，再加上处境的狼狈，已经有些渗血发黑了。

看着看着，她忽然注意到，孙周颈侧的绷带边缘有一处，长着黑色的短毛。

孙周是平头，那个部位，按说长的也不可能是头发，聂九罗伸出右手食指，轻轻触碰了一下，有点硬，胡子短楂一样硬。

愣了几秒之后，她脑子里过电一般，闪过一个可怕的念头。

不会吧？

聂九罗一颗心狂跳，也顾不上动作轻柔了，上手就去扯孙周的绷带，一时间扯不脱，去外屋找了把剪刀过来，咔嚓咔嚓几剪子就把绷带全剪开了。

触目所及，只觉得凉气入心，胸腔内一片森冷。

孙周的头脸处，大大小小至少有十几处咬痕抓痕，全都见血见肉。当然了，此时不可能在流血，只有皮肉卷翻，但是卷翻的皮肉间，都长出了毛——颜色深浅不一，有些是漆黑粗硬的，有些则是灰褐色的，像绒毛，软软的，还打着卷。

聂九罗盯着看了几秒，蓦地伸出手去，揪住几根粗硬的，硬生生拔了下来。

说来也怪，刚才还抽搐翻眼的孙周，此刻就像死了般毫无动静，连该有的躯体反应都没有，那情形，仿佛就算拿把刀子在他身上割肉，他也不会动弹一下。

这毛不是拔下来就算了的，毛囊根处，连着长长的黏液细丝，有点类似藕丝，泛着幽幽的土黄色。

聂九罗呢喃了句。

被硬生生绞晕是一种很奇特的经历，不同的人会有不同的体验：有人会瞬间断片，也有人会看到五颜六色，觉得眼前的画面超美。

狗牙属于后一类，只觉得十分舒适，天光柔和，整个世界软软乎乎，像一块可

揉可捏的大肉，而他是个有弹性的气泡，在这块大肉上悠悠弹起，落下，复又弹起。

突然间，大肉倒卷，壁立千仞，成了轰然倾泻而下的冰水，他打了个激灵，陡然惊醒。

是真的有水，聂九罗刚刚兜头泼了一盆水过来。

透过眼睫毛上挂着的水珠，狗牙模模糊糊地看到，她手里拎了个已然泼空的、俗艳的红盆，然后把盆往边上咣啷一丢，扯了截卫生纸包住手，俯身拿起一只塑料拖鞋，大踏步走到他跟前，俯下身子。

缺氧的感觉还在，看人有点重影，狗牙晃了晃脑袋，再晃晃。

聂九罗说："我问你，孙周的伤是谁搞的？是你，还是炎拓？"

一股子恼恨涌上心头，狗牙梗起脖子，正要吐她一口唾沫，聂九罗手起鞋落，一拖鞋抽在他腮帮子上，抽得他脸都歪了："问你话呢，谁搞的？不说是吗，我抽到你说为止。"

说话间，又是一拖鞋下来。

片刻之前，她还温柔地同他说话，问他"你的伤口，要不要包扎一下"，现下冷酷得简直判若两人。

狗牙挨了几拖鞋之后，火冲上脑，吼了句："就是老子，老子杀了你！"

很好，第一个问题有答案了。

"炎拓是帮你擦屁股的，是不是？你在外头搞出烂事来，他帮你收拾？"

狗牙浑身一震，没有立刻回答，就是这一迟疑，拖鞋已经又抽了下来——狗牙的脸皮再糙再硬，这几下子挨过，嘴角也已经被抽裂出血了。

他拼命晃着脑袋，试图避开："你是谁？你到底是什么人？"

"第三个问题……"聂九罗空着的那只手按向他的胃部，"兴坝子乡的那个女人，是在这儿吗？"

狗牙脑子里"轰"的一声，全身的汗毛都乍起来了，他听到聂九罗的声音："不说没关系，才两天，消化不完的，剖开来看看就知道了。"

很快，她就把剪刀拿过来了，锋利的刀锋相擦相碰，咔嚓，咔嚓。

狗牙有一种恐怖的预感：这女人说到的，真能做到。

他尖叫："是是是！"

咔嚓声停了。

屋里静得可怕，狗牙觉得自己的心都快不跳了：炎拓为什么还不回来？这么久了，也该回来了吧？

聂九罗缓缓在他身前蹲下，目光与他的视线相平："最后一个问题。"

狗牙的嘴唇微微翕动着，极度恐慌中，他忽然走神：在兴坝子乡的那片玉米地里，有个荒废的破庙，他曾进去看过，里头有一尊残破的塑像，很美，但是细细端详，总觉得很可怕。

聂九罗的眉眼和那尊塑像一样生动，人也一样可怕，不，她要可怕多了。

"你是地枭吗？"

炎拓回到旅馆的时候，已经过了夜半。

除了红底白字的店名灯箱还亮着之外，场院内一片漆黑，连狗都不叫了——听到车声，它把脑袋略抬起些，又慢吞吞地、无趣地耷了回去。

炎拓停好车子，径直走向房间。

离开之前，他记得洗手间自己是给留了灯的，而今漆黑一片，不过这也正常，狗牙一贯不喜欢灯光，说灯泡晃晃地挂在那儿，像个太阳，叫人恶心。

他打开门。

门开的刹那，他突然精神紧张：这屋里不对劲。

是不对劲，很快，他就看出异样来了：屋里当然是一片漆黑，但在屋子的中央，有更黑的一团人形轮廓，摇摇晃晃。

他喝了声："谁？"与此同时飞快地伸手揿下灯开关，为了方便住客，开关就设在一进门的右首。

灯亮了。

灯下有个人，居然是聂九罗。

她的状态很糟，面色惨白，精神恍惚，衣衫不整，更可怕的是，她的脸上、身上都是血，连头发上都是，打着结缕。

炎拓脑子里嗡的一声：狗牙惹祸了。

看见炎拓，聂九罗的嘴唇微微动了一下，跌跌撞撞地朝着他走过来，但她走不稳，只走了两步就直挺挺栽了下来。

炎拓条件反射，一个箭步上前扶住她："聂小姐，你没事……"

话还没说完，就觉得上腹部轻微刺痛，像被什么叮了一下。

他脑子里警钟大作，瞬间想起瘸腿老头插进他脖颈的注射针筒：里头装的不是普通的麻醉剂。一般来说，麻醉剂都是静脉注射，很少肌注，因为肌注生效太慢，但那支针筒里的针剂，只推压了那么一点，还是肌注的方式，就让他睡死过去几乎长达十个小时。

那支还留有大部分针剂的针筒，他小心包好，收进了行李袋里，原本是想着回去之后找专业的人化验一下……

他想把聂九罗推开，迟了一步，针剂已经一推到底，反而是聂九罗一把搡开了他，借力站定了身子。

炎拓踉跄着退开两步，也顾不上聂九罗了，迅速拔出针筒扔掉，然后摁向插针处：这针剂真是霸道，只须臾间，那一片都已经僵麻了，而且，他能清楚地感觉到，这僵麻像一团溃散的蚂蚁，正四下蔓延……

聂九罗甩开手里的东西，那是一块湿毛巾，她看向炎拓，同时理出一撮头发，没事人一般擦拭着上头的污秽："我没事，狗牙的血，不是我的，不用担心。"

炎拓心里怄得几乎要吐血，迅速反手从后腰拔出枪，然而，拔枪时胳膊尚有力道，举枪时，整个前臂都麻了，指节一个痉挛，枪脱手落地，咣啷一声滑出去几尺，反而离着聂九罗近了。

他跨步想去捡枪，腿关节也麻痹了，步子一跨反栽倒在地，聂九罗也不去管他，拎起边上的一把椅子过来，端端正正杵地上，然后坐上去。

炎拓用尽浑身的力气，伸手去够那把枪，颤抖的手指刚挨到枪把，聂九罗一脚踩了下来，把他的手连同枪把都踩在了脚下。

她穿的是短靴，靴底很硬，靴皮锃亮，靴筒处，露着一截细白的脚踝。

炎拓抬起头。

聂九罗坐在椅子上，向着他俯下身子，垂落的长发有几缕搭在了他的肩上。

她说："你可真不该把我请来。"

14

凌晨一点多，秦巴山脉腹地。

林木葱茏，浓荫蔽天，深夜本就是漆黑的，这里尤甚，说是"伸手不见五指"也不过分。

然而，就在这样一个被古人称为"狐狸所居，豺狼之薮"的荒僻所在，此刻，有一隅却有杂乱亮光透出，伴着隐隐人声。

亮光来自不同的光源：营地灯、照明棒以及狼眼手电。

十几个年龄在二十岁到四十岁之间的男女，正就着亮光打包行李，收纳帐篷。

一个小个子的年轻人从登山包中拽出揉成一团的橘红色冲锋衣，抖开了穿上，又套上花哨的魔术头巾，嬉皮笑脸地问对面一个穿军绿色短袖、肌肉鼓鼓的男人："老刀，看我，我是来探险徒步的大学生，像不像？"

边说边风骚地三百六十度转圈，以便老刀全方位赏鉴。

老刀其实不老，也就三十不到，皮肤黝黑，一张国字脸棱角分明，他正用牛皮包裹手中的 56 式军刺，闻言乜斜了眼："像，真像，像什么像！"

说着军刺一抽，作势就要扎过去："猪鼻子塞葱，装象！"

小个子早料到他这一出，"嗷"一声蹿出去老远，站着嘎嘎笑，边上有个净白面皮的女人看不过去，"嘘"了一声，低声呵斥："闹什么！蒋叔打电话呢。"

小个子心下一凛，赶紧收了声，合掌过头四下乱拜示意"莫怪"，然后溜回原位。

老刀也斜了他一眼，目光中尽是幸灾乐祸。

小个子悻悻的，理了会儿背包之后，向斜后方看过去。

那里，几十米远的地方，有个小山包，上头站了个人，正在打电话，因为有点逆光，看不清面目，只能看出是个中等身材的男人，腰杆挺得很直。

小个子拿胳膊肘碰了一下老刀："哎，你说，不是说要在山里待半个月吗，怎么才过半就急着回去啊？"

老刀一句话戗得他没言语了："怎么，回去还不好？你是爱上这儿了？"

蒋百川正通着话，看到邢深从坡底上来。

邢深二十七八岁，身材高大，偏书生气质，即便是在这种地方，看上去都斯文谦和。

大半夜的，他鼻梁上却架了副墨镜，不过就近的人谁都不觉得奇怪。

因为邢深是个瞎子。

蒋百川伸出手，朝邢深做了个虚挡的手势，示意有话待会儿再说。

他知道对方"看"得到，邢深的嗅觉极为灵敏，几乎可以帮助辨向。另外，他看不到物体的颜色、细节，却能隐约看到一种"光"。对此，邢深向他解释时，打过一个比方：任何事物都是"发光体"，或隐或显而已——你觉得这东西不发光，只不过是你的肉眼无法分辨罢了，就好比声音，有些频率，人的耳朵就是听不见，但那不代表没有声音。

蒋百川有时候觉得邢深做个瞎子可惜了，有时候又想着，没了肉眼，却开了另一种意义上的"眼睛"也挺好，看到的东西更简单、更纯粹。

邢深走近之后，便站定一旁，不作声，也不动，直到蒋百川挂了电话才开口："蒋叔，我们抓紧赶路，最早明天中午能到出山口，晚上应该就能回到板牙了。"

蒋百川心情很好地呵呵一笑："不用了，大家都辛苦了，慢慢走，随便歇，明儿天黑之前赶到山口就可以了。"

邢深一愣："你不急着……去见那个炎拓了？"

说到后半句时，他下意识压低声音。

就在约莫一个小时之前，蒋百川还把已经歇下的众人都给叫起来，吩咐说马上拔营打包，要尽快出山。

"不急、不急，心急吃不了热豆腐嘛。"说到这儿，他把身子靠近邢深，轻声说了句，"人，已经犯在聂二手上了。"

邢深一怔："阿罗？他们怎么会遇到的？"

蒋百川说："小地方嘛，路窄。佛易见佛，鬼易见鬼咯。"

针剂的效果确实猛，炎拓直到第二天中午，才模糊醒过一次，之所以说是"模糊"，是因为并没有真的清醒，只些许有了点意识，很快又被昏迷的巨手给攫了回去。

当时，他只觉得四周车声嘈杂，身体不受控，颠簸滚动，拼命睁开眼时，认出这是自己车的车后厢，边上的两大件都很眼熟：装孙周的帆布袋和装狗牙的行李箱。

真是风水轮流转，而今轮到他屈身车后厢了，只不过没被装袋，手脚和嘴都被胶带捆扎得严实——他猜测应该是聂九罗在驾车，而车子正行经闹市，因为四面声源很杂，有车声、喇叭声、排气声，还有商家做促销活动的广告声，嚷嚷着"特惠大酬宾，仅限今天"云云。

他听着广告，又坠入了无际的黑暗，不过这一次，他知道自己是昏过去了，昏得无比焦灼，自觉一直在黑色里奔跑，气喘吁吁，汗流浃背，也不知跑了多久，忽然一股阴风穿肉透骨，激得他整个人一片冰凉。

炎拓睁开眼睛。

不是幻觉，是真冷。

天已经黑了，视野内矗立着更加黢黑、轮廓线条拙朴的山体，在高处疏落地闪着几颗针尖样细小的星。

北方的秋天，一入夜就凉得够呛，山里又要低几摄氏度，车后厢盖开着，山风嗖嗖往车里灌，而他就斜躺在正当风的地方——这可是名副其实的"穿膛风"，穿透了他的胸膛，兼心肝肺肠。

炎拓蜷起了身子取暖，渐渐地，他听到了人声，被风吹过来的、两个人絮絮说话的声音。

他挪转着僵直的脖子，向声源的方向看去。

太暗了，好在借着车内仪表的微光，他能隐约辨认出那儿有两个人：其中一个是聂九罗，他对她的身形轮廓可太熟了，嚼穿龈血、咬牙切齿的那种熟；另一个他没见过，是个中等身材的男人，前额至后脑的轮廓线很顺滑，不难猜测梳了个大背头，而从声音判断，这男人应该有些年纪了。

他凝神细听，尽可能去捕捉飘在风里的声音。

聂九罗："……孙周呢，还能不能救？"

老男人迟疑地说："不好说，尽量吧，要是早点就好了……这都扎根出芽了。"

聂九罗："对了，之前孙周失踪，我报过案，当时没想到……"

声音在这里低下去，炎拓没听到。

"……想办法销个案吧，安排他露个面或者往家里打个电话都行。"

老男人："这你放心，我们会把事做周全的。"

聂九罗："还有……"

炎拓看到，她从裤子后兜里掏出什么递给老男人："炎拓的手机，我试过了，拿他右手食指可以解锁。有一个问题……"

说到这儿，声音又轻了，炎拓知道事关己身，用力抬起脖子，想尽量往那一处凑，好在过了几秒，她的声音又清晰起来。

"他母亲就叫林喜柔，但是我查过，当了二十来年植物人了，怎么会跟他有这么多通话来往呢？"

炎拓额头沁出一层汗，但顷刻间就被山风给吹没了。

老男人："会不会是他母亲身边的护工？"

聂九罗："那不知道，反正，后面就是你们的事了，跟我没关系。查出什么来，想跟我说就说，不想我知道，就不说。"

老男人笑了两声："聂二，大家自己人。"

聂二？不是聂"九"罗吗？

聂九罗："别，大路朝天，各走半边，我跟你们不是自己人。说正事，估个价吧，车上三件货，值多少钱？"

老男人苦笑："谈什么钱哪，聂二，我跟你家两辈子的交情……"

聂九罗打断他："不谈交情。三件货，不重样，我算你一百万，不贵吧？"

炎拓听糊涂了，先时他以为聂九罗和这老男人是一伙的，可现在讨上了价钱，像是计件领薪。

老男人叹了口气："不贵。"

聂九罗："那就一口价，消一百万的账，从我欠你的债里扣。"

炎拓越发听不懂了，不过他每一句都记牢了，再让人摸不着头脑的信息也是信息，是谜总有解密的一天。

话到这儿，很明显是要收尾了，老男人："你怎么走？要么我给你留辆车？"

聂九罗："不用，手电给我就行，我自己有安排。"

说完，两人都朝车子这头过来，老男人径直去了驾驶座，聂九罗走到车后，帮他关上后盖。

正要拉下车盖，聂九罗忽然看到炎拓的眼睛，车后厢很暗，他的眼睛是亮着的，亮得极幽深，一直盯着她。

聂九罗笑了笑，朝炎拓俯下身子："不能怪我，你自找的，好好的人不做，干吗去当伥鬼呢？"

说完直起身子。

老男人已经打开了车内灯，炎拓看到聂九罗的脸，她敛去了笑意，目光下掠，很轻蔑地看了他一眼，仿佛他是一摊人人避之不及的狗屎。

再然后，"砰"的一声，车盖重重合上了。

聂九罗目送着车子走远,这儿虽然是山口,跟山里也没什么不同,车光和引擎声很快就被厚重的山体和层层的密林给吸噬了。

她原地站了会儿,这才拧开蒋百川留给她的狼眼手电,调好亮度之后,循着另一条路往外走。

这里是山脚,离着行车道还有段距离。

走着走着,心有所感,一抬头,看到邢深正等在路边。

邢深迎着她过来的方向,唇边泛起微笑:"阿罗,好久没见你了,得有六七年了吧。"

是好久没见过了,六年零七个月,其间通过一两次话,从来都是有事说事,彼此、双方,从来都不在事里。

聂九罗"嗯"了一声,朝他看了一眼。

他还是老样子,比从前更成熟了些,从小他就被夸"长大了能当明星",这话说对了,是能去当,身条、模样、气质,哪一样都不输,除了那双眼睛。

她没停步:"我约了人,赶时间。"

邢深伸出手,原本想拦她,中途又缩了回去,他站在原地,听到周围又静下来,山林独有的那种带万千噪声的静,静得好像她和他都从未来过。

聂九罗的确"约"了人。

这是条傍山路,弯曲蜿蜒,头尾都湮没在安静的黑里,聂九罗在一个路墩上坐下,耐心地等。

温度更低了,薄薄的一层衬衫压根儿抵挡不住,她后悔没向蒋百川要件外套,只得不住地搓暖手臂,又把头发有针对性地披散到身前身后挡风。

过了约莫半个小时,远处两道车光渐近,那是老钱的车,聂九罗站起身子招手示意,车到身前,还没停稳,她已经拉开车门蹿了上去。

这季节,车里还不至于开暖气,但温度是舒服多了。

老钱四下看看,惊诧莫名兼义愤填膺:"聂小姐,大晚上的,他……他就把你扔这儿了?"

聂九罗笑笑:"开始还挺好的,后来一个不对,就谈崩了。"

老钱发动车子:"这什么人哪!没个男人样。"

当然了,他内心觉得,聂九罗也是活该,太随便,自作自受——但她是客人,他不能把这意思流露出来。

聂九罗拉开车上的小盖毯:"钱师傅,你慢慢开,开稳点,我睡一会儿。"

她在车后座上躺倒,这两天,脊背就没挨过平的,太累了,现下这一躺,只觉得舒服无比,四肢百骸都惬意了。

模模糊糊间，听到老钱问她："那，聂小姐，后边的行程还继续吗？"

依他的想法，一般人遇到这种事，哪还有心情玩啊，大都是草草结束或者中途叫停，他得提醒她，因客户原因导致的行程叫停可以退后半程的旅费，但她也得赔20%的违约金。

聂九罗说："继续啊，为什么不继续？"

总不能因为一点小事，就耽误计划吧。

15

老钱是做旅游服务的，见过的形形色色的客人没有一千也有八百，有转头就忘的，也有印象深刻的。

聂九罗属于后者，但说白了，他跟这些人，99.9%属于一辈子就见一次的交情，所以三五天一过，也就渐渐不再想起，掀过去了。

但他没想到，这事还有后续。

那是聂九罗的行程结束之后大概两周的一天，老钱出完车，原本是要回家吃晚饭，哪知老婆给他打电话说姐妹约了自己做脸，没空回家做饭了，让他在街上随便找个馆子凑合一下。

老钱进了家路边店吃饺子，一个人吃饭难免寂寞，好在有手机作陪——工作需要，他加了不少本地群，什么"吃喝玩乐在石河"啊，什么"旅游包车一家亲"啊，忙时消息免打扰，闲的时候积极融入讨论，找点乐子。

正吃在兴头上，其中一个群消息数激增，点进去一看，群友激动地刷起了屏，刷的还都是同一句话"让我赚这两千吧"。

什么情况？老钱往上翻，翻了好几页才找到源头：有人发了张照片，说是照片上这人在石河一带失踪了，亲友悬赏找人，只要见过、能回答出基本特征的，酬谢两千元，能提供线索者，额外重谢。

老钱也想赚这两千元。

他点开照片，一看之下，激动得饺子都没夹住，啪地掉在醋碟里，醋星子溅了他一脸。

照片上这男人，不就是那个……从事服务行业的，那个男的吗？

居然失踪了，不过也不奇怪，干这行的，不论男女，风险都比较大。

照片底部附了联系电话，老钱一颗心怦怦跳：他不知道这个炎拓是怎么失踪的，提供不了线索，额外重谢是别想了，但两千元是绝对稳的！

从没领过这样的钱，老钱有点紧张，剩下的半碗饺子也顾不上吃了，赶紧结了账出门，上车之后车窗紧闭，营造了个相对安静的环境，这才深呼一口气，拨通电话。

面试般紧张。

很快，那头有人接了，是个男的，听声音爱搭不理的："谁啊？"

老钱字正腔圆："是这样的，我看到你们在寻人……"

话还没说完，对方扑哧一声笑了出来，语带不屑："你见过是吧？我这一天接两百个电话，都说见过。这么着吧，你既然见过，我问你啊，他开那小轿车，什么牌子的？"

老钱一蒙，心里顿时没了底："小轿车？他开的不是个越野吗？老大车壳子的。"

对方静了有一两秒，再开口时，语气不那么轻佻了："哥们儿，就冲你刚那回答，打底钱稳拿了，我刚诈你呢，别怪我哈，骗子太多了。"

老钱忙说："理解，理解。"

"他那越野车，什么颜色的？"

"白色。"

对方"嗯"了一声："这车有什么特征，或者有什么装饰，能说出一样来吗？"

老钱觉得没啥特征，不就是辆挺值钱的车嘛，至于装饰……

他灵光一闪："他车上啊，有个鸭子，玩具的那种。"

本来还想补一句职业，怕对方不高兴，毕竟不是什么光彩的事。

对方又"嗯"了一声，再开口时，语气有点激动："你是哪天见到他的？"

老钱心算了一下日子："十八，对，上月十八号。"

对方很爽快："行，过来领钱吧。"

两千块，磨磨嘴皮子就拿到了？老钱警惕起来，怕对方是骗子，不过，听到约见的地址，又放了心——中心城区百货大厦一楼的咖啡馆，那地方人来人往，对面就是派出所，太安全了。

在咖啡馆角落的卡座里，老钱见到了等他的人。

那是个年轻姑娘，中等个子，身材瘦削，长相普普通通，身体也不大好的样子，面色苍白，头发泛黄——全身上下唯一值得称道的地方大概就是那双手了，十指纤纤，削葱根一样白里透着润。

她一定也知道自己的手好看，是以在上头做了最大的投资：指甲打磨得透粉滑润，做了银色系散碎金的美甲，腕上是根碎金链子，一粒粒不规则状的细金粒串联而成，因为金粒太小，又是多面切割，所以链身暗闪流动，仿佛腕上浮跃着一圈星光。

老钱觉得这手长在她身上有点可惜，把她的容貌映衬得更黯淡了。

她出示了身份证和名片，自我介绍叫林伶，是一家中药材经销公司的办公室助理，而炎拓是这家中药材公司的法人。

换言之就是，老板失踪了，除了报警之外，部分员工还停下手头的工作，帮着找线索。据她说，那个接电话的也是公司同事，负责过滤虚假消息，把真实且有价值的转到她这里。

她一边说，一边把带支撑扣的手机调到视频模式，调了下位置，确保老钱桌面以上的身体部分全部入镜。

老钱觉得不可思议："这个炎拓……还是公司老板？他很有钱？"

林伶说："你这不是废话吗，生下来就有钱，没过过穷日子。"

老钱听懂了：这是富二代，还不败家的那种。

"那他做那个？"

林伶看了他一眼："做哪个啊？"

老钱犹豫了一下，想给公司老板遮遮羞，转念一想，人都失踪了，还要啥脸啊，如实告知吧。

他尽量说得委婉："就是那个特殊……行业。"

林伶一副公事公办的面孔："这是老板的私事，我们不便过问。你就把见到他的经过详细说一说吧，两千元之外，我们酌情加钱。"

合着还有得赚，老钱一阵激动，知道在录视频，于是挺直腰板，尽量仪态到位，然后娓娓道来。

能当带客司机的，嘴皮子都不差，事情被他说得清楚明白，林伶仔细听着，几乎没有打过岔，只是在末了问了句："这个聂小姐，有她的联系方式或者基本信息吗？"

老钱说："你们知道她名字，可以上网搜她啊，她还挺有名的，办过展览，还上过杂志呢。"

问得差不多了，林伶很爽快，让他调出收款码，当场转了五千元给他。

老钱走出咖啡馆的时候，感觉很不真实，几次把手机点开，去看刚刚转入的钱是不是还在。

这钱可得捂好了，不能让老婆知道，让她知道了，又得被她拿去做脸了；也不能让朋友知道，不然他们会撺掇他请客，现在请客吃饭可不便宜，动辄三四百呢。

林伶送走了老钱，又戴上耳机，快进过了一遍视频，这才收拾好东西，直上大厦五楼。

五楼是餐饮区，有闹闹哄哄的美食广场、价廉物美的口碑饭店，也有门庭幽深、一看就知道消费不菲的高档餐馆。

林伶走进门头最气派的那家。

因为价格昂贵，店内只有寥寥几桌用餐的客人，都坐得很分散，灯光也打得暖黄暧昧，林伶走到靠里的一张桌子边，叫了声："林姨。"

正翻看餐单的女人"嗯"了一声："坐吧。"

林伶在她正对面坐下，一瞥眼，看到远处几个穿白衬衫打领结的年轻侍应生正偷偷往这头张望，蓦地和她目光相接，窘得赶紧别过头去。

林伶笑了笑，心里清楚得很：这几个人当然不可能是在看她。

看的是林姨，林喜柔。

自己叫她"姨"，其实单从面貌上看，两人的年纪差不多，更叫她艳羡的是，林喜柔有着让人惊艳的美貌和颦笑间足以叫人倾倒的风情，有点港式复古和法式优雅复合体的意味——她穿了条牛油果绿色碎花V领荷叶摆的束袖茶歇长裙，这衣服若到了自己身上，用脚指头想都是不伦不类兼老气，可人家穿着，熨帖得像是第二层皮。

在她面前，林伶从来都是自惭形秽，觉得女娲造人，对林喜柔是呕心沥血，轮到自己时，八成是尿急，三两指捏出个人形就交差了。

她调出视频页面，把插好耳机线的手机推到林喜柔面前。

林喜柔说："不急，你先说，我晚上慢慢看。"

林伶组织了一下语言："今天见的这个是司机，还挺有价值。我们是十九号和炎拓失去联系的，这人十八号见过他，说是分别的时候，炎拓车上载了个姓聂的漂亮女人。"

林喜柔浅浅一笑："不奇怪，小拓是个大人了。他跟我说，遇到个朋友，要耽搁几天，我就知道八成是个女人。"

"但是十九号晚上，那个女人被扔在了荒僻的山口，这个司机赶了大老远的路去接她。"

林喜柔摇头："小拓那脾气，赶女人下车我是信的，但是把人扔在那种地方，不太像他的作风。"

林伶笑道："我也这么想，他会把人扔在闹市、车站、地铁口什么的，方便人家回家。"

林喜柔沉吟了一会儿："这个姓聂的女人，要深入跟一下……除了这个，还有其他靠谱的吗？"

"还有两个人，有必要面见：一个是开旅馆的老头，据他说，十八号晚上，炎拓住在他的旅馆；另一个叫什么'大头'，说是看见过炎拓……"

说到这儿，林伶压低声音："……把一个很丑的男人塞进行李箱。"

林喜柔蹙起眉头："小拓怎么这么不小心，这种事也能让人瞧见？真是让人头疼……"

"头疼"两个字，她不是说说而已，而是真的疲惫地拿手去揉鬓角，林伶察言观色，小心翼翼："林姨，你要是身体吃不住，就先回去休息吧，这儿交给我就行了。"

林喜柔淡淡说了句："小拓这么久没消息，我哪有心思休息啊。到底，也是我养大的。"

林伶坐着不动,背上一道寒气升起,一路上延到颅顶。

小时候,她把林喜柔当女神,这个领养她的阿姨太漂亮了,电视里那些女演员都没她好看。

后来,她就怕了,她五岁时,林喜柔就是二十来岁的样子;她二十岁时,林喜柔……还是二十来岁的样子。

1992 年 10 月 18 日 / 星期日 / 阴

怀孕四个多月了,照镜子的时候觉得肚子隆得多一点了,身体也有点沉,怪不得说女人怀孕是"带球"跑,带着这么大一球,出来进去,真挺累的。

大山终于把儿子的名字给定了,他说"开"字轻飘飘的,没力道,"拓"就不一样了,一听就知道有力气,能挖煤,能保佑矿上生意好。

儿子,你能保佑矿上生意好就行,挖煤就算了。

说到大山……

大山最近有点奇怪,可是让我具体说吧,我又说不上来,就是一种感觉。我和敏娟还有肖秀都说了这事,她俩意见不统一,敏娟说孕妇太敏感,容易想东想西;肖秀真是语不惊人死不休,她问我:"大山是不是在外头有人了?"

真是把我给吓坏了,我说我相信大山,他绝对不可能搞这种缺德事,肖秀就冷笑,说男人都这样,这个阶段最容易在外头有情况。

我就不应该听这话,一听进去,就跟在心里扎了根似的,今天产检完,我顺道去了一趟矿上,趁着大山不在,跟个贼似的,把他办公室桌里桌外都翻了一遍。

大山办公室里多了几本拼音认字书,可能是给儿子买的,还多了面小镜子。

男人要什么美呢?照镜子干什么呢?

我多了个心眼,把大山最常穿的那件衬衫上的一颗扣子给拽松了,没拽掉,就是脱了线,垮吊在那儿。

这扣子要是掉了,也就掉了,要是被缝好了,那就是出大事了。

我还给长喜塞了十块钱,吩咐他帮我盯紧大山。长喜死活不要,说我平时那么照顾他,帮这点小忙是应该的。其实我也没怎么照顾他,就是看他年纪小,偶尔会给他塞个苹果、梨什么的。

大山要是真在外头有女人了,林喜柔,我跟你说,不能懦弱,别让人觉得你好欺负,你就豁出去,死也要把这对狗男女带走。

我是不是想太多了?也就一面小镜子,敏娟说得没错,孕妇就是容易想东想西。

睡觉了。

——林喜柔的日记,选摘

盾の勇者の成り上がり 第二巻

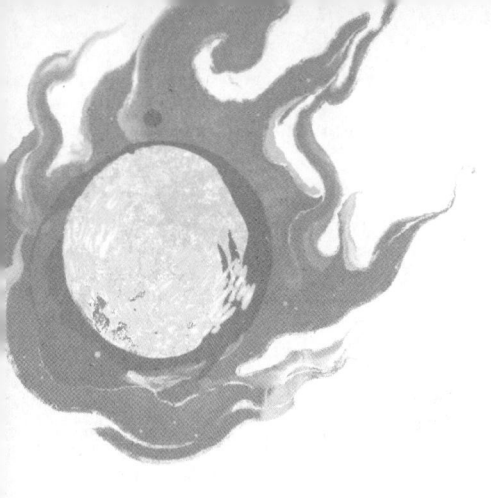

01

雀茶睡到半夜，感觉身侧的乳胶床垫微微凸浮了一下。

这是蒋百川起来了。

雀茶没动，心里憋着气——她睡前和蒋百川闹了一场，发誓这两天绝不给他好脸色看。

但耳朵不由她，耳朵竖得高高的，捕捉每一丝蒋百川的动静：他拖动椅子坐到书桌边了，他打开电脑了，他戴上耳机了，屋里的光影明暗有了变动，他又在看视频了。

雀茶委屈地咬牙：她一个漂亮女人，最盛放的花期，陪在一个半老头子身边，他居然还不知道珍惜。说好了陪她在西安玩个尽兴的，结果呢？每天都心不在焉，尽惦记着板牙的破事。

狗男人，真当她吊死在他这棵老树上不会跑吗？反正她也不清不楚，没名没分，身边精壮的男人一大把，她换谁不行？

老刀就不错，身强力壮，一定比姓蒋的强；山强长相逊了点，但年轻啊，二十出头，也算根嫩草；邢深……

想到邢深，她忽然走了神。

雀茶是在板牙第一次见到邢深的。

那天下着雨，华嫂子领她去刚打扫好的小楼——她对村里的住处本没抱什么希望，所以看了之后，很是满意。

毕竟是在村里，能做到窗明几净，就挺到位了。

她打开窗户，想看看山乡的风景。

雨不算大。

靠山的地方，雨一旦下得小，远近就容易成雾——视野内一片蒙蒙，连眼皮子底下的板牙都绰绰约约、犹抱琵琶了。

有个男人，撑伞从楼下经过。

那就是邢深。

雀茶起先没太留意他，只是觉得这场景像幅水墨画，人和景互相成就，意境怪美的。然后华嫂子就挨了过来，跟她说，那是邢深，那么出挑的人物，可惜了，是个瞎子。

瞎子？

雀茶盯着邢深看。

一个瞎子，她想，出入怎么不用人帮忙呢？也没见他用盲杖或者导盲犬，居然走得远比大多数人姿态好看，甚至走出了些许"一蓑烟雨任平生"的沉静超然。

……

雀茶怏怏地翻了个身。

过去这段日子，她一直嫌弃板牙破败、冷清，"要把人闷出病来"，跟蒋百川磨了好久，他才如她所愿，带她回了花花世界。

但是现在想想，板牙也不是没好处的。

至少，她在板牙见到了邢深，不是吗？

雀茶的这些小心思，蒋百川半点都没察觉到，这些日子，他满心、满脑子都是被秘密囚禁在板牙的那三个"人"。

打开文件夹，密密麻麻的都是小视频，这是他要求的：跟这三个人的所有接触、对话，都得有影像记录。

鼠标在不同日期、人名、编号的视频上挪移，终于选定了一个。

视频打开，画面头几秒很暗，也很晃，炎拓艰难地在椅子上坐直身子，然后侧头吐了一口血唾沫。

他的脸上、脖子上都有血痕和淤青，脸颊因为连着几天被迫断食断水而略有凹陷，灯光打过去，面部几块阴影显得分外厚重。

问话的人是蒋百川，不过他没有入镜。

蒋百川："狗牙是怎么来的？"

炎拓直视镜头，牵牵嘴角，似乎是想笑一下，但饿得实在没力气："捡的。我有家公司，做中药材经销的，也涉及资助直采，就是出钱资助人去一些比较偏远的地方，寻找野生的药材。人工栽培的总是差点意思。"

说到这儿，他舔了舔嘴唇。

有只手入镜，把一小瓶盖水泼到了炎拓脸上，炎拓拼命仰起脸，伸出舌头把能舔到的都啜吸进了嘴里。

这点水并没能让他缓解多少，相反，他更饿了，饿得身体都有点发颤。

"有一次，他们进山直采，我正好没事，也去了。就是那次捡到的狗牙，当时以为他是迷路的，想做好事送他回家，谁知道问他姓名、住址，他都说不上来，直采还没结束，就先带着他了。"

蒋百川："然后呢？"

"然后就发现，他有一些地方跟人不太一样，或者说，比人强吧。我们做生意的，难免有些难处理的事，需要有人去处理，狗牙这样的，很合适。"

蒋百川："在哪儿捡的他？"

炎拓抬起头，舔了舔重又发干的嘴唇："给我张区域地图，我指给你看。"

蒋百川就在这里揿下暂停键，把炎拓的脸部放大，再放大，直到大得像素模糊，一双眼睛几乎看不出是眼睛。

他觉得炎拓没讲真话，但无从反驳：不管怎么打，怎么开虐，炎拓咬死了就是这几句。

蒋百川眉头紧蹙，过了很久，才点开第二个视频。

这一次的主角是孙周。

他只穿了条遮羞的裤衩，嘴里塞了团布，手足用绷带捆缚，整个人呈"大"字形，被固定在一张铁板床上，眼神惊惧，拼命挣扎，激动得额上青筋暴起。

入镜的人是华嫂子，她手里持着三寸来长、莲藕粗细的一束柴棍，棍头先在油坛子里搅过油，然后移向身侧的油盏就火，棍头"哗啦"一声，冲起橙红中带锈绿的火焰，足有两拃长。

华嫂子将焰头移近孙周的脸。

这不啻生烤活烧。孙周的身体猛地一挣，动得更厉害了。镜头拉近，直切孙周的脸，几乎能看到皮肉被烧炙时冒出的丝缕白气，能听到滋滋的泛油声。

蒋百川第二次揿下了暂停键，把孙周的面部放大，再放大，直到孙周暴凸的双眼几乎占据大半个屏幕。

即便是画面模糊，还是能清楚地看到，孙周的左右眼睛里，各有几道鲜红的血线，穿瞳而过。

蒋百川摇头，低声喃喃道了句："救不了了。"

他最后点开的是狗牙的视频，点击的时候，喉头微微滚了一下，嘴唇有点发干——其实这些视频，他都已经看过了，看过，自然就有心理准备，但也正是因为有心理准备，身体就先做出了应激反应。

和孙周一样，狗牙只穿了一条裤衩，不过，他是在昏睡着的，这和他受重伤有关：聂九罗为了验明他"地枭"的正身，在他颈后、手臂、大腿三处下刀放血；而为了让他短时间内丧失活动能力，又下了两刀，一刀捅进颅顶，一刀断了脊椎。

这样一来，加上先前左眼的伤，狗牙身上，一共有六处伤口。

视频拍的是正面、正脸，乍一看，会觉得他的左眼窝白苍苍的一片，头顶也有一小撮白尖，镜头切近了才发现，那是结了一层类似蚕茧或者蛛丝一样的东西，密密缠裹。

不用一帧一秒往下看了，六个伤口都是这德行，蒋百川将进度条直接拉到了2分39秒。

画面上出现了狗牙左眼伤口的特写，依旧是被白茧丝密密缠裹，摄像者喘息粗重，声音也有点异样："我拍的是他瞎掉的这只眼，之前眼球已经完全损坏了，现在仔细看，这层茧膜已经鼓胀起来了……"

为了让观看者清晰感受"鼓胀"的效果，拍摄角度转成了侧面，而的确像所描述的那样：那层茧膜底下如同充了气般，一点点往上胀起，眼看就要胀裂开来……

手机响了，睡前开的是振动，所以没音乐，只是在桌面上"嗡嗡"地振着，像只躁动的蛤蟆。

蒋百川怕吵到雀茶，匆匆关了视频，抓起手机去了阳台。

夜色正浓，但城市毕竟是城市，彻夜不熄的灯火稀释了黑夜，低处的马路上车来车往，远处，隐隐能看到大雁塔厚重的轮廓。

电话是山强打来的，说得又急又快。

蒋百川静静听完："非正式渠道？"

"是啊，蒋叔，是不是挺耐人寻味的？就是在微信群、朋友圈，还有论坛发了，压根儿没上官方渠道。还有啊，说是报过警了，公司方面着急，自发悬赏寻人，但是，我托派出所的朋友打听过了，没谁接到过报警。报警，梦里报的警吧。"

蒋百川"嗯"了一声："然后呢？"

山强有点迟疑："我跟大头商量着，也假装是知情者，去跟对方接触接触。老话不是说嘛，山不来找我，我就去撑它……"

"山不来找我，我就去撑它"，这句子化用的，还挺活泼乡土。

蒋百川轻轻笑了笑。

从聂二手中接收炎拓等三件"货"已经两周了，不得不说，两周过去，如进了死胡同，毫无进展，以至于大部分人都散了，板牙只留了华嫂子等四五个看家保洁的。

狗牙昏着，孙周在"治"着，炎拓倒是招了，招得无懈可击——他名下产业众多，得益于他有一个会赚钱的老爹，他非但有个中药材经销公司，还有源头的种植农场；他的母亲林喜柔，真的是个卧床多年的植物人，照片都拍回来了，是个干瘪萎缩、行将就木的小老太太；电话来往多，真的是因为炎拓是个孝子，护工经常跟他沟通林喜柔的身体状况……

无懈可击，有两层含义：一是的确真实可信；二是对方把局做得太完美。

蒋百川直觉是后者，炎拓身后这池水，比他想的要深，深得多。

他沉吟良久，才说了句："接触是应该接触的，但要好好计划一下。"

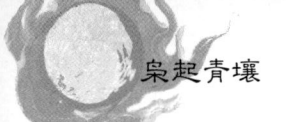

砂锅的盖被沸腾的水汽顶得"砰砰"响，银耳羹好了。

卢姐熄了火，盛出一碗放在黑漆绘金的盘上，托了出来。

这是幢民国时留下来的三合院老宅，但并不严格遵守当年的建筑形制，有点中西合璧的意味，正房是二层的小楼。房址闹中取静，一仰头，就能看到中心城区的商厦。

卢姐是做家政的，原本只上门服务，年前接了这单。中介说，有个年轻的女客户，姓聂，要找个住家阿姨，薪水开得高，活儿还不重，也就做做饭、洗洗涮涮什么的。

卢姐果断接下了，上手之后，她觉得自己确实幸运：住得好，吃得好，活计少，客户还性子随和……

这种好事，烧高香都烧不来。

聂小姐上个月去了陕南采风，可能是受了凉，回来之后，一直感冒咳嗽，卢姐每晚都给她熬银耳羹，清嗓子，也润肺。

外头正下着雨，下得还不小，好在屋子外头都有雨檐，围着院子匝了一周，雨檐遮挡的地方修成步廊，去哪屋都淋不着，卢姐顺着檐下的步廊走到正房前头，推门进去。

一楼是客厅，没开灯，不过不影响视物，因为二楼的光透下来，给厅左那道螺旋的楼梯洒上了幽微的亮光。

卢姐顺着楼梯往上走，这个聂小姐，是做雕塑的，各种类型都涉及一点，但主要是中国传统泥塑，二楼就是她的工作室兼起居室。

一上二楼，灯光就亮了许多，这里做成通透的大开间，无遮无挡，两张极大的台子：一张是工作台，放斧头、锯子、锤子、铁丝、龙骨木架、塑刀等，林林总总，外行看了，会以为是木匠的作业台；另一张是雕塑转台，中间有个转盘，雕塑搁上去，三百六十度旋转，省得人围着塑像修容时绕来绕去地费力。

除此之外，屋子各处，高高低低，都摆着雕塑，有成品，有进入阴干期的，也有她做到一半忽然不满意暂时搁置的——她会拿透明的大塑料膜把泥塑包罩起来，定期喷水以保持可塑性，以待将来某一日突然又有了想法，续上再来。

……

聂九罗没有在忙，正安静地翻看一本影集，她已经换上了入睡前的珠光银丝缎睡袍，坐姿很惬意。

卢姐把托盘放在一边，朝影集上瞥了一眼。这是老影集、老照片，照片边缘都已经泛黄了，上头的两个人却是年轻而生动的。

聂九罗看的这张是婚纱照。

卢姐立时就从面容眉目间捕捉到了他们和聂九罗的关系："哟，这是你父母啊？"

聂九罗"嗯"了一声，把照片侧向卢姐："跟我长得像吗？"

卢姐连连点头："像，你也会长，父母的好处都占到了。"

聂九罗笑，还伸手摸了摸脸："是吗？"

家政公司对员工的要求是多做事少开口，尤其别打听雇主的私生活，再加上聂九罗还总外出采风，是以卢姐在这里干了不短时间了，对她的家庭生活依然一无所知。

不过，也是时候能拉拉家常了，而且，看聂九罗言笑晏晏的，对这话题似乎也并不反感。

"他们……不跟你住一道啊？"

聂九罗说："我妈很久之前出意外死了。我爸太伤心，走不出来，跳楼了。"

卢姐猝不及防，脑子一时卡壳，说了句："好男人啊。"

话一出口，恨不得自抽两个耳刮子：人家爸妈这么惨，她夸"好男人"？

她磕磕巴巴地解释："不是，我看电视里，男的死了，一般随着殉情的都是女的，反过来的少——你爸……是个讲感情的人啊。"

聂九罗看向照片，话说得不咸不淡："好男人……可能是吧，好父亲就未必了，跳楼的时候，大概忘了自己还有孩子要养了。"

卢姐尴尬到无以复加：这话，她实在不知道该怎么往下接。

聂九罗意识到了她的困窘，抬头向着她一笑："没事，我不忌讳这个，对我爸也没意见，发个感慨而已。"

她是不忌讳，但卢姐看来，这算是重大"工作失误"了，她讪讪地又搭了两句话，逃也似的下楼去了。

02

聂九罗合上影集，端了羹碗走到半开的窗边。

雨下得正急，院落中央，一蓬巨大的黑影在雨里左摇右摆，那是一棵三米来高的桂花树。

聂九罗有点担心，金秋桂子香，前两天卢姐还说等挂花了，就要张罗着收集花瓣，做桂糖、桂酱，现下这风大雨急的，可别把她的一树花都给糟蹋了。

搁在工作台上的手机振响了一下，有新消息进来。

聂九罗听到了，没去管它，悠悠闲闲地喝完了银耳羹之后，才过去翻看。

阅后即焚，居然是"那头"发的。

事情不是都了结了吗，怎么又找上她了？聂九罗皱眉，顿了几秒才点开信息。

——紧急，电联。

聂九罗一怔，回想起来，她还从未在"那头"的信息里，看到过"紧急"这种字眼。

她回了个"好"。

这是双方商定的规矩：再十万火急，也不能直接联系，得等对方同意。

电话是蒋百川打来的，语气凝重，开门见山："聂二，炎拓跑了。"

"炎拓"这个名字，聂九罗听来几乎有些陌生了。

好在她很快想起了这个人，领会了这句话的意思，也立刻想到"炎拓跑了"这件事会给她带来多大的麻烦。

一口恶气直上心头，她真想挤进电话听筒，顺着电话线去到那一边，打爆对方的头。

坑队友、废物，跟这样的人合作，她真是倒了血霉了。

"什么时候的事？怎么跑的？"

蒋百川大致把事情说了一遍。

说是这两周多以来，除了把人关着，余事毫无进展，大家多少有些着急。

前两天，忽然有了新情况，一则寻人启事在安开市的非官方渠道纷传，有人悬赏寻找炎拓——留守在板牙的"保洁人员"动了心，想尝试着接触一下，看能不能有新发现。

蒋百川自责："这也怪我考虑不到位，板牙现在没有能担事的人。大头他们经验不老到，估计是接触的时候，被对方看出蹊跷来了，人家反过来跟踪他，找到了板牙。"

人分三六九等，智分高下优劣，这种事，也没法去怪谁：他就是笨，就是不机灵，你能怎么着？

"是只跑了炎拓，还是都没了？"

蒋百川苦笑："人家都找上门来了，一端端一锅，哪有只救一个的啊。"

"然后呢，有什么损失？有伤亡吗？"

蒋百川迟疑了一下："猪场被烧了，事发是在半夜，子午交，华嫂子给孙周送饭，正好撞上，重度烧伤。目前还没咽气，不过……情况不乐观。"

"猪场"是板牙私设的监狱，也叫"枭窝"，设在地面以下，地面以上是养猪场，紧挨屠宰房。这么设置有两个好处：一是猪圈脏污，普通人都会绕着走；二是一旦有异动异响，被人听去了也以为是在杀猪，便于掩人耳目。

至于"子午交"，那是地枭吃饭的点：地枭一天吃两顿，子午相交时分，正午和子夜。

"其他人还好，大半夜的都在睡觉，住得分散，离猪场又远，避过去了。另外就是马憨子，看到有车进村，上去盘问，被揪住脑袋撞晕过去，轻度脑震荡。"

聂九罗一直听着，直到这时才说了句："他本来脑子就不好。"

蒋百川感叹:"是啊,这一撞,更傻了……华嫂子现在由她远房亲戚照顾着,咱们的人,尤其是炎拓见过的,我要求他们直接'消失'最少半年,这样一来,不管对方怎么查,查到板牙也就断了。"

聂九罗说了句:"你们当然是好消失的。"

什么华嫂子、大头,都不是真名,也都不是板牙本地住户,万人如海,一头扎进去,只要不露面,可不就是"消失"了吗。

蒋百川尴尬道:"聂二,你看,你要不要躲一躲?"

聂九罗反问他:"我怎么躲?我是普通人,有名有姓,有产有业,躲到哪儿去?"

蒋百川忙说:"这个你放心,我们会安排。"

"就算你们完美安排我躲起来了,躲多久?我一辈子不出来了吗?"

蒋百川沉默半响:"或者,我安排几个人过去,暗中关照你?"

聂九罗"哼"了一声,鼻息带着轻蔑:她是真不觉得蒋百川安排的人能关照她,真出了事,谁关照谁还不一定呢。

蒋百川连着遭她抢白,无可奈何:"你当时,真是不该让他知道你的真实身份。"

这还是她的错了?

聂九罗越是有气,语气越柔和:"我说了,我是普通人,普通人的名字,有什么好藏的?再说了,我当时也想不到,人送到你们手上了还能飞了啊。"

蒋百川面上无光,讷讷地说了句:"那……你什么想法?炎拓这一趟,吃了不少苦头。看起来,是恨上你了。"

聂九罗冷笑:"那当然,难不成出了这事,他还爱上我了?"

那一头,蒋百川再度沉默。

窗外,雨更大了,靠近窗边的雨线被风齐刷刷打斜,又被光镀亮。

事情已经这样了,再怎么对蒋百川发脾气也是徒劳,聂九罗说了句:"我想一想,晚点再联系你吧。"

挂了电话,她在窗边站了半响,心里窝着团乱麻,一时半会儿也理不出个头绪。

实在没事做,索性把空了的碗盘给卢姐送下去。

三合院的东边是厨房,因着地方大,保留了旧式的灶间,而卢姐因为来自乡下,打小烧柴擦灶,所以对比边上全套家电的现代化厨房,她更喜欢大铁锅、木头盖、要往灶膛里添柴的灶房,还常跟聂九罗说:"铁锅蒸出的米饭香,能出脆生生的热锅巴;灶膛里烧出的玉米,比烤箱里烤出来的好吃一百倍。"

聂九罗无所谓,反正她管吃不管做,也不管洗,卢姐爱用哪一间,悉听尊便。

没事时,她会来灶房坐坐,因为这里的家什都老旧,搬个小马扎坐下,会有一种岁月静好、不知今岁何岁、山中无甲子的感觉。

若是赶上卢姐正开灶做饭,那就更惬意了,火食的味道,自古以来就熨帖人心。

……

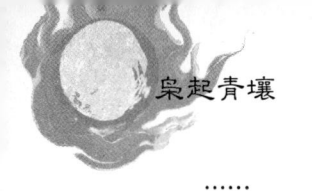

卢姐正在灶房擦锅台，见她拎盘子端碗地进来，赶紧过来接了："聂小姐，你还自己送下来，放那儿我去拿不就行了？"

即便关系已经很熟了，卢姐还是坚持称她一声"聂小姐"，毕竟是雇佣关系，这是礼貌。

聂九罗空了手，在灶台边的小马扎上坐下。

卢姐察言观色："工作不顺心啊？"

在她眼里，聂九罗简直是人生赢家：年轻漂亮，有才有业。真有不顺心，也只会是工作上遭受点波折、创作上卡卡壳而已。

聂九罗说："不是。"

她手指插进头发里，没章法地理了几下："我在老家，有一些亲戚，远亲，做的不是什么正经事，我跟他们也基本没来往。"

卢姐用心听着，雇主能向她说事儿，让她觉得自己挺受尊重的——多少雇家政的看不起人，把人当用人使呢。

"但是呢，也不好断。上一辈的原因，欠过他们不少钱。"

卢姐忍不住说了句："那得多少钱啊？你现在……都还不清？"

聂九罗没回答："有债嘛，就免不了还有联系。本来我想着，债清了之后，各走各的，没想到他们现在出了娄子……"

卢姐有点紧张——

"然后他们都跑了，我被拱出去了，"聂九罗笑道，"你懂我的意思吗？他们的对家，现在都得找上我了，我成唯一的靶子了。"

卢姐听懂了："那……麻烦大吗？不行就报警，把事情说清楚，总不能给人背锅吧？"

聂九罗看灶台上那口大铁锅，真大，再大点，就能"铁锅炖自己"了。

她说："不是报警的事……锅呢，背不背，反正都卡身上了。"

蒋百川挂了电话。

刚才打电话时，他脸上是挂着笑的，语气是和缓、想息事宁人的，甚至脊背都稍稍前弓，带着隔空讨好的意味。

但是电话一挂，他的表情、体态和姿态就全变了，就像人还是那个人，偏又长出了另一副胎骨。

他漫不经心地把手机扔到一边，凑近浴室镜，仔细地、一缕一缕地拨着鬓边的头发。

刚吃饭的时候，大头说看到他鬓角有白头发，有吗？真的假的？

找到了！

还真有，只有一根，但无比扎眼，很服帖地生在他那染得黑亮的头发之间。

蒋百川愣了一下，伸手想把它拔掉，手到中途，忽地心有所感，回头一看，雀茶正倚靠在浴室的门边。

浴室里有灯，但外间的灯光打得更亮，她穿着大红丝光的睡袍，背后一片雪亮，亮得她面目有点模糊，乍看上去，像一朵红到炫目的大花。

蒋百川皱眉："你什么时候上来的？"

为了找个僻静的地方打电话，他特意上的三楼——这别墅是他的私产，加地下室一共四层，这一层的卧室和洗手间是客用的，除了家政保洁，平时没人来。

也不知道她在那里站多久了，听到了什么，蒋百川重又看向镜子，小心地拈起那根白头发："还有，老穿红，你不觉得瘆得慌啊？红衣的女鬼都比别的鬼凶呢。"

边说边手上用劲——

拔下来了，鬓角边又是黑黝黝的一片了，心里也舒服了。

雀茶说："那个聂二，是男的女的啊？真姓聂啊？假姓吧？"

蒋百川的脸阴下来："不该你打听的，别瞎问。"

雀茶跟没听见一样："她要知道你阴她，你也有麻烦吧？"

蒋百川不悦："你胡说什么！"

雀茶"哼"了一声，并不怕他："我那晚在酒店，都听到了，你说什么将计就计、顺水推舟……没你们故意放水，炎拓的同伙哪就能那么容易找到板牙……"

蒋百川吼了句："还说！"

雀茶吓了一跳，再开口时，十分委屈，眼睛里都蒙上了一层泪雾："怪我咯？你们偷摸做事，为什么不跟华嫂子说？她还跟我一张桌上打过麻将呢，说没就没了……"

蒋百川自知理亏，换了副相对温和的口吻："这不还没死吗……有些事，本来就不好对太多人说，也是该她命里有这一劫，早去晚去都没事，谁知道正好赶上她送饭的点了呢。"

他边说边走上前，伸手就去搂雀茶的腰，雀茶又挣又躲地没避过去，到底被他抱住了，可是又不甘心撑了这许多天的冷战草草收场，于是板了脸，不拿眼看他。

蒋百川哄她："这么多天了，还气呢？你是属打气筒的吧，出个气没完没了的。"

雀茶没绷住，扑哧笑出来："你才属打气筒呢。"

这是终于讲和了，蒋百川话里有话："雀茶，有些话，可不能乱讲啊。"

雀茶白了他一眼："你放心吧，我不蠢，也就在你跟前说说，别人面前，我提都不会提的。炎拓跑了，那个聂二，很气吧？"

对这个聂二，雀茶雾里看花，知道那么一点点。

听蒋百川说，聂二和他，类似于同族，双方的祖上，都是做同一种买卖的。这种买卖非常古老，老到可以追溯到人类起源时，不甚光彩，但也不是大奸大恶，反正不在三百六十行之列，较真儿起来，属于"外八门"吧，"狩猎"这一路的。

现在，很多老行当、老买卖都消失了，蒋百川所在的这一行，也毫无例外地人丁渐少，更糟的是，剩下的人中，绝大部分还不愿再做这行。

聂二就是其中之一。

这也可以理解，铁匠的儿子一定要打铁，农户的女儿一定要种地吗？花花世界，林子无限大，人家愿意随心飞，你也不能硬拗了人的翅膀不是？

但关键是，聂二有胎里带出来的本事，平时未必能用到，特定的情况下，少了她又不行——就好比有些警察办案，三五年都不一定开一回枪，可万一呢，真遇到持枪的悍匪，那还不得拿枪上、枪对枪吗？

好在，因着早年一些错综复杂的原因，聂二和蒋百川之间，有数额不小的债务，双方商定：钱债，劳力来还。也就是说，蒋百川这头有需要时，聂二得尽量帮忙，她上不了岸，一条腿还拖在这趟浑水里。

聂二要求不见光，她不想被牵进任何麻烦事，就想当普通人、过安生日子。

蒋百川当然满口答应。

所以，聂二的真实身份，只有蒋百川等两三个人知道；和她联络，用的是另外的、不绑定真实身份的手机以及账号；双方之间，不留任何书面可查的来往记录，再急的事，也不直接电联，要征询对方同意——对雀茶来说，就是有这么一个人，远远地存在着，是男是女、是老是少都不知道，反正必要时，这人会来帮忙就是了。

颇像唐僧取经路上求助的各路神佛：平时不掺和你们赶路，真遇到状况去请时，也请得来。

这一趟，蒋百川带人走青壤，就请了聂二外围留守十五天：太平无事的话，她后方观望；一旦有异变，第一时间就位。

用蒋百川的话说，聂二真是来对了：因缘际会，机缘巧合，她以一己之力把炎拓一行人都给端了。

但现在，炎拓跑了。

那个聂二，很气吧？

03

蒋百川哈哈一笑："气，可不管气不气，事情不都已经这样了吗？"

雀茶瞪他："你这人，心可真黑。炎拓那伙人做事那么狠，万一报复上她，那可怎么办？你不是说她有用吗，有用还把人给推出去阴了？"

蒋百川顺手关了浴室灯，揽住雀茶的腰往楼下走："你这就不懂了，我手上是留了三个人，可什么都问不出，抓来了又有什么用？想钓大鱼，得把水给搅浑了，把人放出去，就是为了让这池子深水动起来。

"再说了，怎么能叫心黑呢？这么一来，是把她给推出去了，可是我及时通知她，也承诺全力提供帮助了不是？只要她愿意，在我这儿随便躲多久，我菩萨一样供着她。"

聂二是把好刀，可这刀只愿待在鞘里，你想用她，还得征求她的意见，用得太不顺手了。

现下事态不明朗，对方什么来头他摸不准，能者多劳，推聂二出去试水最合适不过了。真是金子，不怕火来炼，不是的话，捧着供着也没意思，兴许她被逼上梁山没了退路，索性就下了水入伙，和他成一路人了呢？

正寻思着，手机振响，聂九罗那边的消息过来了。

蒋百川看了雀茶一眼。

雀茶很知趣，扭过身子，用后脑勺对着他，以示自己不会探看。

蒋百川点开消息。

——如果炎拓找到我了，我尽量自己解决。

蒋百川没回复，盯着消息焚毁，鼻子里哼了一声，嘴唇抿成了一条线。

厉害，这是不要他关照呢。

炎拓迷迷糊糊间，觉得自己像个花卷：被人抻抬弯折，捏出细细的褶，还小心地一片片粘上葱花，以便看起来更加美观。

下一步，就该上笼屉了，他想。

然而最终没见到笼屉，反而是耳边细碎的刀剪镊声渐渐清晰。

炎拓睁开眼睛，第一眼就看到了从天花板上垂吊下的不规则冰块造型、玻璃面的熔岩灯。

这是自己的房间。

这个时候应该是晚上，因为吊灯亮着，灯光是岩浆黄色的，这种灯，一旦亮起来就没感觉了，炎拓还是喜欢它没打开时的样子：像块悬空的，但充满科技感的石头，水银色亮光里泛着冷硬的灰。

吕现正拿酒精棉片擦手，听到动静，向着炎拓一笑："醒啦？"

这是个二十七八岁的小伙子，中等个子，因着生活安逸，年纪轻轻，腰身已经有向游泳圈发展的趋势，他最大的特色是长了一张特讨丈母娘喜欢的脸——谈过三任女朋友，分手的时候，女方都是好合好散，但女方的妈妈无一例外伤感得不行，仿佛错失的是多么绝世的好女婿。

炎拓含糊地应了一声，脑子里空空落落，一时间想不起前情。

吕现说："睡好几天了。炎拓，你这趟可受大罪了。"

是吗？炎拓开始想起一些事儿了：野麻地，帆布袋，雀茶手里那支正对着他的不锈钢箭的箭尖，大头往他身上乱蹬时脚上穿的球鞋的脏底，还有……聂九罗。

对，聂九罗。

想起这个女人，他就完全清醒了，目光也沉了下去。

吕现伸手点向他大腿前侧已经稳当包扎好的一处："这一块，不是铁烙的吧？肉都坏死了，烂的那味儿，嚯，再迟两天，都能长蛆。"

炎拓反胃："描述得这么详细，你不嫌恶心啊？"

吕现兴致勃勃："不过，有个好消息。"

他朝炎拓倾下身子，拿手虚比右侧脖颈到下巴颏这一块："这儿，有道伤口，疤是留定了。但是万幸，没上脸，一般看不见，即便看见了，也无损你英俊的小脸，反而平添男人的英豪气概。"

炎拓："滚开。"

吕现惊讶："介意啊？那也没事，人到中年，你就留一把大胡子，胡子一多，也就盖住了……"

他及时刹了口，因为炎拓的两只手已经撑在了身侧。

根据经验，炎拓做出这种姿势的时候，下一秒多半是要起身，而自己也多半要挨揍——当然，他现在身上有伤，八成是做做样子。

吕现见好就收，揪下脖子上挂的无线呼叫器："林伶，炎拓醒了。"

那头几乎是立刻传来林伶的声音："好，我马上过来。"

吕现朝炎拓挤了挤眼睛，着手收拾药箱，准备功成身退，炎拓忽然想到了什么："林姨呢？"

吕现头也不抬："你说我女神啊？去农场了。"

炎拓没吭声。

他老爹炎还山当年生意越做越顺，也随大流热心慈善事业，设立了一笔助学金，吕现就是受益人之一，他是学医的，学成之后在大医院历练，同时受雇于炎拓的公司。这人很聪明，凡事睁一只眼闭一只眼——用他的话说，有钱人、大公司嘛，免不了有一些上不了台面的操作，必要时需要私下的医疗救护，投桃报李，他是助学金造就的，而今以自己的所长做回报，很合理。

但炎拓怀疑，吕现之所以甘心帮忙，以及三任女友都走不到最后，跟他倾心林喜柔有很大关系。他把林喜柔引为"女神"，经常埋汰炎拓说："你看看，差不多的年纪，人家辈分比你高，能力还比你强，表面上你是法人，事实上是人家在背后运筹帷幄，为你铺路搭桥，你是何德何能，能有这么个女神阿姨！"

吕现前脚刚走，林伶就到了，还抱了瓶插好的花，姹紫嫣红，叶翠蕊娇，往桌子上一搁，整个屋子都多了几分生气。

炎拓说了句："挺好看的。"

回想之前的日子，在猪场阴暗的地下囚室里过活，耳边还常传来孙周撕心裂肺的惨叫……

相比于现在，真是恍如隔世。

林伶拖了张椅子过来坐下："我给林姨打过电话，她刚好在回来的路上，估计半个小时就能到。"

炎拓"嗯"了一声："她去农场了？"

农场，也就是挂在他名下的那个中药材种植场。

林伶点头："带狗牙去的。"

"去干什么？"

林伶轻笑一声，压低声音："去干什么……能让我知道吗？"

这话一出口，两人都沉默了一下。

顿了顿，炎拓岔开话题："那孙周呢？"

林伶茫然："什么孙周？"

炎拓："和我一起关着的。"

林伶："和你一起关着的，不就是狗牙吗？"

这其中看来有偏差，得两头梳理，炎拓示意林伶先说。

事情倒不复杂，一个大活人忽然失联，一两天还能等，三五天一过，就得找了。再加上这期间，林喜柔还接过一个用炎拓手机打过来的电话，来电者说手机是捡到的，问她是谁、怎么归还手机。

林喜柔答是医院护工，还提供了公司地址（反正网上查得到），请对方把手机寄回来，说机主回来之后，一定会有答谢，然而奇怪的是，电话旋即挂断，那以后，就再也打不通了。

一开始，大家没往坏处想，只是局限于电话查访，查着查着，觉得不太对，失踪得太彻底，就不像一般的失踪了。

林喜柔先指派得力助手熊黑带人到石河县实地寻人，再然后着急了，带上林伶亲自去了。

林伶说："实在没线索，就只好悬赏找人了，这种事林姨当然不出面，我以公司助理的身份主理。"

说到这儿，林伶"哼"了一声："过滤之后，跟我面谈的有三个，这人有没有问题，见面一交谈基本就知道了——那个司机老钱和开旅馆的老头都老实，让录视频就录视频，拿到钱之后，高高兴兴走了。

"唯独那个叫大头的，屁事一堆，不同意我定的约见地点，说不安全，要在他说的地儿见；不肯出示身份证件，要保护隐私；也不录视频，说侵犯他肖像权。"

炎拓心下透亮："他这是故意和你们接触，想掏我们的底。"

林伶点头："这还没完呢，聊完之后，他跟踪我。林姨说，将计就计吧，让熊黑反过来跟踪他，这一跟就跟到了板牙。

"熊黑你懂的，性子躁，手又毒，再加上看到你和狗牙都不成人样了，当场就炸了，一把火烧了猪场不说，还把一个女人推火里去了。"

炎拓一怔："多大岁数的？"

"说是四五十岁吧。"

那多半是华嫂子了，炎拓沉默半响，说了句："熊黑不该这么做。"

林伶接口："是啊，林姨狠狠骂了他一顿。他这一烧，线索都没了，还打草惊蛇，那个大头，再也找不着了。"

炎拓脑子里忽然闪过一丝什么，太快，没抓住，只是下意识地问了句："线索都没了？"

"对啊，"现在说起来，林伶还有点愤愤，"那个村子，本来就没住多少人，救火的都没几个。打听下来，猪场是外乡人租的，什么名姓不知道，遇到个拦车的，还是个傻子。你说熊黑是不是手贱？就因为那女的咬下他胳膊一块肉，他就把人撂火里去了——你至少先套出点话来啊。"

炎拓没吭声，脑子里还盘桓着那句"线索都没了"。

林伶没注意到他的反常："幸好还有你，你要不醒，那真是一筹莫展了。"

炎拓嘴唇有点干："狗牙没说什么？"

林伶摇头，再次压低声音："我没见到，不过听熊黑下头的人说，狗牙似乎是死了，不知道真的假的。你还记不记得，我们在农场地下二层……"

她没再往下说，突地打了个寒噤，不安地朝门的方向看了看。

炎拓低声说了句："那件事，能不提就不提。"

林伶赶紧点头，似是觉得话题太沉重，刻意说点轻松的："对了，你干吗把人家漂亮姑娘给扔了啊？"

炎拓没反应过来："什么扔了？"

林伶抿嘴一笑，掏出手机，翻出张照片朝向他："这个聂小姐啊，起初实在没线索，林姨还说要查她呢。"

然后大头出现，顺藤摸瓜，找到了炎拓和狗牙，聂九罗这条线，也就自然被认为没什么价值，丢开了。

炎拓盯着那张照片看，那其实不单纯是照片，是张杂志刊页，聂九罗穿着经典的蓝色棉质吊带衫、黑色束口灯笼裤，赤脚倚坐在旧式的木质窗扇边，略低了头，蹙眉凝思，窗外是虚化的绿树，两只手上沾了不少泥渍。

随意中有种很闲适的美，这是张很成功的工作间隙抓拍。

"杂志图？"

林伶点头："她在雕塑的圈子里还挺有名，网上搜到多。"

炎拓喉结微微滚了下，也顾不上身体不便，手臂硬撑着欠起身体："其实，她……"话还没说完，门一下子被推开了。

在这儿也好，在种植场也好，不敲门就直入的，只有一个人。

林伶脊背一激，立刻站起身："林姨。"

来的正是林喜柔，行色匆匆，风尘仆仆，即便眉头有忧色，都不减她半分容光。

她身后站着熊黑，如一截铁塔，已经到了穿外套的季节了，他却只着一件上书"惹我试试"的短袖白T恤，被一身黝黑的腱子肉撑得紧绷，右手小臂上，纱布厚扎了一圈。

纱布扎着的，估计就是被咬掉了一块肉的地方了。

炎拓躺回床上，也叫了声："林姨。"

林喜柔笑着走过来，坐到炎拓床边："终于醒了，刚遇到吕现，他说没什么事，休息一阵子就能好个七七八八了。"

一边说，一边伸手去抚摸炎拓的脸。

炎拓下意识地想避开，又忍住了。

林伶插了句："林姨，你来得正好，我刚把我们这边找他的事给说了，正想问问他那头的。"

林喜柔"嗯"了一声："小拓，林姨问你点事，很重要。"

这话一出口，屋子里顿时安静，守在门边的熊黑看了看门，又"咔嗒"一声加上了保险。

炎拓先开口："狗牙没告诉你吗？"

林喜柔叹了口气："你这趟是遭了罪，但跟狗牙比，那是小巫见大巫了。他没三五个月醒不过来，你告诉我，是谁伤的他？"

说到最后一句时，她把手缩了回去，途中蹭到炎拓的面颊，炎拓觉得，她指尖开始发凉。

方才脑子里闪过的那东西突然清晰："线索都没了""幸好还有你""狗牙没三五个月醒不过来"……

也就是说，现在，他说什么就是什么，说什么都是事实。

他一颗心猛跳，吞咽下一口唾沫，在最后一刻下了决心："我没看到。"

熊黑插了句嘴："猪场下头有五间牢房，他和狗牙没关在一起，估计两人都不知道对方什么遭遇。"

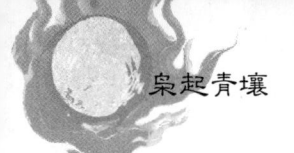

林喜柔又问:"你是怎么落到他们手里的?"

炎拓说:"实在也是挺意外的,我回程的时候,导航出了点故障,走错路,去到的板牙。

"我下车问了个路,也就只问了个路。上车的时候,有三……四个人吧,忽然同时攻击我,其中一个,往我颈后插了针,应该是有麻醉效用,我很快就失去意识了,再醒来的时候,已经在猪场地下了。"

04

林喜柔沉吟:"那个老钱说你撞车昏迷,还有什么针筒,又是怎么回事?"

炎拓轻描淡写,刻意模糊时间先后:"那是出事之前了,我连着几天很累,疲劳驾驶,撞到路基下头去了,索性就在那儿睡了一觉,估计睡得太死,那人当我是昏迷了。针筒是我拿来对付孙周的,就是跟你提过的、狗牙抓伤的那个人——你不是说,狗牙只要伤人,哪怕只是抓破了一道口子,都得一并带回来吗?"

是嘱咐过,她的原话是:"这种伤,外头的医生处理不了,带回来,我们自己有办法。"

"板牙那几个人应该不会无缘无故袭击你,你是不是做了什么,自己都没察觉?"

炎拓摇头:"不是,他们刑讯我的时候,我隐约听他们提过,好像是说我车上……有臊味。"

说话时,他着意观察林喜柔的面色,果然,听到最后,她表情不大对劲。

炎拓说:"林姨,你知道的,我车上一向很干净,怎么会有臊味呢?反正我自己是什么都没闻到。"

林喜柔面上依然带笑,蜻蜓点水一句话带过:"听他们胡说!那是他们嘴不干净。"

炎拓想了想:"倒也不是,听他们话里那意思,也不是所有人都能闻到,只有那个叫大头的鼻子灵。"

林喜柔垂在身侧的手蓦地一攥:"鼻子灵?"

话一出口,她就意识到自己的失态了,立马把话岔开:"他们有多少人?你见过的,都还记得长相吗?"

"我只见到了袭击我的那几个,因为打过照面,他们见我的时候不做遮掩,分别是大头、山强、华嫂子、一个瘸腿的老头,另外还有个叫雀茶的女人,但应该不是真名。其他的人都包得严实,只看得出高矮胖瘦。

"至于长相……林姨,我语文和美术都一般,描述做不到贴切,画也画不出来,只能说点'眼睛大、人矮'这类大概的,估计对你帮助不大。"

林喜柔眼眸中掠过显而易见的失望,顿了顿才说:"没事,晚点你把这几个人的体形、容貌还有特征都说给熊黑听，有多少说多少，有总比没有好，剩下的，让他想办法去跟。"

炎拓点了点头："林姨，有什么问题吗？我怎么觉得，你对这件事特别关注的样子。"

林喜柔一怔，旋即又笑道："废话，你们不明不白伤成这样，我能不在意吗？这事不能就这么算了……小拓，你先休息吧，你养好身体比什么都重要。如果再想起什么，记得跟我讲。"

她说着便站起身。

林喜柔都放话要他"先休息"了，其他人自然也不便再留，林伶再度起身，熊黑伸手开门。

炎拓心内长舒了口气，这才发觉这一番对答后，自己的掌心已经汗湿了。希望狗牙能晚点醒过来，越晚越好。

林喜柔都快走到门口了，忽地又想到了什么，转身笑着看他："对了，你跟我说遇到个老朋友，要聚一聚，那个朋友，就是那个聂小姐吧？"

炎拓心头一凛，脸上却半分都不露，还窘迫地笑了笑："是，其实她不是什么老朋友，也就是路上遇到的，有点感觉，林姨你懂的。"

林喜柔笑得愈发温柔："我猜也是，你们年轻人会玩。你早就长大了，那个聂小姐还那么漂亮。"

边上的林伶飞快地瞥了炎拓一眼，又低下头去看自己的手。

"只是，你怎么会把人家扔在山路上呢？"

炎拓冷笑："有些人，看起来不错，相处起来，完全不是那回事，说'金玉其外，败絮其中'都是抬举她了，多忍一会儿都受不了，扔山路上，已经对她很客气了。林姨，不提她，扫兴。"

林喜柔的印象中，还从没听过炎拓这么贬损人，愣了几秒之后，忍不住轻笑出声："那位聂小姐，是得多糟糕啊。"

和蒋百川通过电话之后，聂九罗着实紧张警惕了几天，但转眼半个多月过去了，桂树从挂花到落花，卢姐的桂花酱都熬好装瓶放进冰箱了，仍是太平无事。

有千年做贼的，没有千年防贼的，炎拓那头要是过个一年半载才来报复，这一年半载她就不过了？

想清楚了这一节，聂九罗也就把心放下了，只是从工作室的一尊泥塑之上取下了一把匕首，白天放在手边，晚上塞在枕下。

泥塑和匕首，都值得一说。

泥塑塑的是反弹琵琶的飞天，姿态袅娜，衣袂飘飘，不过并不等身，一米来

高。匕首就是藏在飞天反弹着的那把琵琶里的——外观上绝对看不出来,应用了古代的销器机关技艺,依特殊次序拨动音箱上的几根弦线,里头藏物的细长匣子就会自动开启。

匕首不大,乍看很普通,长不到二十厘米,宽不足一寸,厚度适中,方便贴身存放,这是把"剑中剑",里头还套了把更小的——通体没有任何花纹雕饰,只握柄上有篆体的小字,外头的是个"生"字,里头的是个"死"字。

……

这一天秋高气爽,是个黄道吉日,宜开工动土,聂九罗的魔女图几经修改,接近完稿,也是时候开始了。

早饭过后,焚香拜过泥塑的祖师女娲,她就开始挥锤动钉,给新作品起龙骨胎架。

一般人对泥塑都有误解,总以为是抓把泥、掺点水,揉揉捏捏就完事了,其实不然,泥的黏性不足以支撑自重,哪怕是迷你如"泥人张",还得反复砸揉且加以棉絮,把胶泥给揉成"熟泥"。大型的泥塑就更复杂了,先得用铁丝、铁钉、木条做出个形状骨架,叫"立龙骨",然后绑稻草,糊糠壳,上了粗泥之后,还得上细泥,之后罩胶、裱纸、纹饰、沥粉,一层一层,程序烦琐,都做完才能出个人形。

不过仔细一想,一个人,卸去彩妆,扒了衣饰,褪皮剔肉,剩了个伶仃的骨架子,在某种意义上,跟泥塑是一样一样的。

难怪这一行的祖师爷是女娲。

聂九罗告诫自己,塑像要和造人一样虔诚,一肢一骨,都不能马虎。

所以单这"立龙骨"一节,她起了拆,拆了起,叮叮当当没个消停。

中午,卢姐把饭送上来,看到聂九罗高坐工作台,左手握锤右手拈钉的,忍不住叹气说,这要不讲,过路的还以为屋里住了个木匠呢。

某种程度上,卢姐真相了:做美术这行的,大多自带仙气范儿,唯有雕塑流的,大敲大打,挥锤动斧,被人戏称为艺术行当里"搞土木工程"的。所以,别看聂九罗体纤人瘦,手臂和手上的劲力远超一般同性,有几次,卢姐撬不开的罐头盖子,都是她给搞定的。

总之是当木匠当了一天,拆拆立立,一直到晚上才出了个满意的胎架。当然,在卢姐眼里,骨架子是没有美的资格的,依然是三个字:丑绝了。

这一日体力劳动过量,聂九罗不到十一点就熄灯就寝了——换了从前,身体疲累,那是一定会一夜黑甜到天亮的,但今天,说不清什么原因,凌晨两点多的时候,她忽然醒了。

屋里黑漆漆的,但并非伸手不见五指,聂九罗的床上装了帐幔,半透纱的那种,把夜色又滤厚了一层。

这安静中涌动着一股异样的危险气息。

聂九罗悄无声息地坐起身子，伸手从枕下摸出匕首，又摸着了绑腿带，安静地把匕首贴肉缚在了大腿上，然后拉过睡袍的裙幅遮住，下了床。

她没有穿鞋，赤脚走到门边，轻轻打开门。

卧室外头就是工作间，夜半的工作间是有点可怕的，因为她的雕塑太多，白天面目历历倒也罢了，晚上就是一团一团或蹲或伏的人形黑影，说不清那是人、是泥塑，还是别的什么东西。

聂九罗屏住呼吸，向工作间里走了两步。

灯亮了。

亮的不是大灯，是尽头角落处的落地阅读灯，灯光昏黄，那里有一面墙的书架，两张对坐的单人沙发，中间隔了个小圆茶几，没事的时候，她会沏一壶茶，窝在沙发里看看书。

临近阅读灯的那张沙发里，坐着炎拓，两只手都搭在沙发扶手上，右手握着枪，在扶手上有节律地敲点，枪口正朝向她。

终于来了。

聂九罗反而放松下来，她原地站住，轻轻吁了口气，腿上贴着刀身的那一块皮肤本该是冰凉的，现在却稍稍发烫。

炎拓先开口："聂小姐，真没想到还能见面。"

是没想到，本不该有这次见面的，如果蒋百川不是那么废物的话。

他示意了一下对面的那张沙发："别站着啊，坐下聊。"

聊就聊吧，那些影视剧里，恶斗之前，总会有一番唇舌之争——打嘴仗很重要，谁先被说得心浮气躁或者怒发冲冠，谁落败的概率也就更高。

聂九罗步履如常地过去，两手扶住扶手，迤迤然落座，正待换个舒服的坐姿，就听身下"咔嗒"一声轻响。

她头皮微麻，目光不觉下掠：这沙发她常坐，从没出现过这种情况。

炎拓又说话了："聂小姐，坐下了就别乱动，被炸成一块块的就难看了。尤其是……"

他倚上靠背："……为了见你，我特意换了身新衣服，不想刚穿上第一天，就沾得又是血又是肉的，不好洗。"

聂九罗头皮上的僵麻蔓延到脖颈，听这意思，坐垫下头他放了东西，但坐都坐上来了，还能怎么着？

她"哦"了一声，继续把坐姿调整到位："还特意换了新衣服啊？那我这身是潦草了。"

炎拓看了她一眼。

她穿珠光银的重磅丝缎睡袍，腰间以带扣束，睡袍很长，目测站立时能到脚踝，所以即便坐下，露得也不多，只露出了一截白皙的小腿。她的脚很好看，秀翘

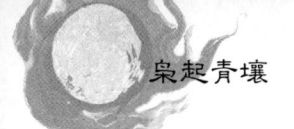

柔滑，脚背上仿佛晃着层珠润肤光——听人说，脚好看的女人，远比脸好看的女人要少。

老天待她，还真是精心。

炎拓的目光最后停在了聂九罗的脸上："聂小姐，你耍得我很惨哪。"

聂九罗笑笑："'耍'这个字用得不贴切，猎人设下圈套，套取猎物，那叫狩猎。有哪个禽兽被抓到了，会说猎人在'耍'它呢？"

炎拓不跟她打嘴仗："我有些事问你。"

聂九罗无可无不可地点了点头："你问呗。"

"狗牙这种……是什么东西？什么来历？孙周'扎根出芽'是什么意思？你们怎么治的？'伥鬼'又是什么？"

聂九罗奇道："你不知道啊？"

她继而笑道："我知道。"

再接着话锋一转："不过，我不会告诉你。"

炎拓也猜到了她不会配合："这么说，聂小姐是过够了，想死？"

聂九罗凉凉地回了句："你拿什么保证我的安全呢？不说，会被炸死；说了，八成也会死。横竖是死，不如不说，还能让你堵心一把。"

炎拓也不留客："那聂小姐一路走好。"

他撑住扶手起身，绕过茶几往外走：现在算是进入心理战阶段了，有人步上断头台时大义凛然，砍刀真挥起来就尿蛋了——聂九罗嘴上厉害，但他赌她还是惜命的，三步之内必然会叫住他。

果然，经过她身侧时，她开口了。

"炎拓。"

炎拓停下脚步。

聂九罗还是那副让人捉摸不透的调调："我小时候看电视，看到好人被坏人杀了，就那么死了，真是太不值了。

"我很容易角色代入，想着，如果是我，可不能白白叫人给杀了。万一倒霉，真要死，那怎么也得拽上害我的人一起啊。"

话未说完，她身体蓄势，两手一撑飞扑过来，一把抱住炎拓，同时身体一拧，把炎拓的后背推转向自己坐着的沙发。

她也赌一把：沙发垫下没有什么炸弹，真的有，炎拓就是她的肉盾——退一万步讲，就算炸弹威力太强，把两人都给炸死了，她也把炎拓给拉下去作陪了不是？

相当漫长的一秒钟。没有爆炸。

前戏唱完了，接下来该动真格的了。

05

  两人几乎是同时动手。

  聂九罗提膝向上撞他裆间，左手下切夺枪。炎拓反应倒也不慢，左手迅速下摁，硬生生将她上撞的膝头摁下，同时手指顺着膝盖滑入她小腿后，一把包圆攥住，用力向外撞甩。

  这么一来，聂九罗夺枪的计划就告落空，她指尖刚触上枪身，就已经身不由己——炎拓这么大力，她是绝对扛不住的。

  好在她的优势是机变和身子轻盈，一抬眼看到炎拓腰间的皮带，想也不想，抬手抠进裤腰抓住带扣，借着这一抓之力止了甩脱之势，同时身子上腾，如一只灵猿般，瞬间手臂抱住炎拓的头颈，身体攀贴上了他的后背。

  机会稍纵即逝，她手指探向炎拓颈大椎之后用力扒住，附在他耳边说了句："死去吧你。"

  语毕用力一拧。

  她一贴上他的后背，炎拓就知道不妙了，颈大椎是什么地方，哪能吃得住劲力？轻者致晕，重者要命的事。是以几乎是在聂九罗发声的同一时间，他双手上抓，攥住她双肩下拽，吼了句："下来！"

  聂九罗顷刻间感到天地倒转，手上失了力道支撑点，这第二杀的机会也打水漂了，不过还是那句话，她倒下也不能让他站着——虽说身子倒置，但趁着炎拓还未松开攥住她肩头的手，聂九罗手臂绕如缠藤，转瞬绞住了炎拓的胳膊，与此同时小腿一勾，钩住了炎拓的脖子："你也下来！"

  两人双双砸落地上，这一砸声势不小：沙发移位，阅读灯斜倒，连小圆茶几都翻倒滚开了去。

  因着姿势扭曲，没来得及做防护，且倒也不是好倒，聂九罗一落地全身都痛，眼底冒星，迷糊间看到炎拓的脖颈喉结就在嘴边——高手之争，一招一秒，她来不及细想，张口就咬。

  炎拓当然不知道她是要咬，只是眼角余光瞥到她又上来，知道不是好事，下意识一偏头，聂九罗这一口便结结实实咬在他颈侧——颈侧的肉相比于胳膊腿，当然是柔嫩的，痛感也更加尖锐，炎拓只觉得一头血直冲脑门，扶在她腰间的手大力攥收，把她整个人推扔了出去。

  聂九罗重重撞上书架，上头的百十本书扑簌簌砸到她身上，这也就算了，腰险些没给拗断，痛得她直冒冷汗——她第一次都没爬起来，第二次才喘着粗气、抓住书架隔板起身。

炎拓站起时也没定住，踉踉跄跄连退几步，被工作台给挡住，上头立着的龙骨架晃了几晃，又颤巍巍地立住。

两人隔着几米远，警惕而又冷漠地对视。

三合院的一楼西厢房里，被惊醒的卢姐惴惴地坐起，慌乱地撅亮了床灯。

炎拓伸手摸了摸被咬的地方，那里已然皮肉肿起，再把指头送到眼前：见血了。

聂九罗嘴角一阵麻胀，舔了舔，一股咸腥味，是嘴角裂出血了，她索性伸出舌头全舔了，自己的血，自己吞，权当没流血。

第一回合，不胜不负。

再一低头，衣带松了，胸口敞得有点开。

聂九罗一只手掩住衣襟，另一只手扯扣衣带，眼睛盯住炎拓，满目挑衅："姓炎的，打不过我啊？我就穿了这么点，赤手空拳的，有种就别用枪，算什么男人！"

炎拓笑笑："你没枪，你有牙啊。"

聂九罗也笑："你没牙？"

炎拓看了她几秒，手上一松，枪身绕着食指扳机处滑转了半圈，他就势把枪身插回后腰："我没枪，照样拔你的牙。"

第二回合。

两人都没着急动，互相审视距离方位，琢磨着一击奏效的法子。

拆万儿八千招打三天三夜那是武侠小说里的意淫，聂九罗没那个体力、精力，事实上，这种高强度的体力打斗，持续两三分钟就把她累得够呛了——她擅长取巧的闪电战，之前不管放倒狗牙还是炎拓，都是出其不意、十秒绝杀，战线越长她越吃亏。

得加快速度了。

聂九罗疾步上前，一脚踩上翻倒的圆几，身子借力蹬起扑向炎拓的同时，手臂长探抓起沙发上的靠垫，向着他头脸砸过去。

一个靠垫，真打着了也不痛不痒，不过炎拓谨慎为上，一个箭步撤开身子，躲开靠垫，也躲开聂九罗的飞扑。

这一下，聂九罗扑了个空，身体蹿上台面——不过这也在她计划之中，她左手一撑止住身体，右手前捞攥住台面上的手斧，看也不看，以肩为轴，反手就是一个劈抡。

炎拓猝不及防，只觉一道森凉弧光凭空向着面喉劈来，急仰身时，到底慢了一步，肩侧一凉，衣袖上绽开一条口子，旋即一片温热。

然而来不及细看，聂九罗一个旋身，第二斧已经劈过来了。

炎拓又惊又怒：真是好极了，哄得他把枪收起来，她倒玩上斧头了。

他心下一横，没躲，反而正迎上去，行将照面时一个矮身侧闪，左手横揽住聂九罗的腰，顺带着把她左臂也箍住，身体顺势转到她身后，等于把她整个人圈在了怀里，右手抓住了她扬斧的手腕，臂上用力，一寸寸把她的手臂往下摁。

又成了力气的比拼了，聂九罗全身像是被硬邦邦的铁箍箍上了，半分力气也使不上，眼睁睁看着自己的手被炎拓带着下拗，斧口垂下时，炎拓手上又是一攥，聂九罗痛得浑身发颤，手指发痉，手斧咣啷一声落了地。

她心下发狠，狠急智生，用尽浑身的力气，仰头往上猛撞。

炎拓比她高，下颌就在她头顶上，突然吃了这一撞，撞得牙床猛叩，眼底一团团发黑，手上自然也就松了。

聂九罗趁势得脱，跌撞着往前连迈了好几步。

不过她也好不到哪儿去，她的头不是铁打的，炎拓的下颌也不是软的，这一招即便杀敌五千，自损也有三千了。她摇摇晃晃，脑子忽左忽右地发沉，喘着粗气回过身，恰看到炎拓吐出一口血唾沫。

应该是那一撞，牙齿咬破了舌头。

打铁趁热，一鼓作气，两杀都拿不下他，得祭出绝杀了，聂九罗打红了眼，一声厉喝直冲上去，炎拓抬手格挡，她攻的却是下盘，腿上一个猛铲，抱住炎拓，又是双双滚翻在地。

这一滚声势更大，撞得工作台挪位半米多，上头的锯子、锤子、塑刀、凿子哗啦啦落地，连龙骨架也终于立不住，向着这头扑跌下来。

机不可失，聂九罗顾不上其他，翻身坐到炎拓身上，右手一扯，把左腕的环圈扯绷成一条森然的银亮弦线，向着炎拓脖颈就套。

这手环，炎拓也算眼熟了，但想死了都没算到居然能当杀人利器。

这么尖细的弦线，脖子被勒住那还得了？

他脑袋急闪，抓住落在手边的龙骨架格挡，就听"哧啦"一声，弦线紧绕龙骨的头颅，发出去的劲力没收回来的道理，再加上头身相接处的木架相对细弱，下一秒，木架脑袋已经被大力绕割下来，骨碌碌滚远。

聂九罗手上不停，又是一个圈绕。

炎拓看到银线又到眼前，知道自己是疏忽了：弦线跟刀不同，刀想再砍得先收回，但弦线绕空绷紧，又是一条直弦，第二攻可以无缝衔接。

他抬手想抓点什么，入手细软腻滑，腕处似乎碰到什么硬物，他心念一动，手顺着聂九罗的腿迅速上抚，一把抽出匕首，在脖子被弦线圈紧的同时，反手用匕尖抵住了她心口。

聂九罗身子一僵，不动了。

匕尖相当尖锐，已经进了皮肉，睡袍的破口处慢慢渗上血色，在睡袍的遮掩

下，有一滴殷红的血，顺着她小腹慢慢滑落。

炎拓脖子外圈的皮都已经被弦线勒破了，他看着聂九罗笑："赤手空拳？聂小姐，你身上藏的东西可够多啊。"

两人都不动，也冒不起这个险去刺激对方，喉管、心脏，不比阑尾，都不是人体舍得起的。

就在这个时候，楼梯上传来卢姐战战兢兢的声音："聂小姐啊，出什么事了吗？"

聂九罗心头一凛，吼了句："没你的事，我拆东西，你明早再来收拾！"

卢姐："哦，哦，那行。"

这倒也不赖卢姐心大，他们家政公司专门有个群，都是服务作家、画家、设计师之类的，这类人群特立独行的比例高，出状况的也多。其中有一个，大半夜忽然来了灵感，在大白墙上画了个血意淋漓的心脏，把阿姨吓得接连一星期噩梦不断。

所以，聂九罗拆东西虽然是在半夜，动静也有点大，但是，依然正常。

炎拓候着卢姐的脚步声消退："聂小姐，咱们是要这样……到天亮吗？"

聂九罗咽了口唾沫，没吭声，攥住手环端头的手有不易察觉的发颤：一个姿势端久了，难免这样。

炎拓："我是个惜命的人，你这满屋子事业消遣，应该也挺珍惜人生的，你看，与其现在双双丧命，不如各退一步，都先活着好不好？"

聂九罗就坡下驴："好，你先。"

炎拓冷笑："我先？你这种撒谎成精的，有什么资格要我先？你先。"

"撒谎成精"这四个字，倒也没冤枉她。

聂九罗说："好，我先。"

她盯住炎拓，先松开手环一端，环身有复位弹力，很快蜷缩回腕上，恢复本样，她两手虚张举起，以示现在无威胁，然后慢慢起身后退。

炎拓也盯死她，松开匕首，撑起手臂起身，站起时，一脚把匕首踢开老远。

第二回合，不输不赢，再次清零。

聂九罗齿缝里迸出两个字："再来。"

炎拓不打算再跟她缠斗："聂小姐，我来是想跟你聊事情的，你这状态疯癫了点儿，不太适合，改天吧。"

说着转身往楼梯的方向走，腰后插着的枪亮晃晃地对着她。

还改天？这种事夜长梦多，早结早了，谁也受不了整天心惴惴地等临头一刀。

聂九罗喝了句："回来！"

说话间，抢身上前，伸手就去拔枪。

炎拓敢让枪落她眼里，也就是笃定她拿不到，就在她发声的同时，他斜向前冲，一个蹿跃上捞，把搁在临墙展示架高处的一尊罩着透明塑料膜的塑像给推了下来。

这尊塑像,他之前就注意到了,是尊水月观音像,隔着塑料膜都能看出精工的程度,塑像面部双目修长,微闭俯视,衣袂褶皱繁复。

他笃定珍视作品的人,绝不会眼睁睁看着作品损毁。

聂九罗眼见塑像跌落,脑袋里嗡的一声,头皮跳炸,到底是职业本能占了上风,放弃了追击炎拓,飞身扑上前去救。

这尊像,就是老蔡口中"三年了,你好意思再拖吗"的那个,之所以进展奇慢,是因为务求精心,珍视也是绝对珍视。现下如果不硬生生抱住,势必会有大损,聂九罗情急之下贴地滑身,拿自己的身子去当塑像的肉垫,终于在观音倾倒的最后一刻伸手稳住了。

隔着透明膜与悲悯面目的观音相对,聂九罗剧烈喘息,心跳如鼓,后背都被冷汗浸湿了。

耳边传来瓦片摔裂的声音,炎拓没从楼梯走,那只是障眼法,他翻窗出去的,踩落了不少青瓦片,屋檐尽头就是院墙,翻下墙落地即遁——他走了。

聂九罗在地上躺了会儿,这才忍痛坐起,同时小心翼翼地扶正塑像。

到底是跌落事故,饶是极尽小心,菩萨还是未能全须全尾,有些边角小物件跌落在塑料罩里,聂九罗认出的有垂手的那根大拇指,连珠璎珞上的一块,还有宝冠的一角。

虽然容易修补,但每掉一块,还是像掉了她一块肉,心疼。

过了会儿,她咬牙爬起来,走到开着的那扇窗前。

空气里弥漫着淡淡的花草香,地上散落着七七八八的瓦片,卢姐的房灯还亮着,亮着亮着,就关了。

看情形,至少是今晚,这人不会再回来了,恨也没用,等也白搭。

聂九罗闩上窗户,捡起被炎拓踢开的那柄匕首,踩过满室狼藉、一地钉凿,中途忽然想起了什么,又折回到沙发边,一把掀开坐垫。

哪里有炸弹,是个不锈钢的弹扣,承了重量就会"咔嗒"一声。

她攥起弹扣,步子虚浮地往卧室里走,脑袋还是昏的,那一撞,真是撞得她脑子里万物移位。

聂九罗手上用力,攥紧弹扣。

下次见到,她要把这玩意儿塞炎拓嘴里,让他生吞下去。

06

凌晨四点多,正是大多数人睡得最沉最死的时候。

然而,城中心四星级大酒店的某个房间内,却是灯光大亮,浴室里热雾氤氲,

水声不绝。

过了好一会儿，水声才收住，炎拓"哧啦"一声拉开浴帘，赤脚跨出浴缸，走到宽幅的镜子前头，伸手把平视的镜面那一块给抹清晰，然后抬起下颌看。

真是惨不忍睹，颌下乌紫了一大块，右颈上有一块渗血的牙印，还挺齐整，上下牙都没缺席，还有绕脖子一圈的血肉模糊的破口。与以上相比，脸上的几处擦伤，以及舌头咬破之后满嘴的血腥味，简直不值一提。

他掀开手边的药箱，一处处清理上药，全程疼得龇牙，末了在脸上不同部位贴了三块创可贴，这才扯过浴袍穿上，走了出来。

屋里还基本保持着入住前的整洁，书桌上打开的笔记本电脑已经黑屏，炎拓走过去坐下，先激活屏幕打开搜索页，然后键入一行字。

——被人咬伤需要打狂犬疫苗吗？

出来三千多万条关联结果。

什么世道？咬人的人这么多吗？咬人的人都该被判刑，敲掉满口牙，然后一辈子喝稀饭。

炎拓咬牙切齿，点了几条进去看过，心下稍安：一般是不需要打的，除非聂九罗本身就携带狂犬病毒。

她应该不携带，虽然她看起来挺像已携带多年且毒入膏肓。

他靠上椅背，仰头歇了几秒，又坐直身子，键入第二个搜索。

——聂九罗。

截至目前，他跟她已经有过两次冲突了，冲突不是坏事，可以迅速建立起关于这个人的观察分析样本。

她擅长突袭和以快打快、速战速决。即便是实力强过她的，也容易在她这儿翻船，毕竟"猝不及防"，太突然了，很难防备。

她目的性很强，不在乎什么手段。譬如咬人，一般人是不屑于这么做的，但她无所谓，也就是说，在她眼里，只要能降伏对手，心机使诈什么的，多多益善。

她体力不行，或者说，相对于男人，女性始终是体力弱的一方，所以，一旦被拖进"以力打力"的模式，她就会越来越居于劣势。

她腕上的手环，应该是她压轴的利器，因为即便是在被他"绑架"的时候，她都没用过，看来今晚，她即便没有亮出十分底牌，也已经使到八九成了。

他还得尽量多了解她一些。

如林伶所说，她的关联页挺多，大多是行业杂志采访，也有文艺类和偏时尚类的，大概是因为人长得漂亮，又有才华，比有才却无貌的更容易出圈——这次夜探之前，他其实已经看过不少了。

炎拓点开一篇新的。

最先出来的就是她的大幅半身照，浅笑嫣然，眉目生动。

炎拓看了就来气。

再往下拉，给的标题是"岁月静好，人淡如菊"，炎拓心内"呵呵"：人是不是淡如菊他不知道，毕竟不熟，但"牙狠如狼"一定是真的。

他一脸嫌弃地往下看。

"走进小院，有些神思恍惚，仿佛一脚从红尘踏入桃源。有人说，每个艺术家心中都有一座孤岛，而聂九罗，是真真正正，居于孤岛。"

狗屁不通，哪家孤岛在市中心，走十分钟就是市内最大的商厦？

"我问她，这样一成不变、和泥胎凿具相伴的日子，不闷吗？她莞尔：'怎么会呢？'又说，'不要当它们是死的、不会呼吸，和它们相处的时刻，同样波澜起伏、惊心动魄。'"

炎拓心说自己到底是做错了什么要在这里忍受这种让人鸡皮疙瘩掉一地的"小学生文笔"。

还有，她当然不闷，她绑架、囚禁、咬人、动斧头、动刀，她过得刺激着呢。

……

炎拓又点开一篇。

"第二次见到聂九罗，她刚从海岛度假归来，我问她，在水中畅游，遍览水下世界，是不是又积累了许多新的创作灵感？她很遗憾地摇头，告诉我说，自己不会游泳。"

不会游泳，多半是小脑发育不健全、肢体平衡感不行……不像他，两岁就会游了。

……

再点开一篇。

"母亲长期旅居国外，父亲又忙于生意，但时空的隔阂并没有减少他们对女儿的关爱……"

炎拓心里咯噔一声。

这跟他查探到的完全不一样：聂九罗的母亲是在一次旅游时"意外身故"，父亲是"跳楼自杀"，旅居和做生意又是唱的哪一出？

炎拓抱住胳膊，想了好一会儿也理不出头绪，转念一想，杂志嘛，只给你看你想看到的，都是人设。

他的目光落到电脑右下角，那里有提示新邮件的图标，也不知道是什么时候发来的。

炎拓点击图标，屏幕上跳出邮件标题"017号近况"，发件人是林伶，发件时间是四个小时前。

打开邮件，首先映入眼帘的是一张照片，很普通的生活照，随拍，所以人物的表情姿态都很真实自然：从背景看，是一个建筑工地，照片拍的是个戴黄色安全帽、四五十岁的男子，皮肤黝黑，满脸沟壑，一只手夹烟，另一只手抓着个咬了一口的苹果，对着镜头笑成了一朵花。

照片下方，是文字内容。

017号朱长义，目前在安徽省芜湖高新区一个建筑工地上做建筑工，和工地上负责做饭的马梅（江西人，37岁）发展恋爱关系中。马梅与前夫周大冲七年前离婚，儿子周孝（9岁）现由马梅抚养。

炎拓将文字内容默念了一遍，然后打开存储盘里一张藏得很深的Excel表格。

表格打开，里头已经有十来张工作簿，每张都是同样的格式，炎拓新建017号，把朱长义的照片、所在地理位置、工作、人物关系，一一拷贝进去。

拷贝完毕，他盯着工作表最底端状态栏上密密麻麻的数字标号，随手点击了一个。

006号。

页面打开，照片上是个浓眉大眼的年轻男人，国字脸，一脸正气，双目炯炯有神，这人叫吴兴邦，人在河南安阳，是个出租车司机，有个坐台出身的女朋友许安妮，两人确定关系之后，许安妮从良上岸，在一家餐馆当收银员。

再点开一个，014号。

这次是个女人，沈丽珠，五十来岁年纪，人在重庆，是家火锅店的服务员，认了个干妹妹，叫于彩艳，两人合租了一套不到六十平方米的小两室，沈丽珠非常疼爱于彩艳六岁的女儿茜茜。

……

不看了，再看也还是这些，男女老少，东西南北，各行各业，完全找不到共同点。

他保存文件，顺手给林伶回了两个字。

——收到。

再看时间，快五点了，还来得及睡个短觉。

炎拓关了电脑，刚站起身，就听手机铃响，拿起一看，是林伶发了视频通话请求。

很显然，她是收到了邮件，知道他还没睡，所以立马拨了过来。

真奇怪，她怎么这个点还没睡？

炎拓点了接通。

那一头的灯光有点暗，林伶坐在床上，面色苍白，头发蓬乱，一开口就带了点哭腔："炎拓，我现在有点怕，真的，我睡觉的时候，有人进来过……你怎么啦？"

说到后来，她注意到炎拓的异样，怔了一下，还把身子凑向屏幕："你脸……戴的什么项链？"

炎拓摸了摸脖子，对，项链，血项链，还坠了个牙印吊坠。

他说："没事，遇到个神经病，摔了一下，还划到了脖子。"

灯光暗，看不大清手机屏幕，林伶被敷衍过去："你那个药材吃死人的事，解决了？"

炎拓不动声色："差不多了，跟药材没多大关系。"

他伤刚好，板牙的事又没个后续，林喜柔原本不放心他随意外出，但炎拓打理公司这些年，生意上的伙伴不少，对方很乐意为他圆谎和提供方便，所以他借口"药材出现问题，吃死了人""需要亲自过去解决"，人命是大事，林喜柔也就没再说什么，只是叮嘱他务必小心。

一听跟药材没关系，林伶放心不少："还是得小心，就怕又遇上板牙那群变态。"

炎拓说："要还能遇到，那就是天定的缘分了。"

他在各类对公信息上填写的地址，确实是他的地址，但他还有别的地址——他在城郊的一栋别墅有房间，别墅挂在熊黑名下，林喜柔、林伶，还有熊黑他们，都经常住那里。

手机早毁在猪场了，用的是新手机、幽灵号。

这趟出来，开的是熊黑下头一个小弟的车，驾照都拿的别人的，住酒店是朋友公司的协议酒店，拿员工身份证办妥入住，他连 check-in（登记）都不用做，直接刷卡开门。

换言之，从大数据来看，他是隐形的，除非板牙的人能动用全国范围内的监控天眼——对方若真这么手眼通天，他就躺平认栽好了。

他把话题拉回来："你刚刚怎么了？睡觉的时候，谁进去了？"

林伶身子一个激灵，不安地看看周围，压低声音："我不知道，但是，那种感觉太清晰了，绝对不是做梦。我就觉得，有人摸我的脸、脖子，还有……"

她讷讷地停下，顿了顿又说："我怎么都醒不过来，好不容易醒了，一身冷汗。"

炎拓："你怀疑有人趁你熟睡，非礼你？"

理论上不太可能，别墅里住的都是"自己人"，再说了，林伶算是林喜柔的养女，一般人再见色起意，也得忌惮三分。

他觉得林伶可能是做了梦，但又不便说破："这个好办，你要是真怀疑，买个藏摄像头的玩偶放在床边，看看能拍到什么。实在太害怕，你就让人帮你在外头租套房子，搬出去几天缓一缓也行。"

林伶目光空洞地点了点头，好一会儿才问他："炎拓，你住这个……别墅，不怕吗？"

炎拓沉默了片刻，安慰她："放心吧，你到林姨身边也二十多年了，要出事……早出事了。"

林伶强笑了一下："你说，如果不是那回……农场地下的铁门没锁，我又好奇走进去了，我现在，过得会不会自在点儿？"

林伶两三岁的时候，被林喜柔收养。

说是"收养"，其实更类似于"买卖"，那个年头，小地方的收养手续本就不健全，更何况，林喜柔没有通过任何官方机构，她直接进了村，入了室，一沓钱甩过去，领了孩子就走。

两三岁的孩子，没有太清晰的记忆，或者说，记忆没有逻辑结构，只是零落的几个散点。

她记得家里养了头大黑猪，很凶，老是"哼哧哼哧"地乱撞，还把她撞得四仰八叉过。

她记得院墙是黄土混着稻草垒的，中间塌了一块，那头大黑猪经常从那个豁口跑出去。

还记得屋子里供了个带框的黑白遗像，相框玻璃裂了一长道，下头是张稍嫌稚气的男人脸，小眼睛，塌鼻梁，反正长得不好看。

跟她一样不好看。

只记得这些。

她跟着林喜柔，一步就从破乡村迈进了大城市，也迈进一个三口之家。

男主人叫炎还山，得了绝症，拖着病体，像个老头子，眼神直勾勾的，仿佛掉了魂，从早到晚都掉魂，有时傻笑，有时又喃喃自语。林喜柔很嫌弃他，也叮嘱林伶少靠近。

女主人就是林喜柔，林伶好喜欢她，觉得她美过电视里任何一个公主或者仙女。

还有个好看的小哥哥，叫炎拓，林伶一开始也喜欢他，后来就不喜欢了，因为他很凶，常常瞪她，背着林喜柔，会吐她一脸唾沫，会踹她的腿和屁股（因为肉厚的地方踹了看不出痕迹来），有几次，还揪着她稀疏的一头黄毛骂她丑。

反正就是很坏的那种男孩子，但他长得讨喜，又会伪装，大人都喜欢他。

没过几年，炎还山就死了。

再后来，年纪渐长，入学念书，炎拓不再针对她，可能是上了学，知道不该欺负小姑娘，但他仍然讨厌她，几乎不和她说话，林伶自然也不会去主动和他说话——她进入青春期，发胖，越来越内向自卑，走路都会溜着墙根，唯恐挡了任何一个人的道。

农场那件事发生的时候，她高二。

07

所谓的农场,其实是个靠山的村子,那一带土质不适合种庄稼,却很适合培植中草药,有脑子精明的村民就开始改种药材,一年下来颇有赚头。于是邻居们有样学样,你三亩我五亩,久而久之,这村子成了小有名气的药材村,不少药材商、批发户,每年都会定时过来收购。

炎还山是最早看出其中商机的人,他觉得这种小作坊式的你一家我一户太没效率了,他野心勃勃,想整合这村里的资源,把零散的、自给自足的村民变为给自己打工的员工——成立一个中药材公司,对外收购的同时,也配置自有的种植基地。

想法虽好,施行起来却长路漫漫:一来他手上的生意本就需要投入大量时间、精力;二来层层手续,无数批文,还得征求村民的同意,所以一直到他死,也没能看到这公司破土动工。

后来种种,都是林喜柔促成推进的,总之就是,林伶上高中的时候,基地正式开始运行,林喜柔也几乎不着家,大部分时间都扑在了这个基地上。

高二暑假,林伶到农场避暑,当时炎拓也在农场,为了拿毕业的"社会实践"学分。

基地有幢三层的大楼,占地很广,做仓储及药材前处理使用,譬如洗药、切片、干燥等。林伶到的第一天,就决定每天楼上楼下二十个来回,为了瘦身减肥。

而跑楼伊始,她就注意到这幢楼不止三层。地面之下还有空间,只不过通往地下的楼梯口被铁门锁着,说是下头存放着废弃的、被淘汰的机器,以及预备年底集中销毁的劣质药材等。

这让人联想到阴暗的地下室、张满蛛丝的旧器具以及快速溜窜的老鼠,林伶对铁门之内,毫无兴趣。

那天,她下到楼底,发现铁门没锁,开了道缝,隐约还有林喜柔的声音传出。

林伶有点惊喜,她好些日子没见到林喜柔了,她喜欢这位"林姨",全世界,只有她对自己最温柔、最关爱。

她雀跃地小跑过去,进了大铁门,里头跟外头是两个世界,阴暗、寂静、杂乱,废弃的家具和机器垒得到处都是,门缝射进来的光道里,飘着很多灰尘。

林伶怀疑自己是听错了,怎么会有林喜柔的声音呢?她是高层、大老板,即便是检查工作,也不会跑到这鬼地方来。

她快快地转身想走,就在这个时候,尽头深处,传来一个男人的惨叫声。

那声音起得突然,一两秒就没了,但叫得特别惨,林伶吓得浑身汗毛倒竖,但她太尿,连说话给自己壮胆都很小声:"谁啊?"

没人回答，倒是过了会儿，又有低低的、如泣如诉的声音传出来，不过音量太低，实在听不清，林伶犹豫了一下，放轻脚步，向着声音传来的方向过去。

后来回想，也多亏了那年头并不盛行监控这玩意儿，否则早被发现了。

负一层的尽头处，垂着非常厚重的塑料帘，很多大商场会在冬季使用这种帘子，隔音、保暖、还挡风，帘子那一头有光，灯光。

林伶咽了口唾沫，掀开帘子进去。

居然又是一道向下的楼梯，这楼底不止一层。

蹑手蹑脚下了几级台阶，声音渐渐清楚了。

那是个男人在哭着哀求，声音很虚弱，有气无力，仿佛刚刚那一下惨叫已经耗尽了他所有的力气，林伶听见他说："求你们了，放了我吧，钱都给你们。我还有个女儿，安安才上初三，我一死，她就无依无靠，成孤儿了，今后可怎么办哪。"

说完了又哭，哭得很凄惨。

林伶吓得浑身发抖，以为自己撞上了犯罪现场，有人正在劫财杀人。

突然间，她听到林喜柔的声音，声音很温和亲切，她说："你放心吧，你的女儿，我们会好好照顾的。"

林姨？林伶脑子里一蒙：怎么会是林姨呢？林姨怎么会劫财杀人呢？她那么有钱！

男人的惨叫声再次传来，伴随着大棒捶击肉骨的"扑扑"声，林伶即便没看到，也能脑补出那惨不忍睹的场面，她瘫坐在楼梯上，抱着膝盖抖成一团，这期间，她又听到了几句话。

一句是林喜柔说的："注意点，别打死了，要留口气。"

一句是熊黑说的："知道，我有分寸。"

熊黑是近几个月突然出现在林喜柔身边的，铁塔一样的壮汉，拳头攥起来有小孩脑袋大，大名叫孙熊，因为体态如熊，人又黝黑，所以绰号"熊黑"。林喜柔说熊黑是她从外地请来的保镖——生意场上，难免遭人报复，当老板的请三两个保镖，并不稀奇。

剩下两句，是那个被毒打的男人说的。

第一句是："我骨头，骨头断了……我跟你们无冤无仇，老天爷……老天爷，安安，安安……"

第二句是："你们不得好死，不得好死……"

"不得好死"这句反复念叨的微弱呻吟渐渐远去，林伶缓了好大一会儿，才哆哆嗦嗦地折下几级台阶。

下方的空地上没有人，能看到一摊血以及很粗的一道、由这摊血延伸出去的愈远愈浅的血渍，很显然，是熊黑把人拖走，林喜柔也跟着走了。

林伶对着那摊血站着，努力说服自己：这一定是坏人，害过林姨，所以林姨狠狠地动私刑报复了回去——私刑当然是违法的，但是大人之间的事，太复杂了，也许……也许林姨也是没办法。

　　理智告诉她应该立马转身上楼，走出那道铁门，就当什么都没看见、什么都没发生过，但双腿不听使唤，打着战走下平地，又继续往里走——她想知道那个男人被拖到哪里去了。林姨吩咐"要留口气"，是想学电视里那样，留着这个人的命长久折磨吗？

　　又或许，是她内心里，实在不相信林姨会做这么可怕的事，一定要眼见为实，看到了才肯死心。

　　负二层占地面积不算小，分不同区域，有储物室，也有培养室，不过很多还没完全建好。走廊岔口很多，林伶也不知该往哪儿拐，乱走一气之后，前面是个培养室，没路了。

　　林伶试了一下门把手，居然拧开了。

　　她不知道灯在哪儿，只能就着走廊的灯往里看。

　　首先闻到的，就是泥土的味道，这间房中间有一大片区域没有抹水泥、铺地坪，就是地下土壤的原生状态，等分成三块，每一块有单人床板大小，上头罩着拱形的塑料膜，很像常见的塑料大棚的迷你版。

　　三个迷你塑料大棚也不是紧挨着的，两两之间隔了约莫半米的距离，用红砖铺了步道。

　　真奇怪，是什么金贵的中药材要种到地下，还用塑料膜围护？林伶虽然对中药材不甚了解，但也知道"万物生长靠太阳"，没听说过在这么深的地下室种东西的。

　　她走到离门最近的那个塑料棚前，蹲下身子，掀开塑料膜朝里看。

　　空空的，像是种子还没顶芽破土。

　　又掀开第二个。

　　还是空空的。

　　事实上，第二个不是空的，如果她看得再仔细一点，就会发现泥土之下有轻微的拱动，颇似下头藏了条巨大的蚯蚓。

　　她掀开最后一个。

　　刚一掀开，就吓得全身一激灵，倒不是如何害怕，而是猝不及防：里头睡了个赤裸的中年女人。

　　那女人平躺着，双手张在身侧，面色苍白，长得很丑：眉骨凸出，鼻子宽，下巴短，乍看跟返祖猿人似的。人显然活着，因为有呼吸，而因为土壤松软，身体大半陷进土里，所以打眼看上去，像会喘气的浮雕。

　　怎么睡这儿了呢？还不穿衣服？林伶觉得羞耻，但出于青春期少女的好奇，忍

不住瞟了两眼女人。

是厂里的工人，跑这里偷懒睡觉来了？可谁会是这么个睡法啊？变态吧？

林伶又害怕起来，脑子里有个声音说：算了、算了，赶紧走吧。

她慌里慌张起身，也是合该倒霉，蹲得太久，腿有点酸，起得又太猛，一下子失了重心，栽进塑料棚里，忙乱间拿手一撑，入手一片冰凉柔软，撑到那女人腿上了。

这一下，那女人显然是被扰动了，喉咙里"嗝"了一声，并未睁眼，但上半个身子离地足有40度夹角。

借着外头的灯光，她看得清清楚楚：女人的后背上——也不只后背，一直延伸到腰际——长满褐红的、从土里抽拉出的黏液血丝，密密蓬蓬，怕是有成千上万根。

黏丝的另一头没在土中，而随着女人的坐起，一股无法用言语形容的腐臭味涌了过来。

林伶脑子里一片空白，直接吓蒙了，过了一两秒，张嘴就待尖叫——

有人自后一把捂住她的嘴，把她拖拽到了一边的角落里，林伶只觉得一头撞在坚阔的胸膛上，耳边响起低低的声音："别叫，有人来了。"

炎拓？

炎拓怎么在这儿？

林伶愣愣攥着他的胳膊，听到他"怦怦"的心跳声，抬头看他的脸。那时候的炎拓大学还没毕业，尚未完全褪去青涩，但已初具男人的模样，他表情很凝重，还不安地舔了一下嘴唇。

的确有人来了，随着脚步声渐近，走廊里的灯盏盏灭掉，熊黑的声音传来："灯我都关了啊，门也带上。"

说话间，他的脑袋探了进来。

林伶紧张得呼吸都要停止了，好在熊黑只朝几个塑料棚扫了一眼，压根儿没注意犄角旮旯，很快就带上了门。

里外全黑了，脚步声也听不到了，屋里安静得像地下墓穴。

林伶好久没和炎拓说过话了，然而，这突如其来的遭遇和此刻共有的秘密，让她觉得炎拓亲近起来，她颤巍巍地、耳语般地问他："这是什么啊？"

黑暗中，她听到炎拓的回答。

"我也不知道。"

……

农场的遭遇，开启了后来她和炎拓合作的第一步。

——如果不是那回……农场地下的铁门没锁，我又好奇走进去了，我现在，过得会不会自在点儿？

炎拓说："没有如果，命里该你发现，注定的。早点睡吧。"

林伶没动弹："炎拓，你说林姨为什么要收养我呢？"

炎拓没吭声，近几年，林伶不止一次问过他这个问题。

平心而论，他真觉得林喜柔没必要收养林伶，如果说是喜欢孩子，大可就近在城里找，可爱的、好看的、合心意的，什么样的找不着啊——和林伶熟了之后，他听她说起过关于家乡的零星记忆——到底有什么必要，要去穷乡僻壤领回来这么一个普普通通的呢？

一定是有原因的。

这想法，他没跟林伶说，就如同这一次来找聂九罗他也没跟林伶说一样：两人虽然是合作关系，理应互通有无，但他对林伶选择适度保留：一是因为天生的不安全感；二是他觉得林伶的性子多少软弱了些。

在林喜柔这样的女人身侧活着，是不能当个软绵绵的小羊羔的。

另外，其实他也有和林伶同样的问题。

林姨为什么要留着他呢？

在她直接或间接地造成他妹妹失踪、母亲瘫痪、父亲死亡之后，她为什么还要留着他、养着他，甚至善待他呢？

08

聂九罗早上醒来，甫一睁开眼，就觉得浑身酸痛，像被人打过一顿。

再一想，可不就是被打了嘛，互殴的那种。

她吁着气起身，去到洗手间开了灯，先审视头脸。

半边脸肿了，像个发酵的馒头；唇角破了口，也只能任它破着，贴上创可贴的话，吃饭、喝水都不方便；额头上有块指甲大的擦伤，之前倒是没注意，可能打得太投入了——她在额上贴了块创可贴，整张脸立刻多了些许苦大仇深的气质。

面子看完了，再看里子：她背对宽幅的梳妆镜，松开系带，睡袍滑脱到肘侧，扭头看镜子里的自己。

原本，她有一身堪称瓷肌的好皮肤，但有了细瓷的长处，也就承下了短板：不堪磕碰——别人撞在哪儿，揉一揉、摸两下就过去了，她则不是青肿就是血淤，没个三五天不会见起色。

现在，从肩胛到腰身都没眼看了，尤其是肩后和腰侧那两块，因为被炎拓大力攥过，颜色接近黑紫，很是触目惊心。

聂九罗恨得磨牙，拧毛巾擦脸时，想象着那毛巾就是炎拓，使了大力，毛巾的多处棉线衔处都绷断了。

昨晚上打得太累，刚一躺下就睡死了，没来得及细想，现下天光大亮，觉足神

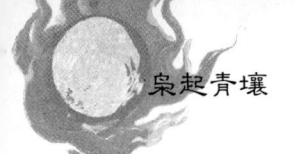

清，再回想半夜这一出，觉得颇多地方值得寻味。

炎拓是有同伙的，上门报复，为什么不带上帮手一起，而单枪匹马过来呢？难道是出于男人的自尊，要"独立"找回场子？

另外，相比于找她算账，他好像真的更在意问她的一些问题。

——狗牙是什么东西、什么来历？孙周"扎根出芽"是什么意思，怎么治的？"伥鬼"又是什么？

有意思，他居然不知道。

可即便不知道，也不妨碍他鞍前马后、为虎作伥啊。

聂九罗拿过手机，想跟蒋百川提一嘴昨晚的事，字都输进去几行了，又停住了：事了通知他一声就行，有必要让他知道其间的曲折吗？

正犹豫时，门上"笃笃"响了两下，卢姐的声音传来："聂小姐，蔡先生来了。"

聂九罗在睡袍外头加了件开衫毛衣，拢合衣襟下楼见老蔡。

老蔡五十来岁，是一家艺术品商行的老板，店里销售各类中高端艺术用品，包括画作、雕塑、民间手工艺品等，也不定期举办各种相关的交流沙龙。由于入行年头多，人脉广，他很擅长促成交易：聂九罗有好几件作品，是他向出手阔绰的老客户推荐的，价格通常能翻上好几倍。

所以久而久之，两人形成了亦友亦合作的关系，他对聂九罗挺照顾，属于"爷叔提携后辈式"的那种关心。

老蔡戴了个颈挂式入耳的新式耳机，摇头晃脑，也不知道在听什么，抬眼看到聂九罗下来，笑嘻嘻地跟她打招呼："阿罗啊，有日子没见啦……你怎么啦？被打了？吵架啊？你交男朋友了？"

得亏聂九罗和他熟，理解他的问话逻辑：哟，被打了——和人吵架了——吵架得有个男人啊——你交男朋友了？

她不置可否，斜眼看老蔡。

老蔡当她默认，痛心疾首："我早跟你说过，这男的没几个好东西。他叫什么名字？在哪儿工作？地址给我，老哥安排人，非揍死个王八犊子！"

聂九罗说："走路没注意，摔的。"

摔的啊，这就没自己能帮得上忙的地方了，老蔡立马冷漠："年纪轻轻的，走路怎么不带眼呢？"边说边递了张票过来，"喏，下周二的，你去学习学习。"

聂九罗接过来看。

是主题雕塑展，名为《凝固音符》，展出的都是与音乐有关的名家作品，不乏异国佳作。票的背面印了件来自法国、名为《舞者》的展品，线条简洁，没有任何精工细作的人物表情，只凭肢体动作，就将意蕴诠释得极其饱满。

老蔡提醒她："贵宾场次，不对公众开放，看看人家的展什么样，将来自己开，也好有个数。"

聂九罗怅然："我什么时候能开真正意义上的个展呢？"

以前只是应邀送单件作品参展，离"个展"差太远了。

老蔡说："现在就能啊，把你那些个雕塑，搬外头墙根放一排，也叫个人展览啊。"

聂九罗没好气。

老蔡又嘿嘿笑，示意了一下展票："想开这种层次，还跨个国巡回的，你还不够格。不过，加把劲，你有潜力，我看好你，五年内有希望。入行嘛，就得做尖儿。"

聂九罗没吭声。

五年，可真是漫长，是她既往人生的五分之一呢。

接下来的几天，聂九罗照常忙碌，主要是做修补，修复摔缺了件的那尊水月观音，也请人来修补房顶。至于那尊掉了脑袋的龙骨架，她没有再补——一行有一行的迷信，刚有个雏形就被斩首的作品，还是放弃吧，以后再另起一个。

忙碌中，偶尔会心有所感，看向门或窗的方向：门外窗边，每次都是家常风景，她估摸着，炎拓再次出现，不会选在她家了——已经有过一次，下一次，时间、地点，他都会换个新的。

而下次见到，他势必更难对付，毕竟对她的路数，他越来越熟了。

……

再次见到炎拓，是在展馆外头。

当时，她已经看完了展览，时间上有点尴尬：下午四点，去吃饭嫌太早，想做点什么又太仓促。

她步下展馆前的台阶，等订好的网约车。

过了会儿，一辆破车姗姗而至。

她还以为是自己订的车，心里吐槽着卖相真磕碜的同时，俯身去开副驾的门，这个时候，司机向着她转过脸来。

四目相对，聂九罗身子一僵，旋即，心头腾起一股变态似的莫名快感。

又来了，这人又来找死了，这是五行欠揍、人生欠蹂躏啊。

来得还挺是时候，都是休养生息完毕：她脸消肿了，唇角结的痂也掉了；他脖子上的牙印平了，弦线勒出的破口也基本愈合，只右脸颊上还意思性地贴了张创可贴。

聂九罗冷冷地盯着他看，身周人来人往。

炎拓说："上车啊，咱们的事，总得了结，不是吗？早死早超生，你还想改下周？"

聂九罗往副驾座位上看了一眼。

炎拓："没有炸弹，也没帮手，就我一个。这儿这么多人，不方便，咱们找个

郊外没人管的地方，一次性把事都给了结了。"

聂九罗朝车子努了努嘴："车怎么这么破？"

她不在意坐破车，但炎拓这种身家，开这么辆车，总觉得有那么点……诡异。

炎拓说："上次我倒是开了辆好车，你把我车弄哪儿去了？改装拆卖了吧？开破车心里踏实，你要想坐好车，自己找车，跟着我开就行。"

那倒不必，聂九罗拉开车门坐进去，先不坐实，试了一下才放心，又留神看车座四周。

炎拓："没有机关，一辆破车而已。"

聂九罗系好安全带，取消网约单时迟了一步，已经产生罚款了，付完罚金，车子刚好拐进主干道，这种车来车往的地段，到处是摄像头和眼睛，傻子才会搞事。

她装着翻包找东西，把匕首悄悄塞进袖管，然后拧开口香糖盒子，往嘴里扔了一颗。

炎拓瞥了她一眼："聂小姐，我问你的那些问题，怎么说？"

真有意思，你问我就要答吗？那间谍特务机构都别费事了，约出来喝下午茶你问我答好了。

聂九罗没理他，一心盘算着待会儿怎么速战速决：到了地方规规矩矩下车然后拉开架势对打未免太蠢，最好行车途中就动手——当然，得选空旷没人的路段，她身形占优势，在车里这种小空间，比炎拓容易施展。

炎拓很识趣地笑笑："我也没指望。"

聂九罗留意外头的道路变化，突然想起孙周："你们把孙周怎么了？"

孙周？

炎拓奇怪："孙周不是在你们那儿吗？"

他反应很快，立马理清楚了："孙周不在你们那儿？那我就不知道了，他也不在我们那儿。"

这一下大出聂九罗的意料，蒋百川说人都被救走了，炎拓又说人不在他那儿，葬身火场不可能，除非骨头都烧没了，那最大的可能性是……孙周当时趁乱跑了？

这可不是很妙，聂九罗喉咙轻轻咽了一下，第一反应就是想联系蒋百川，下一秒意识到场合不合适，又忍住了。

外头人车渐少，已经进了城乡接合部，人再少点，就可以动手了。

聂九罗找话说："你和狗牙，是怎么认识的？"

炎拓："这个不关你的事。"

真是个"双标狗"，追着问她一大串，她问，就是"不关你的事"。

车速就在这个时候明显变快，路旁的树和野地飞一般嗖嗖后退，聂九罗不得不抓住车顶前扶手。

炎拓："怕啊？"

这还没完，他揿下开关键，把前后车窗都打到了最大。乡下土路，尘土本来就多，车速一快更是够呛，而且风呼啦啦往里灌，耳膜震得嗡响，正常的音量说话，压根儿就听不见。

聂九罗的长发瞬间倒扑在脸上，又吃了一嘴的沙尘，心中恼火，吼了句："你有病啊？"

炎拓大声回答："聂小姐，你不是问我为什么开破车吗？"

说话间，车身猛烈一震，飞掠过一道埂沟，紧接着一个甩屁股，急速上坡近百米后，直跃上一座铁桥，视线也随之一阔。

这儿是绕城而过的大河，河面不算宽，但桥长也有好几百米，而且，远远能看到河上的新桥——这铁桥是失修废弃了的，久已不过车，车子驶过，几乎能听到下方的桥板咣啷作响。

炎拓转头看聂九罗，轻声说了句："因为这车是要报废的。"

车里空气窜流得厉害，聂九罗根本听不到他说了什么，只能看到他嘴唇翕动，一声下意识的"什么"还没问出口，就见炎拓猛打方向盘，紧接着巨大的撞声传来，铁栏裂开，车头斜向下，从五六米高的桥上掀落下去。

聂九罗脑子蒙了两秒，整个人像是被急速的旋涡卷吸进巨大的恐怖当中。

这是……车子坠桥了？

她这辈子，还从没经历过这么剧烈、这么有破坏性的阵仗。

更要命的是，她怕水。

她连跳伞、蹦极都不怕，但她怕水，那种被密实的、不透气的液体包裹的感觉太可怕了。她试过泡澡时把身子埋进水里闭气，结果瞬间慌乱，差点在浴缸里溺水。

她蒙了两秒。

巨大的水声传来，眼前旋即暗下来，水无缝不钻，车窗是全开的，那就不是"钻"的问题，而是长驱直入了——水，到处都是水，气势汹汹，蜂拥而入，抓抓不住，推推不开。

聂九罗还没来得及闭气，已经呛水了，她吞了那口水，闭住气，被迫随车体下沉的同时，飞快地去摸索安全带。

头顶上那片夕阳渗下来的亮，愈高愈远，旁侧黑影掠过，那是炎拓已经松开安全带，相当自如地从车窗蹿了出去。

她在心里说：别紧张，别急，不要急。

带扣解开了，她口鼻处已经有细微冒泡，她抓住车窗框，脚下用力在车身上一蹬：运气够好的话，她或许能借着这一蹬之力浮上水面？有没有人能救她且别管，

至少能张嘴呼吸。

就在她身子出了车窗、行将上浮的时候，黑影又从车顶探了出来：炎拓伸手摁住她的头，一把就将她摁了下去。

太难受了，脚下没有地，不管怎么乱蹬乱踏，蹬踏到的都是虚无，而且，她开始闭不住气了，水从嘴巴、鼻孔、耳孔灌入，身子失去了平衡，在水里倒翻、歪转。

身周的水愈见浑浊，浑浊之外，炎拓模糊的身形又在逼近，聂九罗一股狠劲上来，拼尽最后的力气伸手去抓：死也拽他一起，同归于尽算了。

然而，炎拓早料到她会有这招，一个轻松的游蹿，绕着她移了开去。

沉重的黑由四面八方压了过来，聂九罗觉得自己没气息了，身体不再挣扎，意识像一滴清水，跌进浓墨里。

她简直是痛悔了。

早知道会死在炎拓手里，这辈子以这种方式收场，她该先下手为强，先杀了他。

09

聂九罗有生以来，就没这么恐慌过。

没办法，每个人都有一击即溃的命门，她就是怕水。

恍惚间，她觉得自己瘫在一片黑里，惶惶不安，失魂丧胆，然后，有一线白光挤破这黑暗，炎拓顺着这光过来，手里拈着一把锃亮的剔骨尖刀，向着她俯下身子。

聂九罗声音都止不住发颤了："你干什么？"

炎拓说："聂小姐，你耍得我好惨哪。我一片片剐下你的肉，让你知道，什么叫报应。"

说话间，刀尖便向着她面颊剜下来。

聂九罗头皮发麻，尖叫："别，别！"

做艺术的，对美有极致追求，她没法想象自己的脸被剜得凹凸不平、坑坑洼洼，那还不如让她去死。

情急之下，她颤抖着伸手扶住炎拓腰际："我们聊聊。"

炎拓问她："怎么聊？"

她说："怎么聊都可以，我们聊聊，慢慢聊。"

说话间，手探上他后腰，指尖隔着薄薄的衣裳，缓缓顺入他后背肌肉的沟壑，同时凑近他唇，吐气一般，轻声说："聊聊。"

她知道自己是漂亮的，美貌，有时是刀尖，有时是护盾。

炎拓终于动摇，低下头，吻住她的嘴唇。

她心内长舒了一口气，更加配合地回吻，心想，就当被狗给舔了吧，再等一会儿，等他更加沉溺和迷醉，就伺机杀了他。

……

聂九罗猛然睁眼。

天已经黑了。

不过，窗外永远有亮，能让人看清近处的情况：这就是居住在市中心的好处，人寂寞灯光都不会让你寂寞。

身下是柔软的褥子，床周围设着帐幔。

聂九罗腾一下坐了起来：这是她的家、她的卧房。

什么情况？她做了个梦？

她立刻去摸头发：不是梦，头发有点柴，里头还有些湿，她确实落过水。

怎么回来的？这中间发生了什么？

聂九罗只觉得后背发凉，下意识地把手伸进衣襟，抚过胸口，又把手探向腿内侧，确认没有不适之后，她急急下了床，开门出来，把身子探出窗外。

灶房亮着灯，卢姐拎着花洒，正给庭院洒水。

聂九罗喊她："卢姐。"

卢姐赶紧停下，转身看她："聂小姐，你醒啦？你还吃晚饭吗？"

聂九罗："我怎么回来的？"

卢姐："我不知道啊，你……不知道？"

卢姐是真不知道。

她晓得聂九罗去看展，但不确定她回不回来吃晚饭，所以四点多的时候，给她打了个电话。

没人接听。

卢姐最后决定做两手准备，把蔬菜、肉类什么的洗净，分别切丁、块、条，这样的话，聂九罗回来，想吃饭，半小时内自己就能让菜上桌；不想吃，就把净菜扎上保鲜袋扔进冰箱，明儿再做不迟。

这期间，她开门接了几个快递，又出门扔了趟垃圾。

一切都置备停当之后，她搬了小马扎出来，坐在屋檐下刷视频，正笑得乐呵，无意间瞥了眼，看到正房一楼的门开着。

她有点纳闷，下午做完保洁，她记得把门关了啊，现在开着……聂小姐回来了？

卢姐上楼来看，工作室里没人，卧房的门虚掩着，她凑过去一瞧：哟，躺床上睡觉呢。

八成是看展看累了，卢姐没敢叫她，再一转念，兴许她回来的时候，自己出去倒垃圾了，没撞见，也就没往心里去。

聂九罗拿话把卢姐敷衍过去，重新回到房间，在梳妆台前坐下。

没开灯，镜子里只有模糊的黑影，她看向自己的镜像，突然觉得陌生。

她从未遇到过极端的险境，也就无从得知自己会怎么表现。有一种说法：梦里的自己，是卸去了一切法律、道德、顾虑束缚的本真，一举一动，都是内心最直白欲念的外化。

梦里，她的恐惧是真的，看来她是怕死的，在恐惧面前，她的膝盖也会弯，为了保全自己，不惜代价，哪怕采取现实中自己不齿的手段。

这种感觉不是很好，像是自己揭开自己的画皮，远不是自以为的光鲜亮丽。

……

聂九罗忽然想到了什么，急忙拉开抽屉，翻了个老手机出来。

自己随身的手机多半已经葬身水底了，好在手机更新换代快，一般手头都会有一两个替换下来的，她直接插上电源，等了片刻之后开机，连上家用Wi-Fi，然后打开微信，输入密码登入，径直拨了老蔡的语音电话。

老蔡还以为她是来反馈看展心得的，接听得优哉游哉："阿罗啊，怎么样，是不是很受鼓舞？"

聂九罗语速飞快，气喘不匀："老蔡，你是不是有开私立医院的朋友？我要做全身体检，最细致的那种，我现在就过去，马上安排，最好现场出结果，拜托医生加个班吧，费用不是问题。"

她没那么天真，炎拓淹她这一把绝不是为了找乐子。

兴许他在她身上注射了什么，安装了什么呢。

十分钟后，聂九罗风一样卷出了门，给卢姐撂了句话，说是去做体检。

卢姐惊讶："这么晚了，医院还体检啊？下班了吧，要不明儿再……"

话没说完，人已经没影了。

卢姐心头惴惴，总觉得聂九罗看展回来之后透着一股子诡异，这么急急慌慌去做体检，她是不是在身上哪儿摸着肿块了？

越想越是忐忑，打定了心思要等她回来，这一等就等到了凌晨一点多，聂九罗推开大门进来，极度疲惫，步子都像是拖拽着的。

卢姐紧张得要命，迎上去问："体检……没事吧？"

聂九罗说："没事。"

然后绕开卢姐，回了房。

嘴里说没事，但这脸上、身上，都写着"有事"啊，卢姐急得没法，到底是放不下心，犹豫再三之后，给她泡了杯桂圆枸杞水送上去。

一上二楼，卢姐就吓了一大跳。

聂九罗把工作室里大部分的塑像都搬到台边的空地上，大大小小、高高低低，围成了一大圈，她自己就坐在圈子中央，挨挨这个，摸摸那个，最后非常惬意，躺了下去。

撞都撞见了，不能当什么都没看到，卢姐讷讷道："聂小姐，怎么躺地上了？不凉啊？"

聂九罗说："你看它们，多可爱啊。"

可爱什么啊，聂九罗的作品，精美细致那是真的，但要说可爱，卢姐是万万不能认同的，她觉得远不如喜羊羊和美羊羊可爱。

她把枸杞水放到桌上："自己做的，是怎么看都可爱。"

聂九罗喃喃道："差一点，就再也摸不着它们了。"

卢姐心里有数了：这八成是小年轻的疑神疑鬼，身体有点不对付就怀疑自己病入膏肓，体检了之后什么事都没有，心情一好，更热爱生活了，看什么都喜欢。

雇主没事，卢姐也跟着欢喜："没事就好，老天爷给你送礼呢。"

聂九罗没说话，躺得更放松，眸光渐渐敛回来。

不是老天爷，是炎拓给她送礼呢。

接下来的三天，一切恢复如常，聂九罗补办了手机号码，先用旧手机凑合着，预备过一阵子几个大品牌出新再换新机型，其他时间，就用来练小物件手塑：揉好炼制泥，揪一团在手里，就可以"随心所塑"了。

她以唐代周昉的《簪花仕女图》为蓝本，逐一捏制或扑蝶或拈花的丰腴美人，唐装仕女一个个仪态万方地站上台面，不失为一件赏心悦目的事。

这天下午，阳光斜斜透进窗户，照在身上暖洋洋的，聂九罗给第六位美人塑"蛾眉"，以今人的审美视角来看，唐时的"蛾眉"其实不好看，粗圆如蛾子翅膀，倒八字般点在眉心两边。

手机响了，是个不认识的号码。

聂九罗一手泥，不方便解锁，拿下巴颏尖在屏幕上滑了一道。

炎拓的声音传来："聂小姐？"

聂九罗心头一紧，旋又徐徐舒开，朝手机瞥了一眼，没吭声，继续跟唐女的"蛾眉"较劲。

炎拓坐了会儿冷板凳，又问："在吗？"

聂九罗说："有话讲。"

炎拓："晚上有空吗？一起吃个饭。"

聂九罗："哪儿？"

炎拓："我给你叫个网约车，六点钟到你家门口接。"

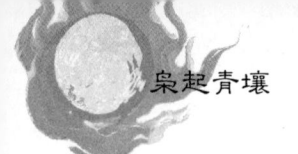

聂九罗"嗯"了一声，不再说话，炎拓那头沉默了几秒，也挂掉了。

看看时间，四点半，还来得及洗个出门澡。

她撂下仕女，又揪了一团泥到手中，开始捏炎拓，只求出个大致轮廓，不用精塑眉眼，所以几分钟就出活了。

她把泥人立起，低下头，下巴搁上台面，和"它"对视良久，然后抬起手，中指用力一弹，就把泥人弹飞了出去。

泥人在半空旋翻，泥人性软，落地不碎，只砸了个扁。

聂九罗心说：这一局算你赢。

六点整，聂九罗一袭绛红高开衩的及踝长裙，外罩黑色小西服，蹬一双黑色系带高跟鞋下了楼。

听见"噔噔"的高跟鞋声，卢姐从灶房里探出身子："今天也不在家吃啊？"

聂九罗旋甩着银色镶钻的小坤包，说："不在。"

卢姐目送着她出门，有点羡慕聂九罗，也羡慕现在的年轻姑娘：真好，浓紫宝蓝，绛红翡绿，怎么漂亮怎么穿，线条裁剪得还这么贴身，哪像她那个时候，社会风气偏保守，衣服穿得紧绷点勒胸都会有人背后指戳不正经，谈个恋爱也像走程序，介绍人陪着双方一坐就定下了。

她低头看自己已经有赘肉的腰身和粗胖的腿，觉得跟现在这些年轻人相比，自己的人生怪遗憾的。

车到地方，是条步行街的街口，华灯初上，正是饭点，街上人来人往，聂九罗下了车，正不知道往哪儿走，一个系着围裙的年轻小伙计向她招手："聂小姐吧？客人说地方不好找，让我来接。"

果然不好找，店面并不在主街，在岔路的小街，还是尽里头的一家老字号卤水铺子。这年头，酒香也怕巷子深，地理位置不好，生意自然就清淡，难怪正值饭点，还能支使人手出去带客。

聂九罗往不大的小店里扫了一眼，没炎拓。

小伙计指了指通往二楼的楼梯后头："在包房里。"

这么破的店，还设包房呢，聂九罗拎着裙摆矮身绕过楼梯，还真有一间，垂着蓝印花布的门帘，掀开一看，里头有张四方桌，桌后坐着的正是炎拓。

聂九罗也不拿正眼看炎拓，径直过去，在他对面坐下，坤包撂上桌面，卷提裙摆又去挪凳子：凳腿不平，好在地面也不平，挪来移去，总有机会四平八稳。

炎拓看她忙活，说了句："不好意思，地方简陋，对不住你这身打扮。"

聂九罗瞥了他一眼，轻描淡写回了句："我穿什么我高兴，跟和谁吃饭、在哪儿吃饭，没关系。"顿了顿又说，"你可真是个疯子。"

说实话，她这辈子，截至目前，还只在他手上栽过，能让她栽的人，是敌是友，她都高看一眼。

"疯子"大概是说他坠车入水的事。

炎拓点头："彼此吧。上菜？"

"上菜。"

炎拓拉了拉墙上垂下的叫铃，很快，伙计就把菜送到了，都是小碟卤味，牛肉、牛肚、小龙虾、鸡翅、花生米、毛豆、海带结、藕片等，另外还送来半扎啤酒、一壶菊花茶并两个杯子，外加一个装满开水的暖壶——这架势就是慢吃慢聊、茶不够自己添的意思，吃三五个小时没问题。

伙计出去的时候，把楼梯旁侧的一个推拉门给拉上了，别看只薄薄一扇门，外间的喧闹声立时就小到几乎听不见。

炎拓俯身从脚边拎了个纸袋过来："你的。"

聂九罗接过来看。

是她落水时遗失的所有东西，但只要损坏或者不能用了的，都依原样或者更高价位换了新的，所以包是新包，手机也另附了一台最新款，当然这些都不是重点，聂九罗伸手进去拨了几下，看到自己的匕首，长长松了口气——别的都可以丢，这个不可以，独一份儿的。

甚至，她预备再见面时让炎拓吞下去的那个弹扣也在——他应该是不知道她留着做什么用的，还是依样放进来了。

聂九罗不动声色，把纸袋搁到一边，等着炎拓继续表演。

果然还有下一幕，他脱掉夹克，又低下头，自后把T恤给拽脱了下来。

呵呵，脱衣服了，想搞什么？

聂九罗盯着看，她倒是希望T恤掀起，露出的是肥膘五花肉，不过炎拓肩背宽阔，肌肉结实，身材这块没的挑剔，况且，他这年纪，本就是男人筋骨业已长成且最强健蓬勃的时候。

片刻后，她移开目光，知道炎拓想让她看什么了：他身上有伤，虽然大多已经结痂，但仍旧触目惊心，条条道道，应该都是落在蒋百川手里时遭的罪。

聂九罗不和他对视，目光落在茶壶弯翘的嘴上："我只负责移交，别人做了什么，我没法控制。"

炎拓同意她这话："但是，没你中间出力，我也不用受这些罪。裤子就不脱了，腿上还烂了一块，医生拿刀子把烂掉的部分一点点刮掉的。"

聂九罗抬眼："所以呢？"

"所以，当你落在我手里的时候，我完全可以对你做同样的事，哪怕只是拿刀子在你脸上划上几道。"

这话好像没的反驳，聂九罗手指压住茶杯的边沿，压得杯底翘起，在桌面上打转玩。

炎拓两只手伸进T恤袖管，又把衣服穿了回去："但是我什么都没做，只是送你回家。聂小姐，我送了你一份大礼，我想图回报。"

10

聂九罗早就猜到了：炎拓一开始就是带着目的来的，他想探知一些秘密，问不出，来硬的又不管用，所以，使了这么迂回的一出。

的确是份大礼，大人情，易地而处，如果这一次是炎拓折她手上，她会怎么做？她会把人交给蒋百川，嘱咐他加镣上锁，千万别让人给跑了——不敢说炎拓这辈子就烂在囚室里了，但至少三年五年，是见不了天日了。

作为敌人，他的确可以对她造成任何伤害，而今秋毫无犯，你敢说你一点都不买账？和她的命相比，几个问题算得了什么呢？

而且，炎拓问的问题，诸如"狗牙是什么东西""'扎根出芽'是什么"，她反复斟酌过，答得到位，不至于暴露什么。

她旧话重提："你跟他同进同出，他是什么，你居然不知道吗？"

炎拓回了句："突然有一天，他们就在你身边了，他们不说，你怎么会知道？"

聂九罗心里一动，背上生凉。

她用的人称代词是"他"，而他回答的是"他们"。

以为只此一例，没想到居然是汹汹一窝。

"你来找我，他们不知道吧？"

炎拓："不知道，也不知道你。"

聂九罗一怔："那他们就没问你是怎么出事的？"

"问了，我说车过板牙，被人麻翻了。反正狗牙现在昏迷不醒，又没有其他人证，黑白真假，我一个人说了算。"

聂九罗心跳加速：难怪她担心自己暴露了之后后患无穷，这后患却迟迟不到，原来是炎拓出于私心，把她给"真空"了。

也就是说，他要向她打听一些事，却又不希望同伙知道他在背后搞这些小动作。

"你跟他们之间，有矛盾？"

"聂小姐，偏题了，这个不关你的事。我只想打听一些信息，然后，大家就两清。"

聂九罗盯着他看了会儿，终于从筷筒里拈出一双筷子，倒了开水来烫。

炎拓暗暗松了口气，她肯开吃，这饭局就算成了。

他俯身捞起一瓶啤酒，在桌边磕掉瓶盖："你喝酒还是喝茶？"

聂九罗抓起茶杯摆过去："给斟点酒。"

两人各喝各的，没碰杯，也各吃各的，没搭话，聂九罗不急，炎拓也不催——反正这铺子通宵营业，再长的秘密，也够时间消化。

过了会儿，聂九罗问他："知道大禹吗？"

"知道，大禹治水。"

"大禹还干了什么？"

还干了什么？主要不就治水吗？开山、凿渠、治水……

聂九罗一看他这表情，就跳到下一题了："知道鼎吗？"

炎拓反应了几秒，从最常见的"顶"过渡到"鼎"："'问鼎中原'的那个'鼎'？知道。"

"知道鼎是做什么的吗？"

也知道，历史课上讲过："烹肉煮肉的。"

聂九罗说："行了，知道你水平在哪儿了，我从头讲吧，会讲得尽量详细。你问的四个问题，我都会讲到。不许录音，我讲的时候，你听就行，尽量克制，没必要就别说话，除非我问你话。讲完之后，我会给你留时间，酌情回答一些可以回答的问题。要讲的内容不少，难免口干，记得给我倒茶。"

说完，把杯中残酒饮了。

炎拓很配合，拎起茶壶，给她倒上第一杯茶。

"上古的时候呢，人一般是不旅游的，一来没那么多交通工具，二来虎狼满路，出外风险也大，多数都是在自己住的地方附近过一辈子，所以对别处的事情，完全不知道，就好比一个南方部落的人，从来没见过'雪'，而一个常年居住在旱区、靠溪涧露水生活的人，也不可能想象到世界上还有江河瀚海，水里还有能食人的大鱼。

"但是，当王就不一样了，能当王的人，不能不了解自己的疆域领土以及各地的风土人情。尧舜禅让，不是说找到继承人之后把王位交给他就完了的，找到了，还得培养他、锻炼他、一样样事地考查他。《史记》里记载'帝舜荐禹于天，为嗣。十七年而帝舜崩'，就是说舜立禹为继承人后，至少考查了他十七年，交给他各种各样的工作，做好了，才有资格继续当继承人，几次做不好，说换掉也就换掉了。

"所以治水，也只是帝舜交到大禹手上的一项重要工作而已。

"十七年里，大禹不只治水，还巡行九州，考察民情。他当上王之后，令九州贡献青铜，铸了九个大鼎，这九个鼎，就不是用来烹肉煮肉的了，属于礼器。一个鼎象征一个州，也可以说这鼎就是地方志，大禹命人把自己巡行各州时见到的当地奇异之处、奇异之物都刻画了上去。《左传》里也认为，鼎上刻的图画是地方地图以及只有当地才出产的妖异之兽，你可以把它想成旅游手册，即便你从没去过，翻翻手册，也能知道当地有什么名胜、特产、猛兽。"

不许录音，只能上手记了。

炎拓的手机备忘录一直开着，听到这儿，他键入"鼎书"两个字。

那种民智闭塞的年代，有这样的"鼎书"还是挺有必要的。

他想起华嫂子口称"雨大爷"时拜的小青铜鼎，难道说"雨大爷"其实是"禹大爷"，大禹？

聂九罗喝了口茶，又夹了几样卤味吃了，才又继续："再问你个问题，各地的土壤都是一样的吗？"

炎拓想了想："不一样吧，矿物质不同，肥力也不同。"

"颜色呢？"

"颜色也不一样，我记得东北叫黑土地，陕北叫黄土高坡，南方是……红土？"

"大禹划分的九州，跟现在的行政区划当然不一样，《尚书》中有一篇《禹贡》，传说是大禹写的，记录了各地的地形、土壤、物产，当然，现在又有学者考证说不是他写的——不管是不是吧，反正大禹根据各地的不同情况制定过进献贡物的标准。"

"简单点说就是，不能一刀切。一个地方的土地肥沃，风调雨顺，出产的粮食自然就多，要缴纳的税赋也就多。与之相反，一个地方土壤贫瘠，苗都长不到三寸长的，粮食部分的赋税也自然应该减免。"

"大禹就是这样——考察九州的土壤颜色、肥力以及物产。"

"其中有一个州叫梁州，具体范围不可考，大致是在华山以南、黑水之间，放在今天，咱们去过的石河一带，秦巴山地的很多地方，都属于梁州。《史记》里说这儿'田下上，赋下中三错'，意思是这里的土地是下上等，肥力一般，那么收赋税的时候就不能往死里收，收个下中档就行了；又说'其土青骊'，土壤是青黑色的，又称青壤，区别于别处的黄壤、白壤、黑壤等等。"

炎拓喉结微微滚了一下，备忘录另起一行，键入"青壤"两个字。

"青壤"这个词是第二次听到了，第一次听到还是华嫂子拜青铜鼎的时候提过"青壤结穗，开花见果"。

聂九罗目光瞥过他的手机，候着他输入完毕才又继续："狗牙这种东西，古名'地枭'，就刻在这尊梁州鼎上——这句话，我晚点会修正，你先这么听着就行。"

炎拓浑身一震，聂九罗从上古开讲，他还以为要过很久才能听到正文，没想到这么快就点了题。

他忍不住问了句："'地'是……土地的'地'？哪个xiāo？"
"'鸟'字头'木'字底的那个。"
原来是那个"枭"，他不再发问，动筷子夹了片牛肚放进嘴里，味同嚼蜡。
地枭，原来叫地枭。
"地枭的名字里有个'地'字，很直观，因为这东西，是从地下出来的，而且，只会从青壤的地下爬出来。你把它想象成植物就好理解了，别的土壤种不出来，只有青壤可以。又或者这么理解，别的土壤，什么黄壤、白壤，对地枭都是有毒的，它只能突破青壤。"
说到这儿，聂九罗抬眼看炎拓："知道九鼎去哪儿了吗？"
炎拓："还埋在地下，或者……博物馆？"
他是真不知道九鼎去哪儿了，不过，青铜这玩意儿耐久，不大可能腐烂消亡，估计不是待发掘，就是已发掘了。
看聂九罗的表情，他这两个猜测，应该都是不着四六的。

"九鼎在当年，估计也跟传国玉玺似的，夏亡了就归商，商亡了就归周，东周的时候，鼎还是在的，因为楚王曾经派人去问鼎的大小轻重，碰了个钉子，所以后人才造了个词，把企图夺权这种行为叫'问鼎'。
"东周之后，一般认为，九鼎归了秦国，《史记》也记载说，'五十二年……其器九鼎入秦'，民间还有传说，说秦国有个大王，就是因为看到九鼎的时候，非要举一下试试重量，结果受重伤死了。总之，九鼎最后见于记载，就是在秦，秦以后，史料就再也没提过了。
"接下来我说的，你就当个野史听，爱信不信吧。
"九鼎入秦之后呢，找了个地方也就放着了，毕竟不是小玩意儿，不适合随身赏玩，再说了，当大王的都很忙，也不可能整天绕着鼎转悠。再后来，就到了秦始皇一统六国。
"秦始皇统治后期，沉迷于访仙求药、寻求长生不老，历史上记载很多，国人投其所好，献方献策的也不少，但大部分都是忽悠。不过，其中还是有两条，引起了皇帝的重视。
"其中一条就是徐福计划赴东瀛寻找仙山和仙人，有关徐福的传说很多，感兴趣自己去搜。另一条就是看管九鼎的官员呈报的。
"看鼎这工作你懂的，清闲得很，看守者有大量时间琢磨研究。他上奏皇帝说，梁州鼎上记载有地枭，枭起青壤。'地枭'这种东西，有两种特性，第一是'就宝'，'就'是文言词，趋近、靠近的意思，地枭喜欢靠近宝脉，比如珍宝珠玉什么的，驱使地枭可能会找到宝物，所以地枭后来还有个别名，叫'嗅金兽'。

这是渐渐说到核心了，炎拓没了吃喝的心思，他想起曾经问过雀茶，自己车上那玩意儿叫什么，雀茶回答说"招财猫"，当时还以为她是在拿自己寻开心，现在想想，"招财猫"和"嗅金兽"，本质上的寓意是一样的，都指向不菲的财富。

他注意到聂九罗的茶碗快空了，拎起茶壶给续了一杯。

聂九罗："秦始皇富有天下，对'就宝'什么的当然不屑一顾。但第二个就不同了，你可能也猜到了，地枭童颜长生，不但能活很久很久，而且没有'老'的迹象。肌理不垮，毛色不变。"

炎拓眼前掠过林喜柔的脸。

林姨，林喜柔，这么多年了，她的确没有什么变化，从小到大，他经历过几次举家搬迁，也许正是因为林喜柔总也不老，怕周围的人看出端倪，才有此举措。

他没能克制住："那地枭……是什么东西？"

聂九罗答非所问："上古时代又称神话时代，有很多超能力的神人，很多诡异奇谲的怪物。夏商都是过渡时代，应该存在，但缺少史书记载，到了西周末，一切突然明明白白落地，史料有，实证有，行事纷争，跟现在也大差不差。那些鼎书上记载的诡谲事物哪里去了，谁也不知道，还有人猜测说，可能是发生过什么事，被一次性肃清了。而肃清的时间，就在缺少史料记载的夏商一代、周之前。

"能当皇帝的人，不会只寄望于一种方式、把鸡蛋放一个篮子里，总得有几手准备。所以，下东瀛的宝船他在派人督造，用于寻找地枭的精兵他也在抽调。"

寻找地枭？

炎拓心中一动："地枭……在秦始皇时代，已经只是传说了？"

"对啊，我刚刚不是说了吗，仿佛经历过一场大肃清，那些鼎书上记载的妖异生物，到了秦时，基本就已经看不到了。其实也不排除是人类活动领域的不断扩张导致这些生物领地被挤压，躲得越来越隐蔽，甚至是灭绝——你别看人没凶兽厉害，体形、杀伤力都不占优势，但人的数量多啊，一对一、十对一打不过，一百对一那还不是一灭一个准？总之，秦始皇那个时候，地枭就已经是传说了。

"而之所以徐福的故事广为流传，地枭之说却不为人知，是因为地枭在鼎书中被称为'凶兽''邪物'，它嗜血食肉，更可怕的是，被地枭咬过或者抓伤的人，只要稍微重点，基本没药救，伤口一旦扎根出芽、长出兽毛，这人就算是废了，跟禽兽也没两样——访仙求药，向仙人靠拢，听起来高端点，也比较浪漫。找地枭这种事，不怎么上台面，自然也就秘而不宣。

"公元前210年左右，即距今两千两百多年的一个深夜，徐福赴东瀛访仙的宝船鼓帆下海，同一时间，寻找地枭的精兵——这些人一律黑巾缠头，又叫'缠头军'——秘密进入了地处青壤的南巴老林。"

11

"徐福你知道的，一去不回头了。

"我只说缠头军，缠头军一直忠心耿耿，鼎书记载地枭在南巴之地有四个极其隐秘的巢口，缠头军一再深入老林，找到了密林中居住的土人。

"用今人的观点来看，土人就是生活在老林里的少数民族，由于长期伴山而生，远离人世，他们的生活环境、习性，乃至身高、体形、单项器官的发达程度，都跟外面的人不一样，最大的特点是，能嗅到地枭的味道——据说是一种很奇怪的臊味。但缠头军也好，除了土人之外的所有人也好，闻不到。

"不过这也合理，人都是随着环境进化的，这也是优胜劣汰的一种：在地枭出没地附近世代生活的人，只有能闻到地枭的味道，才能提前做逃离或者迎击的准备，否则早灭族了。

"从这些土人的口中，缠头军确认地枭不是虚妄的传说，而是切实存在过的，然后陆续锁定了巢口。

"接下来，他们做了三件事。

"第一件事是收编土人，土人的鼻子对他们来说太有用了，被收编的土人后来被叫作'狗家人'，这不是骂人，真的就是指他们长了个狗鼻子。"

炎拓想起那个老爱吃蘸酱黄瓜的大头，他应该就是"狗家人"了。

难怪华嫂子给他指路时还正常，看完手机里的新消息之后就莫名其妙、用挪酱缸这种拙劣的借口把他拖住。

现在想来，是大头给华嫂子发了消息，因为他嗅到了从车里传出来的、地枭的味道。

"缠头军做的第二件事是'堵'，堵住四大巢口，给巢口安门落锁。

"虽然老话说'堵不如疏'，但毕竟不是事事都是治水，地枭本就罕见，堵住了源头，也就等于堵住了后患。

"当然，'堵'这件事，也是下了血本的。不知道你有没有听说过，秦始皇统一六国后，怕各地的百姓造反，于是'收天下兵，聚之咸阳'，铸造了十二金人。秦灭之后，十二金人也没了下落——民间有各种传说，有说被项羽火烧阿房宫时一并烧了的，有说被秦始皇带进墓里陪葬的，也有说东汉末年的时候，被董卓销毁了铸造铜钱的。

"其他的金人我是不知道去哪儿了，但就我所知，至少有一尊，是被用在了南巴老林——由一化为四，铸成了四扇大门，因为是金人所化，就叫'金人门'。

"缠头军做的第三件事，就是分期分批进入巢口，反锁金人门，正式寻找地

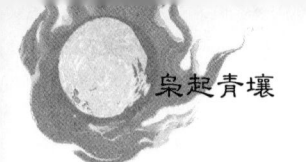

枭——这么做其实还挺悲壮的，关门打狗，可以打死狗，但门锁了，自己没退路，也可能在里面被狗给咬死。总之，缠头军死了不少，经历过无数惊心动魄的事儿，历时两年多之后，终于摸着了门路，找到了第一只地枭。"

说到这儿，故事差不多也快到尾声了，聂九罗长舒了口气，问炎拓："依你看，秦始皇是高兴呢，还是不高兴？"

这不废话吗？当然高兴了。

炎拓正想回答，又起了犹疑：一来据历史记载，秦始皇这个人好像有点喜怒无常；二来她特意提出来问，答案一定不那么简单。

炎拓："不……高兴吧？"

聂九罗一脸"我就知道你要这么答"的表情。

她说："你历史不大好，公元前210年，也就是徐福下东瀛和缠头军进入南巴老林的那一年，秦始皇就已经过世了。过世两年多之后才找到地枭，那时候，陈胜、吴广之后，又有项羽、刘邦，秦二世都快走向末路了。"

是吗？炎拓觉得自己的答案也没毛病：换了随便谁，生前交代的事儿死后才有眉目，能高兴吗？

聂九罗："缠头军的所在太偏僻了，是连信鸽都到不了的地方。山中无甲子，他们一心寻找地枭，终于有了成果时，才发现山外早已变了天，皇帝死了，对口的上级也在换代的争斗中被杀了。换言之，这支缠头军彻彻底底被遗忘了。

"大秦都快没了，回去当官是没指望了，各地都在打仗，他们也不想掺和，集体商议了之后，决定封口，守住地枭以及南巴老林的秘密，易甲为民，当老百姓。

"在那之后，他们就在南巴老林附近住下，自然形成了一个村落。中国古代社会相对封闭，流动性差，一个村子代代延续，续个千八百年，变化也不会很大。渐渐地，靠山吃山，村落成了猎户村，也就是俗称的'巴山猎人'。当然了，这个猎户村是区别于其他的，有着自己的秘密。

"平时呢，他们跟普通的猎户也没两样，打狼打豹，猎熊猎虎，但一般每隔百多年，精壮猎手充足的时候，会秘密组织一次'拜金人，走青壤'，期待着猎取地枭，这叫'青壤结穗，开花见果'。毕竟，猎到一只地枭，就意味着额外的财富，哪怕是全村都来分，也足够每家分个盆满钵满了。这世上，谁能不爱钱呢？不过绝大多数时候，走青壤，都是走了个寂寞，一无所获。"

炎拓觉得有点说不通："不是抓到过地枭吗？地枭不是'长生'吗，理论上，只要抓到一只地枭，就可以一劳永逸了吧？为什么还要去抓呢？"

聂九罗回了句："你别忘了，地枭是生存在地下的，'长生'指的是在地下，那是它们的生存环境。见了天日就不行了，衰老得很快，死得也很快，基本上能活二三十年就顶天了。"

炎拓心里说：不是的，不是这样。

聂九罗开始讲述之后，他几乎全程都是兴奋的，她的很多叙述，和他这些年来所观察到的迹象，是相符合的——他知道的都是碎片，如今被一点点串联，引出前尘、旧事、因果，这种感觉，简直让人激动到难以自持。

但到了这儿，就开始不一样了：林喜柔不是这样的，她没有生活在地下，她几乎不曾衰老，更加没有要死的迹象。

聂九罗看出他表情不对，只当没看见："现在，我开始正式回答你的四个问题。我之前给出过的答案只是为了帮助你理解，并不准确，这里，会有修正。一切，以我现在说的为准。

"第一，狗牙是什么东西，什么来历。之前我回答说是地枭，在这里，我要更正一下，我也不知道他是什么东西，不只我，板牙的人也不知道。他的很多特征，跟地枭很像，或者说，他一定跟地枭有极其密切的联系，即便不是，也是近亲。"

炎拓想说什么，聂九罗示意他不忙说话，先听她讲。

"有一个很关键的信息点，我之前没有提，特意放到这里来说：缠头军做了巴山猎人，他们以狩猎为生，地枭，跟虎狼熊罴一样，只是一种猎物。地枭是野兽，不是人，它跟人，是有本质区别的，它也不像人，猴比它更像人。所以在我眼里，猎取地枭这件事，虽然不算特别正经，但也不是什么天理难容的，毕竟是野兽。

"这也是为什么哪怕先前我觉得狗牙非常奇怪——能在高层的外墙立面来去自由，被捅瞎了眼硬熬着不治——我都没有把他跟地枭联系到一起的原因。直到我发现，被他抓伤过的孙周居然'扎根出芽'了。为了进一步确认，我在他颈后、手肘、大腿根处放了血，地枭身体这几处的血液比较黏稠。但即便这样，我依然不能说他就是地枭，所以只能说，'可能有着极其密切的联系'。"

炎拓脑子里已经乱了，先前的喜悦慢慢变质：这么多年了，他那么不容易，都快接近答案了，为什么她话锋一转，就又不是了？他好不容易才找到像她一样对狗牙有了解的人，结果，只能给个猜测？

"第二个问题，'扎根出芽'是什么意思，已经回答你了。

"第三个问题，怎么治。缠头军总结经验，地枭是地下生物，畏火，更讨厌阳光。一般是在受伤之后的二十四小时之内，拿'天生火'，也就是用透镜，古代用阳燧，从太阳上取下火，去反复炙烤，能把根芽渐渐逼退，也就安全了。一定要尽早，拖得越久越完蛋，如果眼睛里出现一条红线穿瞳，那这个人，基本就可以放弃了。"

不对，又不对了，林喜柔不是这样的，她不讨厌阳光，有一段时间，她还去海边晒日光浴，说喜欢那种看着就很健康的小麦肤色。

"第四个问题，'伥鬼'是什么。

"所谓'伥鬼',取的是'为虎作伥'的意思,在缠头军和地枭打交道的过程中,偶尔会出现很诡异的情形:平时很好的兄弟,并没有被抓伤,好端端的,会为了地枭鞍前马后、誓死效力。他们没有丧失神志,各方面也都正常,但就是会对地枭百般维护,反过来算计、杀害自己的同类,这种人,就叫伥鬼。"

炎拓明白了:"你以为我是伥鬼?"

聂九罗没说话,她身子前倾,盯住炎拓的眼睛,顿了几秒才说:"你不是吗?"

炎拓心头一颤,没吭声。

"狗牙在兴坝子乡杀了人,还伤了孙周,是你把他转移走的;后来,你要求狗牙去酒店把孙周劫走了,还怪他行事不小心、被我看到脸了;再后来,在小旅馆里,你又吩咐狗牙看守我和孙周——你俩即便不是好朋友,也是互助的同伙,我把你看作伥鬼,一点都没冤枉你,你在板牙受罪,受得也活该。"

说完了,她的目光落在自己的茶杯上,茶杯口沿有口红印,杯里还剩了一半的茶,她屈起左手拇指和食指,像弹之前那个仿炎拓的小泥人一样,轻轻用力一弹,杯子就飞了出去,落地居然也没碎,骨碌碌滚了一长道,也泻了一长道的水。

炎拓还是没说话,只是斜瞥了一眼那只落地的杯子,他知道,这饭局,是结束了,饭局上这短暂的和平和交情,也差不多走到尾声了。

"炎拓,四个问题,我全回答你了,为了帮你理解,我还附赠了不少信息。现在,你可以问问题,我会决定答还是不答,最多三个,就在这儿问,今晚问完,今晚两清。"

炎拓抬头看她:"你知道这么多事,你是缠头军的后代吗?"

"缠头军的后代,不一定要在祖宗的行当里搅和。我是个普通人,只想忙自己的事,对你、狗牙以及同伙什么的,我没有探听的兴趣。下一个。"

只剩两个问题了。

炎拓喉头发干:"怎么杀死地枭?"

聂九罗眉毛微挑,这个问题问得有点猛。

"看来你对地枭有点了解……狗牙的新眼珠子快长出来了吧?"

炎拓没什么表情,不说是,也不说不是。

"地枭的再生能力很强,不夸张地说,哪怕是头被砍了,也能从脖腔子里再拱一个出来,时间长短而已。天火烧、捅颅顶和断脊椎都会对它们造成较大的损伤,但也只是拖延痊愈速度。至于杀死……缠头军把地枭当宝贝,设法帮它们延命还来不及呢,只恨它们活得不够长,因为它们见了天日之后,活着活着就死了啊。所以,我没法回答。下一个。"

炎拓坐着不动,巨大的失望像渗骨的瘴气,从胸腔里蔓延出来,一寸寸延到全身,几乎要拉垮肉骨。

他还以为，今天晚上，会推开一扇大门，他眼睁睁地看着大门徐徐打开，居然又关上了。

聂九罗催他问下一个，下一个问什么呢？脑子里像糊住了一样，连最基本的逻辑思考都没法进行了。

灯光昏黄，先前没感觉，现在只觉得这光腻得很，像肥腻的油，散散漫漫，满屋乱洒。

炎拓说："你说的都是真话吗？聂小姐，如果你撒谎了，给我一个掺假的比例，我能接受。"

聂九罗冷笑："一码归一码，我来回礼，没必要拎上假货糊弄人。"

炎拓沉默了一会儿，点了点头："是我小人了。聂小姐，你……怎么回去？要送你回家吗？"

聂九罗一愣，不过她很快起身，拎起纸袋和包："不用了，你的车，我不大敢坐。"

炎拓想起身送她，一来心情实在低落，二来看她神色，未必领情，所以虽然欠了身，还是坐下了。

聂九罗走到门边，又回头看他："炎拓，两清了吧？"

炎拓："清了。"

"我今天能坐在这儿跟你吃饭、给你讲地枭的由来，完全是因为要回你的礼。既然两清，出了这扇门，桥路两不挨。你以后小心点，别再被我撞见。我不会在一个人手上栽两次的。"

炎拓抬头看了她一会儿，说："你也是。"

12

聂九罗走出卤味馆时，特意抬头看了一眼高处的招牌。

卤小兵。

这名字挺好的，很讨她喜欢，小兵，透着勤恳做事的朴实味儿，比什么"卤王之王""卤味之宗"平易近人多了。

她没有急着打车，反正冷空气尚未南下，温度很适合走马路——她也很需要走一会儿，让自己从那个关于地枭的故事里走出来，走回普通但又泛着热烫烟火气的生活里去。

如今，她唯一的忧虑就是狗牙。

少则三月，迟则半年，狗牙一定会醒，而狗牙一旦醒过来，她就没法继续安然"真空"了。

再一转念，反正中间还有个炎拓：狗牙讲出真相，就等于直指炎拓也撒了谎，

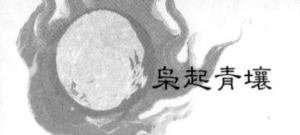

炎拓一定会做点什么的。

不知道为什么，炎拓最后的样子，以及最后问的那句话，让她觉得，他有点可怜，表象背后，也许另有款曲。

不过她的心肠很快重又冷硬，可怜什么啊，管他背后有没有隐情，伥鬼就是伥鬼。

她扬手招了辆出租车。

回到家时，卢姐刚睡下，听到动静披上衣服出来，问她要不要吃点什么。

聂九罗摆摆手，示意卢姐安心睡觉，然后径直穿过院子，推门进厅，走了两步之后，觉得穿着高跟鞋真是累，于是就地甩了，赤脚上了楼。

工作室真大，虽然东西不少，但有时候夜深人静，抬头四顾，总会有空旷的感觉。现在也一样，觉得真是空旷。

聂九罗在工作台前坐下，抽了张淡金色的长纸条出来，写今天的事。

一、和炎拓见面，两清。

二、卤小兵，挺好吃的，可以再去。

三……

没有三，找不出了。

她扔下笔，把字条折成星星，拈起来走到靠墙的一个旧式双开门大立柜前。

立柜左右门扇上分雕着神荼、郁垒，中国最古老的门神，两人嘴巴都微张，做成了孔洞。

聂九罗把星星送进郁垒嘴里，顿了顿，又半弯下身子，拉开了立柜门。

里头是两大箱纸折星星。

其实是两个定制的敞口玻璃缸，分左右，左边上的标签写着"2002—2012"，右边是"2013—"；左边的差不多全满，右边的半满；左边的星星颜色比较黯淡，纸张也杂旧，右边的就鲜亮多了。

聂九罗深吸一口气，探手伸进左边的那一个，奖池摸彩一样在里头来回搅了几次，摸出两个小星星来。

拆星星最好有点仪式感，她关掉大灯，开落地阅读灯，然后坐到灯下的沙发里，珍而重之打开一个。

  朱伟拽我小 biàn 子，疼哭了，老师叫他道 qiàn，为了给老师好印 xiàng，我说没关 xì。朱伟，我不灭你满门，shì 不为人。2002.3.20

聂九罗扑哧一声笑出来。

朱伟是谁？毫无印象了。

不过挺好的，她小时候即便遭人欺负，精神上也绝不凄楚。

聂九罗带着笑去拆第二颗，拆着拆着，笑意就慢慢消失了。

这一条是2003年5月6日的，说实在的，和上一条相差的日子并不算太多，但是，她记得太清楚了，甚至能回想起一些细节：写完这一条后，她掰断了塑料壳的自动铅笔，以显示自己破釜沉舟的决心。

为了我这bèi子的幸fú生活，我决定，去找jiǎng百川谈判。

……

蒋百川，也是时候跟蒋百川通个气了。

聂九罗点开"阅后即焚"，键入时却犹豫了：如果告诉蒋百川，自己任由炎拓走了却没拦，他一定会叽叽歪歪，多一事不如少一事吧，反正自己和蒋百川也不是什么上下级或者亲密伙伴关系——欠债还钱，她做应该做的，尽告知义务就行了。

她斟酌了片刻，键入一行字：今天收到未知号码来电，炎拓打的。

几分钟后，那头回过来两个字：电联？

聂九罗键入：好。

电话立刻就过来了，蒋百川的声音有些激动："他说什么了？有透露有价值的信息吗？"

聂九罗说："要让你失望了，他没说什么有用的。他知道地枭的一些事，但不全。目前看来，他已经知道地枭的由来、缠头军以及狗家人的存在，但他不知道刀家和鞭家，他还问我怎么杀死地枭，我说不知道。"

蒋百川恨恨道："他还说自己就是一普通人，无意中捡到狗牙的……我就知道这小子有鬼。"

聂九罗"嗯"了一声，反正她没撒谎：炎拓确实知道这些，她告诉他的。蒋百川只需要知道炎拓知道什么就可以了，至于是谁告诉炎拓的，她觉得不重要。

"还有，我问了一下孙周，炎拓说，孙周不在他们那儿。"

蒋百川冷笑："这小子满嘴鬼话，谁知道真的假的。"

聂九罗："我觉得他不像在撒谎。当时现场着火了，一切都很混乱。你以为孙周被他们带走了，他们以为孙周还留在你那儿，会不会有第三种可能，孙周趁乱，自己跑了？"

蒋百川顿了几秒："也不排除……这种可能性吧。"

聂九罗说："孙周本来就已经'扎根出芽'了，现在不受控制，情况只会越来越危险，你最好派人去找一找，万一闹出事来就不好了。"

蒋百川答应得很爽快，又说："那你呢？炎拓逃走之后，我们一直查不到他，这个电话可能是前奏，我怀疑他后续会有大动作。"

聂九罗的目光落在自己拎回来的那一大兜上：是有大动作，不过已经搞过了。

"聂二，还是小心点好。要么这样，我派几个人过去，你放心，不会让他们知道你，只让他们在那一带住下。给你留个号码，万一你需要人，就打他们的电话，一个好汉三个帮，紧急的时候有人帮忙，还是方便的。"

这提议合情合理，还体贴，再回绝就伤感情了，聂九罗笑笑，说："好啊。"

蒋百川在阳台打的电话，挂断时，看了眼时间，十一点半。

差不多快到孙周吃饭的时间了，他得去看看。

阳台连着卧室，他拉开隔断的玻璃门，雀茶已经半睡，听到声音，还以为他要上床，睡眼惺忪间看到他又开了卧室门往外走。

雀茶："出去啊？"

蒋百川："不出去，下去。"

雀茶"哦"了一声，翻了个身，很快睡着了。

……

蒋百川一路下到地下室。

这片别墅区的设计，其实是没地下室的，但因为房子是自家的，爱怎么挖就怎么挖，所以大多数人家都往下拓了，蒋百川也拓了一层，平时用不到，这段时间派上了大用场。

地下室面积在一百平方米左右，隔了三室一厅，连厨卫都有，油污废水什么的另外加装提升器。

进到屋里，就听刀声笃笃，大头围着围裙对着砧板，正扬刀开剁：板上一摊红肉，有猪大排，也有肝。

蒋百川凑过去："都是新鲜的？"

大头："那当然，我嘱咐过卖家，如果是化冻的肉，我要退货投诉的。"

说话间，已经剁好了，大头拿了个不锈钢盆过来，满满堆装进去，又在上头插了把叉子。

蒋百川接过盆子："我拿进去，你玩儿你的吧。"

他端着盆，走到最靠里的那间卧房敲门，这间跟另外两间不同，门外头特意加装了一把挂锁，不过现在，锁是开着的。

门应声而开，山强探出头来："哟，蒋叔啊。"

边说边让开道，露出身后床上坐着的孙周。

孙周正看电视，闻声看向蒋百川，目光下一秒落在盆里的红肉上，脸上现出嫌恶的神色。

相比之前，他的形容枯槁了好多，原先还算是个长相周正的精神小伙，而今怎么看怎么有点尖嘴猴腮的意味，尤其是眼睛周围，皮肉耷着，更显颓态。

蒋百川笑呵呵地说："孙周，今天感觉怎么样？"

孙周开口就是抱怨："蒋叔，能不能别叫我吃……这东西了？"

他指着蒋百川手里的那盆肉，一脸要吐的表情："怎么样都该煮熟了吧？生肉都有细菌，没准儿还有绦虫，我闻着都要吐，这是人吃的吗？"

蒋百川说得温和："为了治病嘛，忍一忍。"

不说治病还好，一提治病，孙周更是一肚子怨言："蒋叔，开始你们用火烤，虽然烤着难受，但烤完我真的觉得舒服点，为什么就中断了呢？"

蒋百川很耐心："分阶段来的嘛，你还不信我们吗？这肉你以为只是生肉，其实我们加了东西的，有药效——你要不信，你就去医院治，你也不是没去过，结果怎么样？伤口长那么多毛，人还稀里糊涂的，不是我们，那毛能下去，你能清醒吗？"

孙周不吭声了。

这话是真的。

那天，他受好奇心的驱使，走进那片玉米地，其实没想走远，但冥冥中又在不住较劲：总想找到点证据，以证明前一晚没发生什么大事，自己也并不亏心。

他也看到了血迹、塌折的秸秆，心里有点怕，但天日朗朗给了他继续走的勇气，他越走越急，越走越快，最后，找到一个地洞。

那个时候，地洞的口不是敞开的，洞口堆了一堆土，很像蚁巢的巨型版。

孙周多了个心眼，他捡了根棍子，捅开那堆土。

里头黑漆漆的，毫无动静，他俯下身子，往里看了看：两粒莹莹的东西飘着，像两颗发光的青葡萄。

这要换个山里人，马上就会猜是狼，进而警醒，然而孙周不是，长在城市让他欠缺对山林生物的警惕——他反应慢了一拍，里头突然伸出两条手臂，钢爪样攥住他的肩头，把他上半身拖进了洞里。

孙周的感觉是一下子进了地狱，里头墨黑、潮湿、腥臭，但更可怕的是，他在被不断地抓挠、撕咬。

他尽己所能地挣扎、抵抗，但仍然觉得自己要死在这里了，吓得几乎失语，只看到那两颗鬼魅样的眼珠子在身周乱舞，再然后，很突然地，有人拽住他两条腿，把他连人带那个东西，都拖出了洞，同时朝着那个东西怒喝了一声。

孙周压根儿就没看到是谁拖他出来的，他只看到了被连带着拖出来的那东西：说不清那是不是人，一张脸血红，扭曲得吓人，龇着白森森的牙。

不过，那东西似乎是怕光，又似乎更怕来的那个人，条件反射般往后瑟缩了一下。

他第一个反应就是跑！快跑！

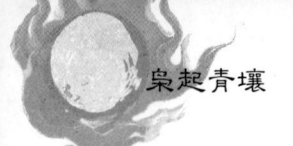

他跑出了玉米地，上了车，然后一路风驰电掣。伤口一时麻，一时痒，脑子一时冰，一时涨，某一个瞬间，他忽然想起：是不是该去医院看看啊？

于是就去了。

到了医院，也觉得怪，医院的走廊为什么像虫子一样弯弯曲曲地扭呢？地面为什么坑坑洼洼呢？挂号柜台后头护士的脸为什么一会儿方，一会儿圆呢？

后来到了医生那儿，医生问："狗咬的？"

他的脑海中居然真的晃出了一条凶狠的大黄狗，然后答："是的。"

医生吩咐护士给他做了包扎，又打了针，完事之后，他深一脚浅一脚地出门上车，座位上，他的手机屏一闪一闪，仿佛即将起跳的青蛙，他赶紧伸手去扑，没扑着，自己反而一头扎在座位上，睡着了。

所以，他和聂九罗说的都是真话，或者说，他以为自己说的都是真话。

这一觉睡到了晚上，他坐正身子，不知道该往哪儿去，摸摸身上，有张房卡，想起来了，该去这儿过夜。

他顶着脑子里的一团糨糊发动车子，一路招骂数次，万幸没出车祸。车进酒店停车场的时候，有辆白色越野车也正好往里进。其实他在先，白色车在后，但他脑子里糨糊得厉害，停了车不说，还热情地朝那人招手，客气而又慢吞吞地，像喝了三斤老酒一样卷着舌头打招呼："你先，你先。"

那人看了他一会儿，说："你先吧。"

……

蒋叔说得没错，去医院治过，不是没治好吗？万一被医院当成什么稀有病例研究，就更麻烦了。

自己能从浑浑噩噩飘一样的状态中清醒过来，不是多亏了蒋叔他们的"火疗"吗？

蒋叔不会害自己的吧？他说得很真诚，说他们是山里的老猎户出身，对付这种畜生抓伤很有经验，还好心留他在这儿治疗，因为病发的时候人不受控制，可能会伤害家人。

再说了，自己就一小司机，人家害他图什么呢？

孙周摁住恶心，又看了一眼那盆肉："真是药啊？"

蒋百川说："中医里，蝙蝠屎是药，鸡嗉囊也是药，别看它恶心，良药苦口……利于病嘛。"

13

开车回西安，要两天的时间，炎拓心里有事，不能全神贯注，两天又被他拖成了三天。

第二天的傍晚,车进陕西,地图上,陕西省的轮廓像个跪蹲着的兵马俑,炎拓感觉,自己是从人俑的脚指头进了省,一路向着盆腔处的目的地进发。

　　高速道热闹又冷清,热闹的是穿梭不绝的车,冷清的是独自驾车的人,他跟着导航走,偶尔抬头看一眼分岔路处高高立着的指示路牌。

　　不知道是第几次抬头时,看到路牌上有一项是:由唐县(62km)。

　　由唐县。

　　炎拓心中一动,还没想好要不要去一趟,方向盘已经往那个方向抹了过去。

　　晚上八点多,炎拓的车子上了老牛头岗。

　　这是他父亲炎还山最初起家的地方、起家的煤矿。

　　而今孤寂得像坟地,别说是煤矿,整个老牛头岗都废弃了,很容易让人想起曾经盛行于美国西部的淘金潮——淘金者来了,酒馆饭店来了,各种各样的配套设施来了,一个中小城市崛起了,然而无金可挖时,人潮退却,只剩了荒芜的废矿。

　　老牛头岗的煤矿关停,并非因为煤真的挖尽了,而是开采不再具有经济性。再后来,随着煤炭去产能化的深入推进,煤矿大批淘汰,留下了越来越多的废弃矿井。炎拓看过相关报道,全世界都在探讨废弃矿井的资源利用,有说开发工业旅游的,有说建地下医院、深地科学实验室的,总之是探讨得热热闹闹,但这热闹,绝轮不到小地方老牛头岗。

　　通往场院的铁门关着,铁栅栏上生锈挂灰,铁门高处的标语铁贴牌还没全朽尽,留了"高""班""家"三个字,向天支棱着。

　　高高兴兴上班,平平安安回家。

　　炎拓坐在车里,出神地看着那扇铁栅栏门,人进不去,车光却能遥遥透入,照亮门后的一片平地。

　　最初,炎还山就是骑一辆二八大杠自行车,日日进出于这铁门之间的,他的母亲,也常来往于此,哪怕是他,对这儿也有模糊的记忆:他在门后的那片平地上学走路,摇摇摆摆,一步三晃,矿工们围簇在旁,大叫"小拓,加油",长喜叔手里拿着棒棒糖,像拿着引驴的胡萝卜,引着他一步一步往前走。

　　当然,那个后来成为他"林姨"的女人也在。

　　炎拓掉转车头,车头一转,矿场就暗了,很快,老牛头岗也沉进了黑暗中,像个包裹了秘密的坟头。

　　……

　　车开进由唐县城。

　　县城早不是旧模样了,街道、高楼、商业街,都是新修的,新得让试图怀旧者寂寞。

炎拓把车子停在路边，走进一条小吃街。

街口有家店，叫"长喜酸汤水饺"。

炎拓掀开帘子进去，店面不大，但布置得清爽整洁，已经不是饭点，仍有六七成的上座率。

收银台内站着老板刘长喜，低着头聚精会神，连有客到都没注意，大概是在理账。

炎拓挨过去，屈指叩了叩台面："一碗酸汤饺，猪肉白菜的。"

刘长喜忙不迭抬头："哦哦，好，里头坐……小拓啊？"

炎拓笑，看着刘长喜又惊又喜的脸，长喜叔老了，鬓角一片白，其实细算算，年纪还不到五十。

刘长喜激动坏了，盯着炎拓看了又看："哎哟，长高了。"

炎拓："怎么可能？上次来就这么高。"

上次来是两三年前，那个岁数，也不大可能再"蹿一蹿"了，但刘长喜就是觉得，炎拓更高大了些。

也许是自己老了、长缩了吧，他嘴唇嗫嚅了半天，又加一句："有男人样了。"

炎拓落座不久，酸汤水饺就上来了，还附赠了几碟凉菜、一罐冰峰。

刘长喜把生意扔给伙计，专程陪他吃饭："这趟，住不住啊？"

炎拓捞了个饺子吃了："不住，路过。"

说着，抬头看了眼店内："生意不错啊。"

刘长喜笑起来，脸上老大褶子："是啊，你晓得的，之前都是摆摊，被撵来撵去的，遭罪。盘下这儿之后舒坦多了，说出来你不信……"

他压低声音，比了个"八"的手势："今年到现在，挣了八万多呢，净利。"

炎拓点头："挺好，难得现在这么稳定。长喜叔，你也该找个人，好好过日子了。"

刘长喜一愣。

就在这一刻，他无比真切地感受到了时光的飞逝：小屁孩儿，似乎就在不久之前，还吃棒棒糖吃得一手黏，哭着让他拿肥皂"洗手手"，这一刻，居然老气横秋地劝他"该找个人，好好过日子了"。

刘长喜打哈哈："都老头子了，还找什么人啊？"

炎拓低头去捞饺子："别等我妈了，不可能醒过来了。再说了，即便能醒，她那心里，也全是我爸。"

刘长喜猝不及防，当场僵住。

他觉得尴尬极了，多年揣着的秘密一下子被人撕拉出来摊开，一时不知道该用什么表情去回应。好在，炎拓很体贴，他一直低着头吃饺子，间或喝汤，始终没抬头，没去看他的眼睛，留足时间给他过渡。

刘长喜干咽着唾沫，看炎拓的发顶，以及他吞咽时微微耸动的肩背，直到脸上不那么僵了，才故作随意地问了句："你妈，最近都好啊？"

炎拓吃完了，抽了张纸巾抹嘴："还是那样。医生说，如果让她自己选，她可能更愿意痛快地走，而不是这样赖活着。我吃完了，长喜叔，占你便宜，我不给钱了。"

刘长喜应付似的笑："还给什么钱哪！"

及至看到炎拓起身要走，才反应过来："这就走了啊？"

炎拓："走了，说了是路过嘛。"

刘长喜急急起身来送，到门口时，被小伙计绊住了问事，没法把人送到底，只得对着炎拓的背影嚷了句："帮我给你妈带个好啊！"

炎拓没回头，抬手过头招了招，那意思是：知道了。

因着刘长喜的嘱托，第二天中午车入西安之后，炎拓去了趟托养会所。

这是一家相当私密且高档的植物人托养及康复会所，以前是刷卡探视制，前些日子因为有人盗取客户会员卡蒙混入内，而今改成了刷卡加指纹准入。

炎拓半年多没来了，一是因为下载了会所 App 后，24 小时监控，想看随时能看到；二是来再多次，人也还是那么躺着，也看不到什么不一样的。

当然，最重要的是，他不想来。

来一次太压抑了。

……

他的母亲，林喜柔，住的是会所里采光最好，相对最安静的一间。

推门进去时，两名护士正帮林喜柔做肌肉按摩，目的是防止肌体萎缩。其实肌体早已萎缩了——卧床二十余年，再怎么"被动运动"，也抵不上普通人的活动量。

炎拓见过母亲当年的照片，明眸皓齿、珠圆玉润，而今干瘪、瘦小，不能吞咽，要靠鼻饲管进流食，面黄肌瘦，剃着光头，看上去可怜又可笑。

护士认识他，也清楚他的习惯："那……炎先生，我们回避？"

炎拓点头，又补了句："拿点棉签和盐水来吧，我帮我妈刷个牙。"

上次来，他帮她拍了背，防止生褥疮，这次刷个牙吧，来一趟，不能干瞪着眼看，总得做点什么。

护士很快就把需要用的放进托盘送了过来。

炎拓戴上医用口罩，把椅子拖近床边，叠了纸巾垫在脸下，然后把床头的口腔灯拉到合适的位置打开，一手托了林喜柔的脸，另一只手拿棉签蘸了盐水，探进口腔，很有耐心，一颗颗牙地清理。

因为长期不咀嚼，她的下颌肉是僵硬的，嘴巴并不易张。

即便护士早晚会做清理，她口腔里的异味仍远超常人，隔着口罩都能闻到。

而他掌心托着的脸，无知无觉，轻得让人心悸，任人摆弄。

……

全程做完，窗外日光正炽，有一道光落在被褥上，落得温柔绵软。

炎拓盯着那道光看，直到有手机消息进来。

是林伶发的：快回来了吧？林姨让我问你到哪儿了。

炎拓回了两个字：快了。

回完消息，他又坐了几秒，然后起身把椅子归位，向着门口走去。

开门时，忍不住回头看了一眼。

那个躺在床上的女人。

失去了生活、爱人、家庭，甚至名字……都被偷走的女人。

回到别墅，已是午后。

往常，别墅里是有点吵的，因为这是熊黑的产业，他负责公司安保，交游甚广，又出手阔绰，以至于这儿不像居所，更类似于狐朋狗友打牌喝酒、联络感情的俱乐部。

炎拓他们进出，走的是后门的专用电梯。换言之，别墅一二层半公开，三四层私密自住，以门禁分隔，泾渭分明——对外熊黑只说楼上住着重病的亲戚，需要静养，来客知情识趣，从来不会好奇窥探。

然而今天，整栋楼都安静，炎拓进电梯的时候，没有听到任何的吵闹声。

多半是熊黑不在，这就反常了，他向来是紧跟林喜柔、不离左右的。

炎拓先上三楼。

林伶正在电梯边的小客厅里做手工小屋，闻声抬头，炎拓已经进来了。

"熊黑不在？"

"两天没见到他了，我打过电话去农场，也不在那儿。"

那就是被支使着去做别的事了。

炎拓的目光掠过茶几上快完工的小屋，粉色系，很有少女心，有小桌子、小椅子、小梳妆台，是不是每个姑娘都喜欢这种梦幻调调的？

聂九罗肯定不是，她工作室里那些雕塑，有美到极致的，有恶到狰狞的，就是没活泼可爱的。

他压低声音："你怎么样，最近睡觉还正常吗？摄像头买了吗？"

别墅里是有监控的，但主要对外，防外贼，起居空间都没有。

林伶点头："买了，没发生什么事。"

这就好，炎拓安慰她："你可能就是做梦。"

希望吧，林伶朝外间努了努嘴："林姨让你一回来就去见她。"

林喜柔的门关着，炎拓伸手叩门："林姨，是我。"

"进来。"

炎拓推门入内，林喜柔正在打电话，示意他等会儿。

听不到通话内容，林喜柔只简单地"嗯""好""就这样""拍张照片给我"，但察言观色，能看出她心情很好。

生意上的事已经绝少能让她笑逐颜开了，炎拓心里一激灵：难道是板牙的追查有线索了？

这对他来说，可绝不是好消息，只要出现一个人证，他撒的谎，就全破了。

放下电话，林喜柔看向炎拓："可算是回来了，这种药材上的小事，何苦自己跑一趟……"

话到中途，她脸色突地一变："脖子怎么了？"

边说边伸手来摸。

脖子上的伤好得差不多了，但牙印没那么快消失，炎拓不自在地避开："没事，遇到个神经病……"

林喜柔没林伶那么好糊弄："是女的吧？"

"嗯。"

林喜柔皱眉："小拓，你正经交个女朋友，别总是招惹这些不着四六的。上次什么聂小姐，把人扔山里了，这次才去几天，又弄来一个咬人的，你就不能交往点正常人吗？"

炎拓："我下次……注意。"

旋即岔开话题："林姨，看你心情很好，有喜事？"

林喜柔颇为感慨："是啊。"

"跟板牙有关？"

林喜柔不置可否，但看她的表情，八成是猜对了。

奇怪，林喜柔对"板牙"极为重视，炎拓有一种直觉：这绝不仅仅是因为他和狗牙在板牙遭了罪。

"不是说，线索到板牙就断了，查不到人了吗？"

林喜柔款款一笑："小拓，这你就别管了。林姨一直后悔把你搅和进这事，受了那么多罪。你放心，害你的人，林姨会让他们加倍偿回来的。"

炎拓沉默了一会儿，忽然笑了："我懂了，林姨。是我没用，我难得帮你做一回事，就办成这个样子，捅出这么大娄子，要一堆人追着收拾。你没骂我，已经很给我脸了，我确实也没那资格帮你做事。"

林喜柔一怔，觉得他误会了："不是，小拓……"

炎拓伸手去开门："我都明白，林姨，你不用安慰我。"

14

　　林喜柔无奈："你怎么这么倔呢？这回出事，跟你完全没关系，是狗牙不做人事，拖累了你。"

　　炎拓的手从门把上缩回来："狗牙？"

　　林喜柔阴沉着脸点了点头："这事太复杂了，以后再跟你解释吧。总之，完全不是你的疏忽，你不用有心理负担。"

　　炎拓半晌才开口："既然这样，林姨，我自己的仇，我自己去讨，一切都由你代办，别人会看不起我的。"

　　林喜柔失笑："你这孩子，什么看得起看不起的，分什么你讨我讨啊……你还记不记得，熊黑放火那次，有个女人被烧伤了？"

　　炎拓不动声色："那个华嫂子？她醒过来了？从她嘴里掏出话了吗？"

　　林喜柔轻蔑地一笑："哪还醒得过来啊？早死了。"

　　炎拓心里一沉。

　　华嫂子的确是当初坑害他的人之一，但他再愤恨，也不至于想她死。

　　林喜柔恨恨道："板牙那群人消失得太彻底了，只剩这个华嫂子。我一直让熊黑派人在那儿盯着，从住院，到死，到烧成灰，到下葬，下完葬，我让他盯着坟……"

　　炎拓听得脊背发凉。

　　"……终于，刚才熊黑跟我说，葬后第十八天，半夜，有个老头偷偷去烧了纸，拄拐的瘸腿老头。我跟他交代了，这个老头，一根毛都不能掉，务必给我带回来。"

　　说话间，有图片消息进来。

　　林喜柔笑着点开："来，你看看，是不是你提过的那个瘸腿……"

　　她忽然不说话了，毫不夸张，炎拓觉得，几乎就是在刹那之间，她脸上的血色褪去，连嘴唇都蒙上了一层灰。

　　炎拓从未见过她这样，前所未有。

　　她死死盯着手机屏幕上的那张照片，攥着手机的手指渐渐青白，骨节凸出，足见力道之大。

　　炎拓朝屏幕看去。

　　没错，是那个瘸老爹，一般来说，人上了年纪，面目也会相对慈祥柔和，但他不，横眉竖眼，一张老脸上，有一种剑拔弩张式的劲力。

　　他说："就是这人，林姨，你认识啊？"

　　一定认识，因为林喜柔直到现在，还没从最初的惊愕中回过神来。

　　听到炎拓的话，她浑身一震，如大梦方醒，茫然地"啊"了一声，紧接着，煞白的脸上血色回潮，呼吸也急促起来，语无伦次地吩咐他："小拓，给我倒……倒杯水……"

边说边倒退两步，怔怔跌坐在靠背椅里。

炎拓从养生壶里倒了杯花茶水递给林喜柔，她颤抖着手接过来，一仰头咕噜噜全喝下去了，完全没了平日里饮茶的优雅。

瘸老爹在板牙也就是个小人物啊，甚至没那个雀茶有地位，更别提跟最上头的"老蒋"比了，怎么林姨见到他的照片反应这么大？

炎拓心下疑窦丛生，尽量不露，满眼关切。

林喜柔终于缓和些了，但说话还是有点前后不搭："小拓，你这一趟也累了，歇……歇着去吧，林姨想起还有些事要处理。"

炎拓应了声，故意走得很慢，出门之后反手掩门，就更慢——

透过渐合的门缝，他听到林喜柔已经接通了电话："今晚能送到农场吗？对，就这个人。"

华灯初上，蒋百川家。

正是饭点，做饭阿姨一道道往桌上上菜，大碟大盆，红肉白汤，看着很是诱人。

然而围桌的几个人，没一个动筷子的。蒋百川面色阴沉，看那架势是有雷霆怒，还在强压着，大头悻悻坐着，不时瞥眼看山强——山强正忙不迭地拨电话，拨不通，再拨，急得额上的汗都出来了。

只有雀茶宛如局外人，正忙着玩城建游戏。

最后一道菜上完，蒋百川挥挥手，示意阿姨不用再过来了，同时向着山强喝了一句："还打什么打？这都一天了，九成是出事了！"

山强冷不丁吃了这一喝，吓得差点掉了手机，他小心翼翼地把手机搁回桌上："这也不怪瘸爹……"

蒋百川气不打一处来："都说了近期别出去乱窜！让他来我这儿住，又不来，口口声声自己能管好自己，结果呢？"

山强硬着头皮帮瘸爹说话："那人家华嫂子伤成那样，他不想走，也情有可原啊。"

雀茶支棱起耳朵：合着华嫂子和瘸爹还有情况？她在板牙待的时间不长，没看出来。

大头清清嗓子："蒋叔，瘸爹和华嫂子那是少年情侣离散，鳏夫寡妇，一对老鸳鸯，人家有感情的——华嫂子烧伤，瘸爹忍着没敢去探望，已经很克制了。现在人死了，去上个坟也合情合理，更何况瘸爹还是挑夜深人静的时候去的，很谨慎了。这都这么多天了，也没想到炎拓那头的人还盯着啊。"

蒋百川知道这话属实，从情分上说，自己也觉着瘸爹去上个坟无可厚非，但现

在出状况了,总不能夸他上坟上得对、上得好吧?

气氛一时胶着,雀茶停了游戏,顿了顿,凑向坐在身边的山强,压低声音问他:"什么'少年情侣离散'?"

山强瞅了眼蒋百川,也压低声音,尽量长话短说,跟雀茶科普了一下。

原来,二十多年前,瘸爹正值盛年,跟华嫂子是情投意合的一对,但华嫂子的家人不大看得上他,嫌他穷,没前途。

这其实不算什么大事,只要当闺女的执拗,爹妈也不能拿他们怎么样,毕竟新社会嘛,婚姻恋爱自由,但瘸爹是个心气很高的人,受不了别人冷眼,跟华嫂子说,要出去找门路,一定开着小轿车,风风光光回来娶她。

结果这一去出了意外,掉了半条腿,成了残疾人。

瘸爹自惭形秽,觉得自己配不上华嫂子,躲起来再不见她,后来,华嫂子嫁了人,瘸爹也在家人的安排下娶了一个,各过各的日子去了。

可惜双方的伴侣都不是长命的,二十年后再遇,两人又都是孑然一身,不过,这俩并没有如别人料想的那样再续前缘,而是就近而居,互相照应着过日子,超过一般爱人的关系,不是亲人、胜似亲人了。

雀茶听得怔住,回想起来,她其实挺不喜欢瘸爹这个人,凶声恶气,举止粗鄙,活脱脱一个老刺头,想不到跟华嫂子之间,还有这么一段过往。

再看蒋百川时,就觉得分外硌硬了:你自己做局,明明可以通知华嫂子一声的,白白让人送死的意义在哪儿呢?让这个局更有真实性?

正心里堵得慌,蒋百川的手机有消息进来,他拿起看了一眼,头也不抬,吩咐雀茶:"邢深他们到了,你去帮忙开一下车库门,迎一下。"

听到"邢深"的名字,雀茶心跳忽然加速,她若无其事地"哦"了一声,不紧不慢地去了。

邢深当然不是一个人来的,他是盲人,没法开车。

开车的是老刀,这些日子,他一直陪在邢深身边:走青壤之行意外中止之后,一干人都回了板牙休养生息,再后来,刑讯炎拓毫无进展,再走青壤也不太可能,大多数人便陆续离开了。只有邢深,提出要重返秦巴腹地,把没走完的金人门一一走完。

蒋百川当然不可能跟着他,但也不放心他一个人,所以吩咐年轻一辈中身手出众的老刀陪同。

雀茶刚迎出去,就遇上了,她遥控打开车库门,顺便帮忙看着左右,指引车子入库。

车窗都是半开的,从她身侧经过时,她看到坐在后座的邢深,也许正是因为眼睛失明,没有五色乱心,他任何时候都不急不躁,温和安静,渊水一样深沉。

他身边,坐了个……小孩?

虽然车子很快入了库,但雀茶确信自己没看错,从身量看,是个八九岁的小孩,穿蓝黄相间的卫衣,戴兜帽,兴许是身体不好,嘴上捂了口罩,低着头,很老实地坐在邢深边上。

出外办事,干吗还把孩子给带上呢?

来不及细想,车子已经停妥,老刀和邢深相继下车,然后关锁车门,向着外头来。

雀茶一愣,脱口说了句:"小朋友……不下车吗?"

老刀瞥了她一眼:"你别管了。"

雀茶知趣地闭了嘴:作为长伴蒋百川的枕边人,这些年,零零碎碎、丝丝缕缕,事情她多少知道些,但东一榔头西一棒的,始终不全。蒋百川对她的期望,只是娇俏可人的女伴,并不把她引为可以共事的同伴。

餐桌够大,多加两人也不嫌挤,见邢深他们进来,蒋百川笑着起身:"正好、正好,还没动筷呢,菜都还热乎。"

邢深说:"蒋叔,借一步聊两句。"

蒋百川有心理准备,发生这么多事,邢深一出山就接二连三地接收信息,要聊也在所难免。他跨步出座,不忘招呼余人:"你们先吃,不用等我们,再等菜都凉了。"

话是这么说,但总不能真让两位吃剩菜,雀茶另拿了保鲜盒子,将各色菜等都夹了小半放过去,候着两人上了楼,才又向山强打听:"哎,你说,邢深眼睛看不见,怎么走路上楼,都不要人领着扶着的?"

山强茫然:"我怎么知道?瞎久了,对世界适应了吧。"

大头则扬扬得意,拈起一根蘸了酱的黄瓜段,嘎嘣一声咬了:"狗家人,那当然是……不一般的。"

……

蒋百川带邢深上了顶楼,周围高层建筑不多,景也不错,外头的路道上,能看到车子倏忽而过,其间夹着不少外卖小电驴。

新产业可真是欣欣向荣、势不可当啊,蒋百川很感慨,自己当年,如果把钱投在什么快递、外卖上,而不是搞实业,也不至于人之将老、家底亏空了。

邢深开门见山:"听说瘌爹联系不上了,有没有可能是被……"

蒋百川接口:"八成是了。不过瘌爹还好,我和他三十多年的交情,这人讲义气,骨头硬,嘴也紧,所以问题不大。"

"那也不能什么都不做啊,炎拓那边,就完全查不到?"

蒋百川苦笑。

查得到,公司、住址、车牌、手机号,都查得到。

但关键是，公司正常运营着，房子空着，车子和手机报废在板牙了，人是完美"蒸发"了。

非独炎拓，连那个露过一次面的"林伶"，也都无迹可寻了。

当日"将计就计"之后，他其实安排了人，想暗中跟上炎拓的同伙，但跟了没多久就被甩脱了，记下的车牌号也都是套牌的，对方的警惕程度，远超他的想象。

他也曾想过借炎拓瘫痪在床的母亲打开缺口，但一来，那是个高档托养中心，一般人进不去，好不容易盗了张客户卡进去，还触发了安全警报，现在人家全盘换系统了；二来，听说炎拓一年都难得去上一两回，他实在没那个人力去做长期的守株待兔。

邢深说："我担心的是阿罗，她跟我们不一样。你就没帮她安排？"

蒋百川无奈："我安排了，她不要，觉得自己头铁，什么都能解决。我又不好让人盯着她，她那机灵劲，万一发觉了，闹得不好看——我给了她一个电话号码，有急事的话，能叫到人。"

邢深觉得不靠谱："真是连她都解决不了的事，你安排的人，也帮不上忙。要不然，我过去吧。"

蒋百川没说话，过了会儿，他呵呵地笑起来："邢深，算了吧，你们俩不可能再回头了。

"蒋叔也算是看着你们长大的，聂二那脾气，想要就要，不要，扔她跟前她也不捡，她早走出去了，你怎么还原地不动弹呢？听蒋叔一句，她配不上你，你啊，值得更好的。"

邢深沉默半响："蒋叔，你想多了。我和阿罗有交情，现在华嫂子死了，瘸爹也失踪了，阿罗是个明靶子，我都不知道人家会怎么对付她。这种时候，还顾忌什么嫌隙呢？当然是能帮多少帮多少。再不济，我总还能帮她嗅个味、示个警吧？"

蒋百川干笑："随你，晚点我帮你去个消息问一下。"

邢深犹豫："还是别了吧，发消息她多半一口回绝。我觉得可能直接过去……比较好？"

蒋百川第一反应就是千万别，再一转念，觉得让邢深吃个闭门羹也好：年轻一辈里，他最欣赏邢深，觉得他是个胸怀大志，就是看不惯他为了个女人婆婆妈妈——不过这也不算什么大事，男人嘛，年轻时总有一两年是会为情优柔的，挨过去了就好了，天大地阔，可以放手干事业了。

他说："随便吧，你自己的事，自己决定……对了，蚂蚱带回来了？"

"回来了，在车里。"

"这一路，它怎么样？"

"挺好的，很听话，也很爱表现。"

蒋百川点头:"这真是也看缘分的,它就是跟你亲。它现在爱吃生吃熟?"

"爱吃熟的,生的不大沾了。给它扔带血的肉,还会发脾气。"

蒋百川惊讶:"真的?"然后哈哈大笑,"行,今晚给它上煮排骨。这小畜生,学得越来越像人了。"

15

凌晨两点,炎拓车进乡村公路,再有一刻多钟,就能到种植场了。

后车座上坐着林喜柔,这一趟,她也只能让炎拓开车送她:熊黑不在,熊黑手下稍微得力点的也不在,夜半赶路,总不能随便拉个阿猫阿狗随行。

车身颠簸了一下,乡村公路就是这点不好,维护不到位。

林喜柔从愣怔中回神:"小拓啊,你累不累?累就开慢点。"

炎拓没吭声,果然,林喜柔也就是那么随口一说,说完了,又回到先前呆怔失神的状态中去了。

种植场处一片漆黑,只正门的门卫室内亮着微弱淡白的光,不过炎拓没从前门进,他绕到后大门,快靠近的时候揿了两声喇叭。

大门边黑影晃动,很快,不锈钢电动伸缩门向着边侧滑去。

炎拓一路把车开到了主楼楼下,一楼的边门开着,门内有亮光,熊黑正等在那里。

林喜柔下了车,急匆匆向着那头走,高跟鞋踩得噔噔响,风衣的衣角左右飘甩,炎拓端坐在驾驶座上,不作声,也不动,很安静。

都走到边门了,林喜柔才想起他来,回头招呼他:"小拓,过来啊。"

炎拓应了一声,解开安全带下车。

林喜柔向着熊黑苦笑:"这孩子,也太老实了,你不叫他,他就不动。这半夜三更的,难道我放他一个人在车里待着?"

熊黑乜斜了眼,看正往这头走的炎拓,嘴角不屑地往一边挑起:"这也老实得太过头了吧。"

还想再吐槽两句,见林喜柔面露不悦,知趣地吞下了不说:有句网络上常用的话,叫"只有女人才能看得出谁是贱女人",同理,他想说,只有男人才能火眼金睛,看得出谁是贱男人。

林喜柔是养便宜儿子养太久,里看外看都是花。

炎拓老实?虽然熊黑从来没揪到过他不老实的小辫子,但他也从来不觉得这人老实。

炎拓跟着林喜柔和熊黑，步入地下楼层。

说实在的，他有些怀念十多年前，那时候，科技没那么发达，里外没布下那么多摄像头和现代化感应装备，这地下二层，他还能伺机进出个几回。现在不行了，里里外外，你根本不知道装了多少电子眼，又是声控又是温控，除非断电断网，不然，他还真没那个胆子偷入。

而且这地下，经过持续完善，早不是当初鸟枪破炮的模样了，每一个区域都是不锈钢门配防爆玻璃的配置，进出是定期更换的密码加指纹双重防护，更重要的是，从表面来看，毫无异常，就是个安保森严的存储兼避光培植场所。

熊黑领着两人走到一间小房间前。

这里的房间基本都隔音，门内即便在争吵，外头也听不到，饶是如此，站在门口，还是能听到"扑扑"砸东西的声音。

熊黑轻蔑一笑："砸屋呢这是。"

林喜柔皱眉："没绑？"

"没有，先让老头发泄发泄，耗点力气，反正这屋扛砸，桌子、椅子都结实，砸不坏。要我说，这人也真蠢，跟前都没人呢，较什么劲啊？"

熊黑又在门口等了会儿，这才键入密码，一把推开了门。

瘸爹早听到了门上的电子音，攒足气力，拐身高高扬起，向着门口直砸下来："还有没有王法了你们？敢绑老子……"

瘸爹虽然凶悍，但在铁塔一样的熊黑面前，可就不值一提了，熊黑一抬手就握住了拐身，一脚直踹出去，把瘸爹踹得撞到对面墙上之后，骂骂咧咧地把木拐扔到地上："脾气还不小。"

这一撞，撞得瘸爹一口气没上来，他跌坐在地上，狠狠抬眼，视线越过熊黑、林喜柔，一下子锁定了站在最后的炎拓，刹那间双目赤红，一张脸都扭曲了："是你们放的火！"

这一遭被绑，他也在怀疑是不是炎拓的同伙所为，但毕竟没见到切实的佐证，不敢下断言，如今见到炎拓的脸，再没犹疑了。

他狂吼一声，向着门口过来，一时忘了自己少了截腿，重重栽倒在地，但这丝毫也没影响他的斗志，手、脚加一边的膝盖并用，拼命往前爬。

林喜柔站着不动，冷冷地盯视着他，炎拓垂下眼，目光旁掠：还是那句话，这些人坑害过他，他并无好感，但也并不想见到他们落得太过凄惨。

熊黑弯下腰，一手揪脖子，一手抓断腿，老鹰掠鸡仔一样把瘸爹拎了起来："老不死的，消停点吧。"边说边把瘸爹摔进一张椅子里，双手反剪了铐在椅身上，又转头看林喜柔："林姐，这样行吗？"

林喜柔笑笑："行，你们都出去吧。"

炎拓退出房间，房门一关，就什么声音都听不见了。

他先前还怕瘸爹会戳破自己的谎言，现在反而不那么担心了：看林喜柔的反应，板牙村那一出已经无关紧要，她要聊的多半是"旧事"。

熊黑笑呵呵地看炎拓："咱们去休息室，喝两杯？"

他跟炎拓并无嫌隙，所以明面上还是一团和气的。

炎拓："狗牙现在伤养得怎么样了？我能不能去看看他？"

熊黑犹豫了一下，顿了顿，爽快地同意了："行，跟我走吧。"

……

熊黑带炎拓进了一间培植室，走到最角落的地方，伸手去掰墙上挂着的长幅"操作准则"，掰开之后是一扇小门，侧身进去，是十平方米都不到的小屋。

屋子中央挖了一个直径约莫两米的圆池子，池壁是水泥砌的，可以储水，池子里便是一汪近乎黏稠的泥水，几乎满到池沿，狗牙脸朝下趴浮在浑浊而又腥臭的池水中，如一具浮尸。

炎拓站在池沿，强忍住反胃说了句："以前挺好奇你们受伤怎么能好那么快……这治疗方式还挺特别的。"

靠墙立着根带竹竿的大钩耙，熊黑抄起来，往狗牙的脖颈处一钩，然后用力一带，把人翻了过来。

狗牙双目紧闭，满是泥水的脸苍白而又浮肿，但炎拓看得清清楚楚：左眼本该是个血窟窿的，而今没有任何受伤的痕迹，非要说有什么不同，就是伤处新长出的眼皮和肉，颜色更粉嫩些。

他喃喃道："真厉害。"

熊黑瞧了他一眼："羡慕啊？"

"是啊，"炎拓蹲下身子，浑浊的池水里，他模糊的影像一漾一漾，"我从小在林姨身边长大，和你们，也是七八年的交情了。我又不是傻子，相处这么久，当然能看出大家是不一样的——这几年，林姨几乎不对外露面了，估计是怕认识的人发现她长久没变化吧，再过几年，八成又要搬家了。

"大家都是人，怎么你们就这么有本事呢？说不羡慕那是假的，熊哥，有这么好的道，不能带我也沾沾光吗？谁不想青春永驻啊，都说女人怕老，男人也怕啊。"

熊黑哈哈笑起来，他就势在炎拓身边蹲下，还拿手拨了拨池水，就跟在看水逗弄鱼似的："我就说嘛，你小子削尖了脑袋在林姐跟前表现，指东不打西，果然是存了心思的。"

炎拓淡淡一笑："人望高处嘛，狗牙没了眼珠子都能再长，我要有这本事，简直能横着走。再展望一下，林姨这不老的秘方，但凡能开发利用、商业化那么一点点，活上十辈子都不愁用钱了。"

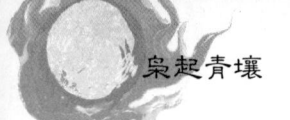

他说着转头看熊黑："林姨对我是没的说，但在这些事上，始终拿我当外人，就拿八月份你们去秦巴山来说吧，我只能当个接人跑腿的。熊哥，能拉我一把、帮忙指点一下吗？我怎么做，才能让林姨完完全全接纳我呢？"

他两指摁向心口："真心话，肺腑之言。"

熊黑"嗐"了一声："不是这么简单的，你没法弄，你跟我们那完全不是一个……"

他意识到说漏嘴了，陡然刹住，又扭头看向门外，生硬地拗转话题："哎，林姐跟那老头，也不知道聊得怎么样了……"

瘸爹简直莫名其妙。

好家伙，男人都跑光了，留这么一个年轻漂亮的女人对着他干吗？他黄土埋到胸口的人了，还能吃美人计那一套？

他气闷得厉害，奈何手脚都挣不脱，半截的那条腿倒是自由的，恨只恨派不上用场。还有，对面那女人一直盯着他看，看几眼还好，看久了，他就有点毛骨悚然了。

瘸爹脖子一梗，以吼壮胆："你看什么看！喊你们管事的来跟我说话！"

林喜柔笑起来："你不认识我了？"

瘸爹一愣，又仔仔细细把林喜柔打量了一遍。

开什么国际玩笑，他怎么可能认识她？这样一张脸，但凡见过就不可能没印象。

他皱起眉头："你认识我？"

见林喜柔默认，他更奇怪了："什么时候？"

林喜柔说："我提示你一下，九一年底、九二年初的时候。"

瘸爹只当她在放屁："小丫头，九一、九二年，你都还没生出来吧，想诈你瘸老爹，你还嫩点！"

林喜柔笑了笑："没想起来啊，再给你点提示：那时候，你在地下。"

瘸爹冷不防一个激灵，原本人是歪靠在椅子上的，现下后背发凉，身子也渐渐坐直了："你怎么知道的？你家……大人跟你说的？"

大人？

林喜柔哈哈大笑起来，一边笑，一边起身，两手撑住桌沿，向着瘸爹俯下身子，再然后一字一顿，笑容也慢慢消失："都到这份儿上了，你还想不起来？你那腿，是怎么没了的？"

瘸爹顷刻间骨寒毛竖，连断腿处都在发胀发热了："你……你怎么知道？你是谁？"

我是谁？

林喜柔说："怎么问起我来了？该我问你啊，我儿子呢？"

她双目渐渐赤红，一股恶气直冲胸臆，盯住瘸爹皱纹百结的老脸，猛然张大嘴，发出一声凄厉的嘶吼。

美人大多数时候都是美的，即便哭，都是梨花带雨，但狰狞的时候例外——狰狞的时候，再美的面目都会肌理变形、五官移位。

更何况，瘸爹看到，林喜柔翻卷的舌头下头，像动物受惊乍毛一般，竖起了一根根黑白相间的、如同豪猪身上才会有的、密布的短刺。

1993年11月26日／星期五／晴
好久没写日记，本子翻出来，纸页都发黄了。

这事真不赖我，当妈了，时间就不是自己的了，从早到晚，嗖嗖的，都不知道日子过哪儿去了，老话说"有了媳妇忘了娘"，照我说啊，是"有了儿子忘了郎"，我真是连大山长什么样都记不大真了。

今天难得有时间，得写长点。

过去这一年，最重要的事就是添了小拓，儿子太乖了，可真是个小天使，很少哭闹，还总笑，他笑我就对着他笑，能对笑半个小时也不累，像个乐呵呵的傻子。我已经在嫉妒他未来的媳妇儿了，真是难怪自古以来婆媳关系都处不好，能处好吗？这么早就已经嫌上了。

大山跟我说，这么喜欢孩子，就再生一个呗，最好生个女儿，这样就儿女双全了。

生个女儿也挺好，小拓领着个乖巧的小妹妹，这画面，想起来我都美得晕乎乎的。

不过生孩子对女人来说，真是场消磨，生完小拓之后，我身体就不大好，还添了漏尿的毛病，产假一休再休的，后来索性就辞了。大山体贴我，说要找个保姆。

我吓了一跳，这不是资产阶级的生活方式吗？

大山笑我土，让我放眼看世界，还让我向大城市的老板看齐，人家那才叫会享受。

上周，他把保姆领回来了，要么，我现在怎么会有空闲在这儿写日记呢？

这个小保姆李双秀，我其实不是那么满意。有两点：一是，这姑娘太漂亮了，不夸张地说，去当明星都不过分，这样的人，能安心当个小保姆？二是，保姆嘛，当然是岁数大点、奶过孩子的好，太年轻了，不牢靠。

但我也不好意思说什么，人家来帮你做事就不错了，你还挑三拣四，这不是地主婆作风吗？

大山私底下跟我说，这小保姆，跟咱家还有点渊源。他问我还记不记得李二狗，双秀就是二狗的妹妹，来矿上想找份工作，大山觉得矿上活儿太重，又都是男人，不方便，才把她领回来当保姆的。

那个偷了矿上的钱、失踪一年多了的李二狗？大山也太好心了，李二狗偷了矿上小一万呢。

不过，我跟大山说绝不可能，李二狗长得那叫一个难看，跟李双秀简直一个地下一个天上，亲兄妹，眉眼间怎么能一点相似都没有？

大山说我没见识，说这种情况多着呢。

多吗？可能我是需要长点见识了。

话说回来，双秀带孩子还挺似模似样的，有时候，小拓在我怀里都哄不住，到她那儿就好了，我真是怀疑，她是不是有过孩子。

就写到这儿吧，一年多不写，真是写得干巴巴的，流水账了。

附：今天长喜来家里了，还拎来了两只老母鸡。这孩子，矿上本身钱就不多，还老往我这儿买东西，我得跟大山说说，月底让会计给长喜多打点钱。

——林喜柔的日记，选摘

名君起者の異装

第二卷

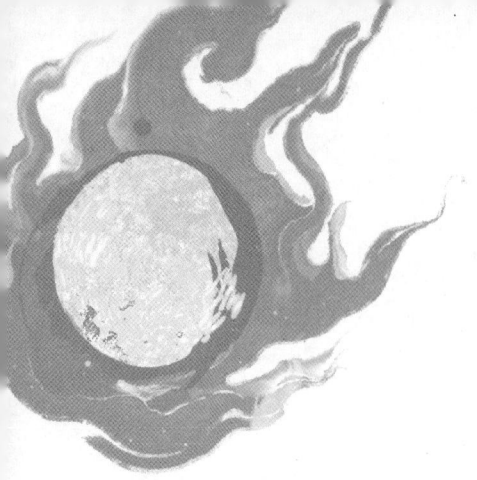

01

晚十点。

聂九罗翻完了一本《西方当代雕塑》。

老实说，她的生活还真没炎拓想的那么刺激：外出多是采风，不外出时不是和泥打交道就是看书——老蔡前些天给她提了个建议，让她尽量多接触各色人等、多多拥抱生活，说雕塑绝不是简单的照猫画虎或者闭门造车，一定要注入阅历，阅历！这样，观众从一块泥疙瘩里都能感受到她层次繁复的人生。

太玄乎了也，而且，她充其量也就二十多年的人生，能"繁复"到哪儿去呢？

聂九罗撂开书，忽然想到炎拓。

身边活着一群跟人一样的地枭，还要装着并未察觉，这人生，足够富于肌理、明暗、刺激和层次了，她的就有些单薄了，毕竟是普通人嘛。

正想着，手机响了。

来电显示是"聂东阳"，聂九罗颇反应了一下这人是谁，然后很平和地接听。

聂东阳在那头笑："夕夕啊，这么晚还没睡？"

聂九罗想"敬称"一声大伯，没叫得出口，不过，聂东阳是她父亲聂西弘的亲哥哥，所以这人真是她大伯，亲大伯。

她"嗯"了一声："有事？"

聂东阳说："是这样的啊，夕夕，你一直在外打拼，也好多年不回乡了。不过今年不太一样，下周是你爸十九年冥诞，我们这边的规矩啊，过九不过零，十九年，那是……"

居然都十九年了，她是该尽个孝："好啊。"

聂东阳清了清嗓子："是这样的，十九年，那肯定要操办得隆重一点，要花不少钱。我琢磨着，这钱是不是你出比较合适啊？"

聂九罗没吭声，有点想笑。

父亲跳楼殉情之后，她算是"父母双亡"，但也用不着进孤儿院，因为虽然母亲那头没亲戚了,但亲大伯还是在的——聂东阳接收了她家的房子、所有的钱,以及她,拍着胸脯表示会待她超过亲生的,将来还要风光送嫁。

可她最终,也没要他养啊。把她家给席卷一空了,这点小钱,还来朝她伸手?

聂东阳似乎察觉到了她的情绪:"本来啊,要是没你,我就一手包揽了,毕竟是我亲弟嘛。可是你想,父女关系,总比兄弟要亲啊,我越过你,不合规矩,显得不尊重你。再说了,你爸也不乐意,对吧?"

真是能说会道,把理给占全了,聂九罗也懒得在这点钱上计较:"行啊。"

聂东阳很高兴:"夕夕,你放心,买了什么、花了什么,费用我都会列给你,尽量开发票。"

还"开发票",开了她也没处报啊,聂九罗原本想说不用了,一转念,回了句:"好啊。"

就让聂东阳热热闹闹地为这事使劲赚差价吧,反正他乐在其中。

挂了电话,聂九罗在原地站了会儿,走到书柜前头,从下层抽出影集。

这影集算是父亲聂西弘和母亲裴珂的专辑,其中只有几张捎带上她——这倒不是冷落她,她也有影集专辑,从出生之后的第一张百日照,到六岁那年聂西弘跳楼,戛然而止。

聂九罗翻开影集。

一九九几年,已经是彩照的天下了,只是颜色不鲜亮。照片跨度从父母恋爱、结婚到婚后,而几乎每一张里,裴珂的颈上,都戴了一条翡翠坠子的白金项链。

这条链子,聂九罗很有印象,因为小时候,她最爱拈着那颗翡翠对着天看,天空登时就成了绿意流淌的碧水。还有白金链子,那时候,她以为天底下最贵的就是黄金,然而裴珂告诉她,白金卖得比黄金还要贵。

后来,母亲出事了,这条项链作为遗物,收在了梳妆台的抽屉里,父亲因着思念母亲而酗酒痛哭的时候,她就会爬上梳妆凳,把这条项链拿起来往脖子上比画,想象着她戴上了之后是多么美丽,而英俊的王子又是如何为她倾倒,一匹白象把她载去了富庶的王国(她不大瞧得起白马,那小瘦背脊,坐着硌屁股,还是白象背宽肉厚,坐着舒服),从此过上了幸福美满的日子。

再后来,项链连同房子、钱,还有她,都让大伯一家给接收了。

聂九罗"啪"的一声,把影集给合上了。

半夜十二点。

地下室的厨房里,大头又在扬刀开剁了,这次,多了山强给他打下手:炉头上一锅滚水正沸,山强拿筷子一块块夹起肉肝,小心翼翼地投进锅里。

大头发牢骚:"小畜生,吃什么熟的?还要老子费事过遍水。"

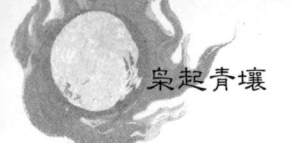

山强"嘘"了一声，拿眼睛示意了一下最里头的卧房，那意思是让大头小声点，别尽说点有的没的，让孙周听了犯嘀咕。

大头会意，旋即压低声音："哎，我说，孙周该开鞭了吧？"

山强"嗯哼"了一声。

大头："鞭子买了？"

"买了。"山强兴致勃勃地撂下筷子，掏出手机给大头看自己的订单，"看见没，特级，牛筋鞭，祖传手艺编织。"

大头："你来？"

山强："我挨得最近，可不就我来吗。"

大头有点不相信："你能行？"

山强不乐意了："怎么说话呢，谁还不是个鞭家人啊？我是不咋的，但'开鞭'这种粗浅活儿，我还是可以的吧？到后期我应付不来了，再交给余蓉那小娘儿们呗。"

听到"余蓉"的名字，大头的嘴角扯了一下："那可是个变态。"

山强耸肩："要么说人家能做尖儿呢，聂二、邢深、余蓉，哪个不是变态啊？"

说到这儿，又拿胳膊肘去捣大头："哎，你说，这里头谁最变态？"

大头夸张地紧紧闭上眼睛，闭得眼角飞起了无数的褶："这还用说吗？"

山强深以为然："我也觉得是他。"

……

蒋百川是主，邢深、老刀是贵客，夜半送饭这事儿，还得落在大头和山强身上，而且今晚还是两份，分送两处。

大头抄起熟的那盆："我去车库伺候小畜生，你和孙周多处处，拉近感情，方便后续开展工作。"

山强也觉得这样正合适，他把砧板上剩的生肉装盆，哼着小曲端往里屋，才刚走到门口，就听到孙周急切地嚷嚷他："强哥，哎，快，亲嘴儿了哎。"

为了帮孙周度过无聊且无趣的"治疗期"，大头从网上搞了一批电影资源，部部都很劲爆。

山强加快脚步，同时感慨：孙周这心还真大，都到回光返照这份儿上了，还乐呵呢。不过能乐呵一时是一时吧，毕竟这种好时光也是不多了。

他急急推门进去："什么戏啊，国内国外的？"

"国内国内，快快！"

一听是国内，山强喜上眉梢，老实说，看国外的电影他没多大感觉，国内的就不同了，都是同胞，他入戏快。

他一进屋就搁下了装肉的盆，第一时间坐到床尾，盯着屏幕目不转睛地看了会儿，又往后挪了挪，给屁股蹭了个舒服点的位置，正要吩咐孙周赶紧吃饭，后脑勺上忽然重重挨了一下。

这一下打得山强眼前发黑,还是那种方块状忽大忽小的黑,他居然撑住了没晕,难以置信地转头看孙周。

怎么会是孙周呢?这废物,这傻缺,这被蒋百川三两句话就耍得找不着北、整天欢欢喜喜跟他挤在一道对电影评头论足的孙周……

怎么可能呢?

还真是孙周,他手中举着屋里那盆大虎皮兰花盆的盆托,正恶狠狠地盯着他,见山强没倒,又高高把盆托扬起,冲着他脑顶来了一记。

山强这下是真扛不住了,软软地瘫了下去,脑子里掠过一句脏话。

见山强倒了,孙周飞快地忙碌起来,他先把山强的手机揣兜里(这几天老凑在一处看片玩游戏,密码什么的他已经记下了),又把那盆生肉倒进垃圾桶,空盆放到客厅显眼处,然后把山强拖回房间床上,面朝里侧躺着盖上被子,最后关灯出来,把自己那间房门外的挂锁给锁上了。

好了,做完了,一切都按计划,没什么漏的了。

孙周在衣服上抹掉掌心的汗,战战兢兢,侧贴着墙,快步向着门外走去。

……

大头晃晃悠悠进屋的时候,一眼看到了空盆。

也不说顺手给洗了!他不悦地抬眼看向卧房,先看到孙周的那间已经关门落锁,再看山强的房门,也闭上了。

睡觉倒是一个比一个积极,大头把带回来的空盆往桌上一扔,关灯回房。

老子也不洗,明早使唤孙周洗吧。

孙周像贼一样,在别墅区溜靠走躲,直到翻出墙外,才一通猛跑,终于气喘吁吁地收住脚步,是在一条人来人往的商业街街口。

安全了,看到人就安全了,他吸了吸鼻子,走到相对人少的一处,给女友乔亚打电话。

那一头,乔亚听出是他,惊讶极了:"怎么换号了?不是说跟朋友去广州看什么创业机会吗?"

孙周说:"嗐,那都是骗你们、让你们安心的。事太复杂了,见面跟你说。我待会儿给你发个定位截图,赶紧开车来接我,我现在在……"

他走近一家房产中介的展示橱窗,看里头房源的地址,然后把市县名报给乔亚。

乔亚吓了一跳:"快出省了,长途啊,你这……不能坐动车回来吗?"

孙周没好气道:"都跟你说了事情复杂,那些人,反正不对劲,比掉进传销窝还瘆人,坐动车……万一人去车站堵我呢。总之,你赶紧的!如果有人问起我,你也别说啊，我怕那些人还要找我呢。"

清晨六点。

距离林喜柔进小房间和瘸爹"面谈"，已经过去快四个小时了。

炎拓和熊黑在休息室里等，开始两人还聊天，聊瘸爹人犟嘴硬，聊林姨该怎么从瘸爹嘴里套话，后来都乏了，就不聊了。

尤其是炎拓，他原本就连轴开了好长时间的车，又临时被林喜柔差遣来，实在太累了，抱了床毯子，就在沙发上蜷下了。

正睡得迷迷糊糊，忽然听到林喜柔的声音："小拓睡了？"

这是……林喜柔出来了？

炎拓登时警醒，还未及反应，就听到熊黑回了句："睡了，他年纪轻扛不住，老早睡死了。"

说话间，伸手推搡他肩。

炎拓索性继续"睡死"，被搡了两下，毫无反应。

林喜柔："别闹他，让他睡，这两天累坏了。熊黑，你出来。"

熊黑应了一声，脚步声旋即向外去，末了"咔嗒"一声，关了房门。

炎拓心跳得厉害，候了几秒之后，他轻轻掀开盖毯起来。

黎明前的地下，安静到有点可怕，连剧蹭声都有存在感，走廊内飘着的声音细得像丝，近乎渺茫。

炎拓屏住呼吸往门边去，然后提起十二万分的小心，缓缓拧动门把手，把门打开极微小的一道缝。

他听到两人不连续的、中间总留有长时间缄默的声音。

林喜柔："那些传说都是真的。"

熊黑："真有……他们？"

林喜柔："我一看到狗牙的伤口，就知道这事不简单，下刀的位置，是内行人。后来小拓说，有人嗅出车上的臊味……"

熊黑："不应该有味啊。"

林喜柔："是不应该，狗牙这混账东西，一定是忍不住杂食了，小拓这趟受罪，全是他招来的。等他醒了，我非撕了他！"

炎拓喉结微滚，迅速在脑子里组织信息：不应该有味——杂食才有味——也就是说，如果不是狗牙"杂食"，自己在板牙村问路那次，本该太平无事的？但什么是"杂食"呢？狗牙吃什么了？

那头沉默了一会儿。

熊黑："林姐，这老头透露了你儿子的消息吗？"

儿子？炎拓口唇发干，唯恐错过林喜柔的回答。

林喜柔应该是摇头了。

熊黑恨恨道："嘴有这么硬？林姐，要么我来？我就不信了，一个糟老头子，能扛多久？"

林喜柔："他说你放的那把火，烧死了他老伴儿，他已经没活头了。要命就拿，从他嘴里问出其他人，想都别想——豁出去了、命都不要的人，最难办了。"

熊黑没吭声，过了会儿，一记响亮的巴掌声传来，显然是在自打自捆："林姐，都是我坏事。"

林喜柔："算了，事情已经这样了。你以后长点记性，当上人了，得有人脑子，别事事学得跟畜生似的。"

熊黑："林姐，咱们现在……是不是危险了？"

林喜柔冷笑："我们怎么就危险了？这个人，你想办法接着审，我听说有些药，会让人神志不清醒，那种时候，反而能在无意识的状态下回答问题。总之，不管你用什么法子，最好能问出，'疯刀'是谁。"

02

闹闹哄哄的一天又开始了。

乔亚顶着俩大黑眼圈，哈欠连天地等着街边店的包子出笼。

很快，笼屉掀开，香喷喷的白气四散，乔亚接过一袋子鲜肉包，三步并作两步地赶回车上。

孙周歪在副驾上，盖着毯子睡得正香。

乔亚推他："吃饭了，你最爱的大葱肉。"

孙周眼皮勉强掀开了一条缝，爱搭不理："我不饿。"

乔亚来气了："我开了一晚上车，困的是我吧？你现在装什么死？起来吃饭！"

孙周只得嘟嘟囔囔坐起了身。

乔亚胆子小，开车慢，再加上孙周出于谨慎，让她曲里拐弯绕道——所以即便赶了一夜的路，现在仍在途中。

他接过乔亚手中的塑料袋："你舅爷家房子的钥匙，在你手上吧？"

乔亚点头："在呢。"

她舅爷是空巢老人，回乡下养老之前，把城里房子的钥匙留给乔亚，让她得空多去看看，搞搞卫生什么的。

"那我先去你舅爷家住，保险。"

"至于吗？"乔亚觉得他太夸张了，"传销还能上门抓人啊？"

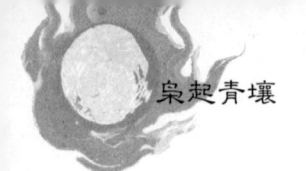

孙周白她："说多少次了，不是传销。人家没朝我要钱，也没叫我买东西，就说要给我治伤。"

乔亚戗他："人家多热心啊，那你倒是留下治啊，跑什么呢？还把人家给砸了，这要万一砸出个好歹来，算你故意伤人呢。"

孙周"哼"了一声，探手从袋子里捞出一个包子："亚亚，你这就是社会经验不足了。人心险恶，做人哪，还是要警惕点好。我呢，表现得很配合，但我一直在观察细节，我觉得这帮人吧，不太像正经人，做事鬼鬼祟祟，说话背着我说，还压低嗓门不让我听到。治疗方式又恶心又不卫生，还有啊，他们晚上锁我门，为什么？治疗就治疗，干吗要把人像犯人一样关起来？没错，他们现在是对我很客气，但是养殖户养猪也很用心啊，怕冷了、饿了、病了的，最后怎么着，还不是拖去宰了？

"综合以上种种，我越想越觉得，走为上策！他敢告我故意伤人，我就敢告他非法拘禁，"孙周边说边掰开包子，"再说了，安开的医院不给力，可以去西安啊，再不济还有北京、上海呢，非得用土方子治吗？……哎哟，这包子怎么是臭的？"

乔亚一愣："不会吧？"

她从孙周手中拿过掰开的半个，凑到鼻端闻了闻，鲜肉味，混着油盐葱，别提多香了。

"你给我找事呢，孙周，这哪儿臭了？"

孙周是真闻不得这味儿，闻多一会儿都想吐，他捏住鼻子，把手中的提袋扔回给乔亚："拿走、拿走、拿远点。"

"德行！"乔亚恨恨道，"生肉吃多了，还闻不得人吃的东西了？"

她心里可烦透了：好好的一个男朋友，原本带出去挺长脸，现在头脸多了好几道疤，人也奄眉垂眼，怎么看怎么觉得丑。

回去之后，得给他多敷面膜，必要的话，还得医美去个疤，毕竟她是个颜控。

聂东阳的一通电话，还真激起了聂九罗的思乡之情。

算起来，她确实离乡很久了，和蒋百川谈判成功之后，她一切以自我为中心，乘风破浪，只管向前，她不记得父母忌日，只会在清明时点几炷香，或者春节时吃年夜饭，让阿姨多摆两碗饺子。

冥诞这种仪式上的"尽孝"，是该操办操办，做个普通人，多少要随大流，而且，家乡嘛，到底是她度过了童年的地方。

当晚，家乡就入梦了。

她梦见家门口那条街两旁的树，夏天了，市政安排给树打药，树底下落了无数毛毛虫的尸体，汽车一过，碾平一片，太恶心了。

她穿着小裙子，扶着墙干呕，一边呕一边说："恶心。"

然后抬起头，目光穿越树顶，看到远处商场的六层楼顶上，孤独地立着她的父亲聂西弘，身子摇摇晃晃，像一根行将被风吹垮的避雷针。

……

她订了三天后上午的动车票，不过，家乡不通动车，她还得在中转的城市住一晚，然后坐城际大巴回去。

出发前的晚上，她去老蔡家吃饭，顺便去拿那条委托老蔡找人做的、母亲那条翡翠项链的廉价山寨版，而老蔡则重点跟她聊了两件事。

第一是让她频繁送作品参加比赛、拿奖，聂九罗不是很喜欢这种急功近利的方式，但老蔡点化她说："阿罗啊，你这个职业生涯，我也看出来了，不是一炮打响全球知的那种，那种天才型，几十年才能出一个吧。你就安心当个人才，一级级阶梯地往上走，奖是个什么东西？是能让你连跨三级的助推器，你拿了奖，身价就不同了，作品标价也立刻水涨船高。"

听起来不坏，聂九罗最终的意见是："你看着安排吧。"

第二件事，是给她介绍男朋友。

男方是老蔡生意伙伴的儿子，在商行里挑家居装饰的艺术品，挑中了聂九罗的两件，老蔡收了钱心里高兴，把她大大吹捧了一番，还很显摆地给人看存在手机里的照片。

于是对方先相中了作品，后相中了作者，烦请老蔡给牵线搭桥。

而老蔡的嘴一张，话说得让人难以拒绝："阿罗啊，这世上好男人不多，所以你得多看几个，就跟买瓜似的，是不是得多挑几个听响，然后才能选到个好的？你先接触了，才能知道适不适合啊，然后多总结这些不适合的经验，再出手时，命中率就高了不是？"

聂九罗听得云里雾里，搞不清楚老蔡是想撮合这事呢，还是想搅黄这事，末了含糊其词："我要先回老家一趟，回来再说吧。"

老蔡家距离聂九罗的住处不远，五分钟的车程，步行二十分钟左右。

往常聂九罗都是打车来回，这一晚不小心，聊得多，吃得也有点多，索性散步回家，顺便消食，老蔡也没上赶着送她——毕竟住的都是市中心，灯火通透，人来人往，沿路还有治安岗亭。

路上，聂九罗想起"交男朋友"的事。

她还真没什么理想型，老蔡口中的那个人，晚点可以见一见：对方如果只是瞧上了她的脸，她会觉得好肤浅啊，但先相中她的作品就不同了，颇有品位。

不知不觉，已经走到了自家所在的那条巷口，远远地，她就看到有个男人倚在门口的边墙上，低着头，似乎是在等人，脚边还蹲着什么，像是狗。

遛狗的？可别把她门口当公共厕所了。

再往前几步，她脑子里嗡一声，陡然站住，脸色一下子难看了。

邢深听到动静，抬头看她，旋即站直身子："阿罗。"

聂九罗忍了又忍，终于按捺不住，觑着四下无人，紧走几步过来，压低声音，但毫不掩饰音调中的愤怒："我跟蒋百川说得很清楚，我跟你们不一样。大家保持距离，各管各的事，你现在堵到门上，什么意思？还带着这个……"

她五指成爪，骤然下探。

蚂蚱自她出现伊始，就已然身子发抖，缩在邢深身后了，忽见她出手，简直是吓到肝胆俱裂，"嗷"的一声便往边墙高处蹿，手上还好，爪子尖利可以扒住墙面，脚上穿了鞋，可就麻烦了，接连几下都踏滑了，最后终于甩脱鞋子，瞬间蹿上墙端，如一只巨大的野猫，趴伏着瑟瑟发抖。

邢深急道："阿罗，别吓它！"

聂九罗没动，冷眼看两只白色厚底童鞋一前一后砸落地上，真是讽刺，居然还是名牌的。

"邢深，你不懂规矩，怎么敢把这种东西带到人群里来？"

邢深抬手探向高处，蚂蚱迟疑了片刻，终于战战兢兢蹿了下来，匍匐在邢深脚底，连发抖都不敢大动作。

邢深叹了口气："阿罗，你先听我说，华嫂子死了，瘸爹失踪了。你现在处境太危险了，又不肯接受蒋叔的安排，我是想着，能尽量帮上忙——对方很可能是蚂蚱的同类，有蚂蚱和我在，事情好办一点……"

聂九罗打断他："我不需要。

"邢深，规矩是大家定出来的，定出来就要遵守。我拒绝了蒋叔的安排，该怎么做心里有数，一切后果，我自己承担。至于你，你想做好心人之前，是不是应该先问问对方的意见？而不是……"

说话间，有行人过路，聂九罗收了声，还侧了下身子，尽量遮挡住蚂蚱。

那人估计是挺好奇为什么有人大晚上还戴墨镜，注意力全在邢深身上，倒是半点都没注意到他脚下还有个"东西"。

候着那人走远，聂九罗说得决绝："你马上把它带走，我认真的，再让我看见这东西出现在不该出现的地方，你就等着给它收尸吧。"

说完这句，她走到门口，揿下门铃。

不多时，里头传来卢姐的声音："哎，哎，来了。"

邢深原地站着不动，顿了会儿才轻声说了句："阿罗，如果不是因为我们曾经闹得不愉快，你是不是就会……接受我的帮忙了？"

聂九罗转头看了他一眼。

邢深整个人都很失落，微微低了头，肩背也颓然佝起，看着挺可怜的。

她说："邢深，我们现在过的日子，都是自己选择的，没谁强迫谁，也没谁对不起谁。我过得挺开心的，希望你也一样。"

门开了，卢姐一脸的笑："刚刚你发消息说吃撑了，要散步回来，我给你煮了山楂消食汤呢。"

聂九罗惊喜："是吗？我是得喝点，胃难受。"

她欠身跨进门槛内。

门很快就关上了，那刚刚才从门内透出的光，像个捉摸不着的精灵，倏地一下又没了。

邢深在暗地里站了一会儿，山楂消食汤，不知道熬得是浓是淡，一定很淡，穿透不了身侧浓重的臭味，所以，他闻不到。

蚂蚱终于敢起身了，它蹒跚地走开两步，捡鞋穿。

邢深低声招呼它："走吧。"

炎拓陪着林喜柔在种植场暂住下。

名义上，林喜柔说是在城里住得累，想享受几天田园风光，其实炎拓知道，她是想等熊黑从瘸爹嘴里再套出点东西来。

每天早上，他都能看到工人匆匆忙忙上班打卡，场区内外，一片和平气象，和平得无趣无聊，仿佛压根就没秘密——有时候，他真是佩服林喜柔，安排了这么多见不得光的事，还能做到完美隐身。

闲暇时，他会不断重温那天偷听到的话，掰碎揉开，反复分析。

聂九罗说，狗牙不是地枭，很可能是近亲或者变种，原因是，地枭是野兽，不是人。

其实，不妨把事情简化一下：狗牙、林喜柔之流，就是地枭。问题在于，它们怎么做到跟人一模一样的呢？

林喜柔一定做了什么。

在这个种植场的地下二层，他和林伶共同见过迷你塑料大棚里那个后背长满黏丝的女人，那个女人是做什么用的？后来又去哪儿了呢？

他的那张有编号和人物登记的 Excel 表格，最初是林伶从林喜柔的电脑里偷拷出来的，目前更新到 017 号朱长义，但值得一提的是，这表格并不是 001 号到 017 号按顺序排列，它是从 003 号开始的，而且隔两三个，就缺失一个编码。

003 号大名孙熊，也就是熊黑。

他和林伶一直琢磨这张表，有一天，林伶忽然有了发现，说这张表里人的姓，正正好好能对应上《百家姓》里，姓氏的排序。

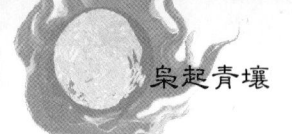

比如"赵钱孙李，周吴郑王"，"孙"排第三，所以003号，孙熊；"吴"排第六，006号，吴兴邦。

同理，014号，沈丽珠；017号，朱长义。

这些"人"会不会都是已经有了完美样貌的地枭呢？林喜柔给他们编码，也给他们起名字。但为什么又要分散到全国各地去？为了降低风险、不把鸡蛋放到同一个篮子里？

狗牙目前没有名字，只有个粗鄙的外号，"朱秦尤许"，"朱"字之后就是"秦"了，狗牙会不会是未来的018号，姓秦呢？

……

日近黄昏，炎拓越想越是头疼，他掸着手起身，伸脚把自己用小石子在泥面上分析的那一大堆给抹了。

远处有个人，正向着他小跑过来，那是熊黑。

到了近前，熊黑气喘吁吁，如果没看错的话，脸上还浮着几分尴尬慌乱："炎拓啊，林姐呢？"

"昨晚没睡好，下午说头疼，补觉呢吧。"

熊黑"哦"了一声，炎拓一听那心不在焉的音调，就知道醉翁之意不在酒，他根本不是来找林喜柔的。

炎拓："怎么了？"

自从那一晚炎拓向他"表露心迹"之后，熊黑看炎拓，着实顺眼和亲近不少，他犹豫再三，压低声音："炎拓，我这又坏事了……老头那药，让我打多了。"

03

炎拓跟着熊黑下了地下二层，已经过了下班的点，下头静悄悄的，灯光倒是大亮，一路都没见着人。

熊黑打开小房间的门："你看。"

一股子屎尿臊臭味扑面而来，炎拓不觉闭住气，再定睛看，瘸爹被反绑了手，盘腿坐在屋子中央，正向着门口嘿嘿直笑，一张脸肿大如盆，透着惨白，连眼皮都肿得发亮，嘴已经歪了，一边的嘴角处，正不断往下流着涎水和血水。

这帮人，把人弄死或者逼疯，家常便饭了吧。

炎拓提醒自己千万不要表露情绪，他没那个资格，也没那个实力。

熊黑忧愁极了："我也是看他用了药似乎有点效果，一时高兴，手上忘了分寸。你说，好不容易有点线索，又让我给坏了。这都第二次了，林姐不得……剐了我啊。"

炎拓说："没事，可能是暂时的。你先别逼他，让他缓一缓，喝点水，吃点东西，可能还能恢复。"

熊黑觉得不乐观："这万一缓不过来……我不是完了？"

"怎么会呢，再找其他线索不就行了？"

熊黑急得想跳脚："哪还有其他线索啊！但凡有，我也不至于急成这样了。"

炎拓示意了一下瘸爹："人在你手上，是人质。有人质，还怕同伙不开口？"

熊黑无语，觉得炎拓真是蠢如驴："你是不是傻啊！找不到他同伙啊。"

"当初，你们不是也找不着绑我的人吗？那时候怎么做的？他同伙是躲起来了，但那不代表他们收不到你放出去的信息啊。"

熊黑琢磨了足有十秒钟才回过味来，兴奋得脸都涨红了："行啊你，找你可真是找对了。"

炎拓笑了笑。

其实这法子说不说，林喜柔都想得到，但在熊黑焦头烂额的时候点破，会让他顿生"自己人"之信任感，那以后，向他套话办事，就会方便很多。

正寻思着，面前的瘸爹忽然"啊哈"了一声。

这一声，洪亮又诡异，起得像个唱腔，炎拓吓了一跳，熊黑嘴里骂："又来了！"

边说边抓起扔在桌面上的一条小毛巾，团起来向瘸爹走去。

瘸爹还自己给自己伴奏："锵锵咚咚锵！有刀有狗走青壤……"

熊黑一把揪住瘸爹的头发，把毛巾往瘸爹嘴里塞，瘸爹一颗脑袋摆得像倔强的摆锤："鬼手打鞭亮珠光，锵锵咚咚……唔，唔，狂犬是……前锋，唔，唔，疯刀坐，唔……"

嘴终于堵实了。

炎拓装着好笑："这嚷嚷什么呢？"

熊黑若无其事："嗐，乡下人，谁知道打哪儿听来的乡下戏。"

乔亚下了班，先去舅爷的住处看孙周。

刚叫开门，就闻到一股霉腥气，她只当是舅爷的房子太久没住人，下水道往上返气："这味儿你还能蹲得住？不知道开个窗？"

边说边撸起袖子，干脆利落打开前窗后窗。

孙周懒洋洋窝在沙发里看电视："开了不还得关吗？多麻烦。"

"那你索性别吃饭，吃了还得拉，一直不吃一直不用拉。"乔亚打开冰箱，"今天吃什么了？"

把孙周安顿在舅爷家之后，她往冰箱里买了一堆速冻即食餐饭。

"饺子。"

真新鲜，即食的面包蛋糕都没动，居然肯动手煮饺子，不用说，锅碗瓢盆是留

给她洗了，乔亚风风火火，三步两步进了厨房。

太阳真是打西边出来了，台面干干净净，碗碟也摆得齐整，孙周素日里懒成狗，进了一趟医疗传销窝，改性了？

乔亚纳闷了半天，一垂眼，看到脚下的垃圾桶里，有点怪怪的。

她蹲下去看，是剥除下来的饺子皮，生的，化冻之后烂如棉絮，软塌塌耷在原本的垃圾上。

这是什么操作？吃馅不吃皮？那也应该是煮熟了剥皮方便啊，谁听说过硬生生把速冻饺子的皮给剥掉的？

乔亚出了厨房，本来是准备问问孙周这事的，但是一进客厅，看到孙周还是她刚进门时那副姿态，心里就来了气，她大踏步过去，挡在孙周和电视之间："哎！"

孙周的视线没处着落，终于肯抬眼看她了："啊？"

乔亚气不打一处来："你说你到底怎么想的？旅行社的工作因为你丢客人和玩失踪给闹黄了，一走一个月，先说去跟朋友玩创业，又说是搞传销的要给你治伤，得，这些我都不管，反正都过去了。你人现在回来了，端正态度行不行？天天在沙发里大爷歪算怎么回事呢？你很有钱吗？你买房了吗？一穷二白空着手结婚……"

手机响了，真是吵架都不让人吵得舒服，乔亚拿起手机看，是个不认识的号码——她网购多，多半是淘宝商家。

她走到一边，带着气接起电话："喂？"

那头是个女人，声音很温柔："是乔亚小姐吗？孙周在你身边吗？"

这谁啊？乔亚还没反应过来，那声音已经在指引她了："如果在，你保持镇定，不要慌张，不要让他看出反常来，以防他会突然攻击、伤害你。"

乔亚茫然："哦。"

她看向孙周，他又在看电视了，一张没表情的脸随着电视亮光的明暗变换着明暗。

"乔小姐，你不要害怕，孙周受了严重的病毒感染，面部肌肉的纹理改向只是其中一个症状……"

乔亚没敢看孙周，怕眼神把自己给出卖了：没错，她是觉得孙周这趟回来，面相变差了好多。

"他有较严重的臆想，尽管我们一再阻止，但他已经极度依赖生食和血食……"

乔亚的眼前闪过垃圾桶里那十几张化冻之后烂如棉絮的饺子皮，难道是……吃了生馅？

"如果你不相信，可以试验一下，家里有没有生肉什么的？记住不要当面观察，他会伪装自己。你试一下，电话先别挂。"

乔亚"嗯"了一声，虽说半信半疑，仍尽量自然地放下手机："烦死了，换个货叽叽歪歪的，一点都不爽快。"

孙周"哦"了一声。

他觉得脑袋发沉，注意力有点涣散，听演员说台词，才刚听懂第一句，人家已经说到第四五句了。

乔亚打开冰箱门，窸窸窣窣翻了一阵子，用力撕开一袋火锅牛肉卷，低头闻了闻："怎么回事啊？闻着味道怪怪的，是不是变质了啊？"

边说边递向孙周："是吧？这我要投诉的。"

孙周没接："你管他呢。"

乔亚劈手把装肉的袋子摔在茶几上："你是大爷啊，两手一摊屁事不做，闻个味累着你了？"

她像平日里闹别扭一样，一生气，甩手进了卧室，不过不同的是，这次是装的。

挨了约莫半分钟之后，她极小心地把卧室的门打开了一道缝。

她看到，孙周的注意力已经不在电视上了，他一直盯着那袋肉，有几次，还往卧室的方向张望。

乔亚伸手摁住心口：心跳得太厉害了，这样摁着，她能好受点。

孙周的手慢慢探向袋口，指尖钩了一片肉出来，肉片上的白霜渐渐被室温融掉，顿了顿，孙周做贼一般，迅速把肉片塞进嘴里，狗一般的吃相。

乔亚脑子里一下子炸开了，她觉得自己要晕倒了，她关上门，还轻轻上了锁，哆嗦着把手机再送回耳边时，声音低得几乎听不见："喂？"

此刻，那个女人温柔的声音，是她最大的慰藉了。

"乔小姐，你一定要冷静，这个病，有一定的传染性……"

乔亚腿都软了。

"这几天，你有没有和他，有过性生活？"

乔亚拼命摇头，调子里已经带出了哭音："没，没有，但是接过吻……"

这应该算体液传播了吧，她一阵恶心上涌，疯狂想吐。

"有没有被他抓伤或者挠伤过？"

乔亚一阵庆幸："没，没。"

"那应该……不算很严重。他现在，没有怀疑你吧？你把位置发给我们，然后尽量表现正常，离开那里。乔小姐，如果离开的过程中他攻击你，不要反抗，积极配合他以保全自己，我们到了之后，会想办法的。"

卧室倒是有窗，但加了防盗网，没法从窗子走，一想到还得打开这扇门，从那么可怕的孙周身侧走过去，乔亚真是眼泪都快下来了。

"我能不能就待在卧室里，把门反锁？孙周他在……在客厅。"

那女人略一沉吟："也行，最好找东西挡一下门。"

明知对方看不见，乔亚还是拼命点头，她看过恐怖老电影《闪灵》，里头男主

人发疯拿斧头把门劈开一个洞、头拼命往里挤的画面，太让她印象深刻了。

挂了电话，她颤抖着手先把当前的地址发送过去，然后呼吸，再深呼吸，拼命而又尽量安静地推挪着屋里的梳妆台，一寸寸地挪挡到门后。

……

孙周没来敲门，一直在看电视，电视里也不知道是播放的什么节目，音乐特别欢快，乔亚抱着台灯底座，背抵梳妆台坐着，一时吓得打哆嗦，一时又担心到气都喘不上来：那女人说"应该不算很严重"，真不严重吗？

高度紧张会让人异常清醒，也会让人极度疲倦，时间一分一秒地过去，乔亚又怕又恍惚，居然睡过去了。

半夜时，她被惊醒了，因为客厅里传来摔撞扭打的声音，但很快，那声音就没了。

有脚步声往这边来，停在了卧室门口，紧接着便是轻轻的敲门声："乔小姐，你还好吗？"

是那个女人，乔亚如释重负，舌头几乎都打绊了："好，还好。"

她抓着桌腿站起身，又费了九牛二虎之力，把梳妆台给挪开。

门开了，外头站着的是个穿防护服戴口罩的女人，只露了一双温柔的眼睛，眼尾微微上翘，给人的感觉很可亲。

客厅处，三两人影晃动，也是穿防护服的。

乔亚又想哭了：人家防护得这么严实，她呢？她等于是"全暴露"啊。

那女人先出示证件，其实也就是在乔亚眼前晃了一眼，乔亚只隐约看到"××分院"的字样，还有钢印和醒目的红戳。

"乔小姐，我建议你这两天去做个血常规，这个病主要是血液传播，只要血细胞数量没有显著异常，那应该就是没事。"

血液？那应该就没问题，乔亚心定下来，人反而脱力了，很虚弱地点头。

"后续的事情我们会和直系亲属联系，也会签订相关保密协议，就不和你多说了。"

乔亚机械地再次点头，客厅里的人员都撤了，那个女人也转身要走。

"那个……"乔亚忍不住追问了句，"孙周……能治好吗？"

那个女人说："我们会尽力，不过，有一点需要提醒你，即便治好了，也大概率终身带菌。而且宿主会丧失生育能力，后期还有致瘫的风险。"

乔亚原本是想送到楼下的，一听这话，双腿就面了，扒住门框，没能挪动步子。

她目送着女人的背影消失在门口，听到远去的车声，然后，楼上楼下就安静了，静得发凉，凉得她整个胸腔里空落落的。

这个时候，她应该伤心难过，不是吗？但是她没有，且忽然就理解了"夫妻本是同林鸟，大难临头各自飞"这句话的意思，更何况，她和孙周还不是夫妻呢。

终身带菌是不行的，她不能找个有病的，家里人叮嘱过她，有乙肝的都不行。

更何况还没生育能力。

还有，致瘫，她这大好年华的，难道要护理个瘫痪病人到老吗？她做什么了，要遭这罪？

就……早切割早好吧，听着是寡情了点，但总比以后过艰难日子要好吧。

……

宽敞的越野车后座上，雀茶抹下罩头的帽子，长长吁了口气，之后贪省事，拿剪刀把连身的防护服粗暴剪开。

副驾上的大头回头看她："都还顺利？"

"顺利得很呢。"雀茶又拿起那本造假的工作证端详，"小姑娘嘛，没什么社会经验，好骗。等她反应过来，我们早做好善后了。"

边上的山强嘿嘿笑："你说你这人，也是从小姑娘过来的，长成大女人了，又去骗人家小姑娘，女人何苦为难女人哦？"

越野车里笑成一团，车后厢里，孙周如一条垂死挣扎的鱼，偶尔还扑腾那么一下。

雀茶也跟着笑，笑着笑着，她转向车窗，看自己藏满了心事的眼睛。

真是作孽哦，她想。

再一转念，是该把孙周从乔亚身边带走的，于孙周，她可能是做了恶人，但于乔亚……这么做，是对的吧。

04

浙西，安塔县城。

这些年，虽说各个省都发展得富裕了，但再富庶的省份，也总有拖后腿的县市。安塔就是这样，倒也不是说它怎么贫困落后，而是外头日新月异的风吹得太迅猛，就难免被衬托得瞠乎其后。

城际大巴一到站，就被守候多时的出租车司机给围住了。

——"塔东塔东，五十块一个人！"

——"有没有去塔北的，还差一个人，上车就走啊，不用等。"

——"打表走啊，打表走，按表计价。"

……

聂九罗安坐车上，听着这些带口音的普通话，离乡太久，她已经不会讲方言了，但听还是听得懂的。

直到乘客和拉客的都散得差不多了，她才下了车。

车站很小，来一班车就来一拨热闹，现在热闹散了，颇为冷清，西坠的日头也冷冷淡淡的，一点点往下沉。

聂九罗拖着行李箱往出站口走。

聂东阳手里卷了本杂志，正在出站口处东张西望，一别十七八年，这人倒是没怎么变，也就头发白了些，脸上的肉垮了些。

见到聂九罗从出站口出来，聂东阳愣了一下，忙打开手里杂志内页的人像比对，然后又惊又喜，冲着她挥杂志："夕夕，夕夕啊。"

聂九罗径直过来，一脸接受采访时端出的无懈可击的微笑："大伯。"

聂东阳笑："我眼看着人都走没了，还以为你没上这趟车呢。"

聂九罗也笑，转动脚踝，给聂东阳看她短靴的细高跟："鞋跟高，走不快。"

聂东阳夸她："哎呀，出息了，都上杂志了，厉害厉害。走走走，先上车。"

聂东阳开的是辆簇新的小轿车。

坐进后座，聂九罗顺手查了一下，这一款的落地价大概三十万元左右——三十万元，嗯，是拿他们家小半套房子买的。

车入路道，聂东阳跟她拉家常："夕夕啊，你可太久没回来了。芸芸拿杂志来让我看，我开始都没敢认……怎么改名字了？"

聂芸是聂东阳的女儿，她的堂姐，两人差了一岁不到。

聂九罗："艺名。"

"哦，艺名，"聂东阳感叹，"艺术家就是厉害，还得有两个名字。哦，对，单子。"

一边说，一边把一张写满了字的纸给递了过来。

是冥诞的各色花费，共计两万六千元，包括黄纸、贡品、大祭的活鱼、请棚匠搭棚的钱、请鼓手奏乐的钱，聂九罗粗略扫过，说了句："辛苦了，我转账给你吧。"

聂东阳说："嗐，不着急。"

边说边去摸手机，想把支付码调出来给她扫，哪知聂九罗没再坚持，真"不着急"了，撅下车窗看外头的街景。

聂东阳只好把手机又放了回去，顿了顿，又给她说起后续的安排："夕夕，今天大伯就不招待你了，明天事多，我回去还得跟人交代交代。明儿你得早起，我七点半去酒店接你，到了地方烧纸、拜祭，也就忙这一天。晚上放松一下，我让你伯娘找家好饭店，咱们一家人一起吃顿饭，好好聊聊。"

聂九罗说："饭店就别订了吧，浪费钱，我想吃伯娘烧的菜，就在家里简单摆一桌好了。"

聂东阳也觉得这样更加实惠，但嘴上还得坚持一下："家里做太不上档次了吧，那多不像样。"

聂九罗笑起来:"一家人嘛,不讲究。"

酒店在中心城区,周围有不少餐馆,聂九罗随便在一家解决了晚餐,原本是要回酒店休息的,都走到大堂了,又改了主意。

她想去旧家门口的那条路走走,看看路两边那些打药之后会掉虫子的树还在不在,也想看看在路的哪个位置仰头能看到父亲最后站立过的那幢楼。

然而设想得容易,实行起来一头雾水。到底是近二十年过去了,安塔发展得再慢,也已经面目全非——很多旧有的街道加长、拓宽,很多不是街道的地方变成了街道,很多地标性的建筑如学校、医院等搬迁……

她完全认不出来了。

夜晚风凉,频掀她风衣衣角,她抱住胳膊打了个寒噤:故乡,远不是一个地理方位那么简单,它是地域、特定的年份、特定的人和特定记忆的综合体,增减一分都不再是那个味道——离乡多年的人,返回的从来不是"故乡",只是别人现在生活着的地方罢了。

所以,也别故作风雅地在这儿怀旧了,无旧可追。

她调出手机导航,规划了一条最短的路径回酒店,才刚走了一小段路,第六感的警钟蓦地大响。

有人在看着她,或者说,跟着她。

聂九罗怕自己是疑神疑鬼,还特意多走了一段路以佐证。

还真有,遥遥跟着,但"跟踪"的技巧完全是"菜鸡"水平,有两次,她故意装着在商家橱窗前梳理头发,利用玻璃映景,把这人的身形样貌看了个满眼。

是个五六十岁的瘦老头,看着挺斯文,但有些木讷,穿洗得泛白的休闲夹克,蹬一双边侧已经有些开裂的运动鞋,身体不是很灵活,有一回脚下一滑,差点绊倒。

见鬼了,这些日子,她怎么老遇到冲着她来的莫名人物?这要搁在平时,她多半会猜是变态跟踪狂,但现在是非常时期,老忍不住往炎拓同伙这方面去想。

她继续大步流星地往前走,短靴的高跟"噔噔"地戳在地上,很有气势。

走了十来步,突然一个定身,然后掉转方向,直奔这老头过来。

这老头步子没她大,跟着撵时几乎是在小跑了,忽然见她径直过来,吓得手足无措,然后慌里慌张蹲下系鞋带——然而鞋带并没有松,无带可系——又忙着在地上摸索,仿佛刚丢了东西。

摸索了没两秒,一双绒皮面的方头短靴已经戳到了眼前。

老头不得不抬起头,然后讷讷地站起身。

聂九罗说:"你跟着我干什么?"

目光和语气都咄咄逼人。

老头强作镇定:"没,没呀。"

路人已经有往这头侧目的了,老头显然很不习惯这种关注,苍白的老脸腾一下涨得通红,连看一眼聂九罗都不敢了。

聂九罗:"我看见了,你从第一食品那里,跟了两条街。"

这老头显然不擅长撒谎和对质,第一回合就兵败如山倒了:"我认错人了……我就是看你长得好看,像我认识的人……对不起、对不起……"

他声音发抖,这么大年纪的人了,居然像是考场作弊被抓个正着的小学生一样,就差没哭出来了:"对不起、对不起……"

他抬手过头,似是要讨饶,又像是觉得丢人遮脸,连连后退,然后转身快步离开:"对不起、对不起。"

这要真是个没脸没皮的老变态,聂九罗也就呵斥两句算了,但看着实在不像,"戏"也有些过,她心里犯嘀咕,反而跟了上去。

那老头本就慌手慌脚,听到身后靴跟的敲击声如影随形,再一回头,看见她居然跟来了,更加六神无主,到末了,简直是仓皇而逃了。

聂九罗忽然觉得好笑,这样整得她像个变态女流氓,跟踪人纯良大爷似的。

那老头蹿进斜前方的小区大门,小区内高楼林立。

聂九罗收住脚步,预备就此打住,就在这时,小区门卫的声音传来:"老詹,回来啦……哎,你跑什么啊?"

……

卖乖套话于聂九罗来说是一绝,更何况是对付一个本就空虚无聊、见到狗都恨不得拽住聊两句的门卫大叔,不到十分钟,她就把刚那位"老詹"的信息打听了个全乎。

这人叫詹敬,是个老单身汉,据说曾经当过中学老师,后来因为生活作风问题被开除了,工作就一直不太稳定,东家干半年,西家做六月的,最近在一家足疗店帮忙干杂活儿,每晚都差不多这个点回来。

十多年前吧,有好心人牵线,给他介绍了一个女的,女方比较积极,一直帮着买菜做饭洗衣服,剃头担子一头热了一个月,见他没反应,女方恼羞成怒,对外嚷嚷说他耍流氓,要去法院告他。

这事沸沸扬扬了一阵子,最后没了下文,但从此之后,詹敬避女的如避母老虎,生怕授人把柄,又被人指指戳戳。

好吧,听起来也就是个可怜又可悲的老头,不像是能当炎拓同伙的,聂九罗摸了摸自己的脸:可能真是因为自己长得像他认识的人吧。

这事于她,又是当日的上纸一笔,折成星星扔进箱子之后,就此揭过。

如聂东阳所说，第二天是受累的一天。

聂九罗早起之后就没消停过，一直在当工具人，让点鞭炮就点鞭炮，让磕头就磕头，唯独让哭的时候哭不出来，好在她有准备，攥了瓶眼药水在手里，低头的时候往眼睛上用力喷挤，再抬头时，泪水涟涟，效果非常到位。

聂西弘的十九年冥诞，算是圆满结束。

当然，日程还没完，下一项是家宴。

聂东阳早换房子了，高档小区里的大平层，三室两厅两卫，聂九罗没来过，一进屋就兴致勃勃："大伯，不介意我参观一下吧？"

聂东阳也有心显摆："嗐，瞎客气什么，随便看，随便看。"

厨房里，听到动静的伯娘扬高声音："是夕夕吧，夕夕到啦？"

一地有一地的风俗，这头过冥诞，嫂侄之类隔了一层的不用参加。

聂九罗于是先从厨房参观，顺便跟里头忙活着的人打招呼："伯娘好啊，芸姐忙呢。"

厨房里热气腾腾，灶上的砂锅鸡已经沸滚，嗞嗞往外冒香气，伯娘比从前胖了足有两轮，满面红光，一手抓铲一手撒盐："夕夕啊，我这走不开，你先坐啊，待会儿就上菜。"

聂芸在边上洗菜，她抽条长个了，但长得有点太高，人愈显清瘦，背也有点驼，她客气而又腼腆地朝聂九罗笑，笑里还带了点自卑。

聂九罗离开厨房，铲勺声声中，隐隐传来伯娘对聂芸的数落："你怕见人啊？一点气势都没有，不知道的，还以为你是没爸妈的那个呢……"

聂九罗笑了笑，这话，她就当是对她的赞赏了。

看了一圈下来，她约莫有数：房子虽然大，没装摄像头，大伯和伯娘是老派人风格，主卧的家具都是实木打的，梳妆台、大衣橱都带锁，如果有什么贵重东西，估计就是放那儿了。

上菜还得等一段时间，聂东阳拉着聂九罗在客厅里看电视，是地方台版的市民大挑战，普通市民参加游戏，失败得各有千秋，惹得聂东阳哈哈大笑。

聂九罗说："大伯，我去下洗手间。"

聂东阳嘴上应着，目光不离荧屏。

洗手间挨着主卧，聂九罗走到门口，故意把门关出声响，然后一闪身进了主卧，摸出兜里的真丝手套戴上，又抹下手上环圈端头的珍珠——她连手铐都能撬开，这种家用的抽屉锁，更是不在话下了。

她一一开锁检视，途中经历一重小凶险：伯娘过来上洗手间，看见门关着，问了句："有人啊？"

聂九罗迅速趴伏到床边，就听聂东阳亮起嗓子嚷嚷："夕夕用呢，你等会儿，

要么就去用小的。"

伯娘"哦"了一声，又趿拉着拖鞋回厨房了。

聂九罗吁了口气，重又爬起，一切都进展顺利，在大衣橱靠下方的第三层抽屉里，她找到了自己想找的。

裴珂的翡翠白金项链。

她盯着看了两秒，拈起来放进兜里，又把自己带来的那根赝品依样放回，关屉上锁。

家宴开席，算是宾主尽欢，聊的都是客气话，说的都是家常事，伯娘问她干捏泥人这行赚钱不，聂芸有点难为情，小声纠正母亲"那叫雕塑"。

聂九罗笑笑："也跟捏泥人差不多，挣得……时好时坏吧，几十万差不多。"

伯娘惊叹："几十万啊！"

转头就埋汰女儿："你看看你，挣得没人家一个零头。"

聂芸的头垂得更低了。

……

酒过三巡，聂九罗搁了筷子："大伯啊，我这趟回来，有件事想跟你说。"

聂东阳茫然："啊？"

伯娘脸色微变，在桌子下头踢了聂东阳一脚：她早提醒过聂东阳，过冥诞就过冥诞，别把这丫头搞回来，她现在长大了，有钱了，主意大了，万一要讨回父母的家产可怎么弄？

聂九罗说："当年我爸妈出事，家里房子啊什么的，都是你们经手办的。你们还记不记得，里头有我妈的一条项链，翡翠坠子、白金链的？因为是我妈贴身戴的，有纪念意义，这趟能不能让我带回去啊？"

聂芸有印象，轻轻"啊"了一声，正想说什么，腿上挨了亲妈一脚。

伯娘说："夕夕啊，你是不是记错了？"

05

她说得异常顺溜："你爸出事之后啊，我们赶紧把你接来和芸芸一道住，办完了丧事，才去处理你家里的东西的，那年头治安不好，到了一看，锁都让贼撬了，屋里头翻得乱七八糟的。"

聂芸低着头往嘴里扒饭，聂东阳尴尬地挪屁股。

伯娘还在侃侃而谈："你可能觉得，家里的钱全落你大伯手上了，其实真没有。就说你家那房子，当年房价不值钱，才卖了十多万，抵不上你现在一两月挣的。"

真有创意，拿当年的钱，比现在的价。

"那些钱哪，去掉办丧事花的，也不剩多少。后来你不是还在我们这儿住了一年多吗，吃穿都要花钱的。还有啊，这么些年，你爸那坟地，也得花钱修缮，三绕两弄的，我们还贴了不少进去。都是自家人，本来不该给你提这个，但是我怕你误会我们，所以啊得明白地说清楚了，省得你心里有疙瘩。"

聂九罗说："哦，这样啊。"

旋即笑笑："那就算了，我也就是那么一说。"

家宴结束，聂九罗谢绝了聂东阳开车送她回酒店的提议，说是太久没回来了，就想散散步，走一走。

她走出聂家的高档小区，走上人来人往的步行道，越走越快，鞋跟敲击地面的声音听来都像胜利的鼓点。

她取出那条到手的翡翠项链，旁若无人地戴上，像是自己给自己加冕。

坠子初戴时凉沁沁的，很快就暖了，如一记隔空而来的吻，柔软地贴在心口。

再走一段，她觉得周围有点眼熟，往斜前方看，是个居民小区的入口，小区里高楼林立。

想起来了，难怪熟悉呢，昨天刚来过，那个跟了她两条街的詹敬，就住这儿。

这个时间点跟昨天差不多，他应该也快从足疗店下班了，这人要是再见到她，会不会当场吓白了脸？

她近乎促狭地放慢了脚步，反正今天心情好，也没什么待办的事。

果然，没过一会儿，佝偻着腰的詹敬就从街角绕了过来，全身上下写满了与世无争和小心避让，手里拎着打包的晚饭。

聂九罗斜穿过街道过去："哎！"

如她所料的，詹敬一见是她，怕不是以为堵上门来闹了，吓得两腿发软，跑都跑不动了，他背靠着小区围墙，拎起外卖护住头脸："不是，姑娘，对不起、对不起，我真不是色狼，我真认错了，你千万别嚷嚷……"

一大男人，尿成这样，聂九罗都有些可怜他了："你怕什么啊？我就是路过。"

听这口气，不是来找他麻烦的？

詹敬是一朝遭蛇咬，十年怕井绳，他战战兢兢地从塑料袋拎手的缝隙中看聂九罗：她脸上带着抹怜悯的笑，应该是不想给他压力，正倒退着往后走，路灯的光镀在她年轻而又柔滑的脸上，精致的锁骨下晃着一泓碧影。

那是翡翠，一枚因式就形、雕刻成讨喜的柿子模样的满绿翡翠，边上用白金雕刻了一颗袖珍小花生，寓意"好事（柿）会发生（花生）"。

坦白说，翡翠雕柿子形的少，满绿玻璃种的就更少，更何况，还有颗小花生坠。

詹敬脑子里一蒙，脱口说了句："哎，哎。"

聂九罗都准备走了，又让他给叫停了："怎么了？"

詹敬干咽了两口唾沫，连伸手指都不敢伸得远，畏畏缩缩伸在胸前，遥指她的项链："你的翡翠，你是不是认识一个姓……姓裴的？"

这可真是出人意料。

聂九罗定定地看了他好一会儿："你说裴珂啊？"

詹敬太阳穴旁的大筋都在跳了："你认识她？你是她的……"

"她是我妈。"

詹敬死死攥住手里的塑料袋，大梦方醒般："怪……怪不得，我就说看着有点像，还真是……那，那你是，夕夕啊？"

夕夕，这名字也只有在这儿才会有人叫了，她本名聂夕，后来觉得生活理当重新开始，于是给自己改了个名：没改太多，只是把生日嵌进去了，九月四号，聂九罗——这名字对朋友非常友好，绝不会记错她的生日，一看名字就一目了然。

她问了句："你是谁？"

詹敬答非所问："夕夕啊，你知道……你妈在哪儿吗？"

莫名其妙，看来这人不只活得孤僻，脑回路也有点异于常人，聂九罗说："去世很久了。"

她懒得跟一个不正常的人叙旧，转身想走。

哪知詹敬急急攥上来："不是啊，夕夕，她被你爸关起来了，你得救她啊！"

简直是……荒唐透顶，聂九罗十分反感，兼哭笑不得："你怎么知道？"

詹敬被她问住了，愣了会儿才说："我好几次做梦，梦见她在地牢里哭……"

有这想象力，怎么不去写剧本呢？聂九罗很不客气："你谁啊你？托梦也不该是给你，该给我啊。再说了，我爸都死了快二十年了！"

詹敬像是才意识到这一点，嘴唇嗫嚅了几下，再次语出惊人："是你爸，你爸把你妈给杀了！"

要不是看这人年纪大了，聂九罗真想给他俩嘴巴，她撂了句"神经病"，转身就走。

詹敬急得一路追着攥她："真的，你妈说要离婚，你爸不同意，还说要带她去旅游，这一去，就没……"

"扑通"一声，他脚下打滑，狠狠栽倒在地，手里的圆盒外卖骨碌碌滚出去老远，甚至滚到了聂九罗前头，她冷眼瞥到，靴尖往外一拨，就把外卖拨得改了向。

詹敬摔得挺重的，一时没爬起来，眼见她越走越远，别提多绝望了："真的，小珂还说很快就回来，我去朝你爸要人，他把我打了一顿……"

他越说越是伤心，说到最后，抹着眼呜咽起来。

而聂九罗，早走得看不见了。

回到酒店，聂九罗心头那股淤堵之感仍是挥之不去。

倒不是因为詹敬瞎嚷嚷什么"关起来""杀了"，这种胡话，如风过耳，她根本没往心里去。

她在意的是，一直以来，父母那鹣鲽情深、生死不渝的恩爱故事，忽然被撕开了一条口子。

那个詹敬，什么东西？形貌猥琐，性子怯懦，也配跟她的母亲扯上关系？

真是堵心，她拿起手机，想玩两局《末日围城》的游戏转移注意力，点开页面才发现，阅后即焚的 App 上，有条新消息的红标。

什么时候发的？光顾着鸡零狗碎的事了，居然没注意。

聂九罗点开消息。

——聂二，八号之前，南巴猴头。

这是下任务的节奏，但南巴猴头是什么鬼？不过沾了"南巴"两个字，这是又要去陕南？

好在时间上还算宽裕，八号，还有近一周的时间。

一定是出了什么事了，聂九罗回了两个字：电联？

蒋百川半个小时之后回了条：知道你想问什么，视频已经发你邮箱了，看了就明白，十分钟后我打你电话。

居然还有视频，聂九罗马上登录邮箱，邮件是匿名发的，被系统归置到垃圾箱里去了。

她点击播放。

视频分两段，开场就在板牙，镜头晃得不行，拍视频的人跑得呼哧呼哧的，显然是在追赶什么。

很快，被追赶的那人入了镜，是马憨子，扛着一根拐杖，嘴里还哼歌呢。

"我挑着担，你骑着马……"

拍摄的人厉声问他："马憨子，这不是瘸爹的拐杖吗，哪儿来的？"

马憨子："就车上扔下来的啊。"

拍摄者厉声喝了句："拿来我看看！"

马憨子心有不服，悻悻地把拐杖递了过来。

然后是拐杖的特写，用了很久的水曲柳木单拐，垫腋处包了块旧羊皮，扶手常攥的地方被磨得油光水滑。

第二段是在室内拍的，马憨子拘谨而又老实地并腿坐着，两只手端正地摆在膝盖上，正"坦白从宽"。

"就侵略者的车子开过来，我去拦截，车门一开，他们就把拐杖扔下来了。还让我通知村子……"

拍摄者："通知村子什么？"

"说八号那天，皇军要跟八路聊聊……"

拍摄者没好气："你少在这儿戏精！原话是什么？一个字都不能差！"

马憨子很是不满，哼唧了一会儿之后才哑着嗓子，一副凶声凶气的语调："傻子！拐杖拿去，有人问你就说，八号来南巴猴头领瘌子。"

然后又演自己，一脸茫然："什么猴头？孙悟空啊？"

接着还模仿了一把车子远去的声效："呜呜……"

最后两手一摊，意思是：没了，一个字都没差。

视频就到这里。

聂九罗不觉失笑，难怪马憨子一开头唱起了改词的《西游记》，原来是被"猴头"两个字勾起来的。

马憨子也算是自己人，他爸死得早，当妈的辛苦把他拉扯大，然而七岁头上发了场高烧，他妈没当回事，翻出袋过期的感冒药给他喝了，又让他盖厚被子捂汗，一捂两捂，病是好了，脑壳也捂坏了。

这下没活头了，当妈的痛哭一场之后，跑了。

马憨子就此成了吃百家饭的村养娃，且知恩图报，矢志守护板牙，一年到头为了板牙打各种各样的"对外战争"，不过这人的脑袋不算坏得很厉害的，偶尔传个话说个事，倒也像模像样。

邢深来找她那天，说起过"瘌爹失踪了"，看来，对方没能从瘌爹嘴里掏到什么，要借手上有人质这事发挥一把，约在八号，"南巴猴头"。

怪不得要她过去，这种事，是得有"刀"镇场。

炎拓会去吗？要是再遇到，又能揍他了？

聂九罗有点兴奋。

其实她对打人这事没瘾，但所谓"棋逢对手"，就总想分出高下，人说三局定胜负，目前过了两局，打平，她靠突袭和针剂放倒他，他靠突袭和溺水放倒她，都不算纯靠实力的对碰。

更何况，上次负的是她，那种扳回一局的欲望就更炽盛。

她已经为自己的胜利设想出了完美的结局，她要把炎拓死死踏翻在地，踏得无反击之力，然后掏出那枚冒充过炸弹的卡扣，对他说："我也不为难你，吃下去吧，吃了就放你走。"

语气要柔和，姿态要好看，气场要碾压。

太完美了，就差一场胜利了。

心猿意马的辰光过得可真快，十分钟只是一晃眼，蒋百川的电话已经过来了。

聂九罗问他："南巴猴头是什么地方？"

蒋百川给她粗略解释了一下，这是老山林人对秦巴山腹地山头的命名，因为秦巴山地不是一座山头，而是大大小小绵延百里的山岭，现代科学考察的命名法比较死板，就是"1号""2号"，但以前的命名就很生活化和生动，都是依形状命名的，什么"南巴猴头""南巴鱼嘴""南巴鳄摆尾"。

南巴猴头就是秦巴山林深处的一座山头，看来对方对秦巴山地并不陌生。

聂九罗说："真要去啊？那种地方，听起来跟赴鸿门宴似的。"

蒋百川无奈地笑："比鸿门宴还不如呢，去鸿门宴，至少还有口吃的，去那儿，你知道等着你的是什么？"

聂九罗："那还去？"

蒋百川说："瘸爹是老人了，多少年的老伙计，同伴遇险了，能不救？九一年，第一次走青壤，大家喝了酒，发了誓了，有福同享，有难同当。"

聂九罗没吭声，这旧事，她听蒋百川说过。

简言之就是，个人和家族的运道，是跟时代和国运连在一起的，所谓国泰才能民安，一百多年前，国家遭难，小老百姓朝不保夕的，饭都吃不饱，哪还有那个人力、精力"走青壤"啊？后来，青壤之说，更是没人提了。

蒋百川小时候教育给耽误了，当然，他自己也不重视，觉得猎户嘛，靠山吃饭，一门手艺管到老。不只他，他身边的一群大小朋友，也都这么认为。

然而有些行当能在新时代焕发新生，有些行当，是注定要渐渐退出历史舞台了，忽然间，野生动物要保护了，私自打猎牟利是违法的了。

蒋百川傻眼了，他周围那群持"读书无用论"、除了打猎半点技能都没有的朋友，也傻眼了。

瘸爹更是唉声叹气：华嫂子的爹娘本就嫌弃他没个上台面的工作，现在好了，连上不了台面的碗都端翻了。

有人觉得在深山老林里打猎别人也够不着，蒋百川觉得不可行，违法是要坐牢的，而且法律只会越来越完善，施行的力度也只会越来越大。

斟酌再三，蒋百川说："咱们走一趟青壤吧。"

06

现在想起来，蒋百川还无限感慨：那一年，可真是生瓜蛋子走青壤，刀家的耍不好刀，狗家的用不好鼻子，全村秘密知会了一圈，只不到二十号人愿意豁出去一试，临时培训是靠上了年纪的人的回忆和祖上留下来的一些手写本。

他说："瘸爹是元老，没消息没法救也就算了，现在有音了，要是不管不问，像话吗？搁其他人看了也心寒啊。再说了，这决定不是我一个人做的，我也问过邢

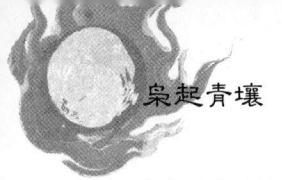

深他们的意见。"

这不是救不救瘸爹的问题，这事的本质是救不救同伴，每个人都是"同伴"，都可能面临同样的困境，现在投了瘸爹一票，就等于投了未来可能落难的自己一票。

聂九罗："那我是……到哪里？板牙还是石河县？"

"先到石河吧，具体的我晚点再联系你。"

聂九罗"嗯"了一声，行将挂电话时，忽然心中一动："蒋叔？"

蒋百川："啊？"

"当年我妈在青壤出事，你亲眼看到的？"

蒋百川一愣："怎么问起这个了？"

然后说："看见了，被地枭撕咬着拖走了，血拖了一路，我们跑不过畜生，没追上，后来只找回一只鞋。你爸差点发了疯，要不是几个人摁住他，直接往黑白涧冲了……怎么突然问起这个了？"

聂九罗说："没什么，随便问问。"

雀茶一个人打车回了别墅。

原本，她是和大头他们一起回的，车进市里的时候，蒋百川打电话来说，地下室太小，已经不适合孙周了，要给他换个地儿。

而换的地方，显然不方便让她知道，于是车子靠边，放下孤零零一个她。

雀茶心里很不是滋味，倒不是多稀罕参与，而是这种"用得着时是宝，用不着时当草"的感觉，可真不是那么回事儿。

走近别墅，无意间抬头，看到楼顶上站了个人。

邢深？

她离开的时候，老刀也驱车带邢深离开了，她还以为再见无期了呢。

雀茶那阴恹恹的心情一下子被点亮了，仰头冲着他喊："邢深，你往里站点啊，别掉下来！"

邢深低头看，还微微把墨镜抬起了一些，以避免镜片颜色干扰。

他看到楼下人形的柔光，有着线条婀娜的轮廓，从声音里，他听出这是雀茶，她的光是有颜色的，浅淡的雀色，很容易让人想起"黄昏雀色时"这句话。

他头一次知道这句话时，不知道是什么意思，查了书典也查不到，于是想当然地意会，雀色，就是柔和浅淡的黄昏色。

黄昏雀色，很淡的温暖和宁静。

阿罗不一样，阿罗是月白色，很多人认为月白就是白，其实是一种很淡的蓝，离得很远的冷月亮上带的那种若隐若现的蓝——阿罗就是那轮冷月亮，高高挂在离他很远很远的地方。

身后传来噔噔的脚步声，雀茶已经一口气冲上来了："邢深你……你，往后退两步，边上没栏杆的，你你……别往前了，老刀呢？老刀没看着你啊？"

邢深失笑，雀色的柔光里，肢体的动作笨拙又紧张，这就是手足无措了吧。

他说："我没关系。"

雀茶胆战心惊："你还是下来吧，这顶上没栏杆的！一吹风就……"

说着话，风就来了，雀茶条件反射般蹲下身子，生怕站得舒展点，就被风给吹跑了。

邢深在客厅的沙发里坐下。

厨房里，雀茶翻箱倒柜，忙着给他准备喝的："邢深，这里有白桃乌龙、茉莉红茶，也能现榨橙汁、梨汁，还有咖啡，你喝什么？"

邢深："来杯咖啡吧。"

雀茶应了一声，兴奋地忙活开了，有那么一瞬间，心头掠过一丝愧疚：她这么开心雀跃，是不是有点对不住蒋百川啊？

转念一想，她干什么了？她也没想跟邢深怎么着啊，她这心情，应该也就类似于小姑娘追小偶像吧，但这年纪了，没有小姑娘的遐思和幻想了，能见见面、说说话，她已经满足了。

很快，她就端着托盘过来，上头搁了两杯热气腾腾的咖啡、奶杯，以及方糖。

落座之后，先帮邢深准备："我买的这咖啡有点苦，搁点糖和奶，口感会好点……"

邢深说："没事，我爱喝清咖，越苦越好。"

话说慢了点，而雀茶的手又太快，糖奶都已经搁进去了。

雀茶反应很快，马上把自己那杯转递上去："我也猜到了你爱喝苦的，所以你这杯什么都没加。"

当人面撒谎，于她还是第一次，脸上不觉发烫，心说还好，幸亏邢深看不到。

邢深笑起来，说："谢谢。"

这一笑把雀茶笑恍惚了，她怔怔地盯着邢深看，想着：真好啊。

这么斯文有礼，儒雅又好看，年轻的脸庞，笑起来真是让人如沐春风，微微一嗅，似乎还能嗅到初春风里蕊芽被阳光抚照过后才会散发的清新味道。

她十七岁时爱上蒋百川，蒋百川比她大二十一岁，男人不显老，那时候三十八了，还像三十出头一样，且英俊、成熟、多金。

雀茶一头就栽进去了，对身边那些毛头小伙、青年才俊完全不屑一顾，直到十五年后的今天，才第一次发现，年轻真好啊。

她低头啜了一口咖啡，这杯刚加过糖奶，是甜的，但喝下去发涩，不知道是后味上来了，还是心里头本来就苦涩。

雀茶找话说："你忙什么去了？刚回来吗？"

不问还好，话一出口，就觉得邢深的面色有异，片刻前，情绪还是上扬的，现在，明显低落。

雀茶知道说错话了："我……我不该乱问的，我就……老乱说话。"

她尴尬地笑，不安地拿手梳拢头发，又觉得这种高中女生式的慌乱真是恶心，自己怎么了这是？又不是上台发言、要面对千百双审视的眼睛，邢深都没眼睛呢，她这儿失措个什么劲儿？

雀茶狠掐自己大腿，责令自己正常点。

邢深攥紧杯子，咖啡的烫热透过杯壁，渗进指腹之内。

他说："没什么，我去看我从前的……女朋友了。"

从前的女朋友？

雀茶的第一反应是这姑娘真是不错，愿意和邢深交往——他毕竟眼睛看不见，其他各方面条件再好，一般女孩子也会退避三舍的吧。

所以不由自主说了句："那……怎么分开了？挺可惜的。"

很好，又说错话了，这种私人问题，哪是她该乱打听的？雀茶再次结巴："当、当我没问啊，我这人就这样，真是……"

她还尴笑了两声。

邢深说："因为有一次，我决心去做一件事，她极力反对。"

雀茶很想问是什么事，但她不敢瞎问了，只是低下头，抿一口咖啡，再抿一口，耳朵竖起，希望邢深多说点。

"她非常生气，认识她以来，就没见她那么生气过。她喜欢捏泥塑，那时候初学，说要捏一个我。她很有天分，捏得很像，都快完工了，但她为了体现自己有多么生气，把塑像给砸了。"

他在这里停住，好像回到了塑像被砸的那一天：聂九罗塑那个塑像的时候，真的很宝贝，不让看，不让摸，挨得稍微近点都要恼火，似乎他呼吸一重，塑像就能被呼倒了，然而砸的时候，是真决绝。

蒋叔说得没错，她想要什么，就会去要，不要了，也是真不要。

他说："她说，邢深，你要是坚持这么做也可以，但咱俩就此也就完了，一辈子都完了。"

雀茶小心翼翼地发表意见："这么严重啊？"

又说："其实很多事，都是沟通上出了问题。你们坐下来好好说呗，都相互……体谅一下。"

邢深微笑，说："体谅不了。"

雀茶真是想破了脑袋也想不出是什么事："其实，只要不是违法犯法、作奸犯科或者道德败坏,我觉得,想做就去做呗。年轻的时候啊,容易为一些小事争得面红耳赤,过几年回头再看,就觉得完全不值得。你当时,是特别想做什么啊?"

邢深说:"我把我眼睛弄瞎了。"

雀茶差点跳起来,一杯咖啡全翻在身上了:"啊?"

邢深没说话,眼前雀色的柔光里,有一道深褐色的污渍延开。

他搁下咖啡杯,说了句:"你衣服弄脏了。"

离开安塔之前,聂九罗又去找了一趟詹敬。

这两天,她打听到一些新的信息:詹敬年轻的时候,确实在一所中学当语文老师,一九九九年左右因"生活作风问题"被开除,而所谓的"作风问题",是他介入了一对年轻夫妻的婚姻,男主人告到学校教务处,骂他不配为人师表,校方怕事情闹大,把他解聘,以息事宁人。

一九九九年,聂九罗算了一下,她四岁,父母的确是"年轻夫妻";一年后,母亲出事;再一年,父亲跳楼。

……

詹敬工作的足疗店不大,他一人兼多职,打扫、泡浴足汤,还要帮技师们准备餐点。

八点过,詹敬准时交班,捶着酸痛的老腰从足疗店的门口出来,门口海报上,是双拨弄水花的纤纤玉足,上头印着"一流服务,精湛技术"。

聂九罗迎上去,说:"聊两句吧。"

聊两句的地方选在了一家灯光昏暗的清吧,詹敬没来过这种地方,浑身不自在,坐姿也是靠边侧向的那种,像是为了方便随时逃跑。

他讷讷地跟聂九罗道歉:"夕夕啊,我之前乱说话,你……别往心里去哈。"

那天,陡然间见到那枚翡翠坠子,往事如潮水般涌入,一下子冲垮了他那被磋磨半生营造起来的、谨小慎微、几近懦弱的堡垒,他歇斯底里说了很多。

后来就冷静了,觉得自己可笑:裴珂死了二十年了,二十年,旧人旧事,放凉了的汤水,还把它烘热干什么呢?是凉是热,不都还是他一人饮吗?

就别拿过去的事,影响小辈了吧。

聂九罗说:"说都说了,就再多说点吧。你和我妈当年,到底是怎么回事?"

詹敬忐忑地抬头看她。

聂九罗笑笑:"放心吧,我成年了,谈过恋爱,狗屁倒灶的事也见过不少,接受度很高。我父母不是圣人,也就饮食男女,感情好,难得,感情不好,也正常。你尽管说就是。"

詹敬愣愣地看了她好一会儿,她眉眼跟裴珂有一点像,但性子完全不像,人家

说性格决定命运，小珂如果是夕夕这种性格，人生……会大不同吧。

他嗫嚅了好一会儿才开口："你知不知道，你父母之前滑过一个孩子？"

聂九罗点头："知道，很可惜，死在胎里了。我爸妈非常伤心，以至于后来生了我了，对别人介绍时都会说，这是家里的二丫头。"

詹敬不敢看她，头低得不能再低，声音也低得像在飘："那第一个，其实是我的。"

聂九罗耳边轻轻"嗡"了一声，像是拂过一只苍蝇或是蛾子，她甚至抬手撵了一下，撵了个空。

詹敬忽然想到了什么，赶紧抬起头，慌乱地澄清："但是你别想岔了，她不是婚内出轨，你爸也知道这件事。我……我跟小珂因为一些误会分手，一气之下去了外地。那之后她……她才发现怀孕，但她性子倔，不……不联系我，你爸一直喜欢她，就跟她说，愿意照顾她，也会把孩子视如己出。那年头，我们这种小县城，闲言碎语还是很可怕的，小珂就……接受了你爸。

"我回来之后才知道这事，还约小珂出来聊，小珂拒绝了，她跟我说，西弘是个好人，她决定和他好好过日子，过去的事就过去吧。"

詹敬后悔极了，但无计可施，只得找了工作安定下来，默默在远处关注着裴珂，也关注着那个不久之后就会出生的孩子。

"可是我没想到的是，八九个月的时候，孩子居然没保住。据说是因为宫腔内缺氧，小珂痛苦得不得了，我也挺伤心的。不过我后来觉得吧，可能是好事，他们都年轻，以后会有真正属于自己的孩子的。"

果然，没过两年，聂夕就出生了，詹敬也逐渐从这段伤心的情感中走了出来，还在同事的介绍下，结交了一个女朋友。

"就在你三岁多的时候吧，有一天下班回家，我忽然看到，小珂在门口等我，她状态很不好，应该是哭过，整个人憔悴得不行。我赶紧把她让到屋里。然后，小珂跟我说，她怀疑……"

说到这儿，他畏惧似的看了聂九罗一眼，声音又低了两度："她结合了很多的细节和蛛丝马迹，怀疑……孩子是你爸爸做手脚，才……掉了的。"

聂九罗说："哦。"

她也不知道自己为什么这么平静，可能是因为，早就做好了最坏的心理准备吧。

也许是被她的冷漠刺激到了，詹敬一下子激动起来："你爸爸……其实他根本就讨厌这个孩子，他只是假装很有爱心，赢得小珂的信任，然后，他背地里使坏，这样的人多可怕啊，是不是？

"小珂性子比较内向，能交心的朋友不多，所以那段时间常来找我。我……我也不怕你笑话，我对小珂，一直还存有感情，对她的事就特别上心，再后来，你爸暗地里找到学校，我就失业了。"

生活作风问题，在当时，足以让身处小县城的詹敬"社会性死亡"，工作没了，女朋友也吹了。

这件事坚定了裴珂要离开聂西弘的决心，她提出离婚。

聂九罗嘴唇发干，她端起面前的柠檬水，很轻地润了一下唇："按理说，那时候我四五岁了，应该记事了，但我一点都不记得他们大争大吵过。"

詹敬苦涩地笑："我们那个年代啊，多数人都要面子，家里头都分床睡了，对外还是一团和气。不会在你面前吵的，你还小嘛。

"反正，就这么僵了一段时间，有一天，小珂跟我说，要和你爸出去旅游几天，还说，差不多了，估计这趟回来，就正式分了。"

一股酸涩直冲上喉，继而冲上了眼，詹敬眼前发糊："这之后，就真的没回来了，没尸体，连骨灰都没有，说葬在外地了。夕夕，你能相信只是意外吗？就算真的是意外，只要这意外发生的时候，你爸在现场，我就觉得，这事他绝对脱不了干系！"

<h1 style="text-align:center">07</h1>

两点之间直线最短，聂九罗决定从塔西直接去石河。

走的那天，聂东阳开车送她去车站，聂九罗一路看街景，车子飞快，行人和行道树嗖嗖后退。

聂东阳跟她搭话："舍不得吧？"

没什么舍不得的，正相反，回来一趟，把她对故乡仅有的一点眷恋都给洗刷干净了。

她点开手机："大伯，我把冥诞的钱转账给你，付款码给我一下。"

聂东阳说："嗐，这点小钱就算了，下次办你再给吧。"

这是真心话，聂九罗索要项链这事，让聂东阳忽然意识到：的确已经捞了人家挺多东西的，仨瓜俩枣的还往家扒拉，吃相有点难看了。

聂九罗说："要转的，没下次了。"

她以后不回来了。

管他三十五十冥诞，都不回来了。

又到石河县。

上次来是夏末秋初，只过了不到两个月，这儿已经有入冬的迹象了，聂九罗衣服带得不足，路上连着下单了好几件冬装，还叮嘱卖家务必发快件。

离八号还有两天，她大部分时间都待在酒店看书，没去问蒋百川那头的进展：

她只要在指定的时间，到达指定的地点，做该做的事就行了，其他的，懒得打听，也不想知道。

这一晚，长时间读书之后释卷，眼睛干涩得不行，聂九罗揉了揉眼周，看向窗外。外头星星点点，无数细白颗粒被风推涌，映着室内的暖光斜划而下。

下雪了？

算算日子，是该下雪了，聂九罗走到窗边，打开一扇。

冷风裹着雪粒子瞬间卷入，但因为屋里开了空调，并不感到冷，反而觉得空气尤为冷冽清新，洗心洗肺。

因着天晚落雪，外头已经没什么人了，露天停车场的灯光在雪线里融成一大片柔软的暖橙黄，有个男人，从一辆刚停稳的车里跨步出来。

雪很小，用不着张伞，那男人立在车边、光下，侧着脸，耐心地看大衣肩头慢慢堆起雪粒，然后伸出手指，很温柔地一点点拂去，像忙里偷闲，因时就雪，玩一出只有自己窥到法门的小游戏。

聂九罗心说：真是冤家路窄。

那是炎拓。

再一想，路其实不窄，石河县只有这一家高档酒店，他上次住这儿，这次过来当然还住，她也一样。

肩头掸拂干净，炎拓仰起头，看簌簌雪粒里的酒店大楼。

聂九罗没动，她觉得自己如果忽然闪避才会引人注意，停车场只他一个人，酒店却有上百个明亮的窗口，他未必看得到她，看到了，也只会以为是某个开窗看雪的住客。

炎拓的目光掠过这一片。

有那么一瞬间，毫无理由地，聂九罗觉得，炎拓看到她了。

窗外雪粒渐渐稀疏，看来，这场雪是下不起来了。

聂九罗关上窗户。

睡前，照旧写今日三件事，然而这一天过得非常平淡，回想再三，只能记上一条"炎拓又来了，不过，他没看见我"，再一想，在末尾加了个问号。

落下日期之后，熟练折星，星星折成，轻飘飘的。

她把星星弹向高空，候着星星落下，一把捞住，然后瞄准不远处摊开的行李箱，正待投掷，床头搁着的酒店内线电话响了。

聂九罗收势侧躺，伸长手臂捞起电话："喂？"

那头传来炎拓的声音："聂小姐，有空见面聊聊吗？"

聂九罗动作一滞，眸光回敛，慢慢从床上坐起："炎拓，你是不是不知道'两清'是什么意思？"

炎拓："知道，从那一天起，大家就是陌生人。但关系清零，也意味着从零开始，有无限可能——只要有共同利益，还是能聊聊的，不是吗？"

聂九罗："我跟你不熟，没共同利益，也不欢迎你给我打电话。"

正准备挂电话，炎拓说了句："我见到狗牙了。"

聂九罗心里一动。

炎拓："他还没醒，但是恢复得不错，我问过，再有一两个月，估计就能翻墙窜院了。聂小姐，你不欢迎我打电话，我就不打扰了。不过，我欢迎你，随时，不管是电话还是上门，我住406。"

居然把狗牙抬出来了，看来，他也知道狗牙是两人可以继续对话的基点：现下双方之间风暴渐成，华嫂子、瘸爹都是牺牲品，她之所以还能过着有情有调的平静日子，完全有赖于狗牙还昏睡着。

406。

成大事者不拘小节，要么，去跟他聊聊？

聂九罗被子都掀开了，一转念，又盖上了。

他应该笃定她会去，等着给她开门了吧，就不去，让他等好了，等一夜，等失眠。

是他先打的电话，他比她着急，所以，她急什么呢？

聂九罗关灯睡觉。

第二天，聂九罗早早起身，洗漱了之后，去餐厅吃早饭。

都说雪后初晴，雪没下起来，却奉送了一个相当不错的晴天，聂九罗取了餐，拣了张靠窗的卡座坐下，阳光透过明亮的窗玻璃推涌进来，在桌子一侧烙下大而晃眼的光斑。

炎拓托着餐盘过来，在她对面落座。

聂九罗微抬了眼皮看他。

炎拓知道，在人多眼杂的地方，她一定会克制又客气，所以没什么压力，还给她推荐菜品："他们这豆沙包做得不错，馅很细。"

聂九罗："我没空聊闲天，麻烦你讲正事。"

炎拓其实也没心思扯别的，只是出于客气，想暖个场，没想到，她连暖场都嫌烦。

"聂小姐，你同伴失踪，你好像一点都不关心。"

同伴？哦，说的是瘸爹。

聂九罗："那些都不是我同伴，我没同伴。"

炎拓抬头看她："嘴上说自己是普通人，对这些事不关心，没兴趣，但每次发

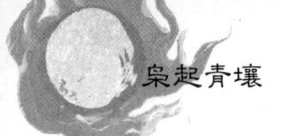

生点事，都能看到你。聂小姐，你在这中间，到底是个什么角色？"

聂九罗把球抛回去："你呢？你又是个什么角色？癞爹被绑架，你出了不少力吧？"

炎拓沉默了一会儿，说："随你信不信吧，我就是个小角色。癞爹被绑，我不知道；绑来了，轮不到我审；关起来，我也见不到——就是这么个角色。"

聂九罗"哦"了一声："听起来怪憋屈的，不过角色小，心不小，好像暗中还在筹划着什么吧？"

炎拓居然爽快认了："是，私事。聂小姐，跟你不熟，就不细说了。你呢？看起来，好像欠了板牙的人不少钱哪？"

聂九罗微怔，旋即想起来了：她把炎拓移交给蒋百川的那个晚上，炎拓后半程醒过来了，两人的对话大概被他听到了一些。

她也不隐瞒："他们缺人，我刚好是个和他们有钱债的人才，所以有需要的话，就过来帮个忙。"

聂九罗的身手炎拓是见识过的，说是"人才"并不夸张。

"也就是，做事，消钱债？"

"对，消完了，也就两清了。"

两清，她可真喜欢用这个词儿，仿佛一段关系是一件物品，抬手就能扔掉。

炎拓头一次觉得她天真："聂小姐，钱债最好钱来消，你帮的这种忙，太容易引火上身了——就好比这一次，如果不是我撒谎，你一定很麻烦。"

聂九罗说："这是我私事，跟你不熟，不便解释。"

炎拓觉得，刚才的一番对答，是两人各探触角，也各自触到了铁板。

不过，陌生人的关系，可不就是这样门禁森严吗？

私事，不熟。

那就谈公事吧。

他开门见山："上一次，狗牙那拨人，其实已经知道你，也就快查你了，你运气好，置身事外。这一次，如果你跟他们遭遇，我希望你尽量遮遮脸，你暴露了，我也麻烦。"

聂九罗说："这你放心，我有主业，给人帮忙是副业，干副业时，我基本不露脸。上次在你面前露了身份，纯属意外。"

这就好，炎拓心下稍安："狗牙那边，我偶尔能在有人陪同的情况下见到他，如果你有什么隐秘的法子能让他伤势不得好转、继续昏睡，我可以代劳。这件事上，帮你，也就是帮我自己。"

聂九罗沉吟了一会儿："让他在大太阳底下暴晒，可以。"

这位小姐是不知道什么叫"隐秘"吗？狗牙又不是地瓜，可以拖出来晒太阳。

"用天生火烤他的致命伤口，也可以。"

天生火对被地枭咬伤的人来说是药，对地枭是毒。

炎拓不得不提醒她："聂小姐，要隐秘，我说过，我只能偶尔见到他，而且身边还有人'陪同'，只能动一些小手脚，速度还得快。"

聂九罗盯着他看了会儿，像是衡量他是否可靠，顿了顿才说："那我再想想办法，想到了再通知你。"

炎拓心下又是一宽：那就是有办法，只是她很谨慎，要再观望他一段时间。

欲速则不达，炎拓也不催她："那……聂小姐，大家可以加个'阅后即焚'的好友，方便联系。"

聂九罗："你有账号？"

"上次在你的手机上看到，觉得很好用，就注册了。"

聂九罗想了想，虽说她和炎拓还不至于是"绑一根绳上的蚂蚱"，但确有些不便见光的小合作，加就加吧。

两人拿出手机，明晃晃的大太阳下，互扫互加。

阅后即焚这款软件，聂九罗虽是用户，但一直觉得是为游走于黑灰色地带的人以及男女服务的，她还以为，除了"那头"，她不会再加谁了。

两清之后，关系确实可以从零开始，走向也确实神秘莫测。

收起手机，聂九罗问了句："这趟赎人质，你在里头，被安排做什么？"

炎拓说："不知道，等通知吧。大概率是到时候给我个地点，让我接人，跟上次似的。"

上次？

聂九罗心里一动："上次，你是去接狗牙的？"

"是，他们入山前定了地点，说是万一有事，有人走散了，电话又联系不上，就在那儿等。"

"定在兴坝子乡？"

炎拓摇头："一个乡那么大范围，还不把我给找死了？定在兴坝子乡西的破庙。那天，我找到破庙的时候，庙里没人，但有人字梯、相机、工具箱，我还翻了相机，看到拍的都是雕塑。我猜想，应该是有人在这儿作业，所以，又出了破庙往外找。"

那天？

想起来了，那天中午，她内急，去了乡东找公厕，路上，看到一辆白色的越野车，当时还好奇车主去哪儿了，现在回想，同一时间，炎拓应该在破庙。

她研究他车里的鸭子的时候，他在翻看她的相片。

感觉忽然有点微妙。

还有，破庙，接人的地点为什么定在破庙呢？对方对兴坝子乡很熟？还是说，破庙有特殊意义？

破庙的来历是……

司机老钱好像讲过一个小媳妇的故事……

小媳妇？！

聂九罗头皮突然发麻，那个小媳妇的故事，她一直当是旅途中听到的乡野异闻，听完了再没想起过。

——老二在大沼泽遇到的小媳妇，她混搭着穿衣服，东拼一件、西凑一件，像是把死人身上的衣服扒拉着脱来穿的。

——她被天火烧伤，一般人烧成那样，早咽气了，她却拖了一年都没死。

——她把老二给吞吃了。

——老道起卦，说根子在大沼泽，要烧铁水把口子给填了，填了之后，果然就没再出类似的事了。

……

小媳妇的很多特征，其实很像地枭，只不过那时候，"地枭是野兽，而不是人"的这种认知根深蒂固，她完全没往这方面想。

还有，刚刚炎拓还提了"入山"？

聂九罗脱口问了句："他们入山干什么？"

不久前，邢深他们走青壤的时候，跟她说起过，在山里，接连遇到两座空帐篷，所有物资乃至换洗衣服都在，单单人不见了。

是狗牙同伙的帐篷？又或者，里头的人被狗牙的同伙掳走了？

炎拓："入山都不带我，入山干什么，我就更不知道了。你呢？你这趟，又被安排做什么？"

聂九罗说："也还在等通知，看板牙那头的安排吧。"

炎拓"嗯"了一声，话到这儿，第一次出现冷场，他不是没话说，还在考虑该怎么开口。

聂九罗却是真的没话说，她清了清嗓子："你还有事吗？大家之所以用阅后即焚，就是不想留下联系的记录，这种公开见面，我觉得能免则免吧。"

炎拓听出了她的弦外之音：即便见了面，你也能滚快滚吧。

08

炎拓说："还有件事，有几句歌谣，不知道聂小姐听过没有。头两句是'有刀有狗走青壤，鬼手打鞭亮珠光'。"

聂九罗顿了一会儿才开口："瘸爹说了不少啊。"

"不多,也就几句。"

聂九罗:"歌谣而已,以前缠头军不是自成村落吗,逢年过节,会搭台唱大戏。'有刀有狗走青壤',狗,就是狗家人,刀是兵器,古代都用冷兵器,刀是最常用的。走青壤,当然得有刀有狗。

"'鬼手打鞭',说的是捉到地枭之后,地枭有兽性,不会甘心就缚,那就得拿鞭子抽,戏台上的戏服都很华丽,鞭身镶金饰玉,连抽甩起来,可不就'亮珠光'吗。"

炎拓:"'狂犬'那一句呢?"

"'狂犬是前锋'?猎户狩猎都带狗啊,狗是前锋,当然是越狂越狠越好。"

炎拓不动声色:"'疯刀'那一句又怎么说?"

这一句,瘸爹只来得及唱了三个字,嘴巴就被堵上了。

"'疯刀坐中帐'?中帐就是中军帐,元帅住的,指代起决定作用的那个人。擒获地枭,起决定作用的一定要技艺最超凡出众,一般是刀使得最好的那个。之所以叫'疯刀',跟'狂犬'对应而已,唱起来上口。"

炎拓"哦"了一声,盯着她看了会儿才说:"你撒谎。"

聂九罗轻抿了下嘴唇。

有意思,他怎么看出来的?

"我怎么就撒谎了?"

"你之前都爱搭不理,要么就拒不回答。说到这几句歌谣的时候,态度有明显变化,我问什么,你答什么,甚至主动说很多,一句句掰开了解释,力图让我相信这歌谣没什么意义、很普通。但这恰恰说明,这歌谣不但不普通,还极有可能跟你有关——你这个人,不太关心别人,但很关心自己。"

聂九罗挑眉:"有吗?你不觉得是自己疑神疑鬼、想太多了吗?"

撒谎怎么了,只要你没证据,我又咬死不承认,一切就以我说的为准。

炎拓笑了笑,终于如她所愿,起身托起餐盘,礼貌地滚蛋。

临走前,他说了句:"大家毕竟不熟,你想隐瞒什么,我不介意。不过聂小姐,如果你刚巧认识一个绰号'疯刀'的,可以帮我转告他,狗牙的同伙,对他很关注。"

聂九罗目送炎拓走远。

他有一句话说对了,她不太关心别人,但很关心自己,就好比她对外人外物的好奇心很低,但事关自己和身边人,还是会追根究底一下的。

——如果你刚巧认识一个绰号"疯刀"的,可以帮我转告他,狗牙的同伙,对他很关注。

回房之后,她联系蒋百川,和他通了个电话。

对方的捂话是"八号,来南巴猴头领瓤子",但蒋百川不是傻子:电影电视剧里,狡猾的绑匪对交付地点总是一变再变,你在地点 A 布下天罗地网,他一个电话,

要求立马改地点B，一干人手忙脚乱转场，气喘吁吁赶到时，他又说C才是终极交易地点。

所以，蒋百川对南巴猴头并不做精锐投入，截至目前，只派了包括一名狗家人在内的三人先锋梯队进山，打探情况的同时，寻找南巴猴头一带的"交口"。

这"交口"，是为聂九罗找的。

溯祖追宗，她也好，蒋百川、邢深也好，同属古老的支系，巴山猎人。

搁过去，有"北巴山，南梅山"的说法，巴山猎人和梅山猎人同享盛名，只不过，梅山因为地处湘西一带，沾带神秘巫术色彩。传说中梅山猎人多少都是会点法术的，最高级别的梅山猎人是"打虎匠"，所以老话常讲"中等梅山上山打猎，上等梅山弯弩打虎"。

而巴山猎人纯走实力路线，靠听声、闻味、识别粪便、蹄印等行猎，最盛时也流出一句话，叫"中等巴山上山打猎，上等巴山入地伏枭"，后来就不传了，因为不明就里的人觉得这话有问题：枭嘛，古汉语中指的是"恶鸟飞禽"，那当然是在天上的，怎么能"入地"去伏呢？大大不通。

再加上缠头军后人刻意保守秘密，久而久之，知道巴山猎人的多，而知道"上等巴山"的，几近于无了。

巴山猎人有个习惯，打猎时喜欢找"交口"，简言之就是，在一片区域行猎，会先确定一个利于隐蔽、方便下手的所在，这个就叫"交口"，由枪法最好、技艺最娴熟的猎手镇守，叫"坐交"。打猎的时候，其他人会极尽所能、鼓噪吆喝，把猎物往交口处赶，由坐交者守株待兔，一一搞定。

对付地枭，毫无疑问，该由她来坐交。

搁着以前，她不会有什么异议，但这次，心里不太踏实。

她说："蒋叔，你见过那个叫狗牙的，他已经完全是人的状态形貌了，你不觉得奇怪？"

蒋百川笑笑："当然奇怪，所以才那么想打探到它们到底是怎么来的——按说我们的金人门，都锁得好好的啊。"

聂九罗说："我不是这个意思，我是想说，上千年下来，我们对地枭的认知，始终停留在老祖宗的那个时代，并没有什么更进一步的发现。你那年下青壤，靠的还是祖上留下来的、不知道传了多少代的手写稿。"

生物学分类，域界门纲目科属种，狗牙如果真是地枭，也一定不是当年的那种了。

"它们已经不一样了，我们还拿传统的老办法去对付，会不会太冒险了？"

蒋百川比她乐观："聂二，你说的这些，我不是没想过。不过你仔细想想，狗牙虽然像个人，还是被大头闻出了味道，也被你的攻击给放倒了。所以我认为，万变不离其宗，它再怎么变，弱点始终在那儿。"

这话倒也在理，聂九罗说："还有个问题，那个炎拓家底丰厚，钱可以被用来做很多事——对方的人里，很可能有一部分不是地枭，也不是伥鬼，只是拿钱办事的人。这个你想到过吗？万一双方冲突起来，你误伤或者误杀了这部分人……"

蒋百川显然考虑过这个问题："所以这一趟，狗家人至关重要，我已经跟邢深打过招呼，他在来的路上了。"

聂九罗"嗯"了一声："最后一个问题，瘌爹被抓了，他再硬气，你能保证他什么话都不吐吗？如果他已经招了，你什么打算？"

蒋百川长长叹了口气。

他说："我是挺相信瘌爹的，但我不能保证。好在他打过交道的就那几个，能吐出来的有限，该躲起来避风头的我都让人通知到了。邢深我是不担心他，老刀和蚂蚱一直在他身边，余蓉嘛，我让她去别墅住了，估计也快到了。至于你……"

蒋百川压低声音："瘌爹怎么招都招不到你身上，毕竟，只有我和邢深知道你。"

日暮过后，老刀车进石河县。

一进市区，车辆和人流明显密集，即便知道车窗上都贴了防窥膜，后座上的邢深还是说了句："蚂蚱，眼镜。"

老刀看向车内后视镜：蚂蚱正往脸上架一副明黄镜架的儿童眼镜。

它脸上本就戴着小号口罩，如果不是搭在框架上的手褐黑、干瘦如同鸡爪，指尖微凸且锃亮，别人一定只会以为这是个小孩子。

架完眼镜，它的双爪嗖地缩回了袖管。

老刀说了句："真厉害，跟人似的。"

邢深说："就算是养狗，养两三年，也能听懂简单的指令，何况是它啊。"

前头亮红灯了，老刀缓缓停车，同时拿起杯架上的保温杯，拧开了喝水："就有时候吧，看到它怪像人的，心里发毛。你上次跟我说过，这叫啥，布谷鸟效应？"

邢深失笑："恐怖谷效应吧。"

恐怖谷效应原本是用来描述人与机器人之间的情感反应变化的，后来也被扩大到其他领域。通俗地讲就是，人在面对一个类人物体时，会因为其动作、容貌上有些像人而对其产生好感，但当这种相似度不断增加、达到一个特定点的时候，这种情感就会迅速转向负面，乃至反感恐怖。

举个简单的例子，家养的小狗根据指令，蹲起、坐下、喝水，你会觉得可可爱爱萌萌的，但如果有一天晚上，你发现它直立着站在厨房台边，两只前爪握着剔骨刀"咔嚓咔嚓"在磨刀器上开磨，磨完了还拿起来咧嘴一笑，怕不是会吓得当场夺门而逃。

老刀说："对，就是这恐怖……咕咕效应，怪瘆人的。"

邢深说了句:"习惯了就好了。"

老刀心里犯嘀咕:这哪能习惯啊?你是看不见,所以不当一回事,这要是看见……越想越瘆得慌,赶紧换话题:"深哥,大家都猜这一趟,聂二也会来。"

其实他年纪比邢深大,叫"深哥"纯属顺口,毕竟邢深的本事摆在那儿。

邢深说:"你管她来不来呢。"

老刀:"好奇呗,疯刀聂二,狂犬邢深,老话说:'疯刀遇上狂犬,必有传奇。'想看你们强强联手嘛。"

邢深淡淡回了句:"那是古代了,疯刀狂犬,地下围猎,声势浩大的。现在,哪还有什么传奇啊?"

老刀感慨:"你我是常见的,余蓉也见过,就聂二,只见过她十三四岁的时候,还遮着脸。想想丢人啊,一人高马大的汉子,败她手里。"

邢深知道这事,也亲见了:"其实不丢人,她太爱使诈了,论实力,当时是不如你的。"

老刀说:"我那时候也这么安慰自己,后来想明白了,诡诈也是一种实力。兵不厌诈,两军交战,那是正大光明的'诈'啊。有技不如人,就有'诈不如人'呗……"

就在这时,蚂蚱忽然侧身扒住右侧车门,爪子在门内乱划,喉间发出"嘀噜"的声音。

邢深呵斥了句:"坐好!"

老刀不以为意,还想接着往下说:"所以不如人就是不如人,败了就是败了……"

蚂蚱非但没坐好,还折身过来,一只爪子抓捻住邢深的衣角,向右侧拽。

这下,傻子也能看出有问题了,车里一下子安静下来,邢深往右侧看:右边的车跟他们的车并不齐头,有两辆,单从他"看"到的,没什么异样,每辆车里都只有司机。

老刀有点紧张:"深哥,是闻到什么了吗?"

邢深觉得诡异,不是因为闻到了什么,而是恰恰相反,什么都没闻到。

换灯了,右首的车子在动,后方的车有不耐烦的,也已经在摁喇叭了,老刀不得不发动车子。

邢深迅速说了句:"老刀,快帮我看看,右边这两辆,车子、司机都什么样的?"

老刀也不含糊,一面放慢车速,一面快速撅下副驾的车窗,以便看得更清楚些:"第一辆是……特斯拉,女车主,三十来岁,她转弯……"

后车的车主探出头来骂了:"走不走了?开这么慢,学爬呢?!"

特斯拉后头的那辆车也转弯了,听到边上的叫骂,他还侧过头,瞥了老刀这车一眼。

这是个壮年男人，老刀自忖已经是虎背熊腰了，这男人目测比他还大一个码，那么宽敞的大切诺基，他坐着居然嫌挤。还有，许是车内暖气给得足，这么冷的天，他只穿件黑T恤短袖，肌肉鼓得绷绷的，胸前一行字"揍死哈批"。

"跟着的是大切，男车主，三十来岁，比我壮，面相挺不好惹，也转弯了……"

老刀这条道是直行，他不得不加快车速，再不加速，车后那骂声不绝的"哈批"①车主怕是要撞上来了。

一直行，两转弯，车距渐长，蚂蚱急得乱挠，很显然，如果有什么不对的，一定是那两辆车之一。

邢深心一横："追上去！"

违规也顾不得了，老刀急抹方向盘转向，在一片刹车和叫骂声中，直驰而去，同时又问了一次："深哥，你是闻到什么了？"

邢深摇头，什么都没闻到，但他相信蚂蚱不会无缘无故坐立不安。

"先超过那辆大切，看蚂蚱的反应，如果没反应，再追特斯拉。"

老刀依言操作。

车近大切，蚂蚱明显安稳不少，但一过大切，它又着急了，头身都往后方扭。

老刀心里有数了，目标是大切。他慢慢降速，落在了大切后头，遥遥跟着。

大切穿街过道，一路稳驰，最后停在了县内唯一一家准四星酒店的门口。

09

老刀把车停在稍远些但方便观察的地方，这个位置，可以清楚地看到大切的全貌。

他给邢深描述："车停酒店门口了，但是司机没下车，应该是在接人。"

末了又纳闷："深哥，你都没闻到，那就不是地枭……蚂蚱蹦跶个什么劲儿啊？"

这当儿，蚂蚱已经安静了，大概是感知到相对距离固定、对方就在附近——它扒拉住右侧车窗，单薄瘦削的后背随着呼吸的变换微微起伏。

邢深说："不知道，一定有原因。"

老刀还想说什么，手机响了。

他先掏自己的手机，屏幕黑屏，显然不是，然后反应过来是邢深的手机，忙从扶手箱的凹槽里拿起来，扫了一眼之后往后看："深哥，蒋叔电话。"

邢深点头："接。"

老刀点击接听键，然后把手机递过来。

---

① 方言。傻瓜、笨蛋。

邢深的眼睛，应付普通日常没什么问题，但到底是盲了，还是有挺多不便之处：大多数人早晚都离不开的手机，于他来说，就是个掣肘——他勉强能接听电话，但基本分辨不了屏幕上的内容，所以大多数时候，手机都是放在身边人那里。

老刀听不到通话内容，不过，从邢深的面色来看，似乎不是什么好消息。

果然，电话挂断之后，邢深眉心蹙起："蒋叔说，派去南巴猴头的那三个人，失联了。"

老刀猝不及防："啊？什……什么时候的事？"

"按照约定，早晚八点和下午两点联系，最近一次联系是昨晚八点。今早没接通，以为是信号不好或者设备故障，刚过两点，还是没联系上，可以基本确认是出事了。"

老刀难以置信："那里头有狗家人啊。"

在他看来，也不只他，大家都是这么认为的：有狗家人在，是最安全的，因为在危险来临或是逼近的时候，他们可以事先嗅到气味，进而先一步采取措施——三人梯队是去打探消息的，本就小心谨慎，再有个狗家人在侧，可谓双重保障，怎么会这么突然，一下子音信全无了呢？

邢深面色很难看："可能遇到的不是地枭，是伥鬼。"

伥鬼？

老刀恨得咬牙，伥鬼，那简直就是家贼，太难防了：地枭再可怕，身上有味儿，易于分辨；被地枭咬伤抓伤的人，救治无效之后疯癫失常如禽兽，那也是隔大老远就能看出来了；唯有伥鬼，跟人一模一样，背后突然下刀，防不胜防。

不夸张地说，上千年来，缠头军毁在伥鬼手上的，比毁在地枭手上的还多，打个不合适的比方：鬼子可恨，汉奸更可杀。所以一直以来，缠头军的做法都是：枭可伏，伥立杀。

那意思是，地枭还能收服来为己所用，伥鬼嘛，就格杀勿论吧。

但那是在古代，现在你杀个伥鬼试试？世人眼里，那就是在杀人啊。

大切那头有动静了。

有人从大堂里出来，跟大切司机打了个招呼之后，自己启开后备厢，把行李放了进去。

不明就里的，只会以为是网约车接单：这场景，酒店门口，一天得发生个百八十回。

但老刀的血一下子冲上了头，齿缝里迸出一句："深哥，是那个伥鬼，炎拓。"

炎拓接到电话，匆匆收拾了行李下楼。

刚出酒店大堂，就看到熊黑在车内冲他招手。

炎拓径直过去，放好行李之后，折回，坐进副驾："怎么突然让我挪地方？"

熊黑说："林姐想来想去，还是不放心你一个人留在酒店，让我接你去阿鹏那边。"

阿鹏是熊黑的小弟。

炎拓随口"嗯"了一声。

想帮林喜柔做事很难，因为她不缺人，经营太久，一切都运行得成熟有序，即便把自己磨成针，也植不进这块没缝的铁板。

而且，还不能引起她的警觉和怀疑：你好好做你吃喝不愁的公子哥不就行了？为什么突然要帮我做事？为什么对我的一切这么热衷？有什么目的吗？

他只有一个人、一条身子，经不起失败，一切都必须自然而合理：他不能做针，得当不引人注意的潮气和水渍，一点点附着在铁板上，扎根成锈，一层又一层地往里侵蚀。

只有当林喜柔像习惯呼吸一样习惯他的无时不在，习惯在点数"心腹"时想到他，他才能逐步推进渗透。

他在林喜柔面前尽量不主动，就好比前一阵子去农场的那个晚上，林喜柔不喊他，他就待在车里不动。而在熊黑这些人面前，却刻意热衷而钻营，以谋求他们有意无意的助推。

上一次，林喜柔带人进山，让他留在外围，安排接人。

这一次，他依然留在外围，林喜柔却派人来接他去阿鹏那边——虽然阿鹏也不算什么核心角色，但总比他更靠近秘密。

所以，他有进展了，得更小心才是。

车子启动，炎拓把车窗启开一条缝，看缝隙里的那线蓝天。

今天，他加到了聂九罗的好友，林喜柔还派人来接他。

看起来，都是小事。

可是，他花了七年，才走到这一步。

熊黑心情很好，单手掌方向盘，另一手在大腿上打拍子，嘴里还哼着歌。

炎拓看了他一眼："吕现也在阿鹏那儿呢？"

根据他的观察，"阿鹏那边"类似于后勤、后备，吕现经常随在左右——而用得上吕现，意味着"前方"会有打斗、伤残。

熊黑点头："正好跟你做个伴。"

他也知道自己的小弟都是"混"字头的，而吕现和炎拓年纪相仿，经历相似，都是大学里出来的"学"字头，比较有共同话题。

炎拓继续找话说："明天就八号了，真把那瘸子还给他们啊？"

熊黑嗤笑一声："你说呢？"

炎拓:"我看不会。"

熊黑一拍大腿:"当然不会了,拜托,绑匪交还人质还得收赎金呢,我们可什么条件都还没提——八号领瘸子,动动脑子都知道不可能。"

炎拓:"想提什么条件?"

熊黑的嘴巴在该紧的时候还是紧的:"这个嘛,得看林姐的意思……哎哟,有意思啊。"

他忽然盯住车侧的后视镜,不易察觉地舔了下嘴唇。

炎拓奇怪:"怎么了?"

熊黑说:"有辆车……你等会儿啊,我先换个道。"

他原本是准备直行的,车头一抹,拐弯了,倒也不是兜圈,而是换了个目的地、选了条特弯绕的路。

又开了约莫十五分钟,熊黑盯着后视镜,脸彻底沉下来了:他的脸本来就黑,这一沉,表情变化尤为明显。

炎拓察言观色,心里约莫有数:"有盯梢的?"

熊黑示意了一下后视镜:"这要搁平时我还真不会注意,但这车被后头的车主骂过,我有印象。我记得它后来还违规变道、超我车来着,怎么现在还追在我车屁股后头呢?"

这也不大可能是顺路,之前顺路,换了道之后还顺路?这是顺出感情来了?

炎拓略一思忖:"会不会是奔着我来的?我被板牙的人抓过,露过脸。"

熊黑觉得不像:"不会,他们是先遇着我的。这么着啊,炎拓……"

他点了点车载 GPS 显示屏上的一处:"我记得这儿比较偏,有片芦苇荡,周围一带的村子早搬空了。咱们都表现得自然点,假装不知道有人跟,先确定这车是冲谁来的——我在这儿把你放下,我继续往前开一段,大家保持联系。

"这车子要是跟着我呢,我把阿鹏的地址推给你,你自己去,我来解决他们。要是不跟我了、奔你来的,我就回来。反正那一带地偏,方便做事。带着枪了吗?没有的话我这儿有。"

炎拓心里叹气:这好端端坐着车呢,又来事了。

他点头:"带着了,就这么办吧。"

前方远处是一片泛枯的芦苇荡,天冷,但还不够冷,荡子没全冻上,只是水面象征性地浮了几片薄冰。

再远些的地方,是几间破房子,东一处西一处,散落得毫无章法——显然是废弃了的,绝大部分的房顶都塌了。

夜幕已经快压上来了,只有天尽头处还残留着日夜相衔的一线黄昏亮。

老刀的感觉越来越不妙，也跟邢深直说了：开车盯梢这种事，在市区比较方便操作，车多，路巷多，人多，都是天然遮蔽，但一上这种乡村道，就跟秃子头上找虱子一样，太显眼了。

他怀疑对方已经有警惕了。

这个时候，最稳妥的做法是迅速超车，然后开得无影无踪，既避免冲突，又不会暴露，但他和邢深都不甘心：华嫂子死了，瘸爹失踪了，南巴猴头的三人梯队又失联了，前前后后，五个人生死不明，好不容易遇到对方的人，能搞定一个是一个啊，总好过手里什么牌都没有。

老刀嗓子发干："深哥，怎么弄？"

不能一路跟到底，万一对方已经察觉了，正试图把他们引到老巢关门打狗，那可就危险了。

邢深问："周围什么情况？"

老刀："天黑了，没人，乡村芦苇荡，有几间房，都废弃了。深哥，你不是想……硬截吧？"

他觉得硬截没底，狗家人鼻子是没的说，但不擅长打斗，只能他上，一对二，对方是一般人也就算了，但那个开车的，铁塔一般，他觉得一对一都够呛。

邢深说："你怕啊，不是还有蚂蚱吗？"

老刀谨慎些："深哥，要么我跟蒋叔说一声，看有谁离得近的——这万一我们失手，多个后援总是多份力量吧。"

这世上没有稳赢的事，邢深"嗯"了一声："你看着办吧。"

说着俯下身子，一手覆住蚂蚱后颈，凑到它戴了兜帽的头边，喁喁交代着什么。

老刀一心二用，先发了个定位，然后忙着发语音给蒋百川说清事态，同时加速追撵前车，语音刚发过去，一抬眼，看到前方有情况：那辆车居然靠路边停车，把炎拓给放下来了。

他赶紧知会邢深："那个炎拓下车了，看起来是要分开走，我们……截哪个？"

邢深："还分什么哪个？一起留下。"

老刀心一横，猛踩油门疾冲，在大切还没来得及启动时，一个车身斜抹，挡住了大切的去路。

天黑得好快，似乎只是一瞬间，四周就只剩下了芦苇荡里薄冰片泛起的微亮，两辆车都没开灯，如两头悍兽，在黑里沉默以对，弓紧弦绷。

熊黑万万没想到，自己的计划还没来得及施行呢，对方就这么明目张胆地拦上来了。

一车哈批，是不是当老子吃素长的？

他先是好笑，再然后，一股子戾气就从胸腔里往上冒，人坐着不动，压低声音

跟立在车门边的炎拓说了句："炎拓啊，你先走，这里交给我。"

炎拓轻声回他："熊哥，大家一起的，共同进退吧。"

熊黑没好气："少在这儿婆妈，有你在碍事。老子断胳膊掉腿都没事，你行吗？赶紧的，老子一开车灯，你就趁着灯下黑，走人！"

炎拓没再坚持，只提醒了句："熊哥，尽量手轻点。"

同一时间，老刀车里，蒋百川的电话也过来了，老刀马上点击外放。

蒋百川的声音又低又急："邢深？千万别，没摸到对方底细，绝对不要先动……"

话还没说完，对面车突然引擎声暴起，车光大亮，刺得人简直睁不开眼，老刀还没反应过来，就听"嘭"的一声巨响，大切直撞在座驾的车腰上。这还没完，马力全开的大切直如一辆铲车，硬生生把老刀的车铲得移位，向着不远处的芦苇荡铲去。

蒋百川大叫："邢深！老刀！"

车身颠震，手机已经跌落座下，没人顾得上回话，老刀咬紧牙根，试图发动车子，但一来他的车型本就没大切码子大，二来也不知是不是刚刚那一撞，撞出什么一差二错了，就听轮胎空转，居然怎么都发动不起来。

老刀只觉浑身燥热，后脊心上都往下流汗了。

就听邢深说了句："别慌，咱们先弱，让他狂。"

北方天黑得早，而天一黑，温度就立马跟着降，再一起风，简直了，狗都只愿趴窝里，不想往外蹿。

聂九罗打开刚送来的外卖，从里头摸出一盒针。

这是她另外打赏外卖小哥，请他送餐路上帮忙买的。

满当当的一盒针，晃起来银灿灿，发出哗哗的声响，这年头，会动针线的人越来越少了，再过几年，怕不是要成古董了。

聂九罗把出针口转开一道缝，晃了根针出来。

她右手拈针，低头看左手，似是掂量着在什么地方下针合适，末了眼睛看向别处，只凭感觉，针尖浅浅地刺入拇指指根下。

再低头看时，针尖处已经渗出了一颗小血珠。

够用就行，聂九罗将血珠涂满针身，指根送进嘴里吸吮了一下，然后抽出自己带的那把匕首，针身打横，在匕首上来回磋磨，仿佛是在磨刀。

磨了会儿之后，她竖拈起针身细看。

炎拓问她，有没有什么隐秘的法子，让狗牙睡得再久一点。

有，这根针就是了。

明天就是八号，没准要挪地方，最好在今晚就把东西交给炎拓。

她把针搁到桌上，拿起手机，点进"阅后即焚"。

好友栏里，现在有两个人了，一个是"那头"，一个是"小角色"。

聂九罗正待点击，机身连振，"那头"接连进来两条消息。

她点开先来的那条。

是张定位截图的图片，中心处用红圈圈了一下，所以她瞬间就记住了那个地名，就图上来看，离城区有段距离，但不算特别远，一小时以内的车程吧。

再点开第二条。

——聂二，邢深在这里和对方遭遇，目前失联。你距离最近，务必尽快！

第三条又来了。

——紧急！优先保邢深。

聂九罗扔下手机，起身时两手插进发间，很快将头发高梳拢起。

该她上场了。

10

轰的一声，老刀的车子被大切铲进了芦苇荡的水塘中。

好在乡村的水塘一般都很浅，车子落水的位置又靠近岸边，顶天了一米来深：落水前，老刀和邢深就已经打开了另一侧的车门，借着倾翻之势，声响很大地扑腾入水。

入水的同时，邢深安静地轻推了一下蚂蚱的背：蚂蚱的身量小，它借着车身和水声的遮蔽，无声无息地潜入就近的芦苇丛，只在黑亮的水面上留下一道浅浅的分水痕，不注意的，还以为是下面有鱼掠过。

熊黑安坐车内，看对头的车子斜歪在水中，车里下来了两个人，看起来都挺狼狈，他们以车身为掩体，正谨慎地半蹲伏着。

手套箱里有枪，但熊黑没去拿，可能是出于天性，他不是很喜欢用枪：老天给了他魁伟的身躯、铁铸样的牙口和远超常人的力量，就是让他去撕裂和捶烂一切的。

枪？砰的一声，事情就结束了，没有血腥点染，没有骨头碎裂声助兴，非常无趣。

他开门下车，冲水塘里喊话："出来吧，水里不冷啊？"

老刀身形一动，正待出来，邢深一把攥住他："我来，你见机行事。"

说完，扶住车窗站直身子，摸索着往前蹚水走了两步。

熊黑没提防居然是个模样斯文的"学"字头，再见他张皇摸索的倒霉样，心里虽有怀疑，但不敢确定这人真是个盲的："兄弟，大黑天的，戴什么墨镜啊？"

邢深伸出手，把墨镜摘掉。

车光够亮，但对方毕竟是站在水下的，背后一片黢黑，看不大清。

熊黑往前跨了两步，心下一惊。

还真是个盲人，普通人的眼睛是黑白分明的，再高度数的近视，眼里都会有点"神"，但这人的眼睛不是，非但完全无神，而且眼白处蒙了层淡褐色近透明的翳，几乎把黑瞳给包住了。

一个盲人，盲人不可能开车追他。

熊黑戒心去了大半，朝着还藏身车后的老刀喊话："兄弟，你弄个瞎子出来跟我对什么话呢？你是长水里去了，等我请呢？"

他没耐性了，大踏步迈入水中，邢深抬起手要挡，熊黑哪把他放在眼里？随手一拨，就把他搡开了，然后一把抓向老刀。

邢深厉声喝了句："蚂蚱！咬他！"

啥玩意儿？还有个埋伏在侧、叫"蚂蚱"的？

熊黑心里一惊，条件反射般回头，近处的芦苇丛摇晃了一下，但并没有什么东西激蹿而出。

邢深和老刀都是头皮发麻，按照设想，蚂蚱这个时候该疾蹿上来，对着这人撕挠抓咬了，别管挠头还是咬胳膊，只要破皮坏肉，就算大功告成。

蚂蚱呢？被什么给绊住了？

然而机不可失，老刀也顾不上去想蚂蚱了，他暴喝一声疾冲而出，一把抱住熊黑双腿，用尽全身的力气前铲，熊黑人高马大，加上又站在水里，下盘本就没扎稳，吃此一撞，猝不及防，重重砸落水中。

老刀是看不见，然而邢深的"眼"在黑夜比白天更好使，他能看到蚂蚱的那一团形，比周遭的芦苇丛颜色浅些，如热锅上的蚂蚁焦躁不安，想蹿出来却又畏首畏尾的窝囊样儿。

不过他也顾不得这么多了，老刀和熊黑已经干上了，眼见熊黑砸进水中，邢深大喝了声："老刀，摁住了！"

边说边纵身扑了上来，把熊黑正欲探出水面的脑袋给摁了下去，同时又大吼："蚂蚱！"

熊黑在水底嘶吼狂挣，那力量，直如一条发狂的鳄鱼，老刀还好，毕竟近一百八十斤的重量，坠压在熊黑腿上，是个甩不脱的大肉锤，但邢深不行，他力量本就不占优势，更何况，熊黑的两只手，还是自由的。

他的头四下乱晃，几乎把邢深的身体带得左摇右甩，同时两手攥拳，往上乱砸，邢深冷不丁吃了一记，胸腔内气血翻滚，"眼"前一阵黑潮乱涌，几乎要吐出血来，不由得就松了手。

熊黑头脸得脱，精神一振，然而腿上这边实在没辙，他心一横，两手猛摁塘底，一个猱身拧转——老刀只觉得就快摁不住了，心下一急，拔出随身的军刺，向着熊黑后背便扎。

这一头，邢深缓过来，再次伸手把熊黑隐现于水间的脑袋给狠狠摁进水中。

水下开始往上泛气泡了，邢深喘着粗气，不敢松手。

老刀脑子里一片空白，只觉得这具方才还孔武如牛的躯体忽然渐渐安静，军刺的柄蓦地烫手，他触电般收手，借着岸上的车灯光，看到眼前的水面上，渐渐涌上一股带血腥味的浓稠。

邢深也看到了，他看到的是颜色，水中央，泛上了一股更深的颜色。

他松开手。

刚死的人是不会浮在水上的，这沉重的身体慢慢没入水中。

老刀打了个寒噤，踉跄着连退了两步，跌倚在车身上："深……深哥，我杀人了？"

邢深站起来，他全身上下都湿透了，往岸上走时，一步拖一步，身体沉重无比：他原本是想把人弄晕过去，制住，没想到生与死之间的界限跨得那么快，忽然间，这人就全无生气了。

蚂蚱终于过来了，似乎也知道自己犯了错，畏畏缩缩，不住往水里张望。

邢深心头火起，吼了句："你怎么回事！"

蚂蚱吓得往后蹿跳，观望了会儿之后，才又怯怯地挨上来。

邢深忽然反应过来："那个炎拓呢？"

老刀一愣，刚才开打得突然，打起来之后又太过投入，都把炎拓给忘了。

他往前蹿了两步，急往远处张望："一开始，他就是下了车的，后来车灯亮起来……这人就不见了，走不远应该。"

邢深说："我带着蚂蚱去附近看看，你先跟蒋叔联系……"

他示意了一下水中央："这里得赶紧清理，万一被人撞见，就……"

话到中途，他忽然愣了一下。

他看到，老刀的身后，笼起了一层暗影，人形的轮廓，但整体比老刀大了一轮，像有光照过来，把老刀的影子镀到了后墙上。

但这是水塘，哪来的凭空竖起的一堵墙呢？

老刀也察觉出不对了：背后有滴答的水声，不是物体悍然出水时的那种哗啦声，是无声无息出水，然而身上难免有水滴滴落的轻响。

他骤然回头。

来不及了。

邢深看到，那团暗影两手攥拳举起，如端着两个巨大的锤头，一左一右，同时向着位于中央处的老刀的头颅砸去。

耳膜上落下奇怪的钝响。

"视线"里，老刀的头被挤在硕大的拳头中央，几乎辨不出原有的形状。

邢深脑子里"轰"了一声，仿佛那拳头是砸在自己脑袋上的，下一刻，拔腿就跑。

蚂蚱如一条敏捷的狗，立马跟上，跑着跑着，跑掉了两只不太合脚的童鞋，而老刀的身体僵立了会儿，直挺挺地摔落水中，溅起一大圈泛白的水花。

熊黑一手扶住车身，另一手探到后腰，龇牙猛一用力，把军刺给拔了出来，这玩意儿三面血槽，一戳就是个三角形的窟窿，的确够呛。

但这俩哈批，真以为这么点伤就撂倒他了？装个死而已。

熊黑一扬手撂了军刺，大踏步跨上岸来。

邢深跑出十余米之后，忽觉背后光亮大盛，又听到车声暴起，急回头看时，光亮间有两处尤亮，那是前照灯，如一双虎视眈眈的眼。

车子直直地冲着他的方向碾了过来。

炎拓其实没有离开，他佯作听从安排，远走了一段之后，又悄悄绕了回来。

这符合他一贯的做派：表面上样样照做，暗中窥伺观察，许多秘密和细节，就是这么一点点收集来的——他和林伶两个像蚂蚁搬家，把林喜柔一干人不经意间掉落的秘密碎屑当宝一样团起来带回安全屋，在暗夜、在灯下，掰开揉碎了细细分析。

他绕回来的时候，已经误了前半程，再加上隔得远，视线内又有芦苇障眼，只看到步上河岸的邢深忽然疯跑，而水中央，熊黑醋钵一样的双拳夹击，砸在了老刀的左右耳处。

炎拓一阵反胃，仿佛自己的脑袋也遭了重击：人的颅骨毫无疑问是全身上下最坚硬的所在，但翼点处——几块颅骨的交汇点，俗称太阳穴——又是最薄弱的一处。熊黑那力道，这一记下去，如果挨到了太阳穴，那是必死无疑了，即便没挨到，这人下半生……也堪忧。

身为熊黑眼里的"学"字头，接受了系统的现代社会教育，他对"草菅人命"这种事，永远做不到适应，而且，对林喜柔这帮人的敌人，他其实是有隐隐的亲近感的——可能敌人的敌人就是朋友吧，这也是先前他遭了板牙那拨人几近虐打的对待之后都没有特别忌恨的原因。

正急转着念，车声躁起，熊黑的车已经动起来了，直直地碾向逃跑的那人，林伶评价熊黑"性子躁，手又毒"，一点也没夸张——熊黑这人，被惹急了的时候，兽性是大过理智的，一般人在华嫂子的事上被骂过，就不大会犯二次错误了，但他不，只要急了眼，三次、四次、还犯。

趁着车子远去，炎拓急走几步蹿出芦苇丛，轻轻蹚入水中。

借着半歪在水里那辆车的仪表盘微光，能看到老刀的脸整个儿埋在水中，后脑朝上，身体隐隐下沉，手臂偶有痉挛。

炎拓手臂托入他身底，借着水的浮力，动作尽量轻地让老刀口鼻朝上，然后把人送至岸边的软滩靠躺。

试了下鼻息,好像还有,其他的炎拓也不敢再做什么:他毕竟不是专业救护,头部受伤这种事,不好乱拨弄。

不远处,车声持续,嗡躁如狂蝇,炎拓偶一抬眼,忽然看到,岸边不远,落了两只童鞋。

还有小孩?

炎拓心里一凛,三两步过去,拿起其中一只看,又把手探进鞋内:鞋很新,不可能是扔在这儿很久了的垃圾,而且鞋里头微温,刚掉不久。

他倒吸一口凉气:还有小孩!

此时再看不远处,熊黑的那辆车持续猛冲骤停,直如一头噬人巨兽,更让人觉着丧心病狂。

炎拓一咬牙,借着芦苇丛的遮掩,弓下身,快步抄掠了过去。

离着有十多米远时,恰看到邢深堪堪从车轮边滚过,然后翻身跃起,向着反向的废弃土屋处疾奔——近战时车子毕竟笨重,不如人体来得灵活,但即便这样,还是险象环生。

熊黑兴奋到不行,在驾驶室内大声笑骂,活捉与否在他看来已不那么重要了,他猛转车头,车光紧铆住那人的身形,紧追而去。

而就在车光的扫掠之间,炎拓注意到,是有个小孩,穿很显眼的蓝黄卫衣,一闪而过。

炎拓手心发汗,枪柄都被攥湿了,他不能明着救人,再说了,熊黑本就是林喜柔下头最拔尖的悍将,再加一个自己,也不是对手。

炎拓情急智生,快步离开这一处,确定足够远了,身子伏低,一手拢住手机听筒,给熊黑打电话。

……

熊黑眼见邢深闪进半塌的土屋之内,心下冷笑,正准备加大马力猛冲过去,连人带房铲了,被他坐到屁股底下的手机忽然响了。

摸起一看,来电人赫然是炎拓。

这小子不该这么没数啊,明知他正忙着。

熊黑顺手点击接听。

那头的信号似乎不大好,断断续续,夹着风声,炎拓的声音很急,剧烈喘息,上气不接下气:"熊……熊哥,我出……出事了……"

什么情况?!熊黑猛然踩下刹车。

他最先冒出的想法是:这也太废物了,老子一个人挡了俩,开了条大道让你走,你还能出事,林姐养的好大废物!

然后忽然警醒:这是计中有计,调虎离山吧?搞两个人拖住他,其实意在炎拓？怪不得呢，他就说怎么还给他弄个瞎子来！

跟人打交道，是得多动脑子！

熊黑急问道："你往哪个方向去的？"

炎拓："东……东头……"

说到这儿，他迅速挂断电话，以造成事态紧急的假象，为免节外生枝，还关了机。然后轻轻拨开芦苇丛，注意看那头的动静。

如他所料的，熊黑再也顾不上去撵人了，很快倒车，然后车头一转，向着东面疾驰而去。

炎拓长长舒了口气，坐倒在芦苇丛里。

大不了，他待会儿把自己搞得破皮蹭脸，狼狈点，再见到熊黑时，他就说，确实遇袭了，不过后来，他自己搞定，成功逃了。

邢深也说不清这车为什么初时状若疯魔，后来却突然走了，他从土屋后绕出来，一颗心狂跳不止——短时间内心跳频率降不下来，唯有大口喘息。

蚂蚱也蹦跳着过来，浑身湿答答的。

邢深"看"向四周。

这就是这双眼的好处了，在白天，他可能是个处于弱势的盲人，但晚上、没灯的时候，大部分人都是盲人，他却不是。

他看到暗沉沉的黑里，大片芦苇丛的枝影轻轻晃荡。

转了个角度，看到阔大的水塘，塘面泛着冷光。

再转，看到远远的低洼处、稀疏的芦苇间，站起一个人泛白的轮廓来。

有人？

邢深心头一紧，旋即想起之前问过老刀的那句："那个炎拓呢？"

不可能是普通路人，路人遇到这阵势，早吓跑了，看热闹也不是这么看的。

他轻轻唤了句："蚂蚱，来人了。"

蚂蚱已经被"调教"得很守规矩，"来人了"意味着它不能让人看到面目：它察觉到兜帽掉了，爪子扒拉着，把帽子罩上，脚爪谨慎地藏进裤管，手爪也缩了回去。

炎拓没打算久留，他还有场子要赶，眼前这烂摊子，就留给脱险的那人收拾吧。

他转身往东走，路上捞了把滩泥，抹到衣襟、腿上，又折了几根断芦苇，断口处用力擦过脸颊额头。

待会儿有适合的地方，他再在地上滚一把，头上蹭点土，基本就逼真了。

才刚走了一段，听到身后传来窸窣的声音，猛一回头，声音又不见了。

这种野地、乡下，不比大城市，夜里要暗多了，加上不想引起对方的注意，手机又关了机，炎拓都是借着夜光摸黑走的。

他实在看不清。

不太对劲,他定了定神,继续朝前走。

那声音又来了,窸窸窣窣,幽微细碎。

他枪柄紧攥,喝了声:"谁啊?!"

远处,邢深确认了:没错,是炎拓的声音,他没见过他的脸,但蒋百川刑讯炎拓时,留下了不少视频资料——目盲之人,对声线非常敏感,即便离得远,他也能听得清楚。

没找错人。

他屈起两指送到唇边,打了个很低的呼哨。

这呼哨打得很有技巧,顺着风送过来,听来几乎跟风声一样,人耳很难分辨得出。

炎拓按捺不住了,他打开手机,准备调出手电,就在屏幕光亮起的刹那,他听到芦苇丛里传来小孩呢喃般的哭音:"叔叔?"

11

叔叔?

如果不是事先知道这附近确实有个小孩,炎拓真是能被这突如其来的一声给吓到。

他揿亮手机手电,向着发声处照了过去。

那一块芦苇轻晃,有个小孩正艰难地往外爬,就是那个先前瞥过一眼的、穿蓝黄卫衣的小孩,他兜帽罩头,身子瑟瑟发抖,双手笼在脏污的袖管里,随着身体的蹭动,又发出了含糊不清、带着颤音的一句:"叔叔。"

这是受伤了吗?老实说,刚刚熊黑的车光一扫而过,炎拓也说不清楚孩子是不是被碾伤了,他忙趋前俯身,伸手欲扶。

就在手刚刚触到小孩的肩膀时,炎拓心中,忽然掠过一丝不对劲。

刚这孩子叫了两声"叔叔",回想起来,语音语调毫无变化,不像是自然发声,倒像是录音重复……

他心中警醒,迅速收手,然而还没来得及站起,那"小孩"骤然抬头,喉内"嘀噜"了一声,一爪向着他喉头抓来。

这不是个小孩!

这简直是炎拓这辈子见过的最让人反胃的脑袋了,他第一时间想到蝗虫,也就是俗称的"蚂蚱"。当然,它并没有触角,头呈倒三角状,口鼻靠下,眼睛是常人的两倍大,且靠近头两侧,这使得它面部中央一块空空荡荡,诡异极了。

就是这么个根本就不是人的东西,居然套了件人穿的卫衣,片刻前,还叫了声

"叔叔"。

换了普通人，怕是得当场吓瘫在地了，得亏炎拓在农场的地下二层见识过一些常人所不能承受的，心理素质还行，瞬间侧头急闪：颈侧一阵锐痛，蚂蚱的尖爪抓破他皮肉——也不知道是不是幻觉，他甚至感觉那一爪抓进了骨头，发出"哧啦"的磨响。

还好，这要是稍稍错位，抓断他喉咙，抑或颈动脉，他可就当场挂在这儿了。

炎拓怒极火起，条件反射般飞起一脚，蚂蚱被踢得飞出去，但对于骨柔体软的小型兽来说，这种踢法压根不算什么，蚂蚱落地滚一圈之后，就势后腿一蹬，瞬间又从芦苇丛中疾蹿弹出。

别说不知道这玩意儿是什么了，就算只是只发狂的野猫，有几个人愿意上去跟它搏斗的？

炎拓拔腿就跑。

耳边风声呼呼不绝，伤处不断流血，又烫又辣，急促的"嗡噜"声始终响在身后，忽左忽右，让人联想起猎头族狩人时喉间连绵不绝逸出的恐怖呼哨，炎拓脚下不停，急转回身，就近放了一枪。

他枪法不错，打移动靶的成绩几乎能赶上职业选手，但蚂蚱不是靶子，黑暗中，它蹿跳的身形几乎成了连影，炎拓一枪走空，不敢恋战，发力狂奔。

很远的地方，邢深立定不动，两手屈指含于口内，催出或低或急、人耳几不可辨的哨子。

炎拓的喘息越来越重，步子越走越沉，某一个瞬间，他忽然意识到，蚂蚱现在不是在攻击他，而是在撵他。

就像古代狩猎，猎人会放出猎狗，疯狂追撵受伤的猎物，直到猎物筋疲力尽，束手就擒。

不能再这么跑下去了，炎拓收步回身，再次抬枪，试图稳住心神，一击而中。

他发现，不是他能不能稳住心神的问题了。

因着方才一通猛跑，血液流动加快，身体烫热得吓人，眼里的世界变了，有点扭曲，脚下的平地在往一侧倾倒，好像地块浮在水上，正随水势起伏。

蚂蚱似乎从左边蹿来，又似乎是从右边。

炎拓猛闭了一下眼再睁开，想让自己清醒点。

甫一睁眼，面前黑影蹿至，蚂蚱仿佛是从天而降，直冲他面门，炎拓被带翻在地，连枪和手机也脱了手，枪是不知道跌落到哪儿去了，手机落下时，电筒那一头向地，只贴地的那一圈还有亮光。

炎拓扑地之后，心知不妙，一拳挥出，又打了个空，清晰异常的"嗡噜"声绕着他的头脸打转，仿佛前后左右全是蚂蚱——这个时候，也顾不得精准攻击了，只能双拳齐上，在护住头脸的同时，四处乱砸乱挥。

这一招倒是起了作用，有几次，真的砸到了蚂蚱，但这畜生太过灵敏，吃痛也不躲，反而愈攻愈猛，炎拓只觉得脑袋越来越昏沉，看着蚂蚱也像在不断变形，时圆时方，他的胳膊、肩上，都不知吃了多少爪了，袖管都被撕成了破布，鲜血淋漓。

忽然间，喉头一凉，尖爪已探了上来，蚂蚱那张让人看了作呕的脸逼到面前，嘴巴张开，一条夯起了肉刺的长舌卷了下来。

炎拓心头一激，脑中掠过一个念头——

反正也是死，与其闭目待死，不如跟这畜生同归于尽算了。

之前跟聂九罗打斗的那次，他说她："你没枪，你有牙啊。"

她回："你没牙？"

是啊，谁还没个牙啊？你咬我，我还不能撕你块肉？

他拼尽浑身的力气，猛然抬头，张嘴向蚂蚱的颈侧咬下去。

就在这个时候，蚂蚱突然浑身一个哆嗦，如见鬼魅般，又像是忽然被火燎了周身，瞬间松了炎拓，没命般窜逃了开去。

炎拓一怔，但也莫名庆幸，那股子同归于尽的气力刹那间便泄了，脑袋重重跌回地面。

不远处，有微弱的光探过来，伴随着聂九罗压得很低的声音："邢深？"

为了节省时间，叫车之后，聂九罗连行头都没换，挎上背包，抱着衣服、靴子便冲下了楼。

上车之后，先问司机："最快多久能到？"

司机看了眼导航："四五十分钟吧。"

聂九罗心里一沉。

依她的经验，打架结束得都很快，她自己突袭给力的话，二十秒就结束战斗了，即便是打拳击赛，一回合也才三分钟——四五十分钟，这哪是去救急的？等她到了，黄花菜都凉了。

但又不能不去，蒋百川说了，她离得最"近"。

车子开进路道，聂九罗吩咐司机："收款码给我一下。"

司机莫名："不是，小姐，你网上约的车，待会儿系统付款就行……"

聂九罗打断他的话："赶紧的，收款码。"

司机心里犯嘀咕，但给就给，反正是"收"款码，又不是"付"。

他一边掌方向盘，一面调出收款码，展示给后座。

聂九罗立马扫码付账，很快，车内响起语音提醒："支付宝到账一千元。"

啥？

司机没反应过来。

聂九罗把外罩的大衣张开了搭到前面两个座位上，象征性地隔开前后座，语速很快："这钱是给你的，去程的费用，有多快开多快，如果遇到罚款，全算我的。我换衣服，别往后看，看了我把你闹去警局。还有，到了之后我可能还要用车，你后面的单别接了，听我安排，返程我会另外给钱。"

司机听得热血沸腾。

换衣服有什么好看的？他不看！有钱在手，仙女跳脱衣舞他都不看！

他油门一踩，给后座表决心："小姐，你放心，城里我们克制点，罚款是小事，拦下来教育就麻烦了，出城没交警，到时候我给你用飞的，至少给你抢回来一刻钟。"

一刻钟……

聂九罗心里叹气，那还是远远不够啊。

她脱衣脱裤，换高强度支撑文胸，紧身高弹性衣裤，护踝软底靴，半指的分指翻盖手套。

装备是定制的，衣裤以及手套的相关重要部位，都覆了一层软甲，软甲背面是高延展性、高致密度膜层——为了防抓，可以抗中等程度的抓挠，即便衣裤下的皮肉已经破了，只要膜层不裂，还都是安全的。

换好衣服，束紧头发，戴上口罩，也才用了十分钟不到，时间忽然宽裕到过分，她利用这机会，又跟蒋百川电联了一下。

驾驶座上，司机专注踩油门，但车内空间小，饶是聂九罗刻意压低声音，还是有没头没尾的几句飘进了司机的耳朵里，惹他分心。

——他为什么要主动挑衅？我们现在对炎拓那头，根本什么都还不知道。搞不好是人家强呢。

——有蚂蚱又怎么样？这种东西，为什么不关起来？人模狗样带着到处走！

——你们大概多久到？那还是我先，我找到他了，会陪他等到你们来再走。

……

这讲的什么呢？司机努力脑补，但补不出一个囫囵的故事，反正不大正常就对了：一般年轻姑娘，晚上都不敢一个人打车的，这姑娘要去那么荒僻的地头不说，还露财，还车上换衣服！说话也奇奇怪怪……

正寻思着，聂九罗挂了电话，扯下遮挡的大衣："师傅，今晚听到什么，最好忘了，载过我这事，就当没有，以后万一有人打听，就说没注意。我这绝对是为你好。"

后视镜里，她端坐后座，长发高束，那身穿戴，一看就不好惹。

这司机入行的年头久，见过形形色色的客人，属于脑子很活的："嘻，客人坐车，我收钱。一天上上下下几十号人，谁记得住啊？"

如司机预估的那样，还真是抢回了一刻钟，又开了二十分钟左右，已经近了定位点——只是这地方没地标，不知道具体要停哪儿。

聂九罗不敢让司机离现场太近，人家是打工人，不该受半点带累。

她让司机放她下车："你别在这儿停，继续往下开，随你去哪儿，三十分钟之后还在这儿见。"

司机一声"得嘞"，油门一踩，绝尘而去。

聂九罗穿上大衣，手机静音之后放进内兜，一手握刀，一手挟袖珍手电，小心地一路往远处芦苇荡的方向走。

蒋百川给了她地点的相关描述，重点是"芦苇""水塘"。

不过这芦苇荡的占地可真广，没人住的地方，就是草木为王，近河滩的是芦苇，远的是禾草，都是大片大片的。

斜前方的一处禾草乱荡，明显有异响，聂九罗放轻脚步，握了匕首在手，才刚靠近，有条黑影嗖地蹿出，看着像狗，速度飞快，瞬间便蹿没了。

这大晚上的看不见，也太不方便了，聂九罗不得已开了手电，不过调至最低挡，为免太过惹人注意，还拿手指微遮灯头，向那一处照过去。

灯光掠出一个倒在地上的男人身形。

"邢深？"

聂九罗心头一紧，几步抢过去，俯身蹲下细看，居然是炎拓。

他喘息剧烈，眼神有些虚散，但还是认得她，嘴唇翕动了下，叫了声："聂小姐。"

聂九罗看他身上，上衣和袖子处撕得很厉害；能看出是条条抓痕，锁骨那一块伤得最重，再加上在地上扑滚，沾上了草土，一片血肉模糊。

懂了，刚刚蹿出去的不是狗，一定是蚂蚱。

蚂蚱为什么这么攻击他？

聂九罗一把揪住炎拓胸前衣襟，几乎把他上半身揪抬起来："我这头的人呢？"

她心中焦躁，不等炎拓回答，又松了手，任他跌落，然后长身站起，大步向着中心地带过去："邢深？"

邢深站在原地，没再催动口哨，事情进行得很顺利，被蚂蚱挠翻的人，只要破肉流血，会很快意识恍惚，防御能力断崖式减弱。

这人逃不了了，逃了也逃不远。

正思忖着要不要把蚂蚱给召回来，就见不远处光廓急蹿，蚂蚱跟见了鬼一样往回奔逃。

什么情况？邢深心里一惊。

蚂蚱今晚上有点不对劲，对炎拓的那个同伙迟迟不攻，以至于老刀遭了黑

手——但也只是"迟迟不攻"而已，何至于现在这样，吓到失魂落魄的？即便是在余蓉的鞭子下，也没窝囊到这样啊……

难道是……

果然，聂九罗的声音很快传来："邢深？"

邢深一喜，迎着声音的来向前跨几步："阿罗！"

12

听到邢深的声音，聂九罗松了口气：这语音语调，中气还都挺足的，应该是没事。

她放慢脚步，手电加挡，向着邢深的所在照了过去。

还行，身上湿答答，沾了些草灰，人有点狼狈而已，蚂蚱缩在邢深身后，匍匐着基本不动——大概是怕动了会惹她注意。

邢深微笑："我就说蚂蚱是见了谁吓成这样，闻着你的味儿，隔了十米远，它也会吓尿裤子。"

就如同少林弟子想下山闯江湖得先打"木人巷"，要想成就"疯刀"，最后一关就是拿地枭喂刀，古时候顶着"疯刀"名头的，至少要单人单刀放倒三只以上的地枭。

聂九罗在蒋百川的安排下，寒暑假高强度集训，练身手、练刀，十三岁要诈压过了老刀，十五岁刀成——蚂蚱在她手上，"死"过三回不止，于蚂蚱来说，她是真正的"索命阎罗"。

所以条件反射，见她就怕。

邢深曾经观战过一次，那时他眼睛还没盲，整场看下来，血脉偾张，他最欣赏聂九罗的不是她的技艺，而是那股狠烈的劲头。

然而可惜的是，不知道是不是因为学了雕塑，需要长年累月磨性子，他觉得聂九罗身上的那股烈性逐渐消失了，她只想做个普通人——邢深觉得太可惜了，普通人不多你一个，你有这天赋，为什么白白浪掷呢？疯刀蒙尘，还叫疯刀吗？老话说，"疯刀遇上狂犬，必有传奇"，可疯刀都归鞘藏匣了，还能成就什么传奇呢？

他曾请蒋百川想办法，蒋百川拒绝得很委婉："现在这种时代，又没什么特别的事，只要聂二肯时不时帮个忙，也就足够了。邢深啊，时势不同了，人总得融入生活嘛。"

融入生活，三餐饭饱倒头就睡无聊无趣的生活，有什么好融入的？

有时候，邢深觉得自己真是生错了时代，能成就传奇的人，如今只能在游戏里过过传奇的瘾——因为这双眼睛，他还没法过瘾。

……

聂九罗走过来："早知道你自己就能搞定，我也用不着赶这么急过来了。"

说话间，目光四下掠扫："老刀呢？"

老刀倚躺在河滩边上，双目紧闭，脸色青白得吓人，聂九罗伸手在他鼻端探了很久，才能探到微弱的一丝呼气。

听说是脑袋受了重击，聂九罗也不敢做什么，这要是皮肉伤，她还能帮着裹扎处理一下。

但脑袋……

算了吧，交给专业急救人员好了。

聂九罗先给蒋百川发了条消息，说了一下这头的态势，然后蹚水进到车里，找到邢深的手机，让他以车祸的名义拨打急救电话——这地方距离市区太远，她估摸着，救护车再快，也差不多得四十分钟。

候着电话打完，她才问邢深："炎拓的那个同伴，是人是枭？"

邢深沉吟了一下："没有枭味，应该是人。大概率跟炎拓一样，也是伥鬼。不过那人挺狡猾的，闭气装死，把我和老刀都骗过去了。还有蚂蚱，该上的时候畏畏缩缩，不然也不至于那样……"

他抬手示意了一下躺着的老刀。

聂九罗差不多对发生的事有个大体的轮廓了："那个炎拓……没动手攻击你们吧？"

"蚂蚱放倒他了，他想动手也没机会。应该就在附近，你过来的时候没注意吗？"

聂九罗："没有。"

停了会儿，又补了句："忽然看见蚂蚱蹿过来，就跟来了。"

邢深俯下身子，向着蚂蚱伸出手，蚂蚱温驯地把右爪搭上去。

他闻了闻气味，并不着急："跑不远，估计倒在哪儿了，等蒋叔他们到了，周围找找就是。"

聂九罗没吭声，孙周被狗牙伤了之后，虽然跟个树懒似的反应迟钝，但好歹"撑"了一段时间，还能自己开车去医院和回酒店，这或许跟狗牙已经"人化"、兽性变弱有关——蚂蚱不同，它就是兽，被它挠伤或者咬伤，生理上的不适会出现得很快。

邢深就是仗着有蚂蚱这张牌，才会有恃无恐、突兀挑衅。

她顿了顿才说："你放蚂蚱伤人啊？"

邢深反问她："不应该吗？那是人吗？那是伥鬼。你想想华嫂子、瘸爹、我们丢了的那三个人，还有老刀。要不是考虑到还得留下他、去跟对方谈条件……"

聂九罗冷笑："要不是考虑到这个，就杀了他了，是吗？"

邢深听出她语气中的讥诮之意，面色一窘，岔开话题："那倒也不至于。阿罗，你说……炎拓那个同伙有什么特别的，为什么蚂蚱不攻击他呢？"

聂九罗也想不通：要说是蚂蚱老了、斗志渐退了，对付起炎拓来，可一点没手软啊；要说是那人身上带了什么克制地枭的利器，为什么厚此薄彼，不给炎拓也带一个呢？

她淡淡回了句："不知道，问那个炎拓呗。"

邢深"嗯"了一声："这小子嘴严，不过没关系……"

聂九罗心中一动，手电光微微上掠，笼住邢深的小半张脸。

他没戴墨镜，眼睛里一片漠然，毫无神采，嘴唇轻抿，唇角微微向下——印象中，邢深总是在笑的，笑得温柔和煦，很容易让人忽视他还有另一面。

上一次他出现这种表情，是在她发怒摔砸了塑像之后，那之后不久，他的眼睛就瞎了。

对自己都这么手狠的人，对别人，只会更残忍。

聂九罗手指微松，让那片光落到低处，说了句："你们就是在这一片动手的是吗？我在周围找找看，有没有什么线索。"

"四周"非常干净，除了车辙印和一双落下的童鞋之外，没什么新发现。

蚂蚱很想去把鞋穿上，但不敢，有聂九罗在的场合，还是紧挨着邢深站比较安全。

没过多久，远处传来车声，救护车该从城里来，这方向是反的——聂九罗看了眼时间，蒋百川说过会迟她半个小时到，她跟司机约的也是半小时。

她把手电光调到强挡，朝天画了两个圈，半为确认身份半为给出定位，过了会儿，不远处也打起朝天的电光，画了三个圈。

这叫"接二连三"，对上了，来的是蒋百川的人，两辆越野车，一前一后，渐入视野。

聂九罗跟邢深交代："我从南边走，我的车也快到了，车到之前，让他们别往南边去。"

这是不想跟闲杂人等打照面，邢深点了点头，示意自己知道了。

聂九罗原路返回，快到先前见到炎拓的那一处时，听到手机的持续嗡响。

她加快脚步，近前时不觉错愕。

炎拓居然不见了。

手机就在脚边，她捡起了看，打电话的是个叫"熊黑"的，聂九罗略一迟疑，电话接通，送到耳边。

那头的熊黑暴跳如雷，同时如释重负："你肯接电话了？！哪儿呢你在？！我东头都转遍了！"

听不懂，也不便发声，聂九罗挂断电话，再一看来电记录，十九通未接电话，都是这个叫熊黑的人拨的。

她把手机关机，揣进兜里，循着血迹和断草的痕迹往前找：如果没外人帮忙，被蚂蚱伤过的人，走不远的。

　　果然，在离着原位置百多米的地方，她看到了炎拓，他蜷缩在地，呼吸急促，一直拿手去扒拉心口，然后踉踉跄跄，直起了身子向前，没走几步，又是双腿发软，滚倒在地，仰面朝着天大口呼吸。

　　聂九罗走到他面前，蹲下身子。

　　手电光太刺眼，炎拓被刺激得眼皮抽搐，好在还认得出她，他抬起手，一把抓住她大衣的衣角："聂小姐，我还有……要紧事做，不能出……出事。"

　　聂九罗拈起衣边一抽，就把炎拓的手给甩落了："你不能出事，关我什么事？"

　　炎拓颅脑发涨，只觉得天晃地摇的："你帮我……离开这里，你开……条件，我真的……不能再被板牙……关，关起来。"

　　他不蠢，聂九罗到了，远处又隐隐传来车声、人声，这是板牙来人了。第一次落在这些人手里，他侥幸被救了；第二次，绝没那么容易了，他也许会被关很久很久，三五年都不见天日，还可能会永远消失。

　　他不能出事，他们家就只剩他一个人了。

　　聂九罗站起身。

　　炎拓抬眼看她，视觉已经扭曲，他觉得她好高，又很远，远到不可及，带给他沉重的压迫感——命运真是喜欢拨弄人，他第一次栽进板牙，是她送的；第二次，走向如何，又在她一念之间。

　　他尽力说了句："聂小姐，我真的没害过人，也没伤过你的……"

　　胸腔内一股气血翻腾，伤口处像是有群蚁纷爬，后头的话，难受到再说不出来了。

　　聂九罗垂眼看他，心里头天人交战。

　　从理论上说，对方绑了板牙那么多人，板牙留下一个炎拓，去跟对方讲条件，也无可厚非。

　　但他连地枭是什么都不知道，看起来，真就是一个小角色。而且，真把他丢给蒋百川他们，他一定会很惨，不只掉一块肉那么简单了。

　　最重要的是，以他和她现有的接触看来，他确实恪守着什么，并不像是真的在为虎作伥……

　　不远处，突然传来车笛声，她的车也到了。

　　这声响像是一下子推涌着她做了决定，她回身看后方：这里距离老刀出事的地方很远，中间又有禾草掩映，即便是邢深的耳朵，也鞭长莫及。

　　她向车子招了招手，又往路堤下一处位置指了指。

　　那个位置，恰好截断那头的视线。

　　这是要开下来吗？好嘞！

司机很高兴地照办了，只要钱给得到位，他的服务就可以很到位。

聂九罗俯身跪地，在炎拓伤口处抹掉了一手血，又扯下几条衣裳碎布，然后把大衣脱了扔给他："我拖不动你，想走自己起来，把上身包上，别引人注意，马上上车，快！"

炎拓本来已经觉得没指望了，迷迷糊糊间忽然听到有转机，也不知哪来的力气，裹紧大衣，又趔趄着爬了起来。聂九罗拖拽了他一程，几乎是把炎拓揉撞在车身上，然后打开车门，把他推进去。

聂九罗又吩咐司机："上路之后慢点开，尽量慢，但别停，我大概五分钟后能追上，上车再付钱。"

司机先还莫名，听到"付钱"两个字，又踏实了，还提醒她："我慢慢开，不过你也得跑快点啊。"

这辆车一走，很显然，那头的人就要过来了。

聂九罗轻吁一口气，手电光重又调弱，再次用手指堵住灯头，先踏抹了就近的痕迹，然后弓下身子，向另一侧跑了一程，中途间或齐根踏折秆身，估算着身高把血抹在禾草上，又择机扔下、剐钩布条，布置出一条足够远足够偏离的路径之后，才掉转身，快步循车子的方向而去。

再说司机，虽然一切照办，但还是有些犯嘀咕，再加上看到炎拓状态不对劲，头脸处还有血迹，更是心惊肉跳，生怕女的遁走，扔个半死不活的人在他车上。

直到聂九罗重又上车，他才长长舒了口气。

聂九罗上车之后，第一时间安抚司机，先从大衣里摸出手机，给司机转账，账还没转完，炎拓身子又是一抽，脸色苍白如纸，大衣一角滑落，露出他锁骨处一片血糊的伤口来。

司机从后视镜里看到，吓得瞠目结舌，没敢动。

车内响起电子语音："支付宝到账一千元。"

聂九罗拈起大衣衣角，很细心地给炎拓盖回去，然后直视前头的后视镜："这是我老公。"

司机目光犹疑不定，在后视镜和路面间来回切换："哦，哦，般……般配的。"

"在外面乱搞女人，被人砍了。"

原来如此！怪不得这男的这副状态，身上还有血！

合着不是罪案，是风化案，司机一下子觉得彼此间的距离被拉近了。

"我原本是接到电话去带人的，后来实在气不过，也砍了那人一刀。"

为了自己乱搞女人的老公去砍人，这年头，女的真是心胸宽广且……勇猛，司机咽了口唾沫。

"所以师傅，待会儿到酒店，帮我把人扶进去，他这死沉的，我弄不动。你拿钱走人，咱就当没见过。这两天，你也别往那附近去，免得节外生枝，被当成我共犯。"

司机心中十分感激，觉得这姑娘真是，事儿拎得清，人还很有担当，将来她事发被抓的话，希望能判得轻点。

13

炎拓意识还是在的，只是一再失真，耳边的声音忽大忽小，眼前成像也总在变形，更糟糕的是体内的不适：一波接着一波，并不致命，但发作在不同部位，有时是心口，有时是脾胃——仿佛身体里有只游走的手，拿他的各个器官当拿捏的玩具，随心所欲。

记忆也恍惚，只觉得前一刻还在车上，下一刻就被人架着走了，还被兜头泼了酒，又听到有陌生的男声说，身上有酒味会显得逼真点，不引人注目。

下一秒，脊背躺到了柔软的垫子上，太舒服了，整个人像个千斤重的秤砣，一直往软里陷去。

再然后，身体忽然发冷，那种寒气四面包裹而来的冷，有尖锐的剪刀声，咔嚓咔嚓，一路逼近他咽喉。

炎拓骤然睁眼，一把攥住了什么。

是在酒店房间里。

窗扇大敞，夜风呼呼吹个不停，这还没完，这季节，空调开的都是热风了，但房间里这台开的是冷风，而且出风口调整过，正向着他。

他躺在沙发上，身下垫着铺张开的大浴巾，应该是为了避免身上的血污弄脏沙发。

手里攥着的，是聂九罗的手，她握着剪刀。

聂九罗垂着眼眸看他："怎么？你身上这破衣服，还有留的必要？"

炎拓慢慢松了手，掌心和指尖，残留了些她皮肤上的柔腻。

奇怪，温度降下来，他反而好受些了，就是身体一阵阵发沉，手脚凑合着能动，幅度大了不行——刚用力攥了她的手，现在胳膊发软发酸，面条一样软绵绵的。

聂九罗没再看他，专心把碎得不成样的衣服一条条剪开，扯下，扔进沙发边的垃圾桶里。

上衣剪完了，问他："腿上呢，被抓过吗？后背有吗？"

炎拓想说"没有"，但是又不太记得：有时候，情势太过紧急，人即便受了伤，也没感觉。

聂九罗一看他那表情，就知道最好别指望他。

她仔细检查了一下他的裤子，把右边大腿前侧那一块给剪了，上头果然有条抓过的道子。

又让他翻身——背面还好，人被蚂蚱扑跌之后，是仰面倒地的，蚂蚱主要攻击的是正面。

做完这些，她走到门口，把刚刚让外卖员帮买帮送的一袋子东西拎了过来，翻拣之后，先拿出一大包抽取式的医用酒精湿巾，抽出三张重叠，向着他锁骨处的伤口抹去。

这种破肉带血的伤口，直接去碰酒精湿巾，太酸爽了，炎拓倒抽一口凉气，那一处的皮肉都在簌簌地跳，下意识地就往后缩。

聂九罗手上暂停："你最好配合一点，我可没义务做这些事。"

炎拓没吭声，只是她再上手擦时，他忍住了没再往后躲，皮肉还是偶有神经性的痉跳，这是身体自然反应，他控制不住。

差不多擦完，垃圾桶里已经堆叠了半桶血纸，她往他几处较深的伤口上撒了点止血消炎的药粉，然后擦擦手，进了洗手间。

炎拓躺着不动，听里头哗啦啦的喷头水声。

再出来时，聂九罗手里拧着条大浴巾，走到炎拓面前，用力抖开了，蒙头罩在他身上。

炎拓冻得打了个哆嗦，这浴巾刚用冷水浸过，真是好冷啊。

不过冷总比热好，他还记得自己先前剧烈奔跑、血液流通加速时，那股浑身都难受的劲儿。

他静静躺着，连呼吸都放缓了，透过浴巾，灯光朦胧成了一片晕黄，间或还能看到聂九罗的身影——她换了酒店的布拖鞋，地上又铺着地毯，走动时，几乎没有任何足音。

过了会儿，她在斜对着沙发的床头坐下来，低头看手机。

炎拓听到她说："你运气挺好的，明天是个晴天，如果下雪下雨，都不知道去哪儿搞天生火。"

如果是重要的人，她或许还能放下一切，陪着他买张机票赶去日照充足的地方。

天生火？

炎拓脑子里立马跳出她曾说过的话。

——一般是在受伤的二十四小时之内，拿"天生火"，也就是用透镜，古代用阳燧，从太阳上取下火，去反复炙烤。

——如果眼睛里出现一条红线穿瞳，那这个人，基本就可以放弃了。

二十四小时，那还好，他受伤到现在，至多两个小时。

"那个……东西，就是地枭吗？"

聂九罗："是啊，现在你明白，为什么我说地枭是兽而不是人了吧。"

"你们养着地枭？"

反正他都近距离遭遇了，矢口否认没必要，聂九罗纠正他："不是'我们'，别把我算进去，是'他们'。一九九一年末，板牙的人开始走青壤，那之后，每隔三五年，都会走一趟。但只有九一年那次有收获，带出了蚂蚱。"

说到这儿，她神思微恍：没错，是只有一九九一年那次有收获，后来，二〇〇〇年那次，她的母亲裴珂被拖走，走青壤一度中断，蒋百川总结教训，这才开始将手头人力遵循古制、往"刀""狗""鞭"三个分支转化。

炎拓没想到那玩意儿居然还有名字，叫"蚂蚱"，是跟蝗虫长得挺像的，现在想起那副头脸，他还有些反胃。

不过，他的注意力立刻集中在了这个时间点上。

一九九一年末。

——根据时间推算，林喜柔，也就是林姨，很有可能是一九九二年九月十六日，第一次出现在他父亲炎还山面前的。

——走青壤的唯一收获是"蚂蚱"。

——审完瘸爹之后，熊黑问林姨："这老头透露了你儿子的消息吗？"

是不是能由此得出简单的推论：蚂蚱是林姨的儿子，它一九九一年末被板牙的人"猎"走，林姨是出来找儿子的，找了一段时间之后，摸进了炎还山的煤矿坑道？

不不不，这也太荒唐了，炎拓立马把自己狗屁不通的设想掐死在萌芽状态：别的不说，单就生理方面来看，蚂蚱跟林姨差得也太大了。

他定了定神："那个蚂蚱……会讲话？"

讲话？

聂九罗想了想："不会，应该是发声器。带着它在人群里走，需要伪装得很好，穿衣服、穿鞋、戴口罩，必要的时候，还得能出个声。"

炎拓疲惫地闭上了眼，怪不得自己当时觉得它那两声"叔叔"语音、语调毫无变化，像是录播的。

浴巾已经被他的体温暖得不太凉了，聂九罗过来揭起："我的大衣，被你的血搞脏了，你要赔我一件。"

救助炎拓，始于她自己都说不清的现场"一念"，她不想让炎拓觉得这是两人有了情分——最好是一码归一码，她付出，他给回报，一条条列分明，方便算账，也方便清账。

炎拓说："好。"

聂九罗把浴巾拿进洗手间重新浸水拧过，出来给他盖时，突然鼻子发痒，偏头打了个喷嚏。

她冻到了，这也正常：大冷天的，窗扇大开，还吹冷空调，一时半会儿还能接受，时间一长，寒凉就侵肤入体了。

炎拓也想到了这一点："要么，你把窗和空调都关了吧，我现在还好。"

聂九罗"嗯"了一声："睡前关。你现在感觉还好，是降温起了一时的作用，但时间再久一点，降温也没什么效果了，火灸之前，你还得熬着。"

所以有些紧要的事，得趁炎拓人还清醒，先问清楚。

她话锋一转："有个叫熊黑的，一直给你打电话，那是什么人？"

炎拓犹豫了一下："就是今天和我一起的那个。"

聂九罗："就是他把人捶到半死不活的？"

炎拓头皮微麻，怕她为这事把自己也给迁怒了，但又否认不了："是。"

聂九罗："他为什么走了，把你留在那儿？"

炎拓解释："其实是我先走。他觉得我在那儿碍事，动手前就已经把我放下车，让我先走了。"

聂九罗没绕明白："那你怎么没走呢？"

炎拓只好实话实说："我一直都这样，表面上答应，暗地里……"

他想找个稍微体面一点的词。

聂九罗："偷窥是吗？"

算是吧，炎拓含糊认了。

"那他为什么在明明占据优势的情况下，没有再伤害另一个人，突然离开了呢？"

理论上，做好事应该不留名，但这是个得分点，说出来了，也许能让双方的关系更融洽些："我给他打电话，把他支走了。"

聂九罗："你为什么把他支走？"

炎拓苦笑，在聂九罗面前撒谎一定很难，她是刨根究底型的，非打破砂锅问到底不可。

"我一直以为，里头有个小孩。觉得，已经重伤一个了，另一个没还手之力，还有个孩子，就……算了吧。"

聂九罗："用什么借口支走的？"

"我说我中了埋伏，在东面出事了。"

回答得没破绽，那个熊黑来电话时，的确提过：哪儿呢你在？我东头都转遍了。

"那个熊黑，也是伥鬼？"

"不是，我曾经见过他被咬掉三个手指头，但后来，全长齐了，一根不少。他跟狗牙一样，是地枭。或者严谨一点，是地枭的变种吧。"

地枭？

聂九罗好一会儿没说话，面部表情倒还控制得当，但胸腔里那颗心完全是在疯狂乱跳了，她语气很平静，像是对这事一点都不在意："但车上有个狗家人，跟我说，并没有闻到什么异常的味道。"

"臊味吗？"炎拓也想起来了，"我有一次听到他们谈话，他们好像确实没有味道。"

没味道……

聂九罗喉头发干，她稍微舔了下嘴唇，试图进一步确认："熊黑跟狗牙一样，狗牙有味道，他却没有？"

炎拓说："狗牙好像是特例，我听他们提过一句，说狗牙如果不是'杂食'的话，本不应该有味道的——不过我听不大懂。"

聂九罗细思极恐：一个特例，误了多大的事。

"你身边，狗牙或者熊黑这样的人，有多少个？"

炎拓的回答让她头皮发麻："我不知道，最早的一个，我出生前，就已经在我家了。"

这话说完，屋子里静得有些过分，只余风声：窗扇透进来的风，以及空调出风口的。

过了会儿，聂九罗站起身："我去洗澡，你先休息吧。"

她把手机拿进了洗手间。

进了淋浴间，聂九罗先打开喷头，让热水兜头冲淋了自己二十秒不止。

炎拓的话，真实度很高。

狗牙和熊黑这种，跟传统认知里的地枭，差得太多了，形貌跟人已经毫无二致，"枭味"随之消失，也在情理之中。

难怪进入南巴猴头的三人梯队，说失联就失联了，狗家人的鼻子完全成了摆设，根本预知不到地枭的靠近。

难怪蚂蚱畏畏缩缩，不肯攻击熊黑，这符合兽的本性：如非必要，它们不会同类相杀。小兽也会天然畏惧块头更大的。

狗牙被闻出了味道，是因为他"杂食"——是指吞吃了兴坝子乡的那个女人吗？那他的"主食"应该是什么呢？

更可怕的是，他们已经来了那么久了。

——最早的一个，我出生前，就已经在我家了。

炎拓的父亲一代就发家了，地枭如果那个时候就已经进到他家里了，这么多年的经营……

在他们面前，板牙这群人，完全是杂牌军。

——八号，去南巴猴头领瘸子。

明天就是八号了，还能去吗？

聂九罗一把揿停淋浴，湿着身子跨出淋浴间，随便包了条浴巾，抓起手机。

有必要给蒋百川提个醒。

App点开，已经有了一条"那头"的消息。

——聂二，这两天接连出事，谨慎起见，八号的约先不赴，观望几天再说。

聂九罗手指微颤，管他赴不赴约，最重要的消息，她得传过去。

略一思忖，她迅速键入。

——我今天离开的时候，看到炎拓被他的同伴救走了。

——跟了一段，跟丢了，但是听到一些事。

——重伤老刀的是地枭。

话不用说得太明白，蒋百川会想得很"透彻"的。

信息发过去，显示"未读"，这一晚鸡飞狗跳，又要把老刀送医，应该很忙吧。

好在，最重要的消息送到了，聂九罗长松了口气。

临睡时，聂九罗闭窗，关空调，她实在冻得够呛了。

这还不够，她从提袋里翻出宽胶带，寻着了接口处，"哧啦"一声撕开：得把炎拓绑上，以防他半夜发狂。

炎拓看到胶带扯出老长，也猜到了是用在自己身上的，不声不响就缚，封他嘴之前，聂九罗问了句："要喝水吗？"

炎拓摇头。

不喝了，他记得出症状叫"扎根出芽"，他不想为这些根芽提供水分，再说了，喝了水，万一起夜怎么办？

关灯前，他看到聂九罗倚靠在床头，拿了酒店内刊做垫板，在一张淡金色的长纸条上写下了什么，写完之后三折两绕，叠成了一颗星星，嗖地扔向了不远处敞口的行李箱。

而几乎是同一时间，灯灭了，星星在半空划过一道淡而微亮的光迹，像流星。

炎拓闭上眼，许了个愿。

许愿明天的天生火来得顺顺利利，不管什么根、什么芽，都别在他身上作妖。

聂九罗说得没错，降温的作用是一时的，火炙之前，还有的熬。

睡下之后，那种感觉又来了，仿佛身体深处有个炉灶，慢慢烘热他的血，起初还能忍，只是不舒服而已，到后来，血就越来越热，整个人汗出如雨，闭眼之后，不是黑色，而是烫热的绯红色，绯红色里，还有沸腾着的气泡不断上扬。

炎拓努力去忍，他知道聂九罗并不很待见他，被她救已经很走运了，明天还有赖她取天生火——他不想吵得她睡不着、发脾气。

体温继续往上，幻觉就来了。

他看见人屠人的惨烈场景，一定是在很久很久以前，因为那些人用兽皮藤叶裹身、披头散发、嘴撕齿咬、石砸矛杵，血肉横飞，肠穿肚烂——那些伤口，像是加在他身上的，他身体一阵阵抽搐，然后强加抑制，因着嘴巴被封住，没法帮助喘气，双目充血，几乎都要暴凸了。

又看见太阳，巨大的太阳，血红欲滴，几乎遮蔽了大半个天空，又车轮般一点点碾入黑暗。四下一片凄厉而又绝望的号哭。

再然后就黑了，太阳死掉、伸手不见五指的那种黑，渐渐地，黑里现出了一双又一双密密麻麻的眼睛，次第向他逼近，炎拓拼命往后躲，冷汗涔涔，慌不择路。

"刺啦"一声响，是茶几被他撞移位了。

这声响，把他唬出一身冷汗，人也短暂清醒了：茶几离着沙发有段距离，茶几都被他给挪了，他这是挣出多大的动静来了？

床头传来摸索的声音，再然后，床灯开了，聂九罗打了个呵欠起来，跂上了鞋，去洗手间。

看来是去起夜。

路过沙发边时，她停了一下。

炎拓闭着眼装死，一动不动，仿佛睡得非常安静：刚刚的声响，都是你的幻听、幻听，其实没动静，我也没搞出噪声来。

聂九罗进了洗手间。

他听到马桶冲水，龙头冲洗，再然后，她又出来了。

炎拓合着眼，自己都相信自己在熟睡了。

忽然间，身上罩下一片凉，一条刚刚浸过水又拧过的大浴巾落到了他身上。

他还没反应过来，灯已经又灭了，聂九罗上了床，被子一掀一落，床垫吱吱响了几下，就又安静了。

炎拓没动。

他觉得，就这样躺着，很好很好。

14

这一晚的蒋百川，的确忙到脚不沾地，老刀的伤势很险，县医院说治不了，建议转到西安的大医院。

蒋百川有心跟着去，但南巴猴头的事还吊在那儿，走不开，只得安排人手、调拨车子，又拜托西安那头的熟人代为关照，直到夜里一点多，才步出县医院那满是

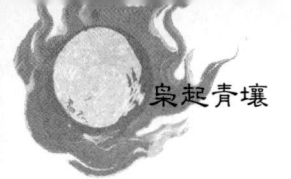

消毒水味儿的门诊大厅。

其他人都已经先回了，外头剩了辆车等他，邢深也还没走，大概是嫌车里闷，正倚着车头看天。

真好奇，在他眼里，天是什么样子的。

年纪毕竟搁在那儿了，蒋百川极度疲惫，干抹了一下脸，权当醒神，然后习惯性地掏出手机，快速浏览这几个小时错过的各类消息。

点进"阅后即焚"时，看到聂二连着发了好几条，逐一读完，有点愣神，再想细看，屏幕上火舌乱燎，消息已经焚毁了。

好在，一条条的，他都还记得。

看了眼时间，一点半，这个点，聂二应该已经睡了，电联不太合适，等明早吧。

聂九罗一早就醒了。

炎拓已经昏迷，反而很安静，然而这并不是什么好迹象：被地枭伤了的人就是这样的，第一阶段精神恍惚，第二阶段痛苦难耐，第三阶段安静昏迷，三、四阶段的分界点就是扎根出芽。

当然，各人体质不同，耐受力各异，每个阶段的时长也不大一样。一般来说，前三阶段基本都发生在受伤后的二十四小时内，第四阶段历时最长，算是病入膏肓期，也叫回光返照。这一阶段，人会恢复正常，甚至更加神清气爽，思维敏捷，给周围人以"熬过去了，没什么大碍"的假象，然后，突然某一天，神志尽失，见人咬人，见狗咬狗，跟凶禽猛兽别无二致。

聂九罗开窗看了看天，云层有些厚，太阳还没完全升起来，这个时候，取不了天生火。

又去看手机。

蒋百川凌晨两点给她回了一条，还留了个号码，叮嘱她看到了之后无论几点都可回拨。

聂九罗进了洗手间，关上门之后，给蒋百川拨电话。

几乎是刚拨通，那头就接了，聂九罗怀疑蒋百川一夜都没怎么睡，尽等她电话了。

果然，蒋百川的声音疲累而又沙哑："聂二啊，这事你怎么看？"

聂九罗："蒋叔，你问我意见啊？"

蒋百川苦笑："人家说，当局者迷，旁观者清，我想听听你的看法。"

这话没错，她的确认为自己是个"旁观者"，可以随时退回自己的小院里，喝着卢姐炖的汤，继续钻研她的雕塑，参展，获奖，然后办巡展，争个名逐个利，踏实且坚实地过自己的红尘日子。

板牙种种，不是她另一半的世界，只是她世界里的一小扇门，她偶尔进出，理理前债而已，绝不会让门里的种种牵累到她真正的生活。

她说："要我看，尽量和平赎回咱们的人，然后，这事就算了吧。"

蒋百川没听明白："什么叫算了吧？"

聂九罗说："蒋叔，我们一直以来都认为自己不寻常，是缠头军的后人，有不为人知的秘密，有超出常人的本领，对，这些都没错。可是，你不寻常，你的对手，就一定普通吗？"

蒋百川沉默。

"邢深就是在这一点上栽了跟头。他是'狂犬'，身边跟着蚂蚱，老刀又是刀家的一把好手，他认为这样的组合所向披靡，绑两个人手到擒来。结果呢？对方随便一个人，就把老刀给废了，如果不是那人突然有事离开，我看连邢深都保不住。"

蒋百川讷讷道："那人……真是地枭啊？怎么会没味道呢……"

聂九罗撑他："也许地枭'人化'了的这一支早就没味道了，你没遇到过而已。"

"那狗牙……"

"狗牙能代表其他人吗？也许狗牙恰好是其中进化不完善的那个呢？你还记不记得，狗牙当时，是被装在箱子里带着的。"

而那个熊黑，显然是自主活动的。

蒋百川不说话了，他之前放言说"万变不离其宗，它再怎么变，弱点始终在那儿"，现在想来，确实是武断了。

"蒋叔，截至目前，你这头，华嫂子死了，包括瘸爹在内的四个人失联，老刀重伤。而对方那头，可以说是基本没损失，你除了知道有个炎拓和狗牙，其他的一无所知。这么一对比，实力强弱，你还看不出来吗？

"你手底下的人，走青壤大多是为了求财的，现在渐渐要命了，你觉得还会有多少人愿意蹚这趟浑水？

"还有炎拓，我第一次查他的信息，就留意到他父亲那一辈已经发家了，这么多年下来，资产只增不减，你想象一下，一批已成人形的地枭，掌握大量的资财，并且已经进行了长久的经营——你是要跟他们硬碰到底呢，还是及时止损、'算了吧'更稳妥呢？"

蒋百川心有不甘："但是我们的人，伤的伤、死的死，就这么认了？"

聂九罗笑："打个不太适合的比方，对方是长枪重炮，你是大刀长矛，你现在已经损一半了，剩下的一半，你还上赶着往上派吗？就算你还想反击，你也得先保存实力，完善装备，再图反败为胜吧。"

蒋百川叹了口气。

他不是傻子，聂九罗跟板牙一干人没什么交情，隔岸观火，站着说话不腰疼。但她说的，条条在理。

一开始，他的确雄心勃勃，想探炎拓背后的底，觉得凭借己方的实力，干什么都不是难事。

但人被打了，是会疼、会怕的，一次两次，人员不断折损，现在，狗家人还闻不到这种地枭的味道……

继续冲斗固然是勇猛，但审时度势、该撤就撤才更明智吧。

蒋百川说："现在有两个问题。第一个是，怎么赎人。我们跟对方，压根没有对话的渠道，没人能在中间搭桥。

"第二个是，怕就怕，不是我们想'算了'，就能'算了'的。我们确实伤了狗牙和炎拓在先，但他们救回了人，烧了猪场，还烧死了华嫂子，按理说，一口气也该消了。但他们不罢手，绑瘸爹，在南巴猴头算计我们的人，又伤了老刀，我感觉，已经不是想出口气那么简单了，背后好像另有谋算。要是能知道，他们的目的是什么就好了。"

——没人能在中间搭桥。

——要是能知道，他们的目的是什么就好了。

聂九罗心中一动，目光不觉瞥向门口。

外头的那个人，于这两件事，或许都能帮得上忙。

她斟酌了一下："蒋叔，你还记不记得，那个炎拓，曾经给我打过电话？"

经她一提醒，蒋百川想起来了：当初刚出事的时候，自己曾经使过一招"引蛇出洞"，故意"无意间"让炎拓的同伙把人救走了，当时的想法是一石二鸟，反追踪，放任对方去找聂九罗的麻烦，探得新线索的同时，又借她的手加以压服，说不定还能迫使她完全加入进来。

没想到这招使昏了，还"一石二鸟"呢，一块石头砸出去，连个响都没听着：首先是炎拓被救走的时候，搭上了一个华嫂子，虽说华嫂子只是瘸爹的老来伴，跟他没什么交情，但雀茶每次提起来，他还是觉得脸上无光；其次是，对方居然没找聂九罗的麻烦，只是给她打过电话，当时他以为，电话之后，必有风暴，没想到就此哑炮。

蒋百川觉得这事太蹊跷了："对啊，那之后，他怎么就没动静了？别是酝酿着什么大动作吧？"

聂九罗："当时，他号码显示是未知，我也没法回拨。今早起来，看到也有一个'未知'的未接来电，算算时间，是在昨晚出事之后，你说会不会是他啊？我觉得搞诈骗推销的，也不可能半夜打电话来。"

蒋百川只觉满眼扑朔，脑子都快不够用了："有这个可能，不过，他又找你干什么呢？"

聂九罗说："我猜测啊，我们跟他们没对话的渠道，他们跟我们，也没有啊。

总不能每次都让马憨子传话吧。等他电话再打过来,我就接,试探一下他们那头的意图,咱们……随时通消息吧。"

虽说身处温暖的卧室,但放下电话之后,蒋百川还是觉得有些八面来风。

他确实莽撞了,他跟昨晚的邢深一样,自信满满,放手去干,干着干着,发现形势完全不在自己的掌控之中。

有人敲门,蒋百川回过神来,拢好睡衣,清了清嗓子:"谁啊?"

外头是邢深:"蒋叔,下头开饭了,咱们是下去,还是让送上来单吃?"

这趟回来,谨慎起见,没回板牙住,也没订酒店,在临近的村租了幢三层小楼房,设施齐备,房间够多,另外交餐钱之后,房东还能定点管饭,挺方便的。

蒋百川说:"送上来吧,咱们单吃。"

……

乡下地方没那么多讲究,早饭直接搁在炕桌上端进来,往床上一放,就能开餐。

蒋百川草草抹脸漱口,和邢深分坐两边,没想好该怎么开口,只好客气地让饭:"这油饼做得不错,农家味儿,你多吃点。"

邢深拿筷子夹了一个,却没心思吃:"蒋叔,今天八号了。"

蒋百川漫不经心:"是,是啊。"

邢深:"咱们没去南巴猴头,昨晚又出了变故,不知道对方会是什么反应。"

蒋百川犹豫着怎么切入比较委婉:"邢深啊,昨天晚上,蚂蚱一直不攻击那个大块头,有点怪啊。"

邢深点头:"是,从来没出现过这种情况,但蚂蚱不能讲话,又问不出个究竟来。这事不简单,万一多来几次,就太棘手了。"

你也觉得"不简单"啊,那就好办了,蒋百川试探性地说了句:"你说,那个大块头,会不会是地枭啊?"

邢深没说话,顿了顿,他搁下筷子,抬起头,以便蒋百川能看到他的脸。

"蒋叔,你这么说,是在怀疑我的能力吗?"

蒋百川心中叹了一口气,他了解邢深,知道他自尊心很强,所以说话才尽量迂回——但既然他这么直接,自己也就无所谓赔着小心了。

"我刚跟聂二打过电话,她说昨天晚上走的时候,见到炎拓被人救走,还听到了一些信息。那个大块头,就是地枭。"

邢深:"不可能。"

蒋百川伸手抓起一块油饼,大口咬去一角,又低头喝了口扯面汤:"可能的,他们都进化得跟人一样了,把那点臊味也给进化没了,不稀奇啊。"

"狗牙……"

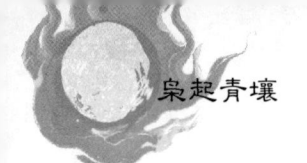

蒋百川就知道他要提狗牙："不是有个词儿叫'以偏概全'吗，狗牙可能是个'偏'啊，代表不了其他的那些。"

说完了，他继续呼噜喝汤，没再抬头看邢深：不用看也知道脸色很难看，不过没关系，又不是小孩子了，自己消化吧——这年头，只有人给世道弯腰的，谁见过世道给人让路的？

过了很久，久到他这一餐都差不多结束了，邢深才开口："也许阿罗听得也不完全，大块头那样的，只是个别。"

"没错，他可能只是个别，也可能狗牙那样的，才是个别。邢深啊，跟你说句实话，老刀是刀家拔尖儿的，已经损了，如果狗家也派不上用场，那你老蒋叔可就怕了，得思谋后路了啊。"

邢深没什么表情，嘴角微微下绷："蒋叔，你这话什么意思？"

蒋百川呵呵一笑："就是你想的那个意思。失联的人，咱尽量想办法捞，那之后，咱就稳妥点过活吧。"

邢深："什么叫'稳妥点过活'？"

蒋百川头疼，他是欣赏邢深，但邢深固执起来，也是挺愁人的。

邢深说："现在有跟人长得一样的地枭，这种玩意儿血食生食，吃人也跟玩儿似的，不知道数量，混在人群里头，不见得是爬出来做慈善的吧？蒋叔，咱们就不管了是吗？

"咱们的祖辈，缠头军，进洞猎枭的时候，是反锁了金人门的，为什么？就是怕地枭出世，这玩意儿沾了人肉，就等于吸毒上瘾，永远停不下来。那个狗牙，在兴坝子乡吃过人，只要他不死，势必还要开荤，就不管了是吗？

"刀、狗、鞭三家，为什么设刀家？刀家猎枭，也杀枭，阿罗拿了生死刀，生刀主猎，死刀主杀，如果有枭入世，那就是她的责任，她也不管了是吗？"

这一连串的"不管了是吗"把蒋百川听得心头火起，他一巴掌拍在炕桌上，差点把邢深面前的那碗扯面汤给拍洒了："你也说了是祖辈、缠头军，那时候是一支军队！不管是人力、实力、装备，都是那个年代最顶级的！现在呢？跟聂二说责任，她会放弃那些雕塑，去追着地枭杀吗？"

邢深看炕桌上那只堪堪稳住、汤水还在不断晃悠的碗，碗还是碗，但汤水是一片动荡的明光。

他说："阿罗应该回来。"

炎拓被一阵钻心般的火烤炙烫给惊醒。

居然不是梦，是真的，一丛橙红色的焰头从眼边掠过——聂九罗将点火棒移远。

这是拔罐时会用到的那种点火棒，经久耐烧，有持手柄，端头是钢丝网罩着不会被烧焦的石棉，很好用。

屋里很亮，窗帘都拉到了窗户尽头，迎进大片暖融融的阳光。

聂九罗说："醒啦？"

她撕掉他嘴上的封胶带，又剪开手脚处缠缚的："待会儿会非常疼，需要用到嘴喘气，松开你手脚，是让你去控制自己的。我可没那个劲摁住你，你自己掂量吧，你可已经出芽了。"

炎拓脑子里"轰"的一声，脸色都变了："哪儿？"

聂九罗指他小腹、胸侧，还有大腿："你自己看哪儿。"

炎拓低头去看。

果然，那几处的伤口处，都有像卷曲的发丝一样的东西，黑褐色，打着卷，而且，可能是心理作用，炎拓真的觉得那几处都在发痒。

聂九罗还给他描述："你要不要摸一下？软软的，有韧性，拉一下还能弹回去。"

还摸？看一眼都觉得恶心，自己的伤口里，长出这糟心玩意儿，真是光想想就要崩溃了。

炎拓偏转了头，两手攥紧沙发端头："你开始吧。"

15

聂九罗轻抿了嘴，把火头移向他锁骨处。

活烤可真是太遭罪了，炎拓很快就受不住了，他双臂发颤，额头大筋和脖子上的青筋都爆起来了，汗粒子一颗接一颗地往下滚，就在行将崩溃的时候，聂九罗及时挪远，另一只手抄起了一袋什么，清凉软柔，贴在了他的伤口边缘。

炎拓的睫毛都让汗给浸了，勉强睁开眼，模模糊糊，看到是一袋水——保鲜袋灌了凉水、火燎封死了口防漏的那种。

再往边上看，茶几台面上放了好多袋，晃晃的、胖胖的，挤簇成堆，还有开了盖的矿泉水，里头插了根吸管。

她准备得可真全，雕塑是个精细活，能在这上头有所成的人，心一定也很细吧。

聂九罗说："炎拓，我问你个问题啊。"

炎拓苦笑："聂小姐，你可真会挑时间……问问题。从昨晚开始，你就一直在问。"

聂九罗说："你可以不答啊，我这个人不小气，不答我也不会不给你治。最多你答了，我高兴地烤一烤；不答，我不高兴地烤烤咯。"

炎拓略垂了头，如果不是没力气，他真是会苦笑出声的——说得这么云淡风轻，就跟"不高兴地烤烤"不吓人似的。

他说："你问吧。"

水袋贴肉的那一面估计已经不太凉了，聂九罗把水袋翻了个面，那一处的皮肤赤红，能想象得到，一定很难受。

聂九罗移开目光："熊黑那帮人，现在穷追猛打，只是为了帮你出气吗？"

炎拓摇头："说是这么说，但我觉得……不太像。从最初得知大头能闻到狗牙的味道开始，他们就表现得很在意。还有，最上头的那个还向瘸爹追问过自己的儿子，给人感觉是，她的儿子是被瘸爹给拐走了。"

一口气讲了这么多话，他喉咙干得不行，吞咽的唾沫都好像是烫的。

聂九罗放下水袋，把插了吸管的矿泉水递过来："儿子？地枭的儿子？"

炎拓想抬手去接，一使力才发觉胳膊发僵，仿佛攥死在了沙发端头处，只得低头就着吸管吸吮。

"是。"

地枭的儿子，那就还是地枭咯，板牙手上，撑死了也就一只地枭啊。

"蚂蚱？"

炎拓虚弱地摇头："我本来也猜他，可觉得……实在不像，就人兽……殊途的感觉。"

聂九罗把矿泉水放回台面："忍住了啊，第二波。"

火又过来了。

炎拓长吁了口气，再次攒足了劲生受，总觉得下一秒就要发狂痛号了，然而还得咬碎槽牙拼命挨着，他逼着自己把注意力都集中在水袋上，不断催眠自己：马上，马上，水袋马上就来了。

"第二波"结束，炎拓瘫在沙发里，大口大口喘着粗气，也不知是汗还是疼出的眼泪，腌得眼睛生疼。

水袋再次滚上身，炎拓居然没舒服的感觉：只觉得灵魂都出窍了，就飘在天花板上，和他四目相对，对出的都是绝望。

他的声音也发飘："聂小姐，还有几波啊？"

"快了……十七八九波吧。"

炎拓那因为她前半句而稍稍升腾出的希望，吧唧一声，栽进了万丈深渊。

然而"第三波"来时，他还是咬牙撑坐了起来：没办法，他都"出芽"了，这是他和芽之间的战争，他退一步，芽就进一步，阵地一寸都不能失。

"疗程"过半，炎拓汗出如浆，整个人像是从水里捞出来的，聂九罗给了他中场休息，又拿湿毛巾帮他擦身。

炎拓突然想起孙周："你们上次，也是这么给孙周治的？"

聂九罗"嗯"了一声。

她好久没听到孙周这个名字了，也不知道这人在哪儿，算算日子，多半病发了——很大概率已经被关进了精神病院，还是那种得穿拘束服、极度危险的病人。

她说回正题："昨晚上，你说只要能帮你离开，条件随便我开，还算不算话？"

这节点，敢不算话吗？

炎拓："你开吧。"

聂九罗："你说你是个小角色，我感觉……也不算很小吧，你和狗牙在一起的时候，他明显有点怕你；后来被抓，对方花了力气救你；昨晚你落单之后，那个熊黑一直打电话找你，很紧张的样子。"

炎拓沉默了一会儿，自嘲地笑笑："如果你是最上头的那个人养的一条狗，角色再小，别人也会把你当回事的。"

聂九罗犹豫了一下："就是那个'林姨'吗？林喜柔？"

她还记得，自己被炎拓"绑架"，和狗牙共处洗手间的那次，炎拓曾训斥狗牙说："林姨说了，你老实，我是来接人；不老实，我就是来运尸。"

狗牙不是怕炎拓，怕的是炎拓在林姨面前拨弄——这个"林姨"，很权威的样子。

后来，她查看炎拓的手机，通讯记录里一溜的"林喜柔"，当时她还奇怪来着：炎拓的母亲不是早瘫痪了吗？怎么打这么多电话呢？

再联想到炎拓昨晚说的，"最早的一个，我出生前，就已经在我家了"，很像是地枭顶了他母亲的名，鸠占鹊巢，捎带着养大了他——这也就可以解释为什么炎拓和地枭间的关系那么奇怪：表面上看是在做伥鬼，暗地里却在打听"怎么可以杀死地枭"。

炎拓很久都没说话，聂九罗也没再吭声，反复看剩下要上火烤的那几道伤，看到大腿上那道时，忽然就想歪了：也是幸运啊，这万一要是偏了几寸，抓中间去了，那她是绝对不会代劳的——虽说她是学美术的，画过裸体男模，钻研过大卫塑像，但那毕竟是为了学术。

他自己烤吧，但凡分寸没拿捏好，烤出个三长两短来……

"聂小姐，你想开什么条件？"

突如其来的这一句，把聂九罗吓得手一哆嗦，水袋都掉了，心说还好，只要姿态端庄，没人知道她脑子里涉什么色。

她咳嗽了两声，想了好一会儿才想起自己原本要说什么："反正你也要回去的，回去之后得交代这一夜去了哪儿，身上的伤也不太好遮瞒，不如这样……

"你就说你是落在板牙的人手里了，被抓伤了，但板牙的人为了表示讲和的诚意，给你治伤，还把你放了。请你帮忙问问，他们要怎么样才肯把瘸爹那几个人给还回来。"

炎拓没吭声，过了会儿，抬眼看她。

聂九罗让他看得有点不自在："有问题？"

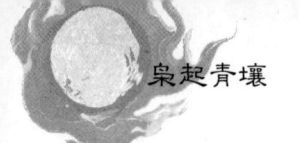

"聂小姐，你一直说自己是个普通人，只想忙自己的事，跟板牙那边是消钱债，对狗牙、地枭什么的，没探听的兴趣。"

没错，聂九罗挑眉，她现在还是这样啊。

"你没意识到，你现在做的，其实是在插手帮忙了吗？还是那句话，钱债钱消，钱来钱往是账目，人来人往就是交情了，越到后来，越理不清。没探听的兴趣，就真的一个指头也别沾，手插进去，保不齐哪天人都被拖进去……"

聂九罗打断他："我有分寸。"

"很多被摔下马的，也都坚信自己是骑术好手……"

聂九罗抓起晾在茶几边角处的点火棒，咣咣敲了两下，炎拓条件反射，一路从头皮麻到脚心。

聂九罗说："下半场。"

下半场，照旧是地狱里兜圈，聂九罗的手法好得让人想骂人：总能使得皮肉被烤得焦而不黑，香而不熟，且确保在他崩溃的前一刻上水袋。

有一次，趁着间歇，炎拓问她，能不能索性就让他痛晕过去算了，昏迷了还能少受点罪。

聂九罗的回答让他毛骨悚然："不行，痛晕过去的，还会痛醒。而且，万一人晕过去，意志力松散，失禁了怎么办？"

她可真是太知道怎么打蛇打七寸了，炎拓一身热汗之下，硬生生又起了一层冷汗：那他不如死了算了。

好在，遥遥无期只是一种感觉，时间分秒过去，再难捱的煎熬也会结束。

最后那几波，炎拓已经全然被炙烤得麻木了，汗出完了，牙根咬得都不知道什么叫紧了，喉头干涸得像挤塞进一个沙漠——忽然见她拿玻璃盖罩灭火，还觉得莫名其妙。

下一秒，他反应过来："完了？"

聂九罗："完了啊。"

这就完了？炙烤得彻底吗？确定没遗漏吗？

炎拓看向自己的腰腹："那些芽都逼退了吗？"

聂九罗拈了张纸巾，把台面上的垃圾等都扫进垃圾桶里："什么芽？又没长芽。"

炎拓："就是刚刚那些……你还问我要不要摸摸看。"

聂九罗"哦"了一声："那些啊，我头发。"

垃圾桶满得装不下了，她拿起空矿泉水瓶子，用力把垃圾压实："我绕了几根头发，拿火燎定形，剪了放上去的，给你点压力。这样你才能有危机感、全力配合，不然又哭又叫的，多难看。"

炎拓："……"

他想回两句什么，然而，真是什么力气都没了，眼一闭，就彻底睡过去了。

再睁眼时，是被开门声和塑料袋的哗啦声惊醒的。

已经是日落时分了，窗外透进来的光是油油的鸭蛋黄色，还裹挟了些许凉意，他身上盖了条毛毯，而聂九罗正从外卖小哥手中接东西。

关门的时候，炎拓听到外卖小哥有礼貌地说："谢谢您的打赏。"

再然后，聂九罗就拎着各色大袋小袋进来了。

她把袋子全搁上茶几台面："醒啦？我估计你也快醒了，换上衣服吃饭，吃完饭，你就可以走了。"

边说边把几个袋子递过来："伤口尽量别沾水，头三天别洗澡，实在憋不住拿湿毛巾擦擦。头可以洗。"

炎拓接过来，他的衣服剪得稀碎，裤子也露肉了，是需要换套新的。

随意一瞥，很全，除了外套、衬衣、长裤，连袜子和内裤都有，虽然不是什么名牌，但已经属于三四线小县城里所能购置到的顶配了。

聂九罗忙着解外卖的系扣："我让外卖小哥绕了趟中心商场，找导购内外全搭，应该不会太差。你汗出得跟泡澡似的，都换了比较好。"

炎拓："那钱……"

聂九罗头也不抬："放心，钱都你出，晚点会给你账号的。"

这就好，炎拓进洗手间收拾，衣服的码数都合适，穿着刚刚好。他把脱下的旧衣服都塞进袋子里，预备走的时候带出去扔掉。

洗漱好了出来，聂九罗这边已经在吃饭了，他的那份也揭了盖，香味飘了满屋。

其实也就是普通的蒸面，炕炕馍夹菜，配了两个下饭的小炒，味道不见得绝佳，但炎拓实在是饿坏了，吃得分外有味，连汤汁都喝了个精光。

吃完了，外头也黑了，炎拓扯了张纸巾擦嘴："我走了。"

聂九罗"嗯"了一声，推了个手机过来。

炎拓一愣："我的？"

他拿过来看，手机是关机状态，从机型和贴膜的一些划痕来看，确实是自己的——不过多了炭黑的手机壳。

聂九罗说："壳里头，我拿胶带贴了根针，没事别乱摸。再见到狗牙的时候……"

她压低声音："把针摁进他伤口里，不管是哪一处，都可以。"

懂了，炎拓收起手机起身。

聂九罗送他到房门口，目视他走出几步，忽然想到什么："炎拓！"

炎拓转身看她。

聂九罗说："你要记得，这些事里头，可没我啊。"

这些事里，没有她。

她在偏南的那个热闹城市种满了各色绿植花草的小院里，安静地看书、练手，塑够格参展的造像，偶尔应酬，接受采访，或是飞赴各地采风。

——这些事里头，可没我啊。

炎拓说："这么相信我啊？我要是非把你搅和进来呢？"

聂九罗不说话，光洁而又小巧的下颌微微扬起，睥睨着他，似乎在掂量他骨头有几根，要不要现在就拆。

炎拓笑起来："我开玩笑的。"

再次转身离开时，他轻声说了句："能当个普通人，挺好的。"

一出酒店大门，一股子凛冽寒气扑面而来，炎拓周身皮肤一紧，不觉打了个寒噤，紧了紧外套之后，抬头看天。

黑色的夜幕间，无数细小的雪线被风扯着乱舞。

今天是八号，大雪节气刚过。

前天那场未能下起来的雪，终于浩浩荡荡、铺天盖地地来了。

1995年6月11日 / 星期日 / 小雨

身子越来越沉了。

B超说这次是个女儿，小拓的名字是大山起的，女儿的名字就我来起吧。

"开拓"，我一直喜欢这个词儿，小拓用了"拓"字，按理说，老二用"开"字最好，全乎了。

可女孩儿，叫炎开多难听啊，叫炎心吧，心心，小名就叫"开心"，也是爸妈的心肝宝贝儿。

自打怀了心心，小拓就基本交给双秀带了，这些日子，小拓明显跟双秀更亲，我要抱他，他还嘟着嘴挺不乐意，我就捏着他的嘴巴逗他："小拓啊，嘴巴嘟成小鸭子了，妈妈给你买个小鸭子好不好啊？"

终于把他给逗笑了，可一转眼，又去找他的双秀阿姨了。我心里挺不是滋味，怪嫉妒的，可有什么办法呢？肚子里还揣着一个，分身乏术啊。

1995年6月22日 / 星期四 / 晴（夏至）

今天去产检，本来双秀要陪着我一起的，可是小拓感冒，咳个没完，小脸涨得通红，怪让人心疼的。

我留双秀在家看护小拓，打电话给敏娟，让她请半天假陪我去。

敏娟陪是陪了，一路唠唠叨叨，说，你家大山呢？孩子又不是你一人的，合着他把人造出来就不管啦？

我跟敏娟解释说，大山忙，市里造商场，他的工程队忙着竞标，这阵子，连矿上的事都放手了。

不知道是不是我多心，总觉得敏娟现在说话酸溜溜的，她说："男人啊，看紧点，你家大山现在腰包鼓啦，外头那些小妖精可眼馋呢。"

我说不会的，大山很顾家，一得空就待在家里，撵他都不走。

敏娟说："那当然了，你家里放着个那么漂亮的小保姆。"

这叫什么话！我一生气，撇下她走了。

这还是好朋友呢，怎么说话阴阳怪气的？

回家的路上，正好经过菜场，我想着顺手买点梨，给小拓炖冰糖水喝。

没想到遇见长喜，这糊涂孩子，拣了鱼、让人杀好之后才发现身上钱没带够，摊主不爽快，扯着嗓子骂骂咧咧，长喜人老实，跟根桩子似的杵在那儿任人骂，脖子都红了。

我气不过，上去给了钱，把摊主骂了一顿，长喜吓坏了，一直拽我走，说怕对方打我。

我才不怕呢，我肚子里怀着一个，你动我试试？你打不起！

长喜把我送回家，一路上，我老觉着他有话说。

我问他是不是手头紧、想借钱，让他别不好意思，有话尽管开口。

长喜吞吞吐吐，最后憋出一句："林姐，你把你们家那小保姆……辞了吧。"

为什么啊？我有点紧张，问他："双秀是不是在背后，虐待我家小拓了？"

长喜赶紧摇头，说："就你不知道，外头都在传……"

他看了眼我的肚子，不说了，我再追着问，他居然一拔腿，跑了。

准是有不好的事，怕说了我动胎气。

我的感觉一下子糟糕透了，不会叫敏娟给说中了吧？

回家的时候，我跟做贼一样，慢慢地、屏着气开门，门开了才发现自己傻透气了：大山这两天不在家，我这是准备捉什么呢？

小拓房间的门没关，我偷偷挨过去，看到小拓躺在床上，双秀给他讲神话故事呢。

听了会儿，讲的应该是夸父逐日。

"夸父说啊，没有什么能阻挡他把太阳给大家带回来。

"他遭遇了重重的险阻，终于气力不支，倒了下去。可是他不甘心，他拼命地用手指往前扒，扒得鲜血淋漓，白森森的骨头都露了出来，他还是扒……"

现在的儿童读物，是不是写得也太吓人了？跟我小时候听的不大一样啊。

我听到小拓磕磕绊绊地问："那……那夸父的手，不就坏了吗？"

双秀说："是啊，他扒到死，也没成功。还扒秃了三根手指头，多惨哪。"

小拓纠着脸,在那数手指,就跟他也疼得很厉害似的。

把我给看笑了。

——林喜柔的日记,选摘

名不起者之異裳

第四卷・上

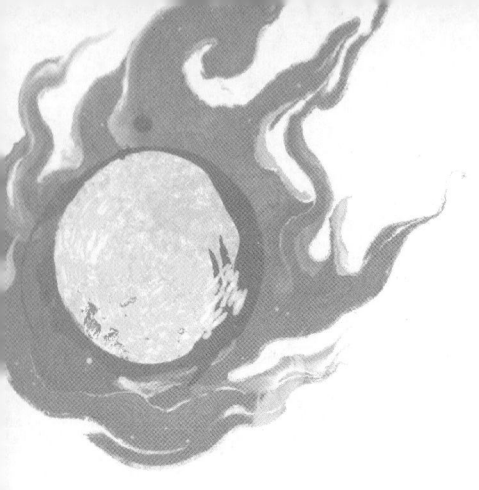

01

炎拓走出酒店很远，才打开手机，给熊黑打电话。

按理说，他已经快"失踪"一日夜了，设想里，熊黑一定是火烧火燎接电话，没想到过了好一会儿熊黑才接，声音倒不失兴奋："炎拓？"

炎拓说："是我，我现在去哪儿？"

他仔细分辨听筒里传来的、不清晰的背景音，熊黑应该不在屋里，那头的声音有些嘈杂，还听到了汪汪的狗叫。

熊黑说："你等会儿啊……我把地址发给你，你直接去阿鹏那儿……这死狗，赶走，赶走！"

后一句话，明显是对着边上人说的。

炎拓有不好的感觉：他刚刚回答"是我，我现在去哪儿"，故意不透露之前的动向，以为熊黑一定会追问，也一定会驱车来接——没想到都没有。

这不合常理，除非熊黑现在有更紧急的事做，暂时顾不上他。

他追问了句："你现在在哪儿？"

熊黑"嘿嘿"笑了两声："办事呢，炎拓啊，你回来就好，等我回去再说啊，挂了。"

炎拓还想再问什么，那头已经断了。

熊黑给的地址是个县乡接合部的小区，位置很偏，往西去不远就是野地了，一期交房不足一年，二期刚交房，三期还在建，所以绝大多数业主要么正装修，要么装修还没提上日程，入住率奇低，一幢十几层的楼，亮灯的也就两三户。

看栋数和房号，是在小区最里头的一隅，炎拓一路进去，颇有孤魂野鬼逛园子的感觉——别说人了，连个野猫都没碰着。

找对楼栋之后，摁电梯直上三层，电梯里的轿厢防护木板都还没拆，上头零落地贴了两三张装修小广告。

出了电梯，炎拓左右看了看，这是两梯两户的格局，两边门口都堆着装修材料，防盗门上蒙满灰尘，塑料护膜都还完好未撕。

熊黑没给房号，只说是"三楼"，到底是哪家呢？

炎拓正迟疑着，其中一间房的房门开了，吕现的脑袋冒了出来："我一听电梯响，就知道是你来了。这栋楼，现在都没住户呢。"

边说边房门大敞，把炎拓迎进来。

这屋子是大平层，四房两厅两卫，里外反差还挺大，外头看着像是没人住，里头装修已经很齐全了，就是乱，入目各种餐盒和方便食品袋，门口的同款塑料男式拖鞋横七竖八摆了十几双。

炎拓换了鞋："就你一个？其他人呢？"

这屋子听着挺安静的。

吕现指了指对门："这一层都是我们的，阿鹏和老四、老七他们搁那屋打牌呢，我嫌他们吵。其他人天黑的时候，都让熊哥给叫走了。"

"有说干什么去了吗？"

吕现耸肩摊手，以示自己不知道，又问他："吃饭没有？给你下袋面？咱这儿不让叫外卖哈，怕人来人往的，嘴杂。"

炎拓瞥了他一眼："你经常来这儿？"

"也不算经常，这里建成没多久呢。去年来过，八九月也来过，再有就是这次了。"

去年，那时候林喜柔办私事，还不带他。

八九月那次，就是进秦巴山，虽然终于带他了，但也只是让他跑腿接人。

原来那两次，就带着吕现了，看来这儿已经算是一个固定的据点。

"你每次来，都住这儿？"

吕现"嗯哼"了一声。

"林姨呢，不在这儿住？"

吕现说："这破地方，哪配得上我女神啊。对了，你行李什么的，昨天熊哥带过来了，在主卧搁着呢。"

炎拓点头："装修不错，我参观一下啊，没什么不能见人的吧？"

吕现完全无所谓，手臂前引，那意思是"您请"。

这屋子虽然房间多，也能住人，但主要功能不是住。

炎拓在最大的那间房门口停下，看了挺久。

这布置，怎么说呢，炎拓对医用器械所知不多，但跟吕现熟了，也认识一些，他看到了电动综合手术台、无影灯、用于消毒的紫外线管，以及其他各色各样的器具。不夸张地说，除了那些太过高精尖的手术，譬如搭桥开脑，其他的，下到小伤小痛，上到分娩动刀，这儿都能办。

炎拓喉头轻轻吞咽了一下。

虽然他跟吕现挺熟，也聊得来，但人心隔肚皮，而且，某些话题，他们是从不涉及的，所以，他讲话不能太明，立场也不能太明。

他说："吕现，你学医这么久，现在做这些啊？"

吕现说："嗐，想通了就行了。反正是治病救人，在哪儿都一样，血淋淋的人抬上来，我能干瞪眼不做点什么吗？医者父母心嘛。至于这人干了什么、是好是坏，不是我操心的事，我守好这张台子就行。再说了，没你爸的助学金，能有我的今天吗？女神待我也不薄，做人得知恩图报。"

炎拓装着对一切都很了解："怎么样，不算忙吧？我们的人进这儿的……"

他示意了一下那张手术台："应该不多吧？"

吕现摇头："不多，也就拗个指头破个皮。不过九月头送来的那个……"

他往大门口张望了一眼，继而压低声音，像是生怕被对面屋的人听去似的："差点死了，肋骨折断，险些就插进肺里。虽说不是我们的人……"

吕现斟酌了一下用词："我也知道他们，暗地里流血要命不稀奇……你得空跟林姐说说，还是要约束一下熊黑这些人的，万一闹大了，太麻烦，毕竟是人命。"

炎拓脑海中迅速组织起信息：九月头，差点死了个人（非己方），救活了。

看来，林喜柔一干人上次进秦巴山，很不平静。

正寻思着，吕现忽然想起了什么，当笑话一样跟他讲："对了，熊哥昨晚也来了，后腰上叫人开了道口子，也亏得熊哥身子壮实，肉厚，伤了还能走动，这要换了普通人，早躺下了。他让我包得'严重点'，我起先都没听懂。"

炎拓也没听明白："包得严重点？"

"就是说要往严重了包，他那头上都没伤呢，还非让我用纱布裹了半个脑袋——我心说：咋的，包严重点，年终能给你评个先进？"

吕现觉得自己特别幽默，哈哈笑起来。

炎拓却约略猜出了几分：熊黑这人，天不怕地不怕，唯独畏林喜柔三分，他把人接丢了，应该是怕被林喜柔骂，所以故意把自己装扮得挺惨，以博同情，以示"嗐，我虽然办砸了事，但我也伤成这狗样了，少骂两句吧"。

"然后呢？"

吕现："然后就兴冲冲地走了。"

"兴冲冲？"

确信不是忧心忡忡？熊黑再缺心眼，也不至于在那种情况下还能"兴冲冲"吧。

吕现说："是啊，看起来，就跟立了什么功似的。"

炎拓"嗯"了一声，嫌吕现在面前晃来晃去的妨碍他思考："你去，给我煮碗面吃，我饿了。"

把吕现打发进厨房之后，炎拓走到沙发边坐下。

他感觉有点怪。

立功，总不见得重伤了老刀叫立功吧，难道熊黑发现了什么？

昨晚兴冲冲地走了，今天天刚黑，就把这头的人叫走了办事，连自己给他打电话都被匆匆挂断。

看了眼时间，八点多。

炎拓思忖再三，给聂九罗发了条信息。

——你们这两天小心点，这头可能会有动作。

这一头，聂九罗正包着发巾泡澡，她昨晚没睡好，今天又一直在忙活，急需放松。

一次性的浴缸套买得有点大了，不服帖，她一直拿脚去各处撸平，忽然听到信息进来，抬手在半空中甩了甩，湿着手拿起手机，看了之后，觉得这话真是说了跟没说一样。

——从绑瘸爹，到三人梯队失联，到昨晚老刀受伤，对方不是一直有动作吗？而且今天是八号，八号他们爽了南巴猴头的约，用脚指头想都知道，对方会有新一轮的动作。

都在等着这新动作呢。

她把手机撂回边台，忽然生出要超越自我的念头，顿了会儿之后，深吸一口气，仰头闭住口鼻，慢慢往浴缸里沉。

就在浴缸里的水没过耳际、行将没过她下颌的时候，她慌里慌张以手撑住缸壁，急急坐了起来。

算了算了，不敢不敢。

乡下地方黑得早，又没什么娱乐，蒋百川早早就洗漱了上床，给雀茶打视频电话。

雀茶这趟被撇在家，原本就不高兴，这几天就更不高兴了，冷着一张脸，眼观鼻、鼻观心地，就是不看他："在一起十几年了，还拿我当外人。余蓉来这儿只住了一宿，就让大头接走了，问去哪儿，也不跟我说，想跟去吧，人家不欢迎。姓蒋的，你防我有意思吗，我还能把你那点事到处抖落不成？"

蒋百川呵呵笑："你有钱有闲，做美容、约姐妹喝茶，不都挺好吗？何苦掺和我这些事？怎么人人都这么大好奇心呢？"

他身边这些人，好像就属聂二没好奇心了，蒋百川觉得这是聪明的表现——好奇心害死猫，猫有九条命呢，都能叫好奇心给霍霍儿没了，人可只有一条命啊，上赶着凑这种热闹干吗呢？

雀茶听不进去："那个孙周，好歹是我带回来的，让我见见总没关系吧？我就是想知道他怎么样了。"

蒋百川打哈哈:"有机会,有机会。"

雀茶一听他打哈哈,就知道再多说也没用,恹恹地说了几句之后,很快挂了。

蒋百川关灯睡觉。

他今天很不顺心,早上跟邢深说僵了之后,心情就一直不好,再念及瘸爹一干人下落不明,真是连饭都没心思吃了。

邢深大力拍门的时候,蒋百川正在做梦,梦见瘸爹耷拉着头跪在地上,一个看不清面目的人拿枪抵着瘸爹的脑袋,说:"八号了,你们的人不来接你,留着你也没用了。"

然后扳机连扣,"啪啪啪",蒋百川一身冷汗地坐起,一时间分不清到底是拍门声还是枪声。

正摸索着想去开灯,邢深的声音传来:"蒋叔,醒了吗?别开灯。"

什么情况?蒋百川有点心慌,鞋都顾不得穿,几步跨到门口开门。

外头黑洞洞的,邢深"嘘"了一声,一把抓住他的胳膊往窗边带,窗帘都是蒙实的,邢深把边缘处掀开了一道细缝:"你看。"

看什么啊?

适逢半夜,这个村里又没彻夜的路灯,蒋百川完全是个睁眼瞎,即便地上盖了雪,泛出点幽微的亮,他还是觉得眼前像立了堵砚台,遮得严严实实。

但他知道,邢深不一样,他的眼睛在晚上,那简直比夜视仪还好使。

邢深说:"这边面南,六个,西三东四,北面三个。四面围圆了,一共十六个人。"

蒋百川脑子里一嗡:"是……他们?你闻到味儿了?"

这些人,是怎么找到这儿来的?

黑暗中,邢深的唇角紧抿了一下:"没有。我也睡得正熟,蚂蚱突然发躁,扒床,我才起来的。"

十六个,蒋百川紧张地计起了数。

他这趟,不算聂二,连自己在内,一共十五个人。南巴猴头减了三个,减了个老刀,分了一辆车随着老刀去西安就医,再减掉跟车的两个,那就是还有九个。

九个,数量上就落下风了,而且,对方万一是地枭呢?

这么冷的天,蒋百川脑门上居然渗密汗了,他压低声音:"要么咱们把人叫醒?我们有几把枪,或许还能……"

话未说完,邢深色变:"冲进来了。"

蒋百川还想问什么叫"冲进来了",下一秒就懂了:楼下传来破门而入的闷响,这是趁着夜半人熟睡,打闪电战啊。

邢深语速飞快:"蒋叔,我们翻北窗,那头人少,枪给我,我能把人撂倒。"

说话间，下头已经掀桌踹门，轰响不绝了，得亏他们住的是三层，一时半刻，还没闹上来。

这么短的时间，也没更好的招想，只能先按邢深的话来，蒋百川迅速从枕头下摸出枪。

北窗开在二楼通往三楼的楼梯间内，邢深接过枪，一声呼哨，三步并作两步跨了下去，蒋百川只觉得眼前黑影一掠，是蚂蚱也紧随而下。

他赶紧跟上，到跟前时，邢深已经推开了窗，两手撑台，身子纵了出去。

三楼，说矮也不矮，想顺利下去得受点罪，邢深觑准斜下方的空调外挂机，一狠心，抱扑了过去，也是他运气好，外挂机吃不住力，"吱啦"一声，虽说松滑了一半，但好歹是抱住了。

这一来就好办了，邢深再一松手，滚落在地，虽说双脚杵地钝痛，但好歹是踩实了。

仰头看时，蚂蚱已经飞掠着蹿了下来，比猫都不遑多让——到底是兽。

邢深催促蒋百川："蒋叔，快！"

边催边回头张望：为了方便进出，这房子租在村口西北角，西头北头，其实都已经是荒地了，北边的那三个，显然是听到动静，有所警醒。

邢深并不慌，夜幕遮掩，又有枪在手，即便是一对三，也没什么打紧。

蒋百川心一横，翻身出窗，双手扒住窗台，低头找刚刚的空调外挂机。

就在这个时候，楼里突然渐次亮灯，邢深心头一激，急往黑暗中蹿了进去，而几乎是同一时间，上头有人大叫道："哟，这里还挂着个老头呢！"

蒋百川脑子里轰的一声，双手撒开，预备硬生生跳下去，然而手才刚离了窗台，就被探出身来的两人一左一右给攥住了，其中一个说了句："上来吧你！"

02

蒋百川只觉得腾云驾雾，丧魂落魄，人已经被拽回窗内，重重砸落地上。

下头的吵嚷声很杂，夹杂着胜利的口哨和怪笑，有人叫了句："老头呢？逮住了吗？带下来，带下来！"

那两人应了声，同时伸手拽住蒋百川的后衣领，喊号子一般"呦吼"着，像拖牲口一样倒拖着他下楼梯——楼梯一级一级，蒋百川的屁股就在楼梯上不断一跌一顿，钝痛从尾椎处一层层涌上来，蒋百川眼前发黑，牙关一再打磕，忽一下身子终于顿住，是拖到了位，那两人松手了。

蒋百川缓了口气，抬起了眼。

好多人，糊影般晃来荡去，灯光刺眼，仿佛比平时亮了千百倍，蒋百川不得不伸手遮眼。

过了会儿放手再看，终于看清楚了。

走了个邢深，连他只剩八个人了，一个不少，那七个都已经被勒令双手抱头，两两间隔半米而蹲，看得出，都是从被窝里被拖出来的：有人穿着睡衣，有人只着裤衩，还有那癖好裸睡的，索性就光着。

大半夜的，正是最冷的时候，每个人都嘴唇发青，冻得瑟瑟发抖，有几个鼻歪脸肿，眼上淤青，很显然，这是警觉性高的，束手就擒之前还反抗了一把，然而无一成功。

见蒋百川也被拖扔了过来，这些人都忍不住看他，有目光茫然、带着询问的，有自知事情不妙、绝望偏转了头的，还有眼含愤恨的，估计心里已经骂上了他，觉得是他无能、安排失当，连累了自己。

看到那群夜袭者时，蒋百川多少明白了为什么自己这边这么不堪一击。

这些人个个人高马大不说，更重要的是，他们都有枪。

蒋百川其实也有枪，大多是土制猎枪，也有私藏下的手枪——走青壤，有几把枪压阵总是好的。

但这些人手里的枪，一看就知道是非法渠道走私来的，枪身锃亮，光微冲[①]就有七八把，而且枪口上都加装了消声器——遇到这种枪还不抱头蹲下？谁敢拿肉身去拼？

蒋百川瞬间想起聂九罗说过的——

"炎拓父亲那一辈已经发家了……"

是啊，炎还山发家的时候，正是国家法令尚未十分健全、各地黑恶势力还没完全肃清的时候，开矿起工程，需要手眼通天，这些人脉，但凡有十分之一得以保全和经营了下来，想搞到点什么违禁品，那还是有门路的，更何况对方还是地枭。

蒋百川苦笑，聂二提议"算了吧"的时候，他就应该心狠一点，马上撤退，因那想把瘸爹他们赎回来的一念之仁，现在，要赔进更多的人去——是的，更多，还不只现场这几个。

他不觉打了个寒噤。

"咣"一声，一条大长凳被掇了过来，端正地横在面前，有个虎背熊腰、头上缠了圈白纱带的男人坐了上去。

这男人可真壮啊，站是一截塔，坐是半座山。

这男人正是熊黑。

熊黑这一天很是得意。

[①] 微型冲锋枪。

一直以来，他都被林喜柔训斥"没脑子""个子这么大，脑子里塞的都是肉"，心内颇不服气，很想哪天动动脑子，一鸣惊人一把，然而事与愿违，不管是烧伤华嫂子，还是手重药傻了瘸爹，都坐实了他"光长个子不长脑"的事实。

所以这一次，他觉得自己真是扬眉吐气了。

昨儿晚上，他一直在东头找炎拓，真是连每一条岔道、犄角旮旯都转遍了，还是一无所获。

他垂头丧气，抱着最后一线希望，想回事发地碰碰运气：即便炎拓不在，万一那瞎子还在呢，抓回来了，也不算空手而归——尽管心里明白，人肯定早跑了，傻子才会继续留在那儿。

车近芦苇荡，吓了一大跳：那一处人声鼎沸，灯源杂乱，救护车的警灯光闪烁个不停。

这是惊动官方了。

自己造下的事，还招来了这么多人，按照林喜柔定下的规矩，那是得远远避开的。熊黑不敢停，油门一踩，径直开过去，给人的感觉，这只是辆过路的夜车。

他一路前驶，努力"思考"：当然，这也是被逼的，炎拓不见了，他总得思考一下补救的措施。

再然后，突然福至心灵：之前匆匆一瞥，他觉得芦苇荡里的人有点多，车也有点多。

按说即便来了救护车，也不会这么大声势，会不会来家属了？而伤者的家属，多半跟板牙有着千丝万缕的关系吧？

开车跟着不是不行，但对方刚刚吃了亏，一定很警惕，熊黑给阿鹏打了个电话：阿鹏的据点在城里，到各处都挺方便。

他让阿鹏点几个机灵的小弟，只要是县里排得上号的医院，都安排人蹲守：只要有救护车来，且伤者是伤了头的，重点关注，对方亲友来了几个，开什么车，车牌号多少，都记下来，多多益善——还特别强调最好找护士、护工什么的迂回打听，别让对方察觉。

吩咐完了之后，车头一掉，去吕现那儿装饰性包扎去了，而还没包完，好消息就来了：说是那人伤得有点重，县医院不敢接手，连夜送西安去了，亲友里有两人一车，沿路陪同。

西安啊，真是老天都帮忙：西安可是他的地头啊，要查车截人，可比石河方便多了，毕竟石河只是客场，西安可是主场。

所以熊黑"兴冲冲"地走了，把炎拓什么的抛在了脑后：一直以来，对方都藏得跟地鼠似的，他们空攒了力气，无处施展。现在好了，突然之间柳暗花明，而且，还是他熊黑的功劳！

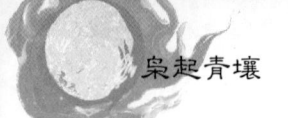

回去跟林喜柔一说，果然只挨了几句骂，林喜柔比他心思缜密，吩咐他：别太早对那两人下手，等他们在医院安顿好了、跟板牙报过平安之后再出手——万一下手太早，板牙那头打电话问起老刀的伤情却联系不上，难免心生警觉。

突袭结束，该盘点战果了，熊黑左右扫了一圈，该有几个人他记不清，但少了谁心里有数："不是还有个……废狗瞎子吗？"

有人回了句："好像跳窗跑了，那头的人撑去了。"

瞎子还跳窗，够拼的，熊黑不以为意，撑一个瞎子，那还不是手到擒来的事儿吗？他一边拨打林喜柔的电话，一边挂上耳机，以便她能即时听到这头的动静。

然后看向蹲着的一圈人："这里头，是不是有个领头的，姓蒋啊？"

没人说话。

其实依着那两人的交代，对蒋百川的年纪、形貌，熊黑约莫有数，但见一干人都当哑巴，心里很不舒服，眼睛一竖，随便点向两个人："这个，还有这个，拖出来，蒙一个人的眼。"

立马有人上去，把那两人揪了出来，枪口紧抵着心窝，又有人拿了条牛仔裤过来，倒套在其中一个人的头上。

熊黑指没蒙眼的那个："你先来，你指，如果你就是姓蒋的那个，就指自个儿。你指完了他指，你俩要是指的不一样，就都毙了，再换一组。"

那人听得一哆嗦。

蒋百川心里叹气，这还指什么啊！

他说："别指了，我就是，蒋百川，百万的百，山川的川。有什么事跟我说吧，别为难小字辈了。"

说着，从地上爬了起来，刚刚那一通逃命，可真够狼狈的：脚丫子光着，睡裤有一条腿蹭到了膝盖以上。

蒋百川把裤腿放下去，整了整领口，又理顺蓬乱的头发。

他又补了句："有事就问我，他们是出力跑腿求财的，有些事，未必知道。"

哟，还挺有骨气，熊黑正要说什么，听到林喜柔吩咐他："别乱发挥，别动手，问该问的。"

熊黑清了清嗓子："你九一年，下过地？"

蒋百川胸腔里一凉，像有满包着冰碴子的水漫上来：果然，这一切不是为了报复炎拓被囚，事情有缘由。

只是他没想到，居然回溯到那么久，一下子回溯到他这半生经营的最初。

他说："没错，是下过。"

熊黑示意了一下其他人："还有吗？"

蒋百川渐渐镇静："九一年到现在，都多少年了。你看看他们的年纪，他们那时候，要么是娃娃，要么还没出生呢。会下去吗？瘸爹下过，已经落在你们手上了。"

熊黑"嗯"了一声，朝边上撇了撇手。

很快，他的人押着板牙那些人退到了别的房间里，大厅里只剩了熊黑、蒋百川，并另一个持枪随伺的，空空荡荡，显得分外安静。

蒋百川指了指边上的一把椅子："我能坐下吗？上年纪了，腿不好。还有，能加件衣服吗？外头下雪，太冷了。"

熊黑还没来得及吭声，耳机里传来林喜柔的声音："给。"

他只好点了点头。

蒋百川拖了椅子过来坐下，边上那人去隔壁房间找了件羽绒服扔过来。

羽绒服裹上身，上半截是暖和了，但下半截就显得特别冷，蒋百川没再提穿裤子的要求，怕对方嫌烦。

熊黑："瘸爹那截腿，知道怎么没的吗？"

蒋百川："知道。"

"那说说看，说具体点。"

蒋百川不知道对方了解多少，但听他语气笃定，也不敢作假，犹豫了一下，实话实说："九一年，下地，猎枭。选的是晴朗天大太阳日子，没想到下去之后，天天阴雨，山里树又密，大白天都跟黑地儿一样。"

熊黑没吭声，耳机里，林喜柔的呼吸和缓得有些过分。

"我们当时已经找了十多天，下到很深的地方，几乎都到黑白涧的边上了，一无所获，本来都准备放弃了，又不甘心。其中，尤以瘸爹最……那什么，他跟我们不一样，他想大赚一笔，回去娶媳妇儿。"

"所以，即便是我们都休息了，他还带着家伙，四处寻摸。"

林喜柔："问他是什么家伙。"

熊黑："带着什么家伙？"

蒋百川想了想："身上背了把猎枪，腰后还别把刀，不对，是锥子。那时候打猎嘛，有时候要制皮子，有锥子方便点。"

林喜柔没再说话，应该是答对了。

熊黑："你继续。"

蒋百川："我记得那天，又是搜罗了一块新地方，没收获。我们找累了，打牌的打牌，啃干粮的啃干粮，只有瘸爹，又往深里找去了——因为一连十多天没动静，大家都有点放松警惕，就任他去了，还跟他说，这要真找着了，让他分大头。

"也不知过了多久，远远地，突然就听到了他的惨叫声。大家伙儿都慌了，抄枪的抄枪，拎刀的拎刀，循着声音往那儿冲，隔大老远，就看到他倒翻在地，拼命

拿腿踹着什么，手里的锥子雨点一样一直往下插，有那性子急的，马上放枪恫吓，就看到黑影嗖的一下，应该是被枪声给吓走了。

"到了跟前我们才看到，他边上有个地枭，跟册子上画的差不多，得有……猴子那么大吧，被石头砸晕过去了，瘸爹一条腿上被抓得稀烂，几乎能瞧见骨头。

"当时有人问，是地枭吗？又说坏了，现在这种阴雨天，见不着日头，没法取天生火，更何况人在深山，出山就得一天多。

"瘸爹当时，也是活命心切，让人趁着他刚被抓伤，把……把他那截腿给砍了。"

说完了，他后背已经铺上了一层汗，这么多年了，那惨烈场景犹在眼前：那是硬生生把人的腿给砍了啊。

熊黑："那只地枭呢？三十年了，活着还是……死了？"

蒋百川心里约莫有数了，看来，他手里还是有牌的。

他相信邢深能逃得出去。

"活着，活得还挺好的，在一个很稳妥的地方。"

这什么态度？！熊黑正要发火，听到林喜柔说："接着问。"

熊黑摁住火头："听说，你们有几个本事人，疯刀聂二、狂犬邢深、鬼手余蓉。"

蒋百川没说话，他非常庆幸：邢深跑了，余蓉他已经提前通知到、跟大头他们会合了，至于聂二，那更是藏得没人知道。

"那条废狗就算了，余蓉，听说是驯兽师，还表演过什么把头伸进鳄鱼嘴里，这样的人，也不难找。我就想问你，聂二是谁呢？这像个代号，不像人名啊。"

蒋百川点头："没错，他的身份保密，这是缠头军一脉的传统，毕竟，疯刀能杀枭。为了防止佽鬼做手脚，疯刀从来都是不明宣的。"

熊黑冷笑："别屁话一堆了，问你疯刀是谁，都这份儿上了，还瞒着呢？"

蒋百川不吭声。

熊黑向林喜柔请示："林姐，你看，是不是该给他松个骨头了？"

林喜柔："松。"

熊黑抬手就是一枪。

消声器极大削弱了声响，蒋百川都没反应过来，只是听到"砰"的一声响，像是啤酒盖迸开了，他还以为是熊黑吓唬他，一低头，忽然看到右脚上血如泉涌，包括大脚趾在内的三根脚指头已经崩没了。

蒋百川发出撕心裂肺一声惨叫，一头从椅子上栽下来，抱着抽搐的腿乱滚。

熊黑："不说，是吗？"旋即提高声音："来，拎一个出来！"

话音未落，就近的一扇门"砰"地打开，有人老鹰拎小鸡一般，拎了个只穿裤衩的出来了，那人之前在屋里听到惨叫，已经吓得魂不守舍了，一出来看到蒋百川在血泊中打滚，更是险些崩溃，手脚并用着就想爬回屋里。

熊黑大踏步过去，一脚把那人踩翻，枪口抵上他喉咙。

蒋百川嘶声大叫："我说，我说！没必要这样！"

非常好，熊黑收了枪，走回蒋百川身边："怎么说？"

蒋百川身上手上全是血污，痛得鼻涕眼泪混了一脸，甚至没看见熊黑凑过来，只是喃喃重复着："我说，我说。"

熊黑拿枪口拨拨他的脸："那说啊。"

蒋百川气喘不匀，声音断断续续："疯刀……聂二，你忘记了，被你……给砸得，现在都没醒，送……送西安去了。"

03

被自己砸得送西安去了？

熊黑还颇反应了一下：他拳头重，抡出来就是柄大锤，这些年，被他砸过的人不少。

"昨晚那个？"

居然这么巧？熊黑诧异的同时，还有点飘飘然：自己不砸则已，一砸，就砸了个疯刀？

耳机里，林喜柔的声音很笃定："不可能。"

熊黑枪口提起来："蒙我是吧？信不信老子给你打个对称？"

蒋百川最初痛到乱滚的那股劲儿已经过去，进入另一个极端：死人一样静躺着，仿佛只要自己绝对静止，痛苦也能相对暂停。

他虚弱地呓语："真的，疯刀通常都是和狂犬一道行动的，昨晚上，他们就是一起的，那个瞎子，就是邢深，另一个，就是聂……聂二了……"

说着说着，语声渐弱，到末了，完全没声息了。

熊黑拿脚拨了拨他下巴，跟林喜柔汇报："老头儿没意志力，痛晕过去了。"

林喜柔没吭声。

熊黑发表自己的见解："林姐，我看没准儿他说的是真的，人家说富不过三代，又说开国的皇帝亡国的龟蛋。这缠头军，古时候可能是厉害，现在嘛……什么狂犬，废狗一条啊，昨晚差点被我开车轧死……"

说到这儿，心内很是遗憾：要不是昨晚炎拓坏事、他不得不离开，肯定能疯刀狂犬一锅端，妥妥的双杀达成。

林喜柔沉吟了一下："就是有点太巧了。"

不过目前看下来，这些所谓缠头军后人，确实不足为惧。

熊黑侃侃而谈："无巧不成书呗，我也想不到那个瞎子能是狂犬，哎哟，狗家

是绝后了吗？就找不到个健全的？"

林喜柔没好气道："你不懂，就别瞎嚷嚷。五官五感，每种感觉，都是要分走人的精力的。有得有失，一感作废，其他四感会相应提升，狂犬是个瞎子，一点都不稀奇——但凡你们身上有味，他早嗅出来了。"

熊黑悻悻，顿了顿又请示："那……林姐，这些人可怎么办啊？七八个呢，都绑了是不是阵仗太大了？"

虽说这些年，自己作奸犯科的事也干过不少，但那都是一个两个、零星的，一下子七八个，还真有点没底。

林喜柔："先都带去农场吧，分开了，逐个问。这个蒋百川，我得见见。地方收拾干净，这些人的东西，尤其是手机，都收回来。还有，最好留两个人在那儿，看看会不会还有人上门什么的。"

挂了电话，熊黑自觉打了漂亮仗，真个神清气爽。

他四下看看，总觉得还漏了什么事，下一秒想起来了："那瞎子呢？还没逮回来呢？这都什么废物！"

炎拓睡到半夜，忽然听到外头嘈杂一片，门开门合，脚步声此起彼伏，有人尖声痛呼，似乎还夹杂着熊黑的痛斥："叫什么叫？这不有医生了吗？吕现，再叫，把他嘴缝了！"

他立刻披上外套出来。

外头人不少，而发声的果然是熊黑，竖眼叉腰，正对着手术室那头叫骂，吕现显然也刚起来，正匆匆换穿手术衣。

隔着人与人的间隙看过去，躺在手术台上的人眼熟，是熊黑下头的，腰际捂着的纱布已经叫血给染透了。

熊黑骂骂咧咧："多去庙里拜拜神，霉运上头了吧？一个两眼全乎的，让个瞎子放枪撂倒了！"

手术室很快关上了门。

炎拓笑着过来："熊哥，什么瞎子？"

熊黑这才看见他："哟，回来啦？哎，给我说说，你之前哪儿去了？"

他边说边窝进大沙发，又吼剩下的人："该睡觉滚去睡觉，晃来晃去，老子头疼！"

那几个人都往对面走，对面是大宿舍，吕现这头相对专业，又是药品又是医疗器械的，他们习惯了即来即走，省得碍事。

炎拓拣了边上的单人沙发坐下，顺手去掀外套衣领，想先给他看看身上的伤："是这样的，我……"

熊黑使唤走得最慢的那个："去，拿几罐啤酒过来，冰箱里有凉菜没有？弄两碟来。"

炎拓放下手。

真奇怪，熊黑今晚是去办事的，手下还受了伤，怎么这么高兴？

他先按下自己的事不说："熊哥，今天办事很顺啊？"

熊黑眉飞色舞："那是当然。"说着凑过来，"炎拓，这趟可是帮你报仇报彻底了……"

他做了个荡平台面的手势："一锅，端掉。"

炎拓心头一凛，满脸茫然："谁啊？"

熊黑不乐意了："你不是缺心眼吧？板牙那伙啊。"

炎拓把外套拢了拢，更深地倚进沙发里："吹吧你就，保不齐只是揍趴了几只小鱼虾，非说是连锅端了。"

熊黑心情好，兼具实绩在手，不跟他计较，反而得意扬扬："我就说一样，他们的头儿，姓蒋的老头，呵呵，老子亲手崩了他半只脚。"

炎拓"哦"了一声："一锅端，男女老少都有？"

熊黑摆手："没见着女的，你是不是想起那个雀茶了？没有，这趟没她。嗐，女的能成什么事儿？"

炎拓笑笑："这话，说给林姨听听？"

熊黑一时语塞。

说话间，啤酒和凉菜都过来了，熊黑掰了双一次性筷子，夹了一大筷塞进嘴里。

炎拓盯着他上下咀嚼的嘴：不管是林姨还是熊黑他们，喝酒吃肉一如常人，到底什么叫"杂食"呢？

正想着，熊黑抬头看他："你之前又是怎么回事？"

事先打好的稿子不能用了，现编还真是挺考验人，炎拓欠身拿过一罐啤酒，用力拉开拉环："我啊……"

他忽然想到聂九罗，她可真是瞎话张嘴就来，这辈子，他就没见过撒谎撒得那么自然无痕的人。

他尽量说废话拖延："我当时不是往东头走吗，本来是想叫车，谁知道乡下地方，司机都不接单……"

熊黑吃得呼哧呼哧，同时猛点头："那是，城里车多，好叫车，乡下不行。"

炎拓："我就一路走，一路尝试，没太留心道边。突然间，就有两人蹿出来，把我给放倒了。"

熊黑筷头暂停："板牙的人？"

"我也以为是，还当是事先埋伏好的，有点慌，加上一开始没防备，吃了点拳

脚亏，好不容易觑了个空子逃跑，他们穷追不舍，还叫来了俩同伙。我找了个犄角旮旯躲起来，给你打电话。"

熊黑点头："怪不得我听你当时，上气不接下气的。"

"谁知道电话没打完，那几个人就追上来了，怕他们听到动静，只好先掐了电话。本来啊，可以躲过去的，但是我犯傻了，没调静音——你一个电话回过来，就叫他们给发现了。"

熊黑半张了嘴，没想到这里头还有自己的事，没错，他是连着打了十几通电话……

他试图辩解："我又没长千里眼，哪知道你当时还是那么个情况呢。"

炎拓很体贴地隔空朝他摁了摁手："没事，熊哥，大家自己人，虽说我后面吧，吃了一刀……"

他把外套下边缘翻起，给熊黑看右小腹上那道抓痕，这一道不深，创口细，看起来跟刀割的差不多："但好在只破了点皮，没大碍。再接着反正就是打呗，那几个其实不经打，但架不住人多，我撂倒他们之后就跑了。其实当时，还存了个心思：我认为他们是板牙的人，想反过来偷偷跟着他们，要是能跟去他们的窝点，不也算意外收获嘛。"

说到这儿，他仰头灌了两口酒。

截至目前，应该圆得还行，没破绽。

熊黑说："那你也该跟我说一声……"

炎拓放下啤酒罐，抹了下嘴："手机掉了，让那几个捡走了。"

原来如此，熊黑恍然大悟：难怪最后一次，电话接通了却没声，再之后，就彻底关机了。

他说："然后呢，应该不是板牙的人吧？"

"最后确定不是，就是打黑棍捞偏财的混混儿，这我能饶得了他们吗？后头还挺复杂，不细说了，反正动我的一共四个人，一个一个，我都给好好发送了。本来想跟你说一声的，手机折腾坏了，我就拿去修了一下……"

他从外套里拿出手机："喏，还给赠了个巨丑的壳。"

熊黑听得叹为观止，末了指了指仍紧闭着的、手术室的门："等他好了，你俩一起去拜拜吧，你这什么运气，接二连三的，尽碰到这种破事！"

炎拓苦笑："不提了。熊哥，林姨要是问起来，你就说我出了点事，手机又坏了，耽误了。问我我也这么说，细节什么的就别提了，显得我怪没用的。"

他把啤酒罐底在台面上顿了顿，和熊黑隔空碰杯："恭喜你了，熊哥，我这儿没立着功，你那儿重大突破……对了，你说崩了姓蒋的半只脚，枪崩的啊？这得让吕现处理一下吧？"

熊黑一声冷笑："处理？他也配！烂着吧就。"

聂九罗晚上睡觉，手机都是关静音。

但这一晚睡到半夜，愣是被手机屏上闪烁不息的亮光给晃醒了，睁眼时恍恍惚惚，还以为自己在做梦。

她拿过手机看，是个完全不认识的号码，因着长时间无人接听，自动断了。

往前翻，这个号码已经打了二十多次。

正纳闷着，新一轮的屏闪又来了。

聂九罗迟疑着揿下了接听键："喂？"

那头居然是个口音挺重的男人："你博社咧，等一哈。"①

聂九罗一头雾水："啊？"

下一秒，那头换了人，传来邢深的声音："阿罗？"

四十五分钟后，也就是凌晨两点左右，聂九罗顶着渐小的雪，匆匆打车赶到目的地。

这是个位于城乡之交的私人板材厂，按说这个点，正常厂家都不该开工，但私家作坊弹性大，年底有笔大单子急着交付，是以半夜了机器还在轮转不休。

聂九罗穿过杂乱的场院，走进嘈杂而又简陋的厂房，里头木头味儿浓重，空气中都飘着刨花屑。赶夜工的工人们好奇地瞅着她，有一个人给她指路，那意思是，往里去。

她一路往里，走着走着，边上堆着的废板材块旁忽然立起一团东西，叫她："阿罗。"

聂九罗吓了一跳，还以为是木头疙瘩成了精，再定睛看时，心里头五味杂陈，也不知道是什么滋味。

是邢深没错，没戴墨镜，脸色青白，嘴唇发紫，脚上只剩了一只拖鞋，身上裹了条脏得看不出花色的毛毯，应该是好心的工人可怜他冷，借给他裹的。

聂九罗走近他："什么情况？"

邢深就着轰轰不绝的机器声响，把之前发生的事说了一遍。

他落地之后，察觉到亮灯，下意识地冲进了黑暗之中，匆忙间回头一瞥，看到蒋百川已经被硬生生地拽进了窗内。

"反正我也救不回他，能跑一个是一个。"

他发足狂奔，而蚂蚱只会比他跑得更快，如一只贴地疾掠的野猫。

没多久，后头就有人亮起手电追上来，邢深不依赖光，反而比对方灵活多了，过程中，对方放了两枪，不过，一来太黑，二来人在奔跑，手端不稳，所以那两枪

---

① 你别说了，等一下。

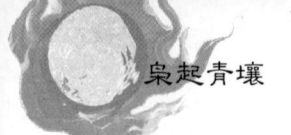

别说打中他了，压根儿连近他的身都没能做到。

逃至村外、靠近路道时，他听到有车声渐近，于是当机立断，转身贴地扑倒，觑准追赶者中的一个，抬手就是一枪。

那人猝不及防，应声而倒，而另外两个也大吃一惊，立马趴倒在地，邢深就趁着这机会，爬起来向着路道疾冲，原本是想拦车的，虽说想让蚂蚱也一同上车相当困难。

然而运气比他想象中的要好多了，那是一辆拖板材的皮卡车，而因为板材太长，后车斗的挡板是放下来的，邢深用尽全力，扒住车边一跃而上，而几乎是同一时间，蚂蚱也蹿进了车斗。

开车的人有所察觉，但以为是有人扒车，所以非但不停，反而油门一踩，疯狂加速，等那几个追他的赶上来，道路上早已黑漆漆的，空空如也了。

就这样，他被一路带进了板材厂。

听到这儿，聂九罗下意识地看向左右："蚂蚱呢？"

邢深知道她在顾虑什么："你放心，进板材厂的时候，我就让它下去了，躲在外头呢，不会惊着人的。"

他顿了顿又说："逃得仓促，什么都没带。好在我记得你的手机号，所以问工人借手机，请他一直帮我拨，毯子也是他借我的，就是给你指路的那个……你如果方便，帮我给他转一两百块，意思一下。"

聂九罗"嗯"了一声："那蒋叔他们呢，怎么样了？"

邢深摇头："不知道，可能束手就擒，也可能把对方反杀了——后者可能性比较小。"

聂九罗翻出手机。

邢深猜到了她的心思："如果你想给蒋叔发消息，我建议别，现在蒋叔的手机，未必在他自己手上了。"

聂九罗说了句："我有分寸。"

她点开"阅后即焚"。

和"那头"的对话栏空空如也，"阅后即焚"的好处在此时体现无疑，她在蒋百川的手机里是隐形的。

她想了想，从网上临时搜了张穿着暴露、搔首弄姿的女人照片传了过去，然后键入一行字：年底优惠，单次一千八，包夜五千，老板什么时候再来啊？

那头秒读，但没回复。

聂九罗盯着屏幕看了几秒，说了句："手机确实在别人手上。"

她顿了顿又问："地址在哪儿？总得过去看看情况。"

邢深提醒她："对方人多，有枪。"

聂九罗还是那句："我有分寸。"

她先过去向那个帮邢深拨电话的人致谢，再回来的时候，左右手里都拎了方扁桶。

邢深问了句："这是什么？"

聂九罗回答："汽油。"

04

聂九罗朝板材厂老板租借了皮卡车，又问工人们有没有多余的外套和鞋子出售。新的肯定是没有，但因为她出的价钱不错，有人当场就把身上的脱了给她。

邢深只拣了外套，没要鞋，宁愿就那么光着脚。

驱车出来，聂九罗在厂门外略停，邢深打了个呼哨，引蚂蚱上车。

聂九罗感觉到车后斗里微微一沉，十分嫌恶，但这种时候，也懒得说什么了。

再次上路，邢深问她："带汽油做什么？"

"你不是说人多吗？对方还有枪，如果都还没走，就放把火搞点乱子，趁乱……说不定还能把蒋叔抢回来。"

目的地有点远，至少也得四五十分钟车程，聂九罗专心开车。

邢深没有再问问题，安心坐在副驾上，过了会儿，聂九罗察觉到，他似乎是在背手机号。

她竖起耳朵听了会儿，好像是一个个往下串的：139××× ×4695，139××× ×4696……

聂九罗忍不住问了句："这是号码？"

邢深冷不丁被打断，思绪一时有点接不上，顿了顿才说："余蓉对内的手机号，我记得有点不太清楚了，找口感顺一顺。现在都是录入号码，点人名拨打就行，实在记不住号。"

聂九罗没吭声，是这道理没错，她手机里的那些联系人，电话号码她一个都背不出。

邢深居然还记得她的。

正有些唏嘘，听到邢深问她："你见过余蓉吗？"

聂九罗回过神来："没有，知道有这么号人。"

"她跟你年纪差不多，蒋叔把余蓉接到他那儿了，联系上余蓉，她就能早做准备，这样，别墅那拨，还能保得住。"

说着，他合上眼皮，继续反复筛选自己顺过的那些号码。

三点过十分，车子驶近村子西北角，打眼看去，村子里黑魆魆的一片，一丁点

的光都没露出来。

聂九罗不敢靠得太近，远远停下，车灯全熄。

她夜视力不行，手边又没专业的装备，适应了好一会儿才问邢深："就是那幢高的、三层的小楼，带围墙院子的？"

那幢小楼离着村里的住宅有段距离，像个孤悬海外的小岛。

邢深点头："听说是特意选的，别和住户离得太近。毕竟十多号人住进来，乡下人又好打听，怕麻烦。"

道理是没错，但有利必有弊：一旦出什么事，都没人知道。

聂九罗坐在车里，定定地观察那幢小楼，手指在方向盘上点了又点："没味道？"

邢深面上发窘："闻不到。所以不知道是地枭、人，还是一半一半。"

"你走的时候是亮灯的？"

邢深很肯定："是。"

现在灭了灯，有几种情况。

一是都走了——要是没走，她还能就近、趁热帮衬一把。要是走了，她可无能为力了。

二是都没走，只是熄了灯，表面平静，实则暗潮汹涌。这种好办，放火搞事。

三是绝大部分都走了，只留了一两个以观后续。这一两个人，要么是在屋内，要么是在别处，也窥视着这幢小楼。

她低声吩咐邢深："你看看，这附近周围，有人吗？"

邢深开了车门出来，爬上车顶观望一圈之后，钻进车子："没有。要么，我先让蚂蚱去探路，如果里头是地枭，它应该不敢靠近，咱们也能心里有数。"

也行，聂九罗虽然很硌硬蚂蚱的存在，但事急从权，现在不是计较的时候。

邢深屈指抵唇，哨声低得几乎没存在感，蚂蚱很快就蹿到了车边，邢深从半开的车门处探出身子，摸了摸蚂蚱后颈，下一刻，蚂蚱已经向着小楼处疾奔了。

聂九罗尽全力盯着那跃动的身形去看：蚂蚱到院门口了，嗖一下扒蹿上墙，狸猫般在墙头急蹿，攀上竖向的墙壁……

邢深有点兴奋，车门一开，抢先下了车："没枭，阿罗，里面一定没地枭！"

而只要没地枭，管他多少人呢，有蚂蚱在，足够了。

聂九罗低头戴口罩："没枭的话，里头就是人。你把蚂蚱管住了，别让它乱抓人。还有，过去了先关闸，你配合我。"

邢深听到前半句时，不觉皱眉，按他的想法，管他十个八个，都抓了了事，何必跟这些人讲仁义？

但听到后来，尤其是"你配合我"四个字，忽然回忆起少时模拟实境的合作，不觉心中一暖，柔声说了句："好。"

两人蹑足潜行，很快靠近院门：因为下雪，地上已经积了浅浅一层，难免留下脚印，好在先前雪是渐小的，现在又有往大了去的态势，只要能继续下三两小时，什么痕迹都能尽数遮了去。

聂九罗照旧拿手环端头开锁，开了院门，又开一楼房门。

进到屋内，满目漆黑，她想打个手电光，又忍住了：这一层是没人，谁知道是不是在二楼、三楼藏着呢，还是小心为上，省得灯光泄了踪迹。

邢深四下一扫，压低声音说了句："阿罗，这儿。"

他在门内右边的墙前蹲下："踩我肩膀。"

聂九罗伸手扶墙，一脚踩上邢深右肩。

邢深伸手稳住她小腿，慢慢起身，聂九罗一再摸索，终于碰到了高处的电闸箱，一番推试之后，把总电闸给扳了。

再踏回地面时，两人都松了口气：这样一来，全楼没光，邢深却"看"得见，优势就在自己这头了。

邢深安静而又迅速地把一楼的卧房走了一遍，没人。

于是顺着楼梯上二楼，聂九罗看不大清，只能抓着扶手慢慢上，邢深很想扶她一把，话到嘴边，又咽回去了。

刚上二楼，邢深就是一怔：斜前方的一间卧室房门虚掩，里头传来忽轻忽重的呼噜声。

这是在……睡觉？

听鼻息应该只有一个人，邢深走过去，伸手推门，动作已经够轻够和缓了，没想到门扇才移动了一两个角度不到，门后便"哗啦"一声塌响，像是好几件不同材质的东西摔砸在地，异常刺耳。

邢深脑子里一激，索性把门推到底，而床上的人显然被惊动了，唰地翻身坐起，喝了一声："谁？"

然后自然而然，伸手去摸床头的开关。

邢深闪到一边，快速说了句："正前方，床上，一点五，头一点三！"

话音未落，聂九罗身形一闪，直掠了过去。

这么久了，她的眼睛已经相对适应黑暗，约莫能看到成团的黑影，再有邢深那句"目标正前方，床上，距离一点五米，头在一点三米高度"的指引，更加明确了。

那人摁下开关，没见灯亮，正愣怔时，感觉有人冲到了面前，紧接着头被控住，下颌处重重挨了一膝，颅内刹那间翻江倒海，哼都没哼一声，人已经晕了过去。

聂九罗松开那人的脑袋，低声说了句："门后是故意堆了地震垛子的，别推。"

邢深有点懊恼：自己居然没想到这节。

"地震垛子"是一种防震措施，有些人听到地震的传言，怕晚间来地震、自己又睡得太死，就会搭一些特别不经震的"垛子"：比如板凳四脚朝天、一只凳脚上倒立着一个啤酒瓶子啦，比如用各种形状的积木搭个颤巍巍的"高层"啦，这样只要略有震动，这些"垛子"就会倒塌发出震响，及时把人惊醒。

后来这"垛子"沿用到日常生活中，也会用来防贼：你以为那门是忘了关了，其实门后拿各色家什简单堆了个垛子，一推就倒。

刚刚的声响有点大，怕是余下的人都会被惊醒，如今只能寄望于人少点，一两个还好解决，五个七个一拥而上可就麻烦了。

两人都屏息不语，过了会儿，楼上传来粗声粗气的声音："刚子？是停电了吗？刚子？"

只剩一个人？

这就好办了，邢深从枕边拿过刚子的手机，递给聂九罗的同时压低声音："帮我调手电，最亮。"

聂九罗依言调好，邢深接过来，手机屏贴腹放，一只手掌捂住了出光口，而聂九罗借着一闪而过的这点微光，看到刚子挂在床头的裤子。

她把裤子拽过来，轻轻抽了皮带在手。

又过了会儿，"踢踏踢踏"的脚步声顺着楼梯一级级下来，间或有手机的光亮不住晃荡："刚子，你死啦？叫你怎么不应声呢？"

话到后来，明显警惕。

邢深继续沉默，直到那光亮进了二楼的走廊，才压着嗓子重重咳嗽了两声，"嗯啊"着大踏步出去。

刚一出门，他就移开手掌，手机一翻，光源直直对着那人的眼睛打了过去。

大晚上的，双眼正对上这么亮的光源，实在跟个盲眼人无异，那人下意识抬手遮眼："你……"

而几乎是在他说话的同时，聂九罗已经从邢深身后抢了上来，正看到这人抬起遮眼的那只手里握着枪，她想也不想，瞟准方位，抬手就是一记皮带甩抽。

这一下抽得极其到位，皮带尾梢如一条"呲呲"流毒的响尾蛇，从那人头脸处重抽而过，那人一声痛呼，枪和打光的手机都脱了手。机不可失，聂九罗前冲两步，撑住走廊扶手借力腾身，两腿钩住那人脖颈，再接一记半空翻身狠绞，带着那个人砸倒在地。

因着自身力量不够，她习惯用腿劲，之前放倒狗牙、对付炎拓，都曾用过，这次还是这招，真是屡试不爽。

落地之后，她不敢松腿，直到确定那人晕过去了，才撑着地爬起来。

邢深伸手拉她。

聂九罗犹豫了一下，扶住他胳膊，借力起身。

邢深由衷说了句："阿罗，我们配合得很顺。"

所谓"有刀有狗走青壤"，疯刀狂犬，原本就是最佳组合。青壤之下，一片漆黑，古时候，火把燃烧的时间有限，遇上变起仓促，难免会在浑无光亮的情况下遭遇地枭，而且，地枭也多在黑暗中发难。

这种时候，疯刀就需要狂犬辨味定向了，上下左右、距离多少，对彼此的默契要求很高，最完美时，声起身动，真是跟两人一体差不多。

他已经很久没跟聂九罗合作过了，而且，之前多是模拟环境，这一次，虽说只是普通的夜间小楼，但到底真刀实枪，那种热血偾张的感觉，一下子就拿捏到了。

聂九罗淡淡回了句："一般吧。"

再说那两人，先后昏死，又齐刷刷被冷水浇头淋醒，醒来的时候，手脚被布条扎得死紧，嘴巴塞了布团，连眼上都厚蒙了好几道。

聂九罗提刀在手，先走到刚子身后，把他的头摁低，抬手就在他颈后横开了一刀。

如今地枭没味道，体貌又跟人一模一样，只能靠放血来辨别了，当然，放血也不保险：万一这个族种进化得连血液都辨不出异样了呢？

然而刚子不懂，还以为是要开杀了，吓得拼命扭动着身子，喉咙里发出"唔唔"的闷声。

血液很快涌出，并不黏稠，聂九罗朝邢深摇了摇头，又走到另一个人身后开了一刀。

初步判断：这俩应该是人。

两人挣扎得更厉害了，聂九罗先扯掉刚子嘴里的布团。

刚子猛咳了几声，眼睛看不见，胡乱择了个方向发言："大哥，大爷，啊不，大姐，老板，老板，我们投降！投降！"

他也没看见是什么样的人把他放倒的，恍惚中知道有两个，好像还是一男一女。

这声"投降"来得实在太意外，聂九罗想说什么，又忍住了——她不发声，一切都让邢深来。

哪知刚子呶呶不休，不待发问，就开闸放水般往外倒话了："我们也是拿钱办事的，让我们在这儿住着，守……守株待兔。说是，万一有人过来找姓蒋的，就、就尽量拿下，拿不下就投降，给对方传个话。真、真的。"

聂九罗心里微凉：敢把人留在这儿传话，也就是笃定了即便这两人被抓住，也吐不出什么有用的线索来。

邢深问刚子："你们是干什么的？"

听声辨位，刚子这才知道自己方向转错了，赶紧拧回来："就是混……混混儿，我砍过人，在逃，就偶尔……靠各位老板赏饭吃。真的，不信你查我身份证，你们

还可以登录追逃网，有我照片。"

邢深："那这趟，你们受雇于哪个老板？"

刚子："不知道啊，拿钱就行，不打听老板。"

"这屋里那些人呢？被带哪儿去了？"

刚子比邢深还迷惑："屋里人？不知道啊，我们被叫过来的时候，屋里就没人了，不过原先可能是有人，我看被窝都没叠，有些摸着还有热气呢。"

"让你给我们传什么话？"

刚子清了清嗓子，挺直脊背："首先就是，我们的安家费都给足了。你们可以把我们打晕，然后打个匿名电话，让警察把我们抓走。我们该坐牢就去坐牢，接受法律的制裁——警察问起来，我们就说是入室盗窃被打晕的。"

聂九罗无语：对方连这些善后措施都替他们想到了，安排得真可谓是体贴。

邢深："还有呢？"

既然用"首先"开头，势必还有个"第二"吧。

刚子："第二，说是天冷，你们的那些朋友，还是趁早接回家，至于去哪儿接，告诉过你们的。"

聂九罗一怔，还没反应过来，刚子已经继续往下说了："第三条是跟大眼说的，就是和我一起的那个。"

原来边上这人叫大眼，而大眼显然也知道该轮到自己了，不住点头。

聂九罗恨恨地把刚才的布团塞回刚子嘴里，又扯掉大眼嘴里的那个：这种被人牵着鼻子走的感觉非常糟糕，但又没办法。

大眼猛喘了几口气："让我传的话是，天冷了，果子冻掉了，就埋树底下，再结一轮新果子，直到掉完为止。还画了张画呢，在我床头上衣口袋里——我住三楼，靠门的那间。"

果子？好端端的，怎么又扯到果子上了？

聂九罗一头雾水。

她示意邢深原地待着，自己去到三楼把大眼说的上衣拿了下来，一边走一边挨个兜地摸。

走到半道时，摸出了一张叠得方正的纸。

她把纸展开，借着楼道的灯光，可以清楚地看到，纸上画了一棵果树，笔法潦草，也就有个树的轮廓，树上结的确是果子，但是，那些果子不是结在树杈上的。

树上垂下一道道虚线，果子就吊在虚线上。

数了数，一共四个。

05

聂九罗下到楼梯口，向邢深招了招手，示意他上楼。

邢深起身过来，路过大眼时，防他嘴巴得空瞎嚷嚷，又把布团塞了回去。

怕二楼不够隔音，两人上了三楼说话。

聂九罗先把画纸递给邢深。

邢深的眼睛，看屏幕和纸张上的字画都很费劲，他举起画纸，映着灯光看了好一会儿："什么意思？"

聂九罗迟疑了一下："我只是怀疑……这一趟，这小楼里，被抓走了几个？"

邢深仔细回想："连蒋叔，八个吧。"

"八个，那加上瘸爹，以及三人梯队，一共十二个？"

暂时是这样，邢深点了点头：目前和老刀以及余蓉那头都失联，暂时可以确认的受困人数，就是十二个。

聂九罗："对方让我们趁早把人接回家，还说告诉过我们去哪儿接——那应该就是南巴猴头了？"

邢深没异议："截至目前，他们确实只提过这一个地点。"

聂九罗从邢深手中把纸拿回来："他们让刚子和大眼传话，又不能明说，所以采用了这种模棱两可的方式，只有懂的人才懂。这棵树上有四个果子，但不是正常结果，采用了悬吊的方式，我的理解是，这代表了瘸爹和三人梯队，四个人，被吊在南巴猴头的某一棵树上。"

邢深头皮一麻："吊死了？"

聂九罗摇头："他们强调了'天冷''果子冻掉了'，我觉得不是吊死，而是就这么吊着。"

邢深："你的意思是，瘸爹他们四个，现在正被捆吊在南巴猴头的树上？现在？"

聂九罗没吭声，只是转头看窗外：雪又大了，已经在飞片了，这种天气，深山里只会更冷吧，想把人活活冻死，真的也就是一夜的事儿。

她不觉打了个寒噤，过了会儿才接着往下说："八号就让我们接瘸爹了，我们都没去，瘸爹很可能从八号……一直吊到现在，后来的那三个，是后吊上去的。

"'果子冻掉了，就埋树底下，再结一轮新果子，直到掉完为止。'很可能是暗指，如果有人冻死了，他们会就地深埋，再把新的人挂上去。因为反正他们现在手上有很多我们的人。"

直到掉完为止。

邢深沉默了好一会儿，才说："这是个圈套，他们知道没抓到所有的人，想引

剩下的人上钩。"

聂九罗看了他一眼："是圈套没错，一看就知道是。"

但是，这圈套太给人压力了。

它传递出一个残忍的信息：你同伴的死活，掌握在你们手上，而不是我们手上。人，我们反正会陆续往那儿放，接不接，看你们。你们来得越迟，"果子"冻掉的自然也就越多。

然后……直到掉完为止。

邢深说："你别被吓住了，这只是虚张声势，这么多条人命呢，我就不信他们真的敢这么无法无天。"

聂九罗："如果是真的呢，你预备怎么办？"

蒋百川不在，邢深就是主事人。

邢深答非所问："我顺出七个号码，里头一定有余蓉的。阿罗，你手机方便用吗？现在通知剩下的人最重要。"

聂九罗犹豫了一下，卸了手机壳，机壳之间，有几张备用SIM卡，她拣了一张替换原卡：她几乎不给蒋百川打电话，从来都是蒋百川联系她，但未雨绸缪，必要的准备是要有的。

替换之后，她依次帮邢深拨号，果然，拨到第五个时，那头传来一个不耐烦的女声："喂？"

邢深大喜："余蓉？"

联系上余蓉，事情就好办了，毕竟那头人多，而人多意味着可以调用的资源多：比如打匿名电话报警送刚子和大眼坐牢这事，就有人代劳了；再比如已经联系了车子接邢深去和余蓉会合，车子会等在地标建筑中心商场的大门口。

聂九罗简单收拾了一下小楼这头，开车送邢深和蚂蚱去中心商场。

这一晚的雪忽大忽小，不过估计最终也只是"小雪"，因为路面没什么积雪，多几辆车一碾，就更加连雪的影子都没有了，只余湿漉漉的一条道路。

但广播里说，山地的雪会更大。

更大……

聂九罗的眼前明明是湿亮的道路，但她总觉得道路深处有阴森树影婆娑，树上吊着的人在风雪间冻成冰凌，随风慢悠悠地晃着。

邢深在边上说了句什么。

聂九罗缓过神来，但没听清："你说什么？"

"余蓉那头是保住了，据她说，还驯了个什么，到了之后，我再和她详谈。阿罗，你一起吗？有咱们三个，有蚂蚱，我觉得只要好好规划，前景也不算很差。"

前景？十二个人生死不明的，谈什么前景呢？

聂九罗随口回了句:"我还有工作要忙,回去了,还得参赛。"

没错,参赛,老蔡让她多拿几个奖来着。

还说要介绍一个青年才俊给她认识……

这一刻,聂九罗觉得自己过得真是有点割裂。

邢深不说话了,顿了会儿才开口:"阿罗,我觉得,你自己的事可以先放一放。蒋叔现在被抓了,万一他扛不住,把你给招出来了,你觉得,你还忙得了工作,参得了赛吗?"

聂九罗抿了抿嘴唇。

"而如果他没把你给招出来,阿罗,那就是拼命在保你啊,你就这么放着他不管吗?蒋叔对你,一直是不错的,如果没他,也没现在的你了。"

聂九罗冷冷回了句:"我没说不管他,但不能漫无头绪地瞎使劲,确定该帮忙的时候,我会出力的。还有,刚刚我问过你,你没回答我——如果那两个人传的话是真的,你预备怎么办?你和余蓉会合了之后,会立刻带人上南巴猴头吗?"

邢深沉默。

聂九罗觉得好笑:"带或者不带,答一句就是了,我只是想知道,你更倾向于怎么做。"

邢深斟酌了一下:"我很想救人,但这明显是个圈套,去了也是有去无回。我倾向于先保存力量,再寻找机会。"

聂九罗"嗯"了一声:"那十二个人呢,万不得已,也就放弃了?"

邢深不敢说这话:"这我得回去,问问大家的意见。这么危险的事,我不能帮别人做主。"

聂九罗笑了笑,说:"懂了。"

聂九罗没有把车子开到商场大门口。

她在街口停车,目送邢深拎着装蚂蚱的行李袋一路过去,直到看着他上了车,才掉转车头,去板材厂还车。

邢深的回答,其实很客观。

对方敢设这个局,一定额外布置了什么,谁敢拍板上南巴猴头?而且蒋百川一行人差点全军覆没,剩下的人多半已经是惊弓之鸟了。

大家的意见?用脚指头想都知道一定是什么"从长计议""不要冲动""慢慢来"。

然后呢?果子就那样,一个个地……掉了?

聂九罗把车子开下道路,疲惫地在方向盘上趴了会儿。

天还没亮,皮卡车的暖气声响不小,效果却几近于零,聂九罗只觉得前胸后背、脚上腿上一阵阵凉意夹击。

希望如邢深所说，对方只是"虚张声势"吧。

她摸出手机，想给自己约辆车，页面亮起时，才发现"阅后即焚"有条未读消息。

难道是蒋百川那头回的？

聂九罗瞬间坐起，点击阅读。

是炎拓发的。

——你们的人是不是出事了？

看了一下发送时间，是在一个多小时之前了，那时候她正忙，没注意。

聂九罗键入：是，你知道什么？

她暗自祈祷炎拓可别睡觉，最好能立刻回复，马上。

很显然，这一晚于炎拓，也是个不眠之夜，那头秒读，然后回复：知道得不多，听说是一锅端，有个姓蒋的受伤了，被崩了半只脚。

聂九罗捧着手机看了半天，文字都焚毁了，她还对着空白的屏幕发怔。

被崩了半只脚是什么意思？怎么一上来就把人给打残了呢？

她定了定神，再次键入：知道人被带去哪儿了吗？

炎拓回：不清楚。

聂九罗有点失望，眼看着手机屏幕光暗淡下去，心里说：关我什么事呢？

可下一秒，邢深的话又似乎响在耳边："蒋叔对你，一直是不错的，如果没他，也没现在的你了。"

炎拓也许是个小角色，可此时此刻，他是她唯一的信息源了。

聂九罗重新激活屏幕，给炎拓发了句：方便出来见个面吗？

房间和楼道里都有监控，这种天不亮的点跑出去，很难解释，炎拓思忖再三，和聂九罗约了早饭时见。

时间还早，他钻进被窝，强迫自己再睡一个钟点，然而心中有事，很难睡得踏实，迷迷糊糊间，一直在想：聂九罗不是一直不愿意搅和进来的吗？怎么突然间转性了？难道被一窝端的人里，有她特别关心的人？

刚过七点，炎拓就爬起来了，熊黑半夜就走了，这屋里，只住了他、吕现，以及昨晚受伤的那个。

炎拓先去把吕现的门敲得山响，吕现困得眼睛都睁不开，在床上吼："叫魂啊你？"

炎拓已经编好词了："我要吃饭，冰箱里都是速冻的，是人吃的吗？又不让叫外卖，我要吃热乎的。"

吕现没好气道："那你滚出去吃啊。"

"走路累，车借我。"

吕现怨气冲天地开了门，把车钥匙扔了出来。

炎拓捞了钥匙就走，直下地库，进了吕现的车之后，先关了行车记录仪的电源，然后一路驱车出来。

在约好的街口，他看到了等在那儿的聂九罗，她倚着根电线杆站着，看起来就快睡着了。

炎拓把车子停到她身边，揿了声喇叭。

聂九罗睁开眼，然后拉开车门坐了进来，刚一进来，就带进一团寒气，炎拓看到她眼睑下方微微发暗："没睡好啊？"

聂九罗随口"嗯"了一声，她岂止是没睡好？去板材厂还了车之后，她又打车往这儿赶，简直是马不停蹄。

炎拓把暖风打到最高，驶向最近的小吃街，做戏做全套，他既然是出来"买早饭"的，待会儿自然要带几份回去，阿猫阿狗都照顾到，后续干什么都会更便利些。

车内温度上升得很快，吕现的车是好车，座椅尤其舒适，聂九罗系好安全带、倚靠进去的刹那，舒服得差点就想合眼睡了，她掐了把腿侧，问炎拓："你们把人一锅端了，会把人带去哪儿？"

炎拓摇头："不知道，林喜柔在石河有好几处落脚点，我连她住哪儿都不清楚。怎么，你打听这个，想去救？"

聂九罗问得委婉："你是不可能知道，还是说，多方打听一下，有可能知道？"

炎拓想了想："打听一下，有可能吧，如果有消息，我会通知你。"

聂九罗语出惊人："你能帮我救人吗？"

炎拓一怔，下意识踩了刹车，车身一顿，就停在了空荡荡的路道上。

也亏得时间太早，又是郊区，左近没车，四面起了薄雾，把视野搅得有点灰黄。

顿了顿，炎拓重新发动车子："聂小姐，很感谢你之前帮过我，但我没法帮你做太危险的事，我的命挺宝贵，不是我一个人的，我得珍惜着用。"

聂九罗"哦"了一声："那你前两次，用得挺草率啊。"

炎拓知道她指的是自己落在板牙手里，以及被蚂蚱抓伤那次。

他点头："是，所以我每次都反省了。我想，做人冷漠一点，戒备强点，心硬一点，对我来说，可能更合适。"

他说到这儿，忍不住问了句："你想救谁？救人我做不到，如果能见到，帮忙关照一下，递个话什么的，应该不难。"

聂九罗踌躇了会儿，觉得有关照总好过没关照："脚受伤的那个。"

炎拓有点意外："就是姓蒋的那个？梳一个大背头的……老男人？"

他曾远远地听过聂九罗和这个姓蒋的说话，听她语气，完全公事公办，钱来债往。

聂九罗点头:"受过他点恩惠。"

说话间,已经到了小吃街口。

炎拓靠边停车:"你稍微等一下,我得给人带几份餐,回去好圆谎。"

难得帮人带一次餐,不能太潦草,炎拓走了两家店,订了几份相对豪华的,等餐的当儿,忽然想到聂九罗应该也还没吃,于是又折回来,想问她要吃点什么。

才刚走近车子,手已经预备敲窗了,又蓦地停下。

过了会儿,炎拓凑近车窗。

聂九罗睡着了。

真睡着了,靠着颈枕,睡得很安静,睫毛在眼睑下方投下一圈暗影,不过,再仔细看,就知道人并不完全松弛,炎拓注意到,她搭在身侧的那只手的食指,是微微翘起的,像是全身上下唯一一处被甲枕戈的机关——他只要一拉车门,或者一敲车窗,她就会立刻醒过来。

炎拓缩回手,退开了几步,转头打量这条渐渐热闹的小街。

这里应该靠近学校,街面上能见到不少穿校服的小学生,继早点铺之后,文具店、玩具店、教辅教材店等也相继营业。

距离他最近的是一家玩具店,店主正忙着往店门口的摊板上上货,一个不小心,有一只橡皮鸭子就滚到了炎拓脚边。

炎拓捡起来看,这是只小黄鸭,通体黄色,有乌黑的眼睛和橙红色的长喙。

店主问他:"要给小朋友带一个玩吗?这是洗澡鸭,能漂在浴缸里的,捏了还会嘎嘎叫。"

边说边伸手过来,要示范给他看。

炎拓说:"不用了,家里没小朋友。"

他把橡皮鸭放回摊板上。

橡皮鸭安静地蹲在那儿,很像很久很久以前,蹲在玻璃柜台里的那一只。

而小小的、连话都还说不囫囵的妹妹炎心,扒着玻璃柜台不肯走,含混不清地嚷嚷:"鸭鸭,买鸭鸭。"

边上的林姨俯下身子,柔声说:"好,听心心的,就买鸭鸭。"